35 倪匡珍藏限量紀念版

# 原振俠傳奇之

# 寶狐

（含：寶狐．靈椅）

倪匡 著

# 寶狐



原振俠傳奇

CONTENTS

# 靈椅

# 寶狐

# 第一部：夜盜靈柩　魂飛魄散

講一個故事，這個故事叫「寶狐」。

在講故事之前，先說幾句閒話，是十分「傳統」的方式。

「寶狐」可以說是一個動人的愛情故事，也可以說是一個懾人的恐怖故事，或者——一個荒誕的神怪故事，但是正確地說，它還是一個科學幻想的故事。

有很多對科學幻想的說法是相當可笑的，以為科學幻想小說之中的科學，必須是如今人類已經瞭解或半瞭解的，便是其中一種可笑的說法。人類對科學所知極少，進展前景，想像力稍差一點，都無法得到，如今人類科學的理解度既然十分低微，有什麼好幻想的？

科學幻想小說中，有如今科學不能解答，甚至連接觸也不敢接觸的想像，那才不負了幻想之名。

閒話說完了，正式的故事就快開始。

整個故事，十分複雜，經歷的時間也極長。最早，應該回溯到中國抗日戰爭之前，一個青年人的極度奇怪的遭遇，但是那樣平鋪直敘，還是太沉悶，要從最緊張刺激的部分先說起，再回溯過去發生的事情，務求一下子就有石破天驚的效果，這是講故事的法門之一。

於是，故事就在一個義莊之中開始。

義莊是一個什麼樣的所在，需要有一番解釋。或許會有人說：不必解釋，知道了，好，總有人不知道，就解釋得簡單一點好了。

義莊，是農業社會的產物，一個大民族之中，有的窮，有的富，富有的拿出錢來辦義莊，義莊之中包括學校、公田、祠堂等設施。在歷史文獻上，最早有記載的義莊是北宋范仲淹在蘇州所置，隨著社會結構的改變，義莊的內容，在漸漸縮窄，到了近代，幾乎只以祠堂為主。而在城市之中，被稱為義莊的場所，又另外有一個十分專門的用途：寄放棺柩。

所以，可以簡單地說，義莊是存放棺材的地方。當然，棺材不會是空的，棺材中都有屍體，大都是一時還未曾覓得好地安葬，或是死者客死他鄉，家人準備運回本土去安葬，或是窮得無以為殮，只好暫時寄放在義莊之中，原因甚多，不必一一敘述。

既然是死人的「住所」，義莊自然陰森恐怖，在陰森恐怖的環境之中，就會發生種種恐怖的事；但是，故事一開始，卻一點也不陰森，還熱鬧得很，那是在寶氏義莊建築物東邊的一間小房間中，燈火通明，喧嘩聲震耳，酒氣撲鼻，煙霧迷漫。

寶氏義莊當然是由姓寶的人創辦的，有人姓寶嗎？據說，那是一個旗人的姓氏，旗人就是滿洲人，是清朝的統治者。他們本來的姓氏，全部很長，例如清朝皇帝，就姓「愛新覺羅」，到了後來，滿人全部漢化了，嫌原來的姓氏太囉嗦，就隨意取其中一個字來作姓，所以中國人就多了很多怪姓，像姓酒的，姓玉的，姓生的等等，姓寶的也是其中之一。

寶氏義莊是由哪一個姓寶的人捐錢出來興造的，已經不可考了，建築物已有好幾十年的歷史，也沒有立碑記述建造人的姓名來歷，只是在建造義莊的同時，建造人在銀行存了一筆錢，委託銀行投資，規定每月撥出相當於當時三十塊銀元的錢，作為義莊的管理費用，雇了一個人來看守義莊。

這筆管理費到了現在，說多不多，說少不少，大約相等於一份普通中級職員的工資，這就是劉由會擔任義莊看守人的原因，最早的義莊看守人死了，劉由的伯父老劉頂上了看守人的職位，老劉生了病，把這份職位給了不務正業的侄子劉由。

對劉由來說，這份職業實在再適合不過了，雖然薪水不夠他揮霍，但是也勉強可以生活，而且按月向銀行支取，永無拖欠，再加上根本不要他做任何工作，義莊有上百口棺木，死人再多，也不會麻煩他，他需要的只是膽子大，而從小就不務正業，當流氓的劉由，旁的好處沒有，膽子大倒是有的。

劉由上任不到一個月，就更發現了這份工作的好處，義莊的建築相當大，而且，距離市區也不是太遠，有好多間空房間，劉由很快就從公路上拉了電線過來，使其中的一間大房間有了電，然後，把它變成了和他差不多身分的流氓「俱樂部」，賭錢、喝酒。

甚至在旁邊一個較小的房間中，弄了一張床，給有需要的人使用。

那天晚上，聚在房間賭錢的有七八個人，劉由的手氣很差，輸了又輸，在他身後坐著的，是一個年紀很輕，可是濃妝艷抹得使人吃驚的女孩。

旁的不用介紹，這個女人倒可以介紹一下，她的名字沒有人知道，外號叫「十三太保」，那是因為她在十五歲那年，就主動約了十三個男孩和她一起「玩」之後得來的外號，現在，她又有了一個新的外號，叫「大眾樂園」，那是一個不在乎得令人吃驚的、典型的沒有受過教育的大都市少女。

劉由在輸光了所有的錢之後，氣憤地站了起來，看了看十三太保一眼，就拉住了她的手，向外走去。

十三太保被到這兒來的男性拉到隔壁的小房間去，這種事，實在太普通了，普通到根本沒有人注意的地步。

到了隔壁的小房間中，劉由用力一推，十三太保習慣地在床上躺了下來，去解衣服釦子。所謂床，其實只是一張人家不要的床墊子。劉由在床墊邊坐了下來，一手放在十三太保的小腹上，一面望著牆發怔。

義莊由於是造來放棺木用的，所以除了那間劉由利用來聚賭的房間之外，其餘的房間，四四方方，根本沒有窗子，牆壁全是一種相當大而厚的青磚砌成的，隔音效果相當好，隔壁聚賭者的喧鬧聲可以說完全聽不見。

劉由望著牆，「呸」地向牆上吐了一口口水，憤然道：「把棺材全都搬走，拆掉了這些鬼屋子，這一大塊地，可以用來造大廈，這裏要是全是我的，那就發大財了！」
十三太保扁了扁嘴：「少做夢了，小心死人不饒你！」
劉由用力捏了她一下，令得她一面叫著，一面坐了起來，劉由望著她七彩繽紛的臉：「十三太保，大財發不了，想不想發點小財？」
十三太保用十分疲倦的聲音，回答道：「又想介紹什麼人給我？」
劉由「呸」地一聲，轉頭望向門，這個念頭，他轉了不止一次了。
當他得到這份工作的第一天，或者說，當他的伯父吩咐他，做這份工作，應該注意些什麼的時候，他已經有了這個念頭。
可是他一直沒有實行過，因為實行起來，至少需要一個助手，他又不想讓別人分肥，只有十三太保這種腦筋簡單的少女，才可以隨便他擺布，所以今天晚上，他那個念頭，特別強烈。
他的伯父在把這份工作交給他的時候，還諄諄勸告他：
「事情是沒有什麼的，一個星期，幫棺材掃掃灰塵，空下來的時候，好好自修，還有，正中間那間房，是上了鎖的，我來的時候就已鎖著，聽說是一位有錢人家的太太，死了之後，寄柩在這裏，後來不知怎的，就一直沒有人來過，也沒有人來上香，門也一直鎖著，你不要為了好奇去打開它！」
劉由當時聽了，心中就有異樣的感覺：有錢人家的太太，多少總有點陪葬的東西吧，如果是很好的珠寶的話，那一定很值錢了！

劉由的伯父沒有發現劉由在聽這番話的時候，眼珠在骨碌碌地轉動，一副不懷好意的神情。要是老劉不講這番話，劉由根本不會注意那間房間是鎖著門的，他才懶得每一間房都去看一看，全是陳年的舊棺材，有什麼好看的！

可是既然他知道了那房間是上鎖的，而且鎖了不知道多少年，裏面又是一個「有錢人家的太太」，那就令得他十分動心，要不是他對盜棺還多少有點顧忌的話，他早已採取行動了！

今晚，他輸得很慘，又喝多了一點酒，膽氣也粗了不少，又有十三太保可以做幫手，所以他才陡然提了出來，盯著十三太保，他沉聲道：「不是要你去陪人！」

十三太保撇了撇嘴：「我看你們沒有人有膽子去搶！」

劉由吞了一口口水，把十三太保已解開的衣襟合起來：「來，跟我來，說不定有許多珍珠寶貝，等著我們去拿，不止發小財，可以發大財！」

十三太保疑惑地望著劉由，不知道他打什麼主意，她迅速地扣上衫鈕，看著劉由在房間角落的一只籐箱子中，取出一大串鑰匙來，又提起了一個手電筒。

十三太保和劉由這個小流氓混得久了，知道劉由做過幾個月的小偷，那一大串鑰匙，就是他做小偷時用的，她立時不屑地撇嘴：「我不和你去偷東西！」

劉由笑道：「放心，這不叫偷，叫拿！」

他拉著十三太保，出了那間房間，經過了一條走廊，從走廊一端的一扇門中，走到了天井之中，寶氏義莊的整個建築，相當奇特，四面全是房間，中間一個大天井。向南的一列，正中是一個祠堂，有著不少神主牌位供著，早年可能還有香火，但現在，神主牌早已東倒西歪了，在祠堂左、右各是一列房間，那是存放靈柩用的，每一間房間都同樣大小，整齊地排列起來，可以排十二具靈柩，最靠近祠堂的左首那一間，就是上了鎖的。

天井中雜草叢生，容易生長的旱葦，長得幾乎有人那麼高，白色的蘆花，在暗淡的月色下，泛出一種銀白色的光輝來，看起來十分柔和，也十分淒冷。

十三太保來到天井，想起那些緊閉著的門後，全是一具一具的靈柩，不禁害怕起來，拉住了劉由的衣角，聲音發著抖，問：「你……想幹什麼？」

劉由雖然膽子大，但是當他的衣角才一被十三太保拉住之際，他也嚇了一大跳，轉過頭來，本來就蒼白的臉，在淡淡的月色下，看起來更像白得塗了一層粉一樣。

劉由狼狽地瞪了十三太保一眼：「你幹什麼？人嚇人，會嚇死人的！」

十三太保吞了一口口水：「我害怕，你看……這裏……好像隨時會……有……」

她還沒講完，劉由一伸手，就按住了她的口：「你少胡說，你敢講出這個字來，我打死你！」

十三太保嚇得打了一個哆嗦，雖然是小流氓，但是發起狠勁來，她也受不了，看到劉由像是真生氣了，她只好戰戰兢兢跟在後面，每當有旱葦的葉子掠過她的臉頰之際，她不敢尖叫，只是不住地倒抽涼氣，劉由手中的手電筒在搖動，草影映在牆上，像是不知什麼鬼怪在蠕動一樣。

好不容易，總算到了祠堂左首那間房間的門前，劉由把電筒交給了十三太保：「拿著！」

十三太保哀求道：「是不是要叫大牛他們來幫忙？人多……總好一些！」

劉由罵道：「飯桶，人多，分得也多了，閉嘴！」

劉由裝出一副膽大包天的樣子來，但是他實在也很害怕。住在東廂那間大房間中，就算一個人睡，他也不怕，但是要撬開棺材，在死人的身上偷東西，卻又是另外一回事，所以他拿著鑰匙的手，也把不住在發抖，令得鑰匙相碰，發出聲響來。

他先就著電筒光看了看鎖孔，心中就高興了起來，那是一種舊式彈簧鎖，很容易弄開的，太久沒人來碰這柄鎖了，圓形的銅鎖圈上，長滿了厚厚的銅綠。劉由試了幾柄鑰匙，終於找到了一柄，可以插進去，但是卻轉不動。

劉由向地上吐了一口口水，十三太保緊緊地挨著他，令得他的行動很不方便，但是他發了幾次力，想推開十三太保，她卻死也不肯走開一步，劉由也看出，如果再去推她，她會尖叫起來。

劉由心中想，真倒霉，白天，經常只有一個人在這裏，為什麼不下手，卻要揀在陰暗的半夜來行事！

他一面喃喃地罵著，一面用力扭動鑰匙，並且同時把鑰匙作少量的深、淺的移動，當然是他當小偷的時候學來的開門手法。

突然之間，鑰匙可以轉動了，發出了「喀」的一聲響，劉由向十三太保望了一眼，就著轉動了的鑰匙，用力向前一推，已將門推了開來，他拉住了十三太保的手腕，令她把電筒提高，向內照去。

當劉由就著電筒光芒向前看去之時，一時之間，他幾乎以為自己到錯了地方，房間中的情形十分怪，劉由根本不知那是什麼，要定了定神，才看得清，那是布幔。

布幔從天花板上垂下來，直到地上，團團圍住了房間的中間，佔據的空間十分大，幾乎一進門，伸手就可以碰得到，布幔本來一定是白布的，但現在看來，卻是一種極難看的灰色，還佈滿了黃色的斑漬，和一絲一絲掛下來的、沾滿了塵的蜘蛛絲。

劉由又咕噥罵了一聲，回頭向縮在他身後的十三太保道：「看，這是一個有錢人太太在裏面，一定有很多值錢珠寶陪著她，反正她已經沒有用了，不如我們借來用用，懂嗎？不用怕！」

十三太保的牙齒相叩不停，發出「得得」的聲響來，劉由用手撥著布幔，布幔一動，一陣積塵落了下來，落得他們兩人一頭一臉，忍不住嗆咳起來。

十三太保顫聲道：「由哥，我……我……」

劉由一手遮住了頭臉，一手已撥開了布幔道：「快進來！」

十三太保是被他硬拉進布幔去的。

在布幔圍住的那個空間中，一個十分精緻的雕花紅木架子上，放著一具棺木。

棺木上的積塵極厚，劉由伸手在棺木上擦了一下，擦去了積塵，露出十分光亮的紫紅色的木頭來，劉由的喉間發出了「喀」的一聲響，道：「真有錢，你看這棺材，是紅木的！真不簡單！」

他說著，把棺蓋和棺木之間的塵，全都用手抹去，十三太保在這時，卻發現在靈柩之旁，另外有一個架子，在那架子上，像是放著一大幅鑲鏡子的照片，不過在玻璃上也全是積塵，根本看不到相片了。

到了布幔之中，電筒的光集中了，在感覺上亮了很多，而且布幔中也只有一具靈柩，並沒有什麼七孔流血的僵屍，連十三太保的膽子也大了不少。

她一時好奇，在劉由忙著查看如何才可以打開棺蓋之際，她伸手在鏡框的玻璃上，抹了一下。

一下子把積塵抹去了約莫二十公分寬的一條，十三太保就忍不住「啊」地一聲，低叫了起來：「這女人……好美啊！」

劉由抬起頭來，剛好也正對著鏡框，他也呆了一呆。在積塵被抹去之後，實際上，還只是一個女人的半身像，能看到的部分，是相片上女人的半邊臉。

就是那半邊女人的臉，已足以令得十三太保和劉由這種無知到最低程度的人，也感到了這個女人的美麗！

劉由在自己的雙手之中，連吐了幾口口水，然後，起勁地在玻璃上抹著，把玻璃的積塵全都抹去。

劉由是財迷心竅，才到這裏來盜棺的，可是在一看到了那女人的相片之後，他卻幾乎忘記了來這裏的目的了。當他把玻璃上的積塵全都抹去之後，他雙眼睜得極大，像是死魚的眼珠一樣，張大著口，有一溜口水，正自他的口角流下來。

十三太保也盯著那相片，一隻手也不由自主地遮住了自己的臉，那是她在看到了相片中的女人之後，自己覺得自己像鬼怪一樣，自慚形穢之後的自然舉動。

相片因為日子太久，已經變成了一種淡淡的棕色，但那全然不要緊，相片上的那個女人，那種震人心弦，令得人連氣也喘不過來的美麗，還是像一股巨大無比的壓力一樣，壓向看到她的人的心頭。

那女人的雙眼，像是可以看透人的身子一樣，明明是相片，但是看起來是那樣靈動，微向上翹著的口唇，一看之下，就像是隨時可以移動，有聲音吐出來一樣。

這個女人的年紀看來並不大，但卻鬆鬆地挽了一個髻，有幾絲柔髮，飄在額頭上，尖得恰到好處的下頦，加上筆挺的鼻子，左邊臉頰上，還有一個淺淺的酒窩，一切配合的那樣完美，她不是那種豔光逼人而來的美麗，而是自然的，柔和的，叫人一看會衷心讚嘆的美麗，有著真正美的親切。

這種美麗，連劉由和十三太保都可以強烈的感覺出來，他們在相片前呆立了很久，十三太保才低聲道：「這女人……真是漂亮！」

劉由是粗俗低穢的小流氓，看見了美麗的女人，總不免要在口舌上輕薄幾句，若是有機會，甚至還會進一步動手動腳，這時他也想發表一下自己對這個女人的意見，可是卻連吞了兩口口水，說不出什麼來。

十三太保又道：「這女人……就躺在棺材裏？」

劉由嘆了一聲：「少廢話，看起來還是得去找點工具，撬開棺材蓋——」他說著，後退了一步，做著手勢，抬起棺蓋，誰知道他伸手一抬，棺蓋竟應手被抬高了少許！劉由大吃一驚，連忙縮回手，棺蓋又落了下來，發出了「砰」地一聲響，劉由盯著棺材，不禁呆住了作聲不得。

那樣精緻名貴的靈柩，棺蓋竟然沒有釘好，只是就這樣蓋著，那實在是不可思議的事，劉由在那一霎間，感到遍體生寒，十三太保又拉住了他的衣角，在發著抖。劉由雙腿也感到發顫，過了好一會兒，才道：「怪……怪事……好像等著我來……開棺一樣！」

十三太保顫聲道：「我……怕，算了吧！」

劉由放大聲音，那樣可以令得他的膽子大一些：「就快發財了，你快把手電筒提高一點！」

他搓了搓手，站到靈柩的一端，雙手用力向上一抬，棺蓋應手而起，十三太保提高了電筒，轉過頭去，不敢去看棺木中的死人，她只聽得劉由先是發出了一陣十分刺耳的聲音，接著，又聽得劉由在叫她：「你看……這……是真人？還是假人？」

劉由的聲音之中，驚訝多於恐懼，這一點，十三太保倒是可以聽得出來的，所以她也大著膽子，慢慢轉回頭，向打開了的靈柩看去。一看之下，她也呆住了。

棺木之中，襯著雪白的緞子，在緞子之上，躺著一個女人，一看，就可以認出她就是相片上的那一個，但是比相片看起來更動人，閉著眼，連長長的睫毛都在，彷彿那睫毛在微微顫動一樣。

在她的身上，也覆蓋著白色的緞子，可是雙臂卻在緞子之外，兩隻手交叉著，放在胸前，身上穿著白緞子的衣服，手露在外面，看起來又白又柔。雖然是躺在棺木之中，但是一點也不叫人感到可怕，只覺得美麗動人之極！

十三太保也呆住了，她只是說了一句：「誰……會把個假人放在棺木裏？」

劉由吞了一口口水：「說是已經好多年了，怎麼還像是活的一樣！」

十三太保陡然叫了起來：「鬼！」

她尖聲一叫，劉由心中一驚，棺蓋又相當重，在他雙手一鬆之下，「砰」地一聲響，落了下來，落下來的時候，激起了一陣風，令得圍住棺木四周的布幔，一起揚了起來，積塵紛紛落了下來。

十三太保已搶先向外衝了出去，她奔得太急，未及撩開布幔，一下子撞在布幔上，把年久變脆了的白布，扯下了一大幅來，扯下的布幔，恰好罩向隨後奔出來的劉由的頭上，令劉由發出了一下慘叫聲來。

當他們兩人，終於連跌帶爬，出了那間房間時，恰好一陣風過，把門吹得砰然關上。

他們兩人在天井中，又爬了好幾步，才一面發著抖，一面站了起來，劉由拉下了被他帶了出來的那幅白布，遠遠地拋了開去，喘著氣，怒視著十三太保。

十三太保發著抖，道：「要是人……死了好多年，還像活的一樣，那……不是鬼是什麼？」

劉由的喉間發出「格」的一聲響，一下子抓住了十三太保的手臂，厲聲道：「不准亂說，剛才的事，只當是沒發生過，要是我知道你對人說了，定把你活活打死！」

十三太保語帶哭音，連聲道：「知道了！知道了！」

劉由回頭又向那扇門看了一眼，連吐了三口口水，才拉著十三太保，急急走了開去，當他們回到那小房間時，又發了好一陣抖，才算是鎮定了下來。兩人再回到那間大房間，熱鬧的氣氛使他們漸漸鎮定了下來，但是劉由的心中，總是存了一個疙瘩：要是一個人死了好多年，怎麼看起來像是活人一樣？那……要不是鬼，又是什麼？可是這鬼……這女鬼……又那麼好看……

第二天，劉由趕走了他那些朋友，連十三太保也趕走，臨走時，他又狠狠警告了一番，不許她胡說，然後，他去找他的伯父，他伯父住在山腳下，一間破舊的木板搭成的屋子中，劉由去的時候，他伯父正倚著一根樹杆，在門口曬太陽。

伯父看到了劉由，倒是很高興，劉由講了一些不相干的話之後，道：「阿伯，義莊那間上了鎖的房間——」

他才說到了一半，他伯父陡然「啊」的一聲，叫了起來，劉由作賊心虛，嚇了老大一跳，他伯父立時道：「我倒忘記告訴你了，那間房間中，放的是一個有錢人家太太的靈柩。」

劉由道：「這你對我說過了！」

老劉搖著頭道：「我忘了告訴你，每隔上一個時期，那有錢的老爺會來，他有鑰匙，會打開門進去，有時會待上很久，你不必理他，他自己會走，而且，會有許多賞賜，上次他來……快一年了，說不定這幾天他就會再來。」

劉由聽到有許多賞賜，心中活動了起來，可是想起昨晚他自己的行動，背上又不禁直冒冷汗，支吾地道：「你……怎麼不早說！」

老劉不解地望著他，劉由忙道：「沒什麼，沒什麼！阿伯，我連車錢都沒有，你可不可以——」

老劉嘆了一口氣，給了他幾塊車錢，劉由拿了就走，當他回到義莊的時候，看到在義莊的門口，停著一輛又大又漂亮的黑色大房車。

大房車就停在義莊的門口，劉由一看到，就不禁咕噥了一句：「說來就來了？」

他離開的時候，並沒有鎖上大門，他推門進去，才一進去，就看到了一個人，身子筆挺地站著，背對著門口，雖然是陽光普照的大白天，但畢竟是在一所義莊之中，而且那人的身形相當高，又相當瘦，穿著一件漆黑的團花長袍，一手還握著一根黑漆的手杖，單看背影，就給人以一種十分怪異的感覺。劉由不禁感到了一股寒意，想喝問對方是什麼人，但張了口，硬是發不出聲來。

那人卻緩緩轉過身來，一看到那人的臉孔，劉由這樣的小流氓，更感到氣餒，那人約莫七十歲，是一個老者，可是神情、氣派、衣著，沒有一處不顯出他是一個大人物，雙眼十分有神，才看了劉由一眼，劉由就心中發毛，不由自主低下了頭，擺出一副恭敬的神態來。

那老者打量了劉由一下才開口，聲音倒不是十分令人害怕：「你是——」

劉由道：「我看守義莊。」

那老者揚了揚眉，劉由趁機打量了他一下，覺得老者的身體還十分壯健，樣子也相當「帥」，那老者問：「老劉呢？他不在了？」

劉由忙道：「我是他的侄子，他身子有病，我來替他的，我才從他那裏回來。」

老者皺了皺眉，神情之中有點怒意：「祠堂左首的那一間，好像有人弄開鎖，進去過了？」

劉由雙腿有點發軟：「我……我……不知道……」

老者發出了一下悶哼聲，劉由忙又道：「我……是……我想……可能積塵太多……所以我昨天……想去打掃一下。」

他一面說，一面打量著對方的神色，準備勢頭一有不對，立時拔腿便逃，來個溜之大吉。

出乎他意料之外，那老者的神情反倒緩和了下來，但隨後又皺了皺眉：「我剛才進去過了，不像經過打掃的樣子！」

劉由忙道：「我……這就去打掃。」

老者忽然嘆了一口氣：「白布幔也全都舊了，我給你錢，你去買上好的白布……再把它圍起來！」

劉由連聲答應著，老者取出一疊鈔票來，順手遞給他，劉由恭恭敬敬地接過來，道：「一定照辦，可要弄些香燭……水果供奉一下？」

老者已向外走去，像是在喃喃自語：「不必了，只是空棺，供奉什麼？」

老者在講那幾句話的時候，語氣之中，充滿了惆悵和喟嘆，劉由的手中捏著厚厚的一疊鈔票，本能地阿諛著：「是！是！」

可是他在連說了兩聲「是」之後，再一想老者剛才所講的那句話，不禁陡然一怔，心想：不對啊！那老者說什麼「只是空棺，不必供奉」，可是昨天晚上，自己托起棺蓋的時候，明明看到裏面躺著一個女人，就是照片上的那個女人！那老者這樣說，是什麼意思？

他在一怔之後，連忙跟了出去，那老者已來到了車前，劉由搶前一步，替他開了車門，忍不住道：「老先生，你說什麼？那是一具空棺？」

老者一面進車子，一面點了點頭，劉由大口吞了一口口水，神情怪異到了極點，老者本來是看都不向他多看一眼的，但是由於他要半側著身子進車的原故，所以看到了劉由的臉上那種古怪的神情，他陡然停止了動作，盯著劉由喝問：「你想說什麼？」

劉由的神情更古怪，張大了口，出不了聲，老者突然站直身子，聲音更嚴厲：「說！」

劉由搖著手，道：「我……我……」他說著，又嚥了一大口口水：「我說過……我想去打掃一下……」

老者的身子陡然發起抖來，面色變得蒼白到了極點，看樣子隨時可以倒下去一樣，劉由忙道：「我也沒有做什麼，我發現棺蓋……沒釘上，就……托了起來，我……」

老者聽到這裏，發出的聲音更是尖厲至極，令得劉由不由自主，後退了半步，老者已揚起了手杖，疾揮著，向劉由打了過來。

劉由沒想到剛才在發著抖，看來像是隨時會昏過去一樣的人，突然之間出起手來會那麼快疾，一側頭，沒能避過去，已被重重一杖，打在頭上，痛得他直跳起來，叫道：「你怎麼打人？」

他一面叫，一面伸手想去奪那老者手中的手杖，可是手才伸出去，手背上早已又著了重重的一下，更痛得他哇哇大叫起來，知道這老者不是容易對付的，轉身就走，背上又著了一下。

劉由向前逃著，老者隨後追了過來，看不出他年紀大，但是奔起來卻十分快。劉由後腦上、背上，不住地受著手杖的打擊和刺戳，狼狽到了極點。

老者一面追，一面還在厲聲喝問：「你看到了什麼？」

劉由一直逃到了公路上，老者還是追了過來，大聲喝問：「你看到了什麼？」在喝問的時候，他手中的手杖越揮越快，每一下都打中劉由，令劉由避無可避，只好雙手抱住了頭，叫道：「棺材裏還會有什麼，當然是死人！」

劉由雙手抱住頭，仍然在不住捱打，所以並沒有注意有一輛車子駛來，停下，從車中走出了一個年輕人來，劉由只聽到了突然有一個人道：「老先生，太不公平了！」

這一天，對原振俠來說，真是奇異至極的經歷。

近年來，他對中國利用各種藥草來療病的過程，感到了相當大的興趣，所以有空的時候，他就駕著車，到一些相當荒僻的郊外去，根據他已有的生草藥知識，去採摘一些草藥帶回去，在醫院的實驗室中，去提煉這些生草藥的有效成分。

那天是他在醫院的假期，他一早就離開了宿舍，已經採集了不少標本，他轉進了一條比較僻靜的公路，才轉了一個彎，就看到了一個十分奇異的現象：

一個穿著長袍的人，揮著手杖，在追擊另一個人。那時，原振俠還看不清這一逃一追兩個人的面孔，也不知道他們的年紀，他只是一眼就看出，那個揮著手杖在追擊的穿長袍的人，不但身手矯捷，而且一定經過極其嚴格的西洋劍術的訓練，他手杖的每一下刺、擊，都是極其精妙的西洋劍術中的招數，所以令得在前面逃的那個人，一下也逃不過去，只有捱打的份。

西洋劍術，是原振俠在求學期間十分喜歡的運動，他本身在西洋劍術方面，也有一定的造詣，當他看到了這種情形之後，他就把車子的速度減低，等到那兩個人快到公路之時，他已經停下了車。

這時，他心中對那揮手杖的人，早已佩服得五體投地，因為那人每一出手，都可以看得出是西洋劍擊中的高手，他也看出，捱打的那個人，根本什麼也不懂，只懂得抱頭鼠竄而逃。

這又令得原振俠感到相當不平，他打開了門，準備下車制止這種情形。當他打開車門之後，才聽到揮杖的那人在不住地厲聲喝問：「你看到了什麼？」捱打的那個人，連回口的機會也沒有，原振俠這時，也已看清楚，揮杖的那個，是一個老者，他跨下車來，向前走出了兩步。

這時，原振俠離他們兩人已經很近了，老者還在揮著手杖喝問，捱打的那個突然叫了一句：「棺材裏還會有什麼，當然是死人！」

原振俠幾乎是同時開口的，他道：「老先生，太不公平了！」

原振俠這樣說，包含了很多意思在內，首先，他肯定那老者是劍術高手，一個劍術高手追打一個什麼也不懂的人，自然就不公平，其次，那老者的外表，一看就知道是一個十分有地位的人，而逃的那個，獐頭鼠目，一副潦倒的樣子，社會地位高的人追打一個普通人，自然也不公平之至。

原振俠說著，已經準備伸手去拉過那個捱打的人，自己去面對那個老者了，可是在剎那之間，情形卻又有了變化，老者的手杖，本來在半空劃了一個弧形，又要斜斜擊下的，一聽得那句話，手杖突然停在半空，不再打下去，面部抽搐著，身子也劇烈發抖起來，尖聲叫道：「你說什麼？再說一遍！」

那個捱打的人，自然就是劉由，這時也看到了原振俠，他一點也不知道原振俠是什麼人，但是有人幫他出頭，令得他膽子大了些，他雙手仍抱著頭，但是身子居然挺了一挺，大聲道：「我說棺材裏面還會有什麼，當然是死人！是死人！」

「棺材裏面是死人」，這是一句十分普通的話，雖然由於人類對死亡的天然恐懼，這句話聽來不是十分順耳，但也不致於突兀。

可是那老者的反應，卻奇特到了極點，他先是陡然震動了一下，神情變得怪異莫名——其實，也不是怪異，而是一種明顯的，一眼就可以看出來的一種極度興奮的神情，但是在一旁的原振俠看來，還是怪異莫名，因為他絕想不出一個人聽到了「棺材裏面是死人」便極度興奮的道理來。

那老者一面現出興奮之極的神情，一面陡然叫了起來：「寶狐，你沒有騙我！」

（要說明一下的是，當時的情形，原振俠聽到的，只是那老者叫了一聲，音節是聽得到的，但決沒有法子把聽到的「寶狐」這兩個字聯想在一起。原振俠當時的直覺只是老者在叫一個人的名字而已。）

老者叫了一句，陡然轉過身，向前便奔，別看他年紀大了，可是奔跑起來十分快疾，一看就知道他曾是一個體育健將，原振俠一點也不知道發生的是什麼事，也一直到這時，他才注意到，捱打的人手中還捏著一大疊鈔票。

在那老者突然掉頭向前奔去之際，劉由連忙把鈔票向自己的衫袋中塞去，一面揮著手，他手背上被手杖打得青腫了好幾處，他也不顧髒，用口吮著傷處。

原振俠問：「怎麼一回事？」

劉由翻著眼，一副流氓樣子：「這老頭是神經病！」

原振俠抬頭看去，老者已經奔進了一個外形相當古怪的建築物中，他經過這裏幾次，知道那外形古怪的建築物，是一個義莊，老者奔進義莊去幹什麼？他又想到剛才聽到的那句「棺材裏當然是死人」的這句話，立時感到可能有點古怪的事發生了，所以他也大踏步向前走去。

劉由在遲疑著，是不是要跟過去，剛才莫名其妙捱了一頓打，可是看情形，老頭子一聽到棺材裏有死人，像是很開心的樣子，看來還可以弄點好處，所以也跟了上去，當他們一先一後，走進義莊之際，只聽得一下令人毛髮直豎的慘叫聲傳了出來：「寶狐，你在哪裏？」

原振俠陡然震動了一下，他倒不是因為這句叫喊聲太淒苦慘厲而震動，而是由於他是一個醫生，知道當一個人發出這樣撕心裂肺慘痛叫喊的時候，他的情緒一定是在極度的震盪狀態之中，這種狀態，可以導致許多致命的情形出來，例如心臟病突發、腦溢血等等。

原振俠一刻也沒有停留，向前奔了出去，當他奔出走廊盡頭的那扇門之際，看到了一個長滿了野草的天井，而那老者的慘叫聲，一下又一下，自一扇門中傳了出來。

原振俠奔到了門口，向內看去，看到地上，是被拋了下來的白布幔，正中，一個十分精緻的紅木架子上，是一口棺木，棺蓋被打開著，那老者半跪半伏在棺上，發出一下一下的，聽來令人心頭淒慘至極的叫聲，而且，他顯然是在號哭，身子也不住發著抖。

原振俠走進門去又是一呆，「棺材裏自然是死人」這句話，有時不一定對，這時就不對，因為棺材裏是空的。也不能說棺材是空的，因為裏面還有點東西：襯著雪白緞子，在緞子的中間，是一套白色的緞子衣服，單就衣服也看得出，穿著這衣服的女人，有著極其苗條的身材，衣服的式樣相當古老，全白色，只是扣子是一種悅目的淺黃色，相配得十分調和。

原振俠仍然不知道發生了什麼事，他回頭，看到劉由正向門口賊頭賊腦地張望，但突然之間，劉由的神情，變得駭異莫名，整個人像是遭到了電殛一樣！

原振俠沒有去理會神情突然改變的劉由，只是來到棺邊，先把手輕輕按在那伏在棺邊的老者的頭側的大動脈上，他感到動脈正在迅疾無比地跳動，這對於一個老年人來說，是十分危險的事。

他使自己的手指用力了一些，那樣多少可以起到一點鎮定的作用，然後，他道：「老先生，鎮定一點！」

當他這樣說的時候，他突然看到了那幅照片，一看之下，他也不禁呆住了，不由自主失聲道：「天下竟然有這樣美的人！」

任何人，甚至不論性別，在看到了那幅照片中的美人之後，都會發出這樣的讚嘆聲來的，不同的最多是有的人在心中讚嘆，有的人不由自主要叫出來而已。

原振俠的視線，一時之間，無法離開那幅照片，相片中的美人，有著那麼強烈的吸引力，叫人看了還想看。原振俠並不是急色兒，但是愛美是人的天性，那女人的樣貌、神態，令得他一時之間，甚至不再去注意四周圍發生的一切，所以，那老者是在什麼時候止住了哭聲的，他也未曾留意。直到他感到自己的手被揮開，那老者站了起來，原振俠的視線，才從相片上收回來。

老者已經不再哭叫，可是還是滿面淚痕，原振俠這時離他極近，老者的身形比原振俠還要高，雖然神情極度傷心，淚痕滿面，可是，卻掩不住他那種自然而然流露出來的高貴、軒昂的氣質。

原振俠可以肯定，早二、三十年，甚至就算是現在，那老者也不折不扣，是一個美男子！如果是在年輕的時候，那自然更加瀟灑出眾了！

也就在那一剎那間，原振俠的心中，興起了一個當時來說，實在是莫名其妙的念頭，相片上那麼美麗的女人，幾乎是沒有男人可以配得上她的，唯一可以配得上那個美女的，大約就是年輕時的這個老者了，那老者在棺旁號哭得這樣傷心，那相片又在棺前，會不會他們本來就是一對情侶呢？

原振俠心中胡亂地想著，那老者在站了起來之後，只是向原振俠望了一眼，立時轉頭，向還在門口的劉由，望了過去。

劉由站在門口，一手扶著門框，看來像是站不穩一樣，雙眼突出，睜得老大，口張開著，神情駭異莫名，那老者向他望去，他也不覺得，只是盯著靈柩，喉間發出了一陣又一陣的怪聲來。

那老者陡然喝道：「你剛才說什麼？你說靈柩中有什麼？」

老者大聲一呼喝，原振俠定了定神，想起自己才見到這兩個人時他們的對話，知道事情十分蹊蹺，他不出聲，只是眼睜睜地旁觀著。

劉由被那老者一喝，身子震動了一下，雙眼仍然盯著棺木，喉際的怪聲聽來更響亮，過了好一會兒，才自他的口中迸出一個字來：「鬼！」

他看來是用盡了全身的氣力，才講出了這個字來的，所以一出了聲，身子就虛脫得劇烈搖晃起來，原振俠忙奔過去，扶住了他，發現他幾乎一身全是汗。一個人要不是受極度的驚嚇，是決不會有這種情形的。

原振俠的心中充滿了疑惑，忍不住問：「什麼事？究竟是什麼事？」

那老者的態度，變得十分急躁，他用力揮著手杖：「你別多口，我在問他！」

原振俠悶哼了一聲，老者那種不可一世的態度，顯示出他是一個大人物，但原振俠卻並不欣賞，不過這時，他也沒有說什麼，因為他根本不知道發生了什麼事！

老者一面揮著手杖，一面向前走來，用杖尖輕戳著劉由的胸口，繼續問：「你剛才說什麼？你說棺木裏有人？是不是？」

劉由滿面是汗，點了點頭，隨著他點點頭的動作，汗水大滴大滴地落了下來。

老者挺直身子，他的喉結在上下迅速地移動著，顯出他內心的焦急和激動：「人呢？」

劉由幾乎哭了出來：「我不知道！我不知道！昨天晚上，我明明看到的，明明看到的！」

老者又陡然震動了一下，轉過身去，再向靈柩中看了一眼——那實在是多餘的，因為誰都可以看得到，棺木之中除了一套衣服之外，並沒有死人躺著。老者放下手杖來，支撐著，用極緩慢的聲調道：「你……別怕，慢慢說！」

劉由抽搐著：「別怕？昨天晚上，棺材裏明明有死人，不但我看到，十三太保也看到的，現在忽然沒有了，要不是給你弄走，那就是鬼！」

這時，原振俠總算聽出一點頭緒來了，他更加感到怪異莫名。

那老者的神態，卻已經迅速鎮定了下來：「我沒有弄走什麼，也不是鬼。十三太保是什麼人？」

劉由道：「是……一個……我的女朋友。」

老者盯著劉由，目光變得十分凌厲。

當老者逼視著劉由之際，就在劉由身邊的原振俠，也可以感到對方眼神中的那股威勢。劉由更被逼視得低下頭去。

老者一字一頓地問著：「你是進來掃塵的，為什麼要打開棺蓋？」

劉由的身子發起抖來，道：「我……我……實在太窮了，想……想……」

他支支吾吾講不下去了，老者揮了揮手：「我明白了，你打開了棺蓋之後，就看到了——」

劉由吞了一口口水：「看到一個好看得不能再好看的女人，躺著，就是相片上的那個女人，一點不錯，就是她，十三太保一看就害怕，叫有鬼——」

老者在聽到這裏時，又緩緩回到了棺邊，低下頭去，一動也不動。

原振俠道：「看到了一個好看的女人，你女朋友為什麼要害怕？」

劉由伸手在臉上抹著汗：「我也害怕啊，先生！我伯父告訴我，這裏是一個死了很久的有錢人家的太太，可是看起來……卻像是活人在睡覺一樣，怎麼能不害怕？而現在……又不見了……那不是……」

老者陡然轉過身來，接了上去：「不是鬼！」

老者的威勢，令得劉由立時道：「是……不是鬼……不知道是什麼？」

他後面一句話，是自己在問自己的，聲音很低，當然也不會有人去回答他。

老者又揚起手杖來指著他：「你要錢是不是？我可以給你很多錢，你去把你的女朋友找來，把昨天晚上你們見到的經過，詳細講給我聽。」

劉由一面連連抹汗，一面大聲答應著。

老者道：「快去，越快回來越好，我在這裏等你！」

劉由又瞪大了眼睛：「你不怕？」

老者暴雷也似地喝道：「快去！」

劉由大叫了一聲，連爬帶跌，轉身就向門外奔去。老者向原振俠望了一眼，凜然道：「年輕人，別管閒事，你走吧！」

原振俠的心中，實在是充滿了疑惑，知道在這裏發生了一件怪事，他已知的梗概是：一個美麗的女人，在死去了多年之後，看起來還像是活人在睡覺一樣，而這個女人，昨晚還在，今天卻不見了。

原振俠一生之中遇到的怪事不少，可是卻還未曾有怪到這樣子的！自然不想就此離開這裏！

可是，這裏發生的事情再怪，他畢竟是一個偶然闖進來的陌生人，在人家要求他離開的時候，他沒有理由賴著不走的。

他迅速地想了一想，決定玩弄一下手法，使自己可以留下來。他以一種相當冷峻的口吻道：「看起來，這裏發生的事，很有犯罪的意味，至少，有一具屍體不見了！」

老者一揚眉：「你是警員？」

原振俠想不到對方會一下子直接這樣反問，他感到有點狼狽，但是他還是硬著頭皮道：「是，所以我要留下來，知道它究竟是怎麼一回事！」

老者一點也沒有被嚇倒的樣子，只是口角掛著不屑的冷笑，道：「把我車子裏的無線電話拿來，我會告訴利文，叫他告訴你，離我遠一點！」

原振俠陡然一怔，他當然不是警務人員，可是利文是當地警察的最高首長，作為一個當地居民，他自然也是知道的！

他早已看出那老者氣度非凡，不是尋常人，但卻也未曾想到，他可以隨便和當地警察最高首長通電話，看來，他假冒不下去了！

別人在這樣的情形下，或者會繼續掩飾下去，但原振俠是一個性格十分爽朗的人，他歉然笑了一下：「真對不起，我其實不是警員，只不過因為好奇，所以想留下來！」

老者「哦」地一聲，也沒有什麼發怒的神情，反倒有點欣賞原振俠的坦率，可是卻還是揮了揮手，示意原振俠離去。

原振俠忙道：「在這裏發生的事，是一件很奇怪的事情，是不是？我經歷過不少很離奇的事，經歷過人的靈魂在時空轉移之中，離開了肉體；經歷了黑巫術最惡毒的咒語，或許，在這件事中，我也能提供一點幫助？」

老者「啊」地一聲，道：「那樣說來，你是那位——」

原振俠忙道：「不是。我叫原振俠，是一個醫生，不是你心中想的那位先生，那位先生我也見過，他的確了不起，可是他太忙了，你去找他，他未必能幫你！」

老者「哼」的一聲：「是啊，我找過他很多次了，都沒能見著他！」

他連連嘆著氣，過了一會兒，還是搖了搖頭：「你還是走吧，我的事，沒有人能幫得了！」

原振俠十分失望：「至少，讓我知道一下梗概？」

老者仍然搖著頭。

原振俠無計可施，只好道：「這裏相當荒涼，請允許我陪著你，到剛才那人帶著他的女朋友回來。」

這一次，那老者倒沒有反對，只是「嗯」了一聲。

原振俠問：「先生貴姓？」

那老者淡淡地答：「冷。」

原振俠呆了一呆，「冷」是一個不常見的姓氏，但是這個姓，有一個時期，在中國卻是極其喧嘩的一個姓，幾乎無人不知。

（在這裏，必須說明一下的是，這個故事是真是假，可以不必追究，反正只是一個故事，但是「冷」這個姓氏，卻是假造的，那老者本來的姓是什麼，不便據實寫出來。原振俠在聽了那老者的姓氏之後的反應。是由於那老人真實的姓氏，實在曾一度極煊赫輝煌之故，而不是聽了「冷」字才有這樣的反應，「冷」只不過是隨手拈來，為了行文方便的一個代表字而已。）

原振俠立時想到，這老者的氣度懾人，可能和這個冷氏家族有點關係，所以他恭維了一句：「原來是冷先生，冷先生府上是河南？」

那老者點了點頭，轉過頭去，看情形不準備再和原振俠說話，原振俠又搭訕了幾句，得不到回答，不免十分尷尬，他來回踱了幾步，又來到那張相片之前，相片中那美麗的女人，眼球像是會隨著她的人轉動一樣。

原振俠又不禁由衷地讚嘆：「世界上原來有這樣美麗的女人！」

那老者忽然說了一句：「沒有！」

原振俠呆了一呆，那老者肯開口和他說話，那是他求之不得的事，可是他又不明白那老者說「沒有」是什麼意思。他直覺的反應是：難道這一幅畫像，不是一張相片？可是剛才那人又說昨晚看到，躺在棺材中的死人，和相片上的一模一樣。

事情似乎越來越撲朔迷離了，在義莊的這樣一間房間中，一具空棺材，一個美麗之極的美女像，一個身分神秘，舉止怪異的老者，再加上他這個偶然參與進來的陌生人，真像是電影中刻意營造出來的畫面一樣！

原振俠呆了片刻，才道：「沒有？那……是畫家的想像？」

老者卻又搖了搖頭：「不是！」

原振俠悶哼了一聲，實在不知道該怎樣問才好了，他只好道：「剛才你說沒有這樣美麗的女人？」

老者的回答更令人驚愕：「她不是女人！」

原振俠在驚愕之餘，反倒笑了起來：「別告訴我她是一個男人！」

老者十分惱怒：「當然不是！」

原振俠舉起了雙手，作出投降的姿勢來：「好，我放棄了，因為我不明白你的話。」

老者嘆了一聲，他那一下嘆息聲，聽了令人心直往下沉，不知道包含了多少辛酸和傷感、思念和憤懣，原振俠本來在聽了他幾句莫名其妙的回答之後，認為那老者是在戲弄他。

可是他這時，卻可以知道，會發出那樣嘆息聲來的人，自已的心情，不知多麼沉重，決不會再有心情去戲弄他人的了。

老者又嘆了一聲之後，又道：「不明白？其實很容易明白：她不是人。」

原振俠更加呆住了，不是人！那是什麼意思？相片上的美女，有著那麼完美的組合，令得任何人一看之下都會被她吸引，不是人，這是什麼意思？

這時，原振俠已經多少可以看出，那老者和美女之間，有著不尋常的關係，最可能的關係，當然是情侶，或者是夫妻。

把已經逝世了的戀人，在深刻的思念中神化，這倒是很常有的事。原振俠點了點頭：「我明白了，她是你心目中的仙女！」

原振俠自以為這樣說，十分得體，可是那老者卻立即瞪了他一眼，原振俠只好道：「好了，她就是仙女！」

這樣去討好別人，本來是原振俠絕不屑做的事，但這時候，原振俠那樣說，倒並不是為了討好那老者，而是真心地在讚美相片中的美女。

那老者聽了原振俠的話後，發了一會兒怔，才道：「我是把她當仙女的，可是她說她不是仙女。」

原振俠的好奇心，被那老者斷斷續續的話，引發到了頂點，那使他忍不住問：「那麼，她是什麼？」

老者的神情十分迷惘：「我不知道，一直不知道，她自己說她是——」

老者在開始講的時候，全然是沉浸在緬懷往事的情緒之中，自然而然說出來的，可是當他講了一半之際，他陡然醒覺了，想起了不必在陌生人之前講那麼多，所以他陡然住了口，連看也不再向原振俠看一眼。原振俠卻不肯罷休，又問了一些問題，可是老者一直沒有再開口。

原振俠看了看錶，劉由去了已有大半小時了，隨時會回來，他回來之後，自己就再也沒有藉口留在這裏了，非得把那老者的話弄清楚不可。

本來，那老者說的話，絕不合任何邏輯，儘可以把那話當作是胡言亂語，可是老者在說這些話時的神態，和那種嘆息聲，卻又讓人相信他不是胡言亂語。令得聽了話的原振俠，非要尋根究柢不可。

他想了一想，才道：「世上有許多奇怪而不可思議的事。我的一位醫生朋友的遭遇，十分可憐，一個阿拉伯酋長的靈魂，進入了他妻子的身體！」

（原振俠講的這件事，記述在「迷路」這個故事之中。）

老者震動了一下，陡然低聲說了一句：「身體！身體又是什麼呢？」

原振俠立時抓住了那句話：「冷先生，你在問我身體是什麼嗎？」

老者望了望他一眼：「好，算是我在問你，你能回答得出來嗎？」

原振俠立時道：「最簡單的回答是：人的身體，是各種各樣不同細胞的組合，最早由兩個單細胞的結合開始，根據遺傳的規律，發展成長而成。」

老者搖頭：「這種回答，我聽得太多了！」

原振俠有點無可奈何：「這是唯一的回答，或者說，身體是由骨骼、肌肉、皮膚、血液組成的，但實際是一樣的。」

老者仍然搖頭，看了看錶，望了望門外，神情有點焦急，原振俠卻希望劉由越遲回來越好，老者又嘆了一聲：「你說的那個靈魂的事，的確很奇特，向我詳細地說說，我有興趣聽。」

原振俠立即答應，把那件事的經過，簡單扼要地說了一遍，老者真的用心聽著，原振俠大約花了半個小時就講完了，老者像是在思索什麼，但隨即又搖著頭：「不一樣，完全不一樣！」

原振俠立即明白了這句話的意思是：在這個老者的身上，一定也發生過一件不可思議的事情，但是卻和他剛才講的不一樣。在他才提及這件事之際，老者可能認為有相同之處，所以才耐心聽他講的。

原振俠裝成隨口發問的樣子：「那麼，冷先生的遭遇是怎樣的呢？」

老者向原振俠望了一眼，沒有開口，外面已傳來劉由的聲音：「快來，那位先生答應給我很多錢！」

原振俠嘆了一口氣，他已沒有賴著不走的理由了，那老者的神情也開始緊張了起來，在門口，劉由已經拉著十三太保，走了進來。

十三太保一進來，看到了只有一套衣服在的棺木，嚇得緊緊抓住了劉由的手臂。

劉由推著她：「快對這位老先生說！」

十三太保打著顫：「昨天晚上……不關我的事，是他要我一起來的……我……他托著棺蓋，我看到了一個女人躺著，一想起死了那麼久的女人不會那麼好看，我害怕……就逃了出去！」

老者似乎緊張得顧不得再理會原振俠是不是還在，指著那相片，盯著十三太保：「就是那相片上的？」

十三太保連連點頭，老者又問：「不是眼花？」

十三太保望向劉由：「不是，他也看到的，這……女人到哪裏去了？」

老者又是一聲長嘆：「我要是知道她到哪裏去就好了，就會不惜一切代價把她找回來！」

他說著，立時發現眼前的一男一女，低級庸俗，絕不是聽他講話的材料，就不再講下去，轉過身，看到了還留著不走的原振俠。

原振俠抱歉地笑了一下，那老者沒有什麼表示，來到靈柩前，伸手緩緩撫弄著棺內的那套白緞子衣服，他手指的動作是如此之輕柔和充滿了感情，像是他在撫摸的不是一件沒有生命的衣服，而是一個活色生香的美女胴體。

原振俠屏住了氣息，儘管他的心中充滿了疑問，但是也不忍心在這樣的情景之下去打擾對方。

那老者過了好久，才又長嘆一聲，俯身想把棺蓋抬起來，原振俠忙過去幫他，把棺蓋蓋好，老者向著原振俠，上唇掀動了幾次，像是道謝，但是他仍然沒有說什麼，只是又伸手在棺蓋上撫摸了片刻，低聲地叫著：「寶狐！寶狐！」

原振俠聽出他是在叫著一個人的名字，那自然是相片上的那個美人。

然後，他取出一張名片，翻過來，迅速地寫了兩行字，轉過身，把名片交給劉由：「到亞洲銀行去找總經理，你們兩人，每人可以得到十萬元。」

劉由和十三太保兩人嚇呆了，像是木頭人一樣，一動也不動，老者把名片放在劉由的手上，就握著手杖，向外慢慢地走了出去。

原振俠望著那老者的背影，這時看來他有點衰老的樣子，但是原振俠看過他身手的矯捷，知道他這種衰老和緩慢，甚至要拄杖而行，全是心理上的一種異常的重壓形成的。

等到那老者走了出去，原振俠決不定是不是可以追上去之際，劉由才陡地叫了起來：「每人十萬元，十三太保，每人十萬元！」

劉由一面叫著，一面把那張名片取出來看看，名片後面寫的那兩行字，他顯然一個也認不出來，是以他立時又現出十分疑惑的神色，向原振俠望來，問：「先生，真能……憑這個向銀行去拿錢？」

原振俠走了過去，在劉由的手中，去看那名片後面寫的字，竟然是德文，原振俠倒可以認得出來，先是一個稱呼，多半是亞洲銀行的總經理，然後簡單地寫著：「來見你的一男一女，每人支給十萬元。」再下面，是一個龍飛鳳舞式的簽名。

原振俠看著，劉由焦急地望著他，等候著他的回答，原振俠道：「那要看這名片是什麼人的！」

他示意劉由把名片翻過來，劉由一翻手，原振俠就看到了名片上印著三個中國字：「冷自泉。」

原振俠一看到了這個名字，「啊」地一聲，不由自主地驚呼了起來！

（又需說明的一點是，名片一翻過來之後，原振俠當然看到了一個名字，那名字也的確令他吃驚，不過，「冷自泉」只是為了講故事方便而隨手拈來的。

冷自泉這個名字，當然不會給人帶來什麼震撼，但原振俠實際看到的那個名字，任何對中國近代史稍有常識的人，看了之後，都會吃驚。）

劉由看到原振俠吃驚，更加焦急，道：「怎麼樣？」

原振俠已急急向外走去，一面揮手道：「快到銀行去吧，沒有問題！」

原振俠這時，已經知道了那老者的身分，他真後悔剛才在請教了對方貴姓之後，沒有再請教大名！

他只以為那老者可能和那個一度極其煊赫的家庭有關，但卻沒有想到，那老者根本就是這個權傾朝野，富可敵國，手握百萬兵符，叱吒風雲的中心人物。

知道了那老者是這樣的一個重要人物，原振俠自然不肯失去探索那些怪事的機會，他急急奔了出去。

可是，當他奔到義莊的門口時，那老者的黑色大房車，已經不見蹤影了！

原振俠呆了一呆，估計他可能回市區去，他用百公尺賽跑的速度，奔向他自己的車子，不等喘定氣，就發動了車子，駛向了通往市區的公路。

可是他一直沒有在公路上發現那輛黑色的大房車。

原振俠還不死心，在公路上轉了好幾個圈子，一直到下午，還是一無發現，這才回到了宿舍。

# 第二部：風雲人物　無故失蹤

原振俠這兩天來的遭遇，真是奇特之極。他遇到了一件怪事，而這件怪事中的主要人物，竟然是那麼不平凡的一個人！雖然，時易勢遷，冷自泉這個人，在軍事和政治上，都已不能再起到什麼作用，但是他至少還是世界十大富豪之一，那是真正的富豪，隨便的一個行動，都可以使世界金融大起波動的超級富豪。

原振俠一回宿舍，就急急忙忙在他自己的藏書之中，找出了幾本有關近代史的書，掌故之類的記載來，不到半小時，他就可以替冷自泉寫出一個簡略的小傳來。

冷自泉出生在動亂時期，他的父親是手握兵符的大元帥，他的叔父是政治上的領袖，他的舅父掌握了一國的財政，而他是這個家庭唯一的男性傳人。

這是一個全國矚目的地位，早年他在德國學習軍事，周旋於歐州各國王室的社交宴會之間，和西方政治家打交道之際，不少政治觀察家就預言，這個英俊挺拔、風度翩翩的年輕人，將來一定可以集政軍財大權於一身，是國際上的超級風雲人物。

所以，當時，冷自泉雖然只是一個軍官學校的學生，但是地位已經比英國王子和奧國的大公爵更高，那些只不過是虛銜，冷自泉是會掌握實權的，在他家族刻意的培養之下，他將成為出人頭地的政治家、軍事家不可！

而冷自泉本身，就算沒有他家族的背景，他也是一個出色之極的青年人，他酷愛運動，醉心音樂文學，而且似乎有天生的軍事天才，柏林軍事學院中的將軍，一致認為從來也沒有一個人，可以對軍事行動有這樣敏銳的判斷力的，而在軍事行動之中，判斷力是取勝的關鍵。

而且，冷自泉相貌堂堂，簡直是所有異性崇拜的偶像，當時美國的一位政治家開玩笑地說，冷自泉如果參加美國總統競選，全美國的女性，至少有百分之八十，會投他一票——單憑他的外表，而不理會他的政綱。

冷自泉一生之中最高的高潮，是他自軍官學校畢業之後，一回到自己的國家，參加了三個相當重要的戰役，指揮著人數不多但是裝備精良的部隊，把敵人打得落花流水聞風而逃！

那一年，冷自泉還只有二十六歲。

當冷自泉還未曾有這樣出色的表現之際，雖然他未來的領導地位，已經是無庸置疑的了，但他的父、叔還是不放心，怕有人會不服。經過冷自泉軍事天才的表現後，人人都放心了。

所以，那三次戰役後，在冷府所舉行的一個名義上是私人慶祝的盛會，轟動了全世界，一直到若干年後，還有許多掌故文字、花絮文章，記述著這次盛會中的一切，包括賓客所受到的豪華待遇，來自世界各地的著名政治家、王室成員、藝術家、將軍、元帥、王公、運動家，名單列出來，可以使人一看就知道，世界上實在不可能再有同樣的盛會了。

一個曾參與這個盛會的重要人物——伊朗皇帝，在事後曾對人感慨地說：「元朝時候，馬可波羅到了中國的大都，參與了元朝宮廷的一些盛宴，我相信，那些盛宴，比起冷府的私人宴會來，一定差了不知多少！」

宴會是在冷家河南的大屋子中舉行的，為了舉行這個宴會，特地開了公路，延長了鐵路，還建立了小型的機場，全國各地的名廚和珍貴的食物，各地的戲班，表演工作者，全集中在被賓客稱為「冷氏皇宮」的那所大宅子之中。

冷氏的大宅，是真正的大宅，現代大都市中的人，很難想像一個家族的住宅可以占地如此之廣的。整個大宅是在平原建立起來的，房舍、迴廊、廳堂，在刻意整理過的花園，人工掘出來的大湖四周，「在空中俯瞰下來，簡直像是一個小城市……」這是來自英國的一個著名女演員當時的感嘆。

像冷自泉這樣身分地位的人物，即使是一個極盡奢華之能事，世上再也不可能有第二次的宴會，其實也沒有什麼值得大書特書之處，因為那年他才二十六歲，在他面前的生命途徑，一定多姿多采之極，尤其是當時的世界局勢，已開始動盪，冷自泉可以在世界事務中，成為一個舉足輕重的人物，那麼，一個宴會，算得了什麼？

但是，所有記述者都重視這次宴會，是因為在那次宴會後，發生了一件奇怪之極的事，全世界所有的政治觀察家都目瞪口呆，不知道為了什麼，最精明能幹的記者，也打聽不出原因。幾個頑固的領袖，甚至聯名寫信給冷自泉的父親和叔父，詢問有關冷自泉的下落！是的，冷自泉像是突然消失了，怪不可言地消失在全世界對他矚目的人之前！

像冷自泉這樣舉世矚目的人物，他的失蹤，自然不是普通人的消失，而是更多指他在政治軍事舞臺上的消失而言的。

在那次宴會後第三天，就有正式的命令，委任他為全國武裝部隊的副統帥，並且也安排了隆重就職典禮，順便請參加了宴會之後，還沒有回國的各國要人，到場觀禮。

可是，典禮的最重要人物——冷自泉，竟然沒有出席他自己的就職典禮！

典禮的餘波是，世界新聞工作者協會，提出了嚴重抗議，因為當局沒收了所有現場攝影記者的相機，那是由於冷自泉的父親和叔父，在冷自泉沒有在典禮中出現之際，那種焦急、憤怒到近乎瘋狂的神態，是絕對不適宜給任何相片記錄下來的！

從此之後，冷自泉這個人就「消失」了。

以後，他一直成為人們談論的資料。究竟發生了什麼事？似乎完全沒有人知道。

有人，還在河南的冷家大宅中看到過冷自泉，看來他的健康極度良好，一點也不像有病。為什麼如日中天的冷自泉，忽然會起了那麼大的轉變？

當政局動亂的時候，還是有不少人想起冷自泉來，西方國家的政治領袖，也有過表示，希望冷自泉能出現在政治舞臺上，但是全然不起作用，看來冷自泉是徹底消失了。

一直到戰爭不斷爆發，政治局勢變了又變，冷自泉的名字，隨著他家庭的政治、軍事力量的衰落，而漸漸被人淡忘了。

但是，他曾是近代史中那麼萬眾矚目的一個光輝人物，像是流星一樣，曾在人們的心目之中，劃空而過，對近代史稍有常識的人，還是可以記得他的名字的。

而在局勢發生了大轉變之後，冷自泉就到了美國，他家族的龐大財產也轉移到了西方，不過冷自泉似乎也絕不活躍，只是過著隱居般的生活。

以上，可以說是冷自泉最簡單的小傳，這是一個謎一樣的人物。

尤其使人大惑不解，至今沒有人知道的是，何以在那次宴會之後，他就絕對未曾再在公開場合出現過，而且，冷自泉家族從上到下的所有人，都拒絕透露其中原因。在冷自泉的身上，究竟發生了什麼事？

原振俠在查看了他藏書中有關冷自泉的資料之後，心中更是疑惑難明。

在有關冷自泉的各種記載中，提到了美國生活雜誌有一個記者，在冷自泉留學德國，活躍於歐洲社交界之際，就曾採訪過他，兩人成為好朋友，這位記者也曾參加了那次盛會，在冷自泉神秘失蹤後，他一直不肯放棄，要查究原因，希望能再見到冷自泉一次，弄明白發生了什麼事。

但是這位叫哈雷的記者，並沒有達到他的目的。他後來寫了一本書，書名叫做「謎一樣的國家中最大的謎」。原振俠看到了這則記載，立即打電話到書店去問，可是那是一本相當冷門的書，而且出版了也近二十年，書店並無出售。

原振俠再打電話到「小寶圖書館」，他知道小寶圖書館中，藏有許多對不可思議的事情記述的書籍，這本書的書名之中，既然有兩個「謎」字，有可能成為收藏的對象，在電話邊上，等了五六分鐘之後，他得到了肯定的答覆：「是的，原醫生，有這本書。」

原振俠和小寶圖書館的關係，是如此之密切，所以他提出了要求：「能不能立即派一個人送這本書來給我，所需費用由我來支付！」

小寶圖書館的職員，自然知道原振俠和圖書館的關係，所以一口答應。

原振俠在宿舍中走來走去，一面又把手頭所有的資料，再整理了一下。他倒可以作出一個初步的歸納來，在那次盛會之前，冷自泉的一切，都是十分正常的。

一切變化，全是在那次盛大的宴會之後發生的。

然而，那次宴會，看來也很正常，會發生什麼事，令得冷自泉整個人都改變了呢？

原振俠點著了一支煙，深深地吸著，又徐徐噴出來，心想，這個問題，大約只有冷自泉自己才可以回答了，但是，是不是和那相片上的美女有關係呢？

那美女給人的印象是這麼深刻，原振俠這時，彷彿可以在繚繞的煙霧之中，看到她那清麗絕頂的臉龐，看到她那眼波流轉的眼睛。這樣的一個女人，倒真是可以令得一個國王放棄他的王位，但冷自泉當時，似乎並不需要如此，他如果要娶這個美女，那一定又是一場轟動一時的婚禮。

那麼，是為了什麼呢？冷自泉對這個女子，有著感情上的糾纏，那是可以肯定的了，原振俠真後悔當時沒有留住冷自泉，問一個爽快。

小寶圖書館的職員，來得出乎意料之外的快，把那本書送來了。原振俠立時打開，近乎貪婪地讀著。書是用英文寫成的，作者哈雷的文筆十分流利，整本書，分為三個部分：

第一部分，記述著冷自泉在德國的生活，顯示出冷自泉是一個充滿了朝氣，幾乎無所不能，而且性格極其爽朗，對任何人都可以發生巨大影響能力的一個人，他甚至曾影響過歐洲兩位出色的音樂家，改寫他們交響樂的某些部分，每一個人都十分樂於和他交友。

第二部分，用了將近三萬字，來記述那次盛大的宴會，哈雷是出色的記者，在他筆下的那個宴會，比起那些掌故性的花絮文字來，不知精彩了多少，詳細的與會者名單、食譜，全包括在內，而且還指出，雖然是私人性質的宴會，但是由於各政要畢集，在巨大的宅子中，有不少國際間重要的事務，是在那裏進行的。

哈雷更特別指出，這次宴會，還隱藏著另外一個目的（未曾正式宣佈），那就是，當年，冷自泉二十六歲了，冷家有為他選擇婚配對象的打算，希望在與會的嘉賓之中，能有才貌、家世相若的女孩，可以和冷自泉談婚論嫁。所以宴會中年輕出眾的美人特別多，甚至連埃及也有幾位有著公主頭銜的少女前來參加。

可是，冷自泉顯然沒有看中任何人。因為他一直是獨身生活的。

這個結論，原振俠看了之後，覺得十分奇怪，但哈雷在第三部分之中，詳細地記述了他可能探索得到的有關冷自泉未曾離開過冷家故鄉的巨宅，他曾用盡了法子想去接近冷自泉，有一次避開了嚴密的警衛，已經看到了冷自泉正在游泳，可是還是被人發現，抓了起來，這一次哈雷惹了大麻煩，幾乎當場就要被處死，但後來忽然又放走了他，只是從此不許他再入境。哈雷的猜想是，那是冷自泉代他求情的，而在那次他看到冷自泉的時候，設備豪華而巨大的游泳池畔，並沒有任何女性。

哈雷十分佩服中國人保守秘密的本領，因為冷自泉不可能一個人生活，一定要有許多人服侍他，和他接觸，但不論哈雷如何努力，許以駭人的報酬，都無法在忠心耿耿的冷家家僕的口中，套取出一個有關冷自泉的事。沒有人肯說半句有關冷自泉的話！

哈雷在離開中國之後，只好放棄了追蹤冷自泉身上發生的謎，但後來，冷自泉遷居到了美國，這使哈雷又開始了努力，一直到寫這本書時，哈雷已努力了七年，可是他還未曾有結果，冷自泉根本不見人，他居住的大廈高達六十二層，他住在頂樓，只有一架專用電梯可以上去，而冷自泉根本不下樓，警衛嚴密，整幢大廈全是冷自泉的產業，一隊軍隊也攻不進去，一個記者，又有什麼辦法？

哈雷的結論是：冷自泉沒有女人陪伴，他道出這個結論的方法，說起來很簡單，但是卻也合情合理之極，他說：

「世界上沒有一個女人，可以如此長期地陪一個男人過這種自我放逐的生活，即使生活再豪華，也不可能。所以，這個謎一樣的人物是獨居的，真有趣，是他的男性機能有問題嗎？」

最後一句，自然是哈雷生了氣的氣話，他甚至想因此而把冷自泉引出來，和他打文字誹謗官司，不過當然，哈雷沒有達到這個目的。

原振俠看完了這本書，更想到他自己今天的遭遇之奇，他和這個謎一樣的人物，相處了那麼久！只可惜，什麼謎團都未曾解開，反倒又添了不少謎團。

在那本有關冷自泉的著作中，根本沒有解答任何謎團，原振俠詳細地再把遇到冷自泉的經過想了一遍，只是覺得更難以解釋。

不過他倒可以肯定一點：冷自泉的神秘行動，一定和那個美麗之極的女人有關！原振俠聽過冷自泉叫過幾次那個女人的名字，但是他得到的只是音節，並不能確切知道那女人的真正名字。

而且，這個女人，容顏是如此美麗出眾，可以說任何人只要見過她一次，就再也不會忘記，何以在那本有關冷自泉的著作之中，會一個字也沒有提到她呢？

這個美麗的女人，可以說是冷自泉神秘生活的主要關鍵，或者甚至可以說，冷自泉的神秘，就是因為這個神秘女人而產生的！

原振俠絕不懷疑那個女人的美麗，因為他看到過那個女人的相片。相片，一般來說，至多只能表現一個美女的三成美麗，原振俠甚至神馳天外，想像那個美女的眼睛在眼波流動時，她俏麗的臉龐在笑語如花之際，究竟是如何美麗，那似乎是不可想像的！

原振俠也絕不懷疑那美女的神秘，她從來也不為人知，現在，照說，是應該已經死了，可是卻又不像。

那神秘的女人要是已經死了，那麼，何以棺材之中，竟空無所有！更神秘的是，何以劉由和十三太保這兩個人，又會在靈柩之中見到那個女人？甚至連冷自泉自己，似乎也不能肯定那美女的生死！

原振俠在回想冷自泉的言語之際，更加覺得撲朔迷離，冷自泉不知那美女在何處，他曾說，要是他知道的話，他會不惜一切代價，去把她找回來！

這種言語，是什麼意思？人死了，是不論什麼代價都找不回來的！要是那個美女沒有死，冷自泉又為什麼替她準備了靈柩？而且，看起來，整個寶氏義莊，似乎都是為了那具空棺而設立的！

原振俠只感到一個謎團套一個謎團，沒有一個是可以解開的！

當他看到那本有關冷自泉的書，又想了好一會兒，一點也沒有頭緒之際，他只覺得頭昏腦脹，他站起來，來到了陽臺上，深深吸著氣。清新的空氣，令得他比較舒服了一些，但是對他心中的疑團，卻一點也沒有幫助。

原振俠甚至在考慮，自己是不是應該抽空到紐約去一次，設法去見見冷自泉，明知道那幾乎是沒有可能的事，可是這謎團如果不獲得解決，只怕每天都要因之想得頭昏腦脹，會不斷地想下去！

這天晚上，原振俠睡得很不好，第二天在當值時也有點心不在焉，一連過了三天，情緒才漸漸平穩下來。

在這三天之中，原振俠去了寶氏義莊兩次，可是只見到一個姓劉的老頭子在，問起劉由，劉老頭子說他忽然發了財，不知道到哪裏去了，原振俠也買通了劉老頭，到那房間去了兩次，每次都抬起棺蓋來，可是靈柩之中仍然空無所有。

原振俠更曾在那美女的相片之前，站立了很久，心中想著：

要是有這樣一個美女和自己有了感情之後的情形。可是他想著，又忍不住嘆息，他有他心目中的美人，或許有的美人是世所公認的，每一個人看到了都會屏住氣息。但是每一個人，都在他的心中，有一個自己所愛的美人，原振俠也不例外。原振俠所愛的，始終是那個充滿野性的美女，如今，是在世界局勢上舉足輕重的女強人黃絹。

黃絹和相片上的美女，完全是兩種不同的類型，一個看來是那樣柔軟，另一個是那麼堅強，一個是那麼靜態，而一個是那麼狂野！

到第三天晚上，原振俠駕車到小寶圖書館去。

原振俠到小寶圖書館去，是為了還那本有關冷自泉的書，順便再找一點資料。圖書館的職員，對他十分熟，一面和他招呼，一面道：「原醫生，蘇館長在他的辦公室。」

蘇館長就是蘇家兄弟中的蘇耀西，原振俠和蘇家幾兄弟友情甚篤，和蘇耀西相當久未曾見面了，聽了之後，他很高興道：「好，我去看他！」

他一面說，一面已快步向電梯走去，那職員忙道：「原醫生，蘇館長——」

由於小寶圖書館的規則之一，是要維持極度的肅靜，所以，那職員叫了一聲之後，立時把下面的話，壓低了下來說，原振俠就沒有聽清楚，只聽得他在說的，像是蘇館長有客人之類，原振俠也沒有在意。因為他和蘇家兄弟的交情，就算蘇耀西有重要的事在辦，他闖進去，也不算是無禮的事。

他來到了館長辦公室的門口，敲了兩下門，也沒有等到裏面的回答，就推開了門。

一推開門，他看到了蘇耀西和一個看來身形相當高大的人對坐著，蘇耀西對著門，一看到了原振俠，十分高興，向原振俠做了一個手勢，示意他坐下來，一方面仍然在繼續說著：「當然，歡迎，這裏所有的書，你可以自由取閱，不過我恐怕我們這裏，關於狐仙的書籍，不會很多。」

原振俠在近門口的一張沙發上坐了下來，所以他仍然只看到那個和蘇耀西對話的人的背影，他也根本沒有去注意那是什麼人。可是，那人在蘇耀西講話之後，一開口，原振俠卻整個人都跳了起來！

當然是由於原振俠的行為太古怪了，所以蘇耀西一副訝然神色，向他望來。

和他講話的那人仍然在說著：「當然是，這一點我知道，事實上，多年來，我個人也一直努力在搜集這方面的書籍，可是一樣所得甚少，只是再希望多看一點。」

那個人在一開口的時候，就令得原振俠跳起來的原因是：原振俠一聽，就聽出那是冷自泉！

這真是踏破鐵鞋無覓處，得來全不費功夫，他心中自然又興奮又緊張！一時之間，他不知道如何上前和冷自泉打招呼才好？

冷自泉講完了那幾句話，也轉過頭向身後望來，看到了原振俠，他也不禁有點愕然，但是隨即，像是根本未曾見過原振俠一樣，轉回頭去。

蘇耀西道：「如果能使你得到你要的資料，那是我們的榮幸！有關這一方面的書，全都在三樓，我叫職員帶你去！」

蘇耀西說著，已按下了對講機，吩咐職員進來，他和冷自泉一起站了起來。

原振俠忙來到他們的面前，叫道：「冷先生！」

冷自泉的反應，只是敷衍地「嗯」了一聲。原振俠有點尷尬，蘇耀西介紹：「這位是原醫生。」

原振俠忙道：「我們見過！」

冷自泉的反應，仍然極其冷漠，只是點了點頭，反而有點厭惡地向原振俠手中那本書望了一眼，原振俠手中所拿著的那本書，正是講冷自泉的，他一到圖書館就直上蘇耀西的辦公室，還沒有歸還。這倒令得原振俠很不好意思，更不知說什麼才好。

這時，職員已經進來，冷自泉向蘇耀西點了點頭，就跟著職員走了出去。

蘇耀西這時，也看到了原振俠手中那本書，他「咦」地一聲：「怎麼那麼巧？」

原振俠苦笑了一下：「是啊，三天前，我遇到過他，發生了一些不可思議的事，所以想研究一下這個人。你一直認識他？」

蘇耀西搖頭：「不，今天晚上，才有一個很有地位的人介紹他給我，說只是要在圖書館找些資料，我以前也聽說過這個人。在他身上，有什麼怪事？」

原振俠吸了一口氣，頗有千頭萬緒，不知從何處說起才好之感，想了一想，才笑道：「你自己那麼忙，不必再理會別人的事了，我倒想和他多接近一點！」

蘇耀西也沒有再追問下去：「那我看你準備一些有關狐仙的故事，看來他對這方面的事，有著濃厚的興趣！」

原振俠側著頭，忙問：「狐仙？」

蘇耀西笑道：「是啊，就是狐狸成了精之後的名稱，你對狐狸成精的故事，知道多少？」

蘇耀西的話，令得原振俠有點啼笑皆非：「和普通人一樣，只知道在傳說中，狐狸這種動物，有修煉成仙的本領，牠們早上拜太陽，晚上拜月亮，在吸收了日月精華之後，就可以脫去獸形，變成人形，成為狐仙了。」

蘇耀西道：「是啊，不知道何以這個傳奇人物，會對狐狸成仙的事，有那麼濃厚的興趣！」

原振俠攤了攤手，表示也難以想像，可是突然之間，他想起一件事來，那令得他陡然之間，像遭到了雷殛一樣。

蘇耀西看到了原振俠突如其來的震動，連問道：「你怎麼了？」

原振俠並沒有立即回答，他只是在剎那間，陡然想起，冷自泉在相片和靈柩之前，曾多次地叫著，或是喃喃地叫著一個女人的名字。原振俠並不能十分肯定他叫的是哪兩個字，直到這時，他才想起來，第一個字是「寶」，那是沒有疑問的，而第二個字，難道是「狐」字？

寶狐？那應該是那個美女的名字，因為冷自泉每次在這樣叫喚的時候，都流露出極度的思戀和哀傷。可是通常來說，用「狐」字做名字的人，少之又少，尤其是女性。因為「狐媚」、「狐惑」、「狐狸精」之類，都不是十分文雅的名稱。

春秋的時候，倒有一個名人董狐，是晉國的史君，下筆剛正不阿，不畏權勢，留下了「董狐之筆」這樣的一句成語。

寶狐，如果是那美女的名字，自然很怪，但那也不足以令得原振俠震動，原振俠是想到了「狐」字的時候，聯想到了冷自泉的濃厚興趣，而進一步想到：難道那美女是個狐仙？

這實在是匪夷所思的事！

儘管在傳說中，尤其是中國的江南一帶，有著太多狐仙的故事，在中國著名的短篇小說集，山東蒲松齡先生所著的「聊齋誌異」之中，也有著數以百計的狐仙故事，但是，在現實生活之中出現狐仙，成了精的狐狸，這畢竟是令人難以接受的事！

過了好一會兒，原振俠才搖著頭：「沒有什麼，我只不過是忽然有了一種荒誕的聯想！」

蘇耀西有點不滿：「又是怪異的遭遇，又是怪異的聯想，你總是要把我的好奇心挑逗到難以忍受的地步！」

原振俠忙搖手：「不，不，絕沒有這個意思，我想去看看這位冷先生！」

蘇耀西笑了起來：「別忘記，圖書館的規則之一是絕對不能騷擾其他人！」

原振俠高舉雙手：「如果我犯規的話，可把我趕出圖書館去！」

蘇耀西用力拍著原振俠的肩，兩人一起笑著，原振俠離開了館長辦公室，先到二樓去還書，然後，又到三樓藏書部分，他看到冷自泉正在全神貫注，查看目錄。

小寶圖書館中古怪的藏書極多，但看起來，那些書，冷自泉都看過了。

冷自泉只是迅速地翻看著目錄，一點也沒有停下來，那職員在他的身邊恭候著。

原振俠並沒有去騷擾他，只是在旁邊，自己翻閱著另一部份的目錄，可是實際上，他全神貫注，在注意著冷自泉的行動。

大約十分鐘之後，他聽到冷自泉用一種聽來相當疲乏的聲音問：「還有嗎？」

職員說道：「有關這方面的書，書目……已經全看過了，還有一些關於怪力亂神的——」

冷自泉近乎粗暴地打斷了那職員的話：「那我不要，我只要有關狐仙的！」

原振俠斜眼看去，看到職員抱歉地笑著，冷自泉閉上眼睛一會兒，神情十分疲乏。

原振俠趁機道：「我倒見過一些狐仙的『仙跡』，冷先生是不是有興趣聽聽？」

冷自泉望也不望他，只是淡淡地「嗯」了一聲，要不是原振俠真的想在他的身上發掘出多一點東西來，解決那些神秘的謎團的話，冷自泉這樣的態度，足以令得任何人拂袖而去！

原振俠緩緩吸了一口氣：「我很小的時候，到過一個在蘇州的親戚家，一個老人家給我看了一些雞蛋，蛋殼上一點破裂都沒有，可是卻是空的，他們都說，那是狐仙用法術的結果。」

冷自泉在聽的時候，並沒有表示什麼，聽了之後，仍然沒有表示什麼，就像原振俠根本未曾說過什麼一樣，那令原振俠十分尷尬，自嘲地道：「這是小事，不十分動聽？」

冷自泉還是一望也不望原振俠，打了一個呵欠，慢慢地向外走去。

原振俠本來不能算是性格十分衝動的人，可是在一再遭到如此冷漠的情形之下，他也不禁十分激動。一個人在激動之下，是會做出些不計後果的事情來的。

所以，當冷自泉已快到門口之際，他忽然提高了聲音：「寶狐是不是狐仙？」這句話才一出口，原振俠有點後悔，因為那只是連他自己也覺得荒誕的聯想，實在是不應該說出來的！

他看到冷自泉陡然站定，在那一剎那間，即使只是在背影上，也可以令人感到他有一股蓄勢待發的勁力在。原振俠也知道他雖然年紀不輕，可是身手是極矯健的，所以原振俠也不禁緊張了起來。

原振俠連忙後退了一步，準備冷自泉如果突然向他發動攻擊，他可以預防。

冷自泉大約呆了有一分鐘之久，才極其緩慢地轉過身來。然後，用一種懾人的，極其銳利的目光，盯著原振俠，原振俠在他那種目光的注視下，開始有點不安，但隨即變得坦然。

冷自泉是一個大人物，原振俠也不是沒有見過大人物的人，絕不會感到膽怯，他開始時略有不安，也不為了怕這種說法，會傷害冷自泉心中的傷痛，冷自泉對那個美女，有著極深的戀情，這一點，是原振俠早已肯定的事。

冷自泉足足維持了三分鐘的盯視，然後，口唇掀動了一下，卻並沒有發出聲音來。接著，他又用極緩慢的動作，轉過身去，直到這時，才聽到他用十分低沉的聲音道：「狐仙？誰能告訴我，是不是真有狐仙？」

他那兩句話，全然是在自言自語，並不是對任何人在發問。原振俠忙趕前了幾步，到了冷自泉的身後，用十分誠懇的聲音道：「何必要人家告訴你？」

冷自泉挺身站立著，自他口中吐出來的聲音，高傲而冷漠：「什麼意思？」

原振俠早就準備好了答案：「世上有許多事，不是人人都可以經歷的，有更多的事，甚至只有單獨的一個人可以經歷；即使只有一個人經歷過的事，也可以證明這件事曾發生過！」

冷自泉仍不轉過身來：「別人會相信嗎？」

原振俠回答：「只要自己確信，何必理會旁人？」

冷自泉半晌不語，語氣突然變得相當軟弱：「如果連自己也不確信呢？」

原振俠呆了一呆，他想不到冷自泉會這樣說，他只好道：「輪到我不明白了，什麼意思？」

冷自泉的話，聽來又像是在自言自語：「她告訴我，她是狐狸精，是狐狸變的，是狐仙！」

原振俠又呆了一呆，通常來說，一個篤信狐仙的人的口中，是絕不會說出「狐狸精」這種名詞來的，因為那是對狐仙的大不敬；可是，冷自泉卻又清清楚楚地這樣說著。原振俠在一呆之後，道：「狐仙是不會自稱狐狸精的！」

冷自泉陡然轉過身來：「你怎麼知道？」

原振俠實在無法解釋，他只好這樣說：「那是一個充滿侮辱的稱呼，就像是……黑人不會自稱黑鬼，中國人不會自稱東亞病夫一樣！」

冷自泉對原振俠的解釋感到滿意，他神情猶豫：「她如果不是狐仙，又是什麼呢？」

原振俠也搭不上口，只是自言自語地：「很神秘，太神秘了，是不是？」

冷自泉猝然問：「你知道了什麼？」

原振俠攤了攤手：「什麼也不知道！」

他在頓了一頓之後，又道：「不單是我，看來沒有人知道什麼，許多提到你的文字之中，都沒有人知道，從來也沒有人提及過！」

冷自泉不出聲，神情陷入一種極度迷惘之中。

原振俠又道：「這種情形的本身已經夠神秘了，那樣出色的一位美女，任何人見到她一次之後就不會忘記，也絕不可能忍得住不提及她！」

冷自泉嘆了一聲，自然而然地道：「因為，根本沒有人見過她——」

他講到這裏，陡然住口，神情全然是剛才的話是脫口而出的，講了一半，才發現不應該把這樣的話說給別人聽！

原振俠一聽得他這樣說，心中更是迷惑到了極點！什麼叫做「根本沒有人見過她」？一個人生活在世界上，絕無可能根本不被人所見的，除非她真的是狐仙，有著可以隱形的法術？

原振俠一臉疑惑地望向冷自泉，冷自泉不敢和原振俠的目光接觸，偏過頭去，從側面看來，他臉上的肌肉，在抖動著，那顯示出他的內心，正處於一種極度激動的情緒之中。

原振俠停了一會兒，才以十分懇切的語氣道：「冷先生，看起來，你內心的困惑，正在折磨著你！」

或許是由於原振俠的話，說中了他的心事，冷自泉不由自主地點著頭。

原振俠嘆了一聲：「如果這種困惑，已經折磨了你很多年，而你又無法獨自解決的話，最好和唯一的方法，就是找一個人商量一下！」

冷自泉的聲音，充滿了極度的茫然道：「找誰？」

原振俠深深地吸了一口氣，：「或許，我。」

冷自泉陡然震動了一下，神情變得寒峻：「你？一個對我的一切感到好奇的人？把我的一切講給你聽，好讓你去寫一本書？」

原振俠明白何以冷自泉對他一點沒有好感了，原來他誤會了自己是和那個美國記者同樣的角色！他又嘆了一聲：「冷先生，你誤會了！」

冷自泉用揚眉的動作，代替了詢問，原振俠誠懇地道：「是，我對你有興趣，但那一切，全是在義莊之外，我遇到你之後，和那位神秘的美女，那一男一女所說的一切之後的事！我絕無意寫什麼書，也不想去探索你私生活中的隱秘，只是想把許多不可思議的事，找出一個合理的解釋來。」

冷自泉一動也不動地聽著，神態比較鎮定了一些，等到原振俠說完了之後，仍然維持著原來的姿勢，足有兩分鐘之久，才緩緩吁了一口氣，又向原振俠做了一個手勢：「你可以跟在我車子的後面。」

原振俠抑制著心頭的興奮，自然而然地立正：「是！」

冷自泉向原振俠發出一下諒解的微笑：「你不是軍人，立正的姿勢不夠標準！」

他說著，陡然身子一直，鞋跟「拍」地一靠，整個人筆直地挺立著，看起來，歲月並沒有使他忘記當年在德國軍事學院中所受的嚴格訓練，當他這樣挺立著的時候，他看來穩凝如山，挺拔如松，英武得足以使任何異性心動。

連原振俠看了，也由衷地發出了一下讚嘆聲來，同時，他心中也立時想到，那相片上的美人，和冷自泉如果是一對的話，至少在外形上，他們可以說是天造地設的一對！在他們的身上，幾乎找不出任何缺點來，就像是完美的鑽石一樣，光芒奪目！

冷自泉接著，又以一個十分優美瀟灑的姿勢，來了一個向後轉，向外走了出去。

原振俠忙跟著他，當他們一前一後，經過了圖書館的大廳，向外走去時，遇到了蘇耀西。

小寶圖書館的大廳上，仍然掛著那些畫像，照樣在畫像前面，放滿了鮮花。

冷自泉向那些畫像投以奇訝的一眼，原振俠壓低了聲音：「在那些畫像之中，蘊藏著一件神秘奇詭，不可思議的怪事，我會講給你聽的。」

（小寶圖書館大廳上那些畫像所蘊藏的神秘故事，早已在「血咒」中講過了。）

冷自泉卻像是並沒有被原振俠的話打動，他道：「當一個人，自己被一件神秘奇詭、不可思議的事困擾了幾十年之後，不會再對別的事有興趣，何況我相信，不會再有什麼事比我所遇到的更加奇詭。」

原振俠還沒有回答，蘇耀西已向他們走了過來，笑著：「看來你們的友誼增加了不少！」

冷自泉神態略帶高傲，原振俠向蘇耀西眨了眨眼，表示事情發展，極如理想。

三個人離開了小寶圖書館，各自駕著車，在駛過一個岔路口之際，冷自泉的車轉向左，原振俠忙跟了上去，而蘇耀西則轉進了市區，和他們分了手。

冷自泉的車子，在外型看來，並沒有什麼特別，黑色的車身，保守的式樣，但是原振俠可以肯定車子的機器部分一定是特別製造的，在一段直路上，原振俠把他的車子速度提高到一百八十公里，但是冷自泉的車子在半分鐘內，就在路面上駛得無影無蹤。

原振俠用了最高的速度追上去，才在一個彎角處又看到了冷自泉的車子，那顯然是他故意放慢了速度在等他的。

半小時之後，車子駛過了一道自動的大鐵門，鐵門上有著一個表示家族光輝的徽記，相當大，是一個甲骨文字，原振俠並不認識，猜想是一個「冷」字。

接著，是一條相當長而迂迴的路，路面全是用一種淡青色的磚所鋪成的，路兩旁是各種各樣的花草樹木。原振俠曾接觸過不少豪富，像王一恆，像蘇氏兄弟，可是為了通向住宅而修築這樣考究的一條道路，卻還是第一次見到。

而且，原振俠立即發覺，這條迂迴的道路，通向山上，可以巧妙地把築在山上的房子掩遮起來，在建築學上，達到更加幽靜深邃的效果，那自然是經過精心設計的。

又經過十分鐘，原振俠才看到了屋子，在月色下，整座式樣美觀的屋子，泛著悅目的淡青色，看起來竟然像是一件精緻的薄胎瓷瓶一樣。

車子在另一道大鐵門前停了一停，等鐵門自動打開，駛進去，經過了一個佈置得極其精雅的，南歐式的花園，在花園當中，是一個相當大的噴水池，約莫有二十多股噴泉，射向天空，至少有五公尺高，然後，在半空中組成一片水幕，再灑向水池，使得水池中的睡蓮葉子上，沾滿了晶瑩流動的水珠。

在那個噴水池的中間，是一座和真人同樣大小的雕像，黑暗中，只可以看得出，那是一個女人的立像，姿態極其優美，又恰在水幕的籠罩之下，在水花流動之中，看起來，就像真有一個女人站在那裏一樣；而整個噴水池的設計，十分巧妙，雕像在水幕之下，可是一滴水珠也濺不到雕像的身上。

原振俠可以肯定這一點的原因是，他一眼就看出，雕像是用一種極其罕有的天然粉紅色大理石所雕成的；這種淺粉紅色的大理石，只有中國雲南省才有出產，這種大理石珍奇在通體只是均勻的淺粉紅，而沒有任何花紋。

在淡淡的月色下，這種被冠以「美人酡」動人名稱的粉紅大理石，看起來像玉一樣晶瑩，上面一點水珠也沒有。

原振俠不由自主，向那座雕像望了幾眼，令得車子的速度，也慢了下來；所以，當他駛到屋子門口之際，冷自泉已經下了車，而屋子的大門，正在緩緩自動打開來。原振俠自然而然，期待著一陣犬吠聲，或許是由於環境實在太幽靜了，除了水柱的聲音之外，什麼聲音也沒有；也或許是由於這樣格局的建築和花園，應該配上好幾隻稀有名貴的狗隻，才能更襯托出主人的身分來。

但是，門打開，依然十分靜，並沒有期待中的名貴犬隻衝出來歡迎主人。

冷自泉走上石階，原振俠忙跟了上去，進了門，是一個放滿鮮花的進廳，再進去，是一個大客廳，燈光柔和，收拾得一塵不染。

冷自泉做了一個手勢，請原振俠坐下來，然後他走向一個雕花的桃木櫃，打開，裏面是看了令人眼花撩亂的各種美酒。

冷自泉問：「庇亞・山吉納的不知年，還是特地為白士貫夫人釀製的G・F・C？」

原振俠忙道：「隨便！」他立時又補充了一句：「我不是很懂太名貴的酒。」

冷自泉沒有再說什麼，把一瓶在包裝上和瓶的樣子上看起來一點也沒有特別的白蘭地，和兩隻看起來薄得一提就碎的酒杯取了出來，來到原振俠身前，把酒和杯子，一起放在几上，再把琥珀色的酒，斟進杯中，原振俠立時聞到了一陣撲鼻的醇香，當冷自泉向他舉杯，他喝了一口，那種酒，像是有生命一樣，自動順喉而下，使人在剎那之間，感到了無比的舒暢。

冷自泉緩緩地搖著酒杯，用一種很落寞的聲音道：「喜歡獨自一個人，所以僕人全在距離相當遠的一幢屋子中，只是在我召喚他們時才會來。」

原振俠點著頭：「你沒有養狗？」

他只是隨便這樣問，可是冷自泉的反應，卻奇特到了極點，他陡然震動了一下，甚至連杯中的酒，也震出了幾滴出來，沾在他的手上；同時，他的臉色也變得十分難看，轉過了頭去。

原振俠在一開始之際，實在是莫名其妙，不知道這樣普通的一句話，何以會引起對方這樣的反應。

但突然之間，他想到了，那令得他也不由自主，震動了一下，喃喃地道：「對不起！」

原振俠在說了一聲「對不起」之後，立時又感到自己不應該這樣說，可是又不知道如何改正，才不致於越描越黑，所以，他只好坐著不出聲，一連喝了兩口酒，還是出不了聲。

原振俠的那一聲「對不起」，聽起來也全然是莫名其妙的，但如果明白了原振俠剛才想到了什麼，也就可以明白一切的。

原振俠在看到了冷自泉對一句那麼普通的話反應如此強烈和敏感後，立時又想到了「狐仙」！他想到的是，一個人，如果會和一個成了精的狐狸一起過的話，自然會對狗敏感，因為狗是狐狸的天敵，縱使是成了精的狐狸，也不會喜歡狗的。

他提起了養狗，等於是提及了主人最討厭的敵人！所以，他才自然而然說了一聲「對不起」。可是在說出口之後，他又覺得，這一道歉，就像是主人真的曾和一個成精的狐狸在一起過一樣！那實在是太荒謬的想法，不應該當作真的。

然而，他卻不知道如何說才好，只好沉默。冷自泉在過了一會兒之後，才恢復了常態，更令得原振俠愕然的是，他竟接受了道歉，道：「不要緊。」

原振俠不由自主地眨著眼，更不知如何應對才好。

冷自泉一口喝乾了杯中的酒，又斟了一杯，才道：「我要對你講的一切，聽起來，可能荒誕得你會以為我在說謊！」

原振俠深深地吸了一口氣：「我會接受一切聽起來荒誕的事實。」

# 第三部：豪華夜宴　出現狐仙

冷自泉又呷了一口酒，身子向後靠了靠，仰起了頭，望向天花板。天花板上，是十分精美的浮雕，雕的是敦煌壁畫中的飛天。

他沉默了好一會兒才開口：「剛才你提到狗——」他講到這裏，又頓了一頓才繼續：「一切，全是從狗開始的。」

原振俠向前微微俯著身子，他準備聽一個荒誕得連講故事的人本身也無法接受的故事，可是他怎麼也想不通何以故事會從狗開始。

他並沒有插口，冷自泉的神情，深深沉醉在尋覓往事之中：

「我曾經很喜歡養狗，有很多很多名狗，世界各地的名種都有，其中我最喜歡的，是一頭中國純種的沙皮狗，這種狗十分罕有，而且不喜歡活動，更不喜歡吠叫，性格極其獨特。」

原振俠略為挪動了一下身子，冷自泉忽然向他講起狗來，他更不知道是什麼意思，可是既然是一切神秘事件的起源，他也只好聽下去。

冷自泉繼續道：「那頭狗是我從小養大的，我也從來未曾聽牠吠叫過，所以，牠的名字是『啞啞』。」

冷自泉講到這裏，向原振俠望了一下，原振俠忙道：「是，我明白了，啞子的啞，可是兩個啞字連在一起，念著『惡』字音，『啞啞』的意思是笑聲，易經中『笑言啞啞』的句子。」

冷自泉現出十分滿意的神情來，點了點頭，像是表示對原振俠的聆聽能力，表示滿意，也感到了和一個有常識的人說話，是一件愉快的事。

冷自泉又停了一會兒：「那個宴會——你看過那個美國人寫的書，當然知道那次宴會？」

原振俠點頭：「是，他寫得很詳細。」

冷自泉略現出不屑的神情：「詳細？他所表達出來的，不及實際情形的十分之一！那是一次真正的宴會，是我所知道的最大的宴會！超過一千名貴賓的盛大宴會，我老家的地方很大，一點也不覺得擁擠，只是那天晚上，舉行舞會的那個大廳，有點不夠大，所以，當所有賓客集中在大廳中的時候，顯得有點擠。」

原振俠聽得他提起那次宴會，精神為之一振。

因為他知道，一切變化，包括冷自泉在他的副總司令授職典禮上缺席，全是那次宴會之後發生的。

他低聲道：「世界上再大的大廳，在容納了上千的宴客之後，也會顯得擠的。」

冷自泉像是並沒有聽到原振俠的話，他再次一口喝乾了杯中的酒，沉靜了片刻：

「那年，我二十六歲，那是四十多年前的事了，二十六歲而有我當時的地位，我是整個宴會的中心人物……」

故事開始了，原振俠知道，所以，他維持著一個比較舒適的姿勢，因為故事可能相當長。

是的，故事的確相當長，但是不必要求講故事的人有耐心，因為這是一個雖然怪誕，但是淒迷動人的故事。

在冷自泉所說的故事之中，時間是四十多年之前，這一點要請大家留意。

大廳中洋溢著人間所能有的一切歡樂，數以千計的巨大紅燭，把寬敞的大廳照耀得如同神話中的幻境一樣。

所有的光源，全來自中國傳統式的紅燭，這是冷府從各地特別請回來的宴會安排專家組一致的意見。

安排這樣盛大的宴會，沒有專家是不行的，八個世界一流的宴會安排專家，來自法國、英國、印度等等有著優秀宴會傳統的國家，哈雷在他的著作中就曾感嘆：沒有來自美國的專家，因為美國在宴會文化上，是被認為不入流的。

燭火搖曳，使得大廳中的人，映在地上、牆上的影子，產生了一種流雲似的優美的閃動，舞會一開始，翩翩起舞的男女，就沉醉在動人的音樂，和高貴熱烈的氣氛之中，冷自泉自然是舞會的中心人物，當他一出現之際，大廳上曾有一個短暫的時間，靜得連燭花輕輕的爆裂聲，都可以聽得見。

別以為只有美麗的女性，才有令人屏住氣息的能力，美麗的男性，一樣有著無比的魅力。

冷自泉穿著將軍的制服，卻又帶著溫柔的笑容，當他筆挺著身子，緩步走進大廳之際，大廳中的每一個人就不由自主地屏住了氣息，接著，就是一陣持續良久的，震耳的掌聲，對這位出色的主人，表示歡迎。

在舞池邊上，有將近二十個來自世界各地和中國其他地方的美麗少女，她們的服飾各自不同，但每一個少女的衣著，都是經過精心設計的，只怕世界上以前從來也未曾有過那麼多美麗的少女，把自己打扮得如此吸引人，在同一時間，同一場合出現過！

而更不可能再有那麼多美麗的少女在同一時間，同一地點出現的原因是，那些少女，不單是美麗出眾和她們服飾的名貴，而是在於她們每一個人，都有顯赫的家庭背景。至少有七個以上，有著公主的頭銜，而她們的父親，是真正的國王，正在擔任一個國家的元首！

能令那麼多家世顯赫、美麗出眾的少女聚在一起的原因，也只有一個：冷自泉！

冷自泉的儀表是那麼出眾，他的地位，又是那樣卓越，所以當他一步進大廳時，那二十多位可以叱吒風雲的少女，都不由自主，緊張起來。

冷自泉的第一支舞，會和哪一個跳呢？

這是那時在大廳中的人，人人都想知道的事。是伊朗公主？還是統治著印度一大片土地的國王的女繼承人？或者是中國一個聲名顯赫的督軍的女兒？或者是那個美麗白皙得如同女神模樣的希臘女伯爵？

冷自泉來到舞池上，所有的目光集中在他的身上。

冷自泉姿勢優美地轉了一個圈，向每一個人發出他年輕、爽朗，充滿自信的微笑，然後，他面向大樂隊，做了一個手勢。

所有美麗出眾的少女，都不由自主，移動了她們的身子，焦切地期待著冷自泉來到她們的身前，所有賓客的心情也更是緊張。

可是音樂一響起來，人人都吁了一口氣，感到了無比的輕鬆，甚至包括了那些美麗的少女在內：那是一首集體舞曲！

冷自泉不單獨和一個少女跳舞，他和所有準備和他共舞的少女跳舞！任何尷尬的事情都不會發生，整個大廳之中洋溢的，只是歡樂！

輕鬆的音樂把美麗的少女牽進了舞池，冷自泉一面跳著，一面不斷做著手勢，把年輕的男性來賓，一個一個拉進舞池來，舞會氣氛之熱烈，簡直到了沸點！

所以，當舞會進入最高潮，賓客紛紛跨進舞池之際，有一樁萬萬不應發生的事發生了，也沒有引起太多人的注意：一個穿著和舞會中的一切絕不相稱的人，氣急敗壞地衝了進來，立時被兩個衛兵抓住。那個人的服裝，一望而知他是一個僕人，當他被兩個衛兵挾著，強扯著向外去的時候，他大聲叫了起來。

樂隊的演奏和人聲的嘈雜，使得那人的叫喊聲無法傳達，只有抓住他的那兩個衛兵才聽得他在叫著：「少爺，你一定要去看看！」

衛兵也不知道他這樣叫是什麼意思，他們全是訓練有素，對抓人有研究的專家，那人一叫，一個衛兵立時伸手掐住他的喉嚨，令他叫不出聲。

那人的咽喉被掐住，臉漲得通紅，可是還在不斷掙扎著，兩個衛兵幾乎抓他不住。一面拉著他向外走，那人盡了一切的氣力，扭轉頭來，望向大廳。

一個衛兵小隊長發現了這個小小的騷動場面，走了過來，怒道：「再吵，稟告大帥，把你拉出去斃了！」

那人像是豁了出去一樣，仍然在拚命掙扎著。

冷自泉再喝一口酒，沉默片刻。

然後，他嘆了一聲：「我真的相信一個人的命運，可以在全然沒有意識的一個小動作之中，得到改變，徹底的改變！」

原振俠一時之間，不明白他那樣說是什麼意思，只好靜候他說下去。

冷自泉又沉默了片刻：「那時，我正在跳舞，全然未曾注意到有那樣的意外發生。可是，就在那人快被兩個衛兵拖出去之際，我在舞步中，一個旋轉，恰好在那一剎那間，看到了那個人轉過來，向著大廳的臉！」

他略停了一停：「我只要遲十分之一秒轉身，就看不見這個人了，早十分之一秒轉身，可能我身後的那個人遮住了我的視線，使我看不到他，可是偏偏就在那時候，在絕少機會的情形下使我看到了他！」

他再頓一頓，才道：「就是那麼偶然的一個因素，改變了我的一生！」

原振俠忍不住問：「這個人是什麼人？為什麼那樣重要？」

冷自泉茫然笑著：「這個人一點也不重要，他只不過是個狗伕，我養了許多狗，雇了八個狗伕在照顧那些狗，那個狗伕的名字叫魯柱，他是專門照顧那隻沙皮狗啞啞的，只是一個小人物。」

原振俠又挪動了一下身子，有一句話想問，但是並沒有說出口來，他想問的那句話是：既然魯柱是一個微不足道的小人物，如何在一個偶然的因素之下看到了他，就會改變了冷自泉地位那麼高的一生呢？

冷自泉吸了一口氣：「我一看到魯柱，心中就感到十分奇怪，當時，我們正在跳一種旋轉得相當急速的古典舞，我無法停下來，又轉了一個身，再轉到向門口的那個方向時，看到魯柱已經被衛兵壓下頭，推出門口去，可是他還在掙扎著，我立即想到：魯柱的工作是看顧『啞啞』，他只對我一個人負責，家裏的其他人和他一點關係也沒有，他一定是來找我的！」

「我雖然想到這一點，可是在當時這樣的情形下，作為一個這樣盛大舞會的中心人物，我實在是無法離開的，可是，就在那時，到了舞會設計的另一個高潮，在極短的時間內，上千支紅燭，陡然有十分之九，倏然熄滅，光線突然暗了下來，舞樂也變成了慢步舞，在光線突然變暗時，我的離去，就不為人所注意，所以我急匆匆地向門口走去，到了門口，看到魯柱抱著頭，兩個衛兵正在打他。」

原振俠絕對無法想像接下來會發生什麼事，他只好耐心聽著。

冷自泉一看到兩個衛兵在痛打魯柱，立時叱喝：「住手！」

兩個衛兵一看到少主人，嚇得立時挺立如僵屍。

魯柱抬起頭來，看到冷自泉，真像是絕處逢生一樣，叫了起來：「少爺，你一定要去看看！」

他在剎那間，完全不記得自己鼻青臉腫，只是一副焦急之極的神態。

冷自泉皺著眉，仍然維持著他的身分，斥道：「魯柱，你也太胡鬧了，這是什麼地方，是你可以隨便闖進來的麼？」

魯柱滿頭大汗：「少爺，你一定要去看看，啞啞在叫，叫得很兇！」

一時之間，冷自泉有點不明白魯柱的話，因為他無法在突然間把沙皮狗啞啞和「吠叫」聯結在一起。

魯柱是負責看顧那隻狗的，狗叫是小事，而他居然為了這樣的小事，不惜冒被槍斃的大險，闖了進來！冷自泉在剎那間，倒很為他對職務的忠心而感動。

當然，啞啞忽然吠叫了起來，而且叫得很兇，這事情也很不尋常，但那也不足以構成他長時間離開舞會的原因，所以他道：「或許是發情了，你回去吧！」

魯柱急得雙手絞在一起，他真的急了，急得他不顧他和主人之間的禮貌，直著嗓子叫：「不，少爺，不，你一定要去看看！」

冷自泉想把他申斥回去，可是他也是一個十分愛狗的人，也知道魯柱這個狗伕，與別的狗伕不同，據說他從小無父無母，是個孤兒，一出生就被人棄在荒郊，是一頭母狗用乳把他餵大的，自小就和狗群混在一起。雖然情形遠不如「狼童」那樣嚴重，但是他和狗之間的感情溝通，遠在所有人之上，所以才會派他去照料最名貴、最難伺候的啞啞。

而這時，他急成這樣子，那一定是表示啞啞極不尋常，他決定，稍微離開一陣子。所以他做了一個手勢，魯柱立即轉過身向前奔去，冷自泉就跟在他身後。

冷自泉養狗的地方，是一個獨立的院子，距離舞會舉行的大廳相當遠，魯柱一直奔著，有幾次因為奔得太急而跌倒，但是立即又連滾帶爬起來，繼續向前奔跑。

冷自泉看到這情形，更相信自己的決定並沒有錯，他也加快了腳步。

到了離狗舍還有好幾百公尺時，冷自泉就聽到了一種十分奇異的吠叫聲，那種吠叫聲聽來急促而淒厲，而且吠聲十分宏亮，冷自泉從來也未曾聽過這樣的吠叫聲，除了這一種吠叫聲之外，四周圍靜得出奇，這就是啞啞的吠叫聲？

冷自泉心中也不禁駭然，為什麼從來不叫的啞啞，叫得那麼急，叫得那麼淒厲？

魯柱在聽到了吠叫聲之後，奔得更急，冷自泉緊緊跟著他，到了狗舍門口，只見到七八個狗伕，臉無人色地聚集在一起，一副大難臨頭的樣子，看到了魯柱和冷自泉，像是見到了救星一樣。

而到了狗舍前面，犬吠聲聽來更是驚人，那一下又一下不尋常的呼叫聲，像是有什麼巨靈之神在吼叫，正在告誡人類，將有巨大的災難要降臨一樣！

魯柱不理會圍上來的那些狗伕，直衝了進去，冷自泉緊跟隨在後面。

以冷自泉這樣身分的人，他養馬、養狗，不論是他用什麼來作消遣，設備自然全是世界上所能找到的最好的設備。那座狗舍的面積，就超過兩畝；當中是一個大院子，圍著院子的，是寬敞整潔的狗舍──雖然一面有著鐵枝，但那絕不能稱為狗籠，要稱為狗舍，因為每一隻狗所佔用的面積極大。

一隻狗在叫，其餘的狗聽到了吠叫聲，就會和應，這是狗的天性，可是這時，其他的狗，為數不下一百隻，卻全像接受了什麼強有力的命令一樣，都伏在狗舍的一角，一動不動。對狗性相當熟悉的冷自泉，一眼就看出來，即使那幾隻平時最兇的德國大狼狗，這時也正感到極度的害怕！

那真是奇異至極的事，這種受過訓練的德國狼狗，是最優秀的狗種之一，就算十頭猛虎圍住了，也不會那樣害怕的！

但是，所有的狗，都害怕得縮在一角，一聲不出，只有一隻狗，在不斷的吠叫著，而且不住用牠巨大的身子，撞著鐵欄，那隻狗，就是平時一聲不出，推牠也推不動的沙皮狗啞啞！

冷自泉心中疑惑至極，知道一定有什麼不尋常的事要發生了，他和魯柱，一起奔到啞啞的狗舍之前，一看到了啞啞的情形，冷自泉就嚇了老大一跳！

沙皮狗是一種十分異常的狗種，在皮膚和肌肉之間，別的狗隻，甚至是所有的哺乳動物，在那部分，都是一層脂肪，脂肪起著把皮膚和肌肉聯結起來的作用。

可是沙皮狗的生理結構，卻違反了這種哺乳動物的生理結構規律。牠的皮膚和肌肉之間的脂肪十分薄，附在皮層之下，牠的皮膚的面積，又遠超過了覆蓋身體的程度，所以，就像是孩子穿了大人的衣服一樣，滿是皺紋的皮膚，永遠只是鬆鬆地掛在身上和臉上，使牠的形狀看來極其醜陋。

在正常的情形下，如果抓住沙皮狗背上的皮膚——沙皮狗幾乎沒有毛，這是牠的另一特點——想把牠提起來的話，很難辦到，因為牠的皮膚，可以被提起來超過五十公分，整層皮，像是掛在牠身上的舊衣服。

可是，這時冷自泉所看到的啞啞，在牠的皮膚下，像是充滿了氣一樣，那使得牠的身子看起來至少比平時大了一倍。

而且，牠的雙眼之中，射出一種異常的光芒，一面在不住地吠叫著。一面張大著口——沙皮狗的口部張開來，連顎部也可以裂開，是真正的血盆大口。

冷自泉再也想不到一頭沙皮狗，可以現出這樣的神態來，一時之間，他也呆住了，大聲叫：「啞啞，什麼事？」

啞啞一看到主人來了，叫得更大聲，撞鐵枝也撞得更大力。

冷自泉叫：「快開門，牠要出來！」

魯柱的手發著抖，誰都看得出，啞啞這時，正處在瘋狂的狀態之中，放牠出來之後，隨便什麼動物的頭，給牠咬上一口，整個頭都會變成一堆碎片！

冷自泉叫了兩聲，魯柱只是後退，冷自泉拔出一柄精緻的，鑲著象牙的手槍來，向狗舍的門鎖，連射了三槍，把門鎖射得粉碎。

鎖一被射碎，啞啞發出一陣驚天動地的吠叫聲，用力一撞，撞開了門，像是一陣旋風一樣，向外直衝了出去。

這時牠的身子漲得相當大，但是沙皮狗的腿短卻不能改變，可是牠竄得如此之快，簡直已看不清牠粗壯有力的短腿是怎樣在運動的。

冷自泉大叫一聲：「啞啞！」

隨著叫聲，他立時追了上去。若不是他曾接受過嚴格的體育訓練的話，這時他一定無法追得上，他已經盡了他所能盡的氣力在奔向前，可是啞啞離他的距離，卻還更遠；幸好啞啞一面向前奔，一面仍在不斷吠叫，那使得冷自泉仍然可以盡力追上去，狗舍在巨大的花園的一角，啞啞奔出的方向，是奔向花園的另一角，要經過不少亭台樓閣，和花園設計上曲徑通幽的那種設計。

可是啞啞卻顯然不是找路走，只是呈一條直線，向前奔出去，冷自泉也只好跟著，在一狗一人經過的地方，花壇就遭了殃，他們奔過一座牡丹花壇時，至少有一百株名牡丹，包括黃魏紫在內，被踏成了柴枝。

啞啞一直向前奔著，身子起伏，越竄越快，看起來在牠的身體之內，像是蘊藏著無比的精力，冷自泉已經因為急速地向前奔跑，而感到胸口發痛了，他知道再這樣下去，自己必然無法支持，他想叫停啞啞，可是張開了口，竟然發不出聲來。

這時，啞啞已經奔近了一個荷花池，那個荷花池的面積相當大，池中滿是荷葉，在池中心是一座亭子，有一道九曲十彎的小橋，通向池中心的亭子。

啞啞一到池邊，就向著小橋直竄了上去，小橋只通向亭子，別無去路，冷自泉本來已經奔不動了，可是看到了這種情形，知道這場追逐就快結束了，他用盡最後一分氣力，也追上橋去。

突然之間，啞啞的吠叫聲停止了，牠在到了亭子前面時，停了下來，用一種十分猛惡的姿態峙立著，口張得很大，白森森的犬牙，在淡淡的月色下，看起來有一種陰森森的死亡恐怖。

一看到啞啞這種神態，冷自泉立時知道，在亭子中，一定有著極其兇猛的東西在，不然，一頭上佳的沙皮狗，是決不會如此緊張的。

冷自泉也不由自主緊張起來，一翻手，又把那柄槍握在手中。

冷自泉跟著啞啞奔過來，啞啞陡然收住了奔竄的勢子，而冷自泉卻無法說停就停，又因為收不住勢子，向前衝出了幾步。

所以當他停下來之際，幾乎一腳踏中了雄踞著的啞啞的身子。

當他立即意識到亭子之中，一定有著什麼極其兇惡的東西之際，他還未曾來得及向亭子中看去，就已先把手槍拔在手中。

那時候，他倒並不是害怕，只是緊張，因為亭子裏不論有什麼兇惡的猛獸在，他自信憑啞啞和他，都可以對付得了，哪怕在亭子之中的是一頭猛虎，也討不了好去；冷自泉甚至立即幻想當他拖著一頭被打死的猛虎，進入舞會大廳時的那種轟動！

他拔槍在手之後，才再向亭子中看過去，這時，他還在急速地喘著氣，但是以他的射擊能力而論，即使是在這樣的情形之下，他還是可以在射程之內，把一枚核桃打得粉碎！

冷自泉向亭子中看去，水亭有六條柱，並遮不住什麼，亭子中有什麼，一眼就可以看得清清楚楚，他一看之下，整個人都呆住了！

冷自泉的怔呆，是真正的怔呆，剎那之間，他腦中嗡嗡作響，不由自主張大了口，由於他剛才的劇奔，他臉上在冒汗，汗水順著他的臉淌下來，張大了口之後，還在不斷喘氣。

這種情形，令得一個身分尊貴非凡，儀表瀟灑出眾，如玉樹臨風，可以和世界上任何一個美男子相比而不遜色的這位青年將軍，翩翩佳公子，就像是一個不可救藥的白癡一樣！

冷自泉這時，雖然腦中嗡嗡作響，但是他的神智還未曾喪失，他也可以知道自己這時候的樣子，難看至極，什麼丰采風度，全都一點也不剩下了，就算他明知道一點，他都無法改變！

他可以設想看到亭子中有任何兇惡的東西，但是決計無法設想到目前的情景！在亭子中的，是一個少女，一個美麗絕倫的少女！

那少女是這樣美麗，幾乎任何人一見到她，都會被她吸引，月色本來就十分清淡，被亭子的頂遮去了一部分，亭子裏更是黯淡，可是那少女的全身，卻像是最純最美的明珠一樣，自然有著一層柔和的、悅目的光輝發出來，使得看到她的人，可以把她看得清清楚楚。

看起來，她大約二十歲左右，冷自泉一眼看到她的時候，心頭陡地一震，整副心神，所想到的只有一句話：「竟然有這樣的美女，天下竟然有這樣的美女！」

在那一霎間，他什麼也不記得了。他甚至沒有印象，自己怎麼會來到這裏的！什麼舞會，什麼啞啞反常的舉動，全部在他思想範圍內消失，他也知道自己這時，樣子十分難看，可是他卻無法動一動，只是盯著那少女看著，唯恐自己即使眨一眨眼，在亭子中的那個少女就會消失，那真是以後一輩子都要後悔的事！

那少女在看到冷自泉之際，也有一點愕然，接著，她現出了一種想笑，但是又由於教養而忍住了笑的那種似笑非笑的神情來，那種神情，更是動人之極，冷自泉知道對方這種神情的由來，他立時願意自己一直保持著這種狼狽難看的尷尬樣子，來換取那少女這種動人的神情！

冷自泉沒有空去想這少女是什麼人，為什麼會在亭子中，他只是不斷在轟轟作響的腦中，翻來覆去地想著那一句話：天下竟然有這樣的美女！

那少女終於以一種嬌美絕倫的神情，微笑了起來，當她微笑之際，深淺恰到好處的酒渦隱現，美妙的嘴角，向上微揚，眼珠流動，更是使得冷自泉幾乎昏了過去！

冷自泉的確幾乎昏過去，因為他的身子搖晃了一下，幾乎站立不穩。

冷自泉已經喝完了杯中的酒，他的視線凝在空杯上，緩緩轉動杯子。

原振俠替他在空杯中注滿了酒。

冷自泉低聲而緩慢地道：「我言語中所能形容出來的她的美麗，實際上，不如她真正的美麗動人的萬分之一。唉，人類語言的形容能力，實在太差了！」

原振俠衷心地道：「是！我只不過看到了她的相片，就和你一樣，除了『天下竟然有這樣的美人』之外，想不到第二句話了。」

冷自泉發出了一下幽長的嘆息聲。

原振俠又道：「我相信，那少女，就是相片上的那位美人，是不是？」

冷自泉慢慢喝著酒，點了點頭。

原振俠的心中，充滿了疑惑。冷自泉的故事已經說了一個開頭，可是他心中的謎團，非但未曾得到解決，反倒更甚了！

看冷自泉的神態，像是深深陷進了他初見那美麗的少女時的回憶之中，原振俠不禁心急了起來，他問了一句：「這位美麗的少女，是賓客之一？」

冷自泉仍然沒有反應，原振俠也不好意思再催下去。

過了好一會兒，冷自泉才長長地吁了一口氣：「我當時只想到了這一點：為了要令這樣美麗的少女的臉上，常常保持著笑容，我可以做任何事！」原振俠發出了同意的

「嗯」的一聲。

冷自泉放下酒杯，望著原振俠，然後，繼續說下去。

冷自泉在一看到了那美麗的少女之後，簡直整個人就像是泥塑的木雕一樣，一動也不動。那少女微微一笑，才令得他的身子搖晃了一下；那少女站著，體態優美之極，在一笑之後，用說不出優雅的姿勢，抬起手來，指著：「這是你養的狗？」

冷自泉這時，才注意到那少女穿著一件月白色的半袖旗袍，是當時最流行的衣服，沒有任何其他的裝飾。可是，她何必要別的裝飾呢？她的手指、手、露在衣袖外的手臂，比世界上任何最好的白玉更潤、更柔、更美、更膩，那是有生命的美麗，不像白玉是沒有生命的。

她的整個人，使人感到處在神話的境界之中！

而那少女的聲音，那樣輕柔、那樣清甜，低低的一聲詢問，問的又是那麼普通的話，冷自泉在聽了之後，就像在極渴之中，喝到了醇洌的清泉一樣，感到有說不出的舒服和滿足。

這時，他總算恢復了可以動一動的能力，但是還是無法說得出話來。而他的身子所能活動的，也僅僅是點了一下頭表示那的確是他的狗而已。

那少女在得到了他肯定的回答之後秀眉微蹙，這種神情，又令得冷自泉震動了一下。

那少女又以她那種天籟似的聲音道：「我怕狗，你可以叫牠離開嗎？」

冷自泉連連點頭，他知道全世界沒有人能抗拒這個少女的請求，他當然也不能。

這時，他才想起啞啞還在亭前，用十分猛惡的姿態在蓄著勢子，一隻幾乎有小牛那樣大小的沙皮狗，隨時可以把人嚼成一堆碎骨，當然是令人感到害怕的。

當然，要把啞啞趕走！冷自泉連想也未曾想，就決定了這一點，

這時，他就在啞啞的後面，他捨不得使自己的視線離開那少女，他仍然望著那少女，用腳去踢啞啞。也直到這時，他才能發出聲來，他發出的聲音，是乾澀而難聽的，和他那時的外形，倒相當配合。

他一面用腳去踢啞啞，一面道：「走開，啞啞，走開！」

啞啞平時最聽冷自泉的話，那是冷自泉自小養大的狗，可是這時，冷自泉喝一聲，啞啞就發出一下可怕之極，低沉之極的吠叫聲來，一點也沒有離開的意思，一連三下，都是這樣子。

冷自泉用了更大的氣力和更大的聲音，啞啞仍然沒有離開的意思，而那少女的俏臉上，卻浮現出一陣害怕的神色來。

當害怕、恐懼的神色，浮現在這樣美麗的俏臉上之際，那真是令看到的人，感到心碎。冷自泉急道：「別怕，牠不會咬人的，牠——」

冷自泉才講到這裏，啞啞發出了一下驚天動地的吠叫聲，陡然之間，向著那少女，

飛撲了上去，在牠撲上去之際，口張得極大，白森森的牙齒，看起來簡直是兩排魔鬼的牙齒！

冷自泉實在嚇呆了，接下來發生的事，全然是出自他的本能在進行著的。

當啞啞向前撲躍而出時，那少女神情更害怕，身子向後閃去，冷自泉做夢也想不到，平時行動遲緩蹣跚的沙皮狗，會像狼狗一樣地撲躍！他只是發出一下吃驚之極的驚嘆聲，這位在千軍萬馬之中，指揮若定，在敵人密集的炮火落在他身邊不到十公尺處時，仍然挺立如山的年輕將軍，這時慌亂得像是一個面臨被毒打的小癩皮小偷一樣！

他只來得及看到那少女閃到一根柱子的後面，而啞啞直撲向那根柱子。

在啞啞撲向前去的時候，已經把牠的血盆大口盡量張大，一撲到了柱子上，張大了口，陡然合攏來，咬向柱子。

當牠又短又鋒利的牙齒，咬向大理石的柱子之時，所發出的摩擦聲，不但難聽之極，而且驚心動魄，那種難聽的聲音，令得冷自泉在極度驚慌之中，陡然醒了過來。他已沒有別的選擇，手槍就在手中，而那頭沙皮狗在向那少女侵襲！

他連接扳動槍機，把手槍中的四顆子彈，一起送進了啞啞的頭。

啞啞一中了槍之後，龐大的身子，自半空中直摔了下來。

而且，在不到一秒鐘之內，牠的身子，就像是被放了氣的氣球一樣，皮膚立即又變成乾癟鬆弛。沙皮狗的生命力再強也禁不起要害處中了四槍，血汩汩流出來，流滿了牠滿是皺紋的臉。

可是牠還是沒有立即死去，牠用生命中最後的一分力氣，掙扎著站了起來，然後又伏下，向牠的主人望來。

冷自泉的身子在不由自主發著抖，他在那一霎間，只感到啞啞的雙眼之中，充滿了悲憫之意——連他自己也無法解釋何以會有這樣的感覺，但是在當時，他的確有這樣的感覺。

然後，啞啞一動也不動了，冷自泉不能肯定牠是不是已經死了，他的槍已沒有子彈，如果啞啞還沒有死，他接近牠，而牠猝然起來攻擊，那是一件十分危險的事情。

可是冷自泉顧不了那麼多，他只念著那少女的安危，所以他一面叫著，一面向前奔去，他叫道：「你怎麼了？你沒事吧，別怕！別怕！」

他奔進了亭子，跨過了伏在地上的啞啞，一躍而到了柱子之後，他期待著一個因為驚恐過度的美麗少女，會投進他的懷中。可是在柱子之後，卻根本沒有人！

冷自泉陡然一怔，一時之間，他想到的只是：那少女一定因為驚恐過度，而跳進荷花池去了。

荷花池的水雖然不是很深，但是所有的荷花池，池底全是稀爛的污泥，那少女要是陷進了污泥層中，那真是兇多吉少了！他立時又撲向亭子的欄杆邊，向池中看去。

在這時，他心中的焦切，真是到了極點，張大了口想叫，卻一點聲音也發不出來。

也就在這時，在他的身後，又響起了那動聽的聲音：「好兇的狗！」

冷自泉立時轉回身來，他轉身轉得如此之快，以致收不住勢子，不是轉了一百八十度，而是超過了！他要再轉回一點來，才又看到了那少女！

那少女看來，像是才從另外一根柱子後面走出來，望著伏在地上，顯然已經死去的啞啞，俏臉煞白，仍有餘悸，一隻手輕輕按在心口。那種楚楚動人的神態，看得冷自泉心血沸騰，可以不惜一切去愛憐她，保護她！

冷自泉忙向她走了過去，來到了她的身前，才感到她的呼吸相當急促，胸脯在起伏著，自她的身上，散發出一股極淡的，但是卻又清楚可以感覺得到的，沁人心脾的芳香。冷自泉在他幾年的歐洲生活中，早已是調情聖手，幾乎可以用最適當的言語，最適當的行動，去挑逗任何他想要挑逗的女性。

而這時，他自己清楚知道自己已處在極度的意亂情迷的境地之中，可是就不知道如何開口才好，他只是重複地道：「別怕，別怕！」

那少女抬了抬眼，水波盈盈的眼睛望向他，十分自然地把她的手，放進了冷自泉的手心之中。

冷自泉連忙握住了她的手，僅僅只是輕握著她的手，冷自泉已經有飄進雲端的感覺，那麼柔膩細緻，手有點涼，可是涼得那樣叫人感到舒服，自她的手中，似乎有一股流動的電波，傳過他的全身，使他感到這一刻，才是一生之中最美妙的時刻。

他仍然講不出別的話來，還是重複著：「別怕，別怕！」

那少女被他的那種神態逗得笑了起來：「我已經不再害怕了！」

少女展顏一笑，由於冷自泉離得她十分近，那股沁香更令得他沉醉，他的眼光開始大膽起來，直視著那少女的俏臉出眾得近乎不應該在人類臉譜中能看到的美麗，那少女略現羞澀地低下頭去，白玉般的臉頰上現出淡淡的紅暈來。

冷自泉極緩慢，但是極深長地吸著氣，在這一剎那間，他已有了決定：這個少女，一定要使她成為自己的妻子！從全世界幾十億的人中去挑選，也不可能有比她更美麗動人的女性了！

冷自泉把她的手握得更緊了些，這時，他已經完全恢復了鎮定，不但是行動恢復了信心，連聲音聽來也充滿了溫柔和優雅：「我們還是先離開這裏，這隻狗瘋了，雖然牠不會再咬人。」

那少女點了點頭，冷自泉鬆開了她的手——雖然他的心中萬分不願，但為了優雅的禮儀，他總不能一直把一個陌生少女的手握在手心。然後，他伴著那少女，走向那座九曲橋。

九曲橋不是十分寬，他和那少女並肩向前走著，就幾乎是肩靠著肩了。那少女走路的姿態，任何一個動作，幾乎沒有一處不是優美之極，看得人心曠神怡，等到有一陣風起，把她的頭髮稍微吹亂了些，拂在她的額上之際，冷自泉要竭力克制著自己，才能不去輕吻她。

冷自泉在走到橋半時，試探著，把手輕輕地放在她纖細的腰肢上，那少女並沒有表示不願意的動作和神情，只是兩頰的紅暈更深。

冷自泉再深深吸了一口氣，他終於摟住了那少女的細腰，雖然隔著衣服，但他幾乎立即可以感到她的體溫，和從極度的柔軟感覺中傳過來的那種媚力，他感到自己不是踏在木板鋪成的橋上，而是每一步，都踏在柔軟的雲朵上。

他真願意那座橋有一百里長，永遠也走不完。

他和那少女走在橋上的腳步，都是十分輕盈的，正當冷自泉陶醉在那少女輕微擺動的細腰之際，一陣重濁的腳步，突然傳了過來。

冷自泉略停了一停，他看到魯柱急急奔上橋來，當魯柱陡然站定，向冷自泉望來之際，魯柱的臉上，現出了怪異之極的神色來。

那種神色十分難以形容，但卻可以知道，現出這種神色的人，一定看到了什麼怪異之極的事。若是說魯柱震驚於那少女的美麗卻又不是，因為他的眼光，直勾勾地望定在冷自泉的臉上。

冷自泉在當時的心情之下，自然絕不會去責怪魯柱這種無禮的注視，他只是道：「啞啞發了瘋，我把牠打死了，你去把牠葬了吧！」

魯柱沒有立即答應，只是喉間發出一陣極古怪的「咯咯」聲。

冷自泉轉頭向那少女道：「他叫做魯柱，他是一個很好的狗伕！」

那少女點了點頭：「我很怕狗！」

冷自泉忙道：「好，以後在你所到的地方，絕不會再有任何狗出現！」

冷自泉已經完全恢復了他對付異性的能力，他剛才所說的那句話，聽起來平平淡淡，但是卻包含著極度的，對一個少女的挑逗。那等於是在告訴那少女：以後，你會和我在一起，一直在一起，接受我的愛，我的保護，我有這個能力，使你再也見不到可厭的狗！

那少女顯然也明白了這句話中的含義，輕咬了一下唇，低下頭去。

冷自泉顧不得魯柱就在前面，低頭在那少女的髮際，輕吻了一下。

當冷自泉抬起頭來之際，看到魯柱仍然望著自己，神情更是古怪莫名。

冷自泉揮了揮手，示意魯柱後退，因為橋相當窄，魯柱要是不後退的話，他和那少女就走不過去。

魯柱總算看懂了他的手勢，可是他卻並不後退，只是向左，儘量側著身子，貼住了橋欄。

冷自泉不想生氣，但是，也感到魯柱的行為，實在太不像話了。魯柱這時那樣做，如果只是冷自泉一個人要走過去的話，當然已經可以通行無阻，可這時冷自泉卻是和那少女並肩站在一起的，魯柱只讓路給他，不讓路給那少女，實在是太無理了！冷自泉有點惱怒，一再連連揮著手，看魯柱的樣子，開始還不知道自己怎麼做，但後來他還是明白了，一直後退，退到了橋口。

冷自泉仍然摟著那少女的細腰，享受著那種溫馨，緩步走向前，而且不住地轉過頭去，去欣賞那少女略帶羞澀，但又十分甜蜜滿足的神情。

等到冷自泉在魯柱的身邊走了過去之後，魯柱忽然在身後叫著：「少爺！」

冷自泉不耐煩地向後揮著手，令他不要再囉嗦，可是魯柱還是道：「少爺，你沒什麼吧！」

要不是有那少女在旁邊，冷自泉早已經過去，重重地賞魯柱一腳了，他不再理睬，只是和那少女向前走去，一面道：「讓我們一起到舞會去，讓所有的人看看，我找了什麼樣的一個舞伴！」

冷自泉這時，仍然不知道那少女的身分來歷，可是他已經決定了，不論那少女是什麼身分來歷，他都要娶之為妻。而由於這少女，是出現在他家的府邸之中，他也十分肯定，只要自己表示愛意，對方是絕對不會拒絕的。

他要把那少女帶到舞會去，那等於是向所有的人宣佈，他已經找到了他的對象，只有這個少女，才配作他的舞伴，作他的終生伴侶！

那少女略抬了抬眉，問：「舞會？」

冷自泉道：「是啊，舞會，我離開已經太久了，真慶幸我離開了，才能見到你。你是什麼時候來的？躲在什麼地方？我沒見過你不奇怪，為什麼沒有人向我提起你，你又不去參加舞會？」

那少女想了一想，她在側頭思索之際，姿態極其動人，冷自泉的問題一點也不複雜，可是那少女還是想了一會兒，才道：「我才來。」

冷自泉不由自主眨著眼睛，不知道她「才來」是什麼意思，他又問：「小姐，你貴姓？」

當他那樣問的時候，他心中在想，只要知道你姓什麼，就可以知道你的來歷了，那少女卻道：「姓？我不知道該姓什麼？」

冷自泉笑了起來，那少女帶著略為調皮的神情，看來更有流動變幻的可愛，冷自泉這時，是真正發自內心歡暢地笑著，他本來還有點擔心那少女太文靜，需要他過度的呵護。可是這時，她顯然是有著一個少女應有的一切優點，並不是一個呆板的木美人。

他一面笑著，一面道：「是啊，姓什麼，有什麼重要？重要的是人！」

那少女微笑著：「姓不重要，為什麼你要問？」

冷自泉笑：「那，總要問一問的！」

那少女望向冷自泉：「那麼，你姓什麼？」

冷自泉更感到有趣，那少女的風趣，還遠在他的想像之上。

冷自泉立正，然後，用最標準的姿勢，向那少女微微一鞠躬：「我姓冷，名自泉。」

那少女點了點頭，冷自泉心想，在府邸之中出現，而又不認識自己，那是不可能的事，那自然只是對方某種程度的調笑。可是接下來，那少女所問的一句話，卻令得冷自泉瞠目結舌，對一個最簡單的問題，不知道如何回答才好，因為這個問題，是絕對不該被提出來的！

那少女所問的問題，真的十分簡單，她只是望著冷自泉，用一種看起來全然是真心誠意想知道答案的神態問：「你是什麼人？」

冷自泉先是一怔：這也是一種玩笑？可是當他看到那少女的那種神情後，他更加怔呆，看起來絕不像是玩笑，那麼，她真的不知道自己是什麼人？這簡直是不可能的事！

冷自泉在那一霎間，心中電一樣閃過一個念頭：這少女是一個低能兒嗎？一個白癡？可是他立時又否定了自己這個念頭！世上絕不會有一個低能兒，會有那樣美麗出眾的外形的！

他深深吸了一口氣：「你真的不知道我是什麼人？」

那少女動人地笑了起來：「我應該知道？你……你是一個大人物？」

冷自泉又吸了一口氣，她是真的不知道！他用十分疑惑的眼光望著她，反問：「你又是什麼人呢？我的意思是，你實在沒理由不知道我是誰的，這裏是我的家，你在我家的花園出現，卻不知道我是什麼人！」

冷自泉講到這裏，簡直有點傷心了。在全國，全世界，到處有人知道他，可是偏偏這麼美麗的一個少女，竟然不知道他是什麼人！

那少女聽了，現出了抱歉的神色來：「對不起，我才來，所以不知道，讓我想一想！」

她說到這裏，閉上了眼睛，在月色下，當她閉上雙眼之際，長長的睫毛，在她的眼下，留下了稀淡的影子，長睫毛在輕輕地顫動，表示她真的是在想。冷自泉雙手輕握住了她的雙手，她也沒有拒絕。

過了好一會兒，一定是過了好久，但是面對著這樣的一個美女，冷自泉是不會覺得過了多久的，那少女才睜開了眼睛來。

當她睜開眼來之際，她現出了一種瞭解的神情來，長長地吁了一口氣，冷自泉又感到了一陣幽香，古人形容真正的美人吐氣如蘭，他直到那一刻，才明白那句形容詞的真正含義。

那少女笑著：「真對不起，我真的是應該知道你的，現在我知道了！」

冷自泉不知說什麼好，就在這時，有一陣嘈雜的人聲傳來，那少女道：「你離開舞會太久了，有人找你來了。」

冷自泉揚了揚眉：「你剛才還像是什麼都不知道，現在你又什麼都知道了？」

那少女調皮地一笑：「我不願看到很多人，你迎上去吧。」

冷自泉發急：「那麼你——」

少女伸手，在冷自泉的唇際，輕輕按了一下：「我還有點事，我會來找你！」

冷自泉忙道：「不行，這個不行！」

他緊握著那少女的手，可是少女一縮手，已經掙脫了他的掌握，後退了一步，道：「別把遇到我的事，講給任何人聽！」

冷自泉還想說什麼，人聲已來得更近，一個他從小聽到大的聲音，充滿了焦切，傳了過來：「自泉，你在這裏幹什麼？」

冷自泉只好轉過身去，看到他的父親，在一隊衛兵的擁簇下，正急急地走過來。

冷自泉連忙迎了上去，不等他父親開口，立時道：「爸，我找到了！」

平日給人印象莊嚴肅穆的冷老先生，權傾朝野的威嚴，這時並不存在，他看著冷自泉，就和一個普通的父親看著自己鍾愛的兒子時一樣。

他略帶責備：「你在胡鬧些什麼？舞會中的賓客發現你不見了，都在交頭接耳，還不快回去！」

冷自泉仍然筆挺地站著，滿面笑容：「爸，你和二叔一直在催我的事，我解決了！」

冷老先生張大了口，他自然知道冷自泉所說的是什麼事，家族的上層人物，一直在為冷自泉物色一個門當戶對的妻子，但冷自泉堅持一定要由自己來選擇，這次盛大的宴會主要的目的，也就是要使冷自泉有機會接觸到來自國內和世界各地的名門閨秀。

冷老先生在一怔之後，忍不住呵呵笑了起來：「那麼快就決定了？」

冷自泉心中充滿了快樂和興奮，他要把這情緒分給每一個人。

「第一眼就決定了，再也找不出比她更理想的了！」

冷老先生走了過來，握住了冷自泉的手：「好，在向大家宣佈之前，先告訴我！」

他又吁了一口氣：「別讓我吃驚。」

冷自泉笑道：「放心，爸，不是金髮碧眼，是咱們中國女娃，你一定從來未曾見過那麼出色的女孩子，她——」冷自泉講到這裏，轉過了身去。

聽到了冷自泉這樣說法，冷老先生已經樂得心花怒放，雖然以冷自泉這樣的身分，如果和外國有地位的女孩子聯婚，在國際政治上，可以有很多好處，一次婚姻，可以導致兩個國家的聯盟，但是對家族來說，總不免有點彆扭之感，這正是他一直在擔心的事，如今連這份擔憂也消失了！

他一面笑，一面道：「戀愛的時候，對方一定是最好的，最好別認識了三天就打破頭！」

冷自泉聽到了父親的話，他轉過身去，準備把那少女介紹給他的父親，可是當他轉過身去之後，卻並沒有看到那少女，只看到魯柱，吃力地把死了的啞啞抱著，向前走來。

冷自泉怔了一怔，他父親的聲音又自後面傳來：「好，現在的公主，未來的皇后在哪裏？」

冷自泉向走過來，臉上帶著十分憂傷神情的魯柱問：「那位小姐在哪裏？」

魯柱怔了一怔：「少爺，什麼小姐？少爺，啞啞是那麼好的狗，我實在不相信牠會發瘋！」

冷自泉大踏步向前走去，這一帶花木扶疏，有很多地方可供人躲起來，冷自泉張開口想叫，可是他直到這時，才想起來，那少女叫什麼名字，他都未曾問過！一見面就被她那超特的美麗所震懾，根本未能知道她的名字，那又如何叫她？

冷老先生已經來到了他的身邊，也看到了他那種張口結舌的情形。

作為一個父親來說，這時，雖然覺得自己兒子的神態有點怪異，但是有一點，他卻可以肯定的是，自己那麼高傲不凡的兒子，一定已經墮進了愛河之中，只有真正為異性傾倒的年輕人，才會有這樣的神態。

他望著冷自泉，問：「人呢？」

冷自泉不由自主吞下一口口水，神情更尷尬：「一定躲起來了。」

冷老先生道：「一個頑皮的女學生？」

冷自泉連忙道：「不！不！爹，你沒有見過她，不能亂說，她……她……我相信世界上沒有任何文字和語言可以形容她於萬一！」

冷老先生不禁皺了皺眉，他知道自己兒子不是誇張的人，作為軍事家、政治家，肩負責任之重大，難以想像，如果浮誇成性，那麼很容易就招到致命的失敗。但是他又可以看出，冷自泉說這些話的時候，極其認真！

冷老先生幾十年的政治生涯，使他到達事業的頂峰，也使得他習慣於深思熟慮，一下子就能看到以後發生的事。這時他立即想到，如果對一個女孩子這樣衷心地愛著的話，這實在不是一件好事，夫妻恩愛當然好，但是迷戀太深，就會被女人控制，那是一件十分不利的事。

當時，他沒有說什麼，只是道：「真的，那至少要讓我先見見她！」

冷自泉連聲應道：「當然，當然。」

他一面說，一面在花簇、樹木之後，團團找著，儘管他的動作、神情十分焦急，可是他的聲音，聽起來還是充滿了溫柔，在附近找了一遍，仍然沒有找到那少女之後，他又做了一個令他父親大皺其眉的動作，他竟然高舉雙手，用十分溫柔的聲音道：「好，我投降了，你出來吧！」

冷老先生一見，立時道：「自泉，把手放下！」

冷自泉一怔，他也覺得自己這時的動作，十分不妥，全國武裝部隊，海陸空軍副司令的委任，即將向全世界發布，而他卻舉手投降，那自然不是十分適宜的事。

可是，冷自泉在一轉念之間，立時道：「爸，我向她投降，一定要！」

他仍然高舉著手，冷老先生的神情，已經有點惱怒了，他沉聲道：「那位小姐呢？你剛才還和她在一起？」

冷自泉點著頭，四面張望著，又看到魯柱，他問：「魯柱，你剛才走過來時，有沒有見過那位小姐？」

魯柱的回答仍是一樣：「少爺，什麼小姐？」

冷自泉十分惱怒，狠狠瞪了魯柱一眼，嚇得魯柱一個踉蹌，幾乎跌倒。他仍然在附近可以供人躲藏的地方找著，十分鐘之內，冷老先生叫了他的名字十多次，聲音一次比一次嚴厲。

冷自泉停止了尋找，冷老先生指著大堂的方向：「快回舞會去！」

冷自泉吸了一口氣：「不，我不到舞會去，她說會來找我，我要回房去等她！」

冷老先生張口結舌，連發怒也發不出來：「她是什麼人的女兒，怎麼可以這樣沒有家教？她……來找你？她叫什麼名字？」

冷自泉的回答，更令得老人家幾乎昏了過去：「爸，我還不知道她的名字！」

冷自泉和他的父親，接下來又有了將近三分鐘的爭執，衛隊個個嚇得面面相覷，都盡可能走得遠點，假裝看不見和聽不見他們父子之間的爭執。但實際上，由於兩人爭執聲音越來越大，他們所講的話，人人都可以聽得十分清楚。

冷老先生不住地說：「自泉，那不行！」

冷自泉則不住回答：「一定要！」

最後，冷老先生妥協了：「先到舞會去，事情慢慢再商議。」

冷自泉的回答是：「不，我不去舞會，這就回去，要是她來了，我立刻能見到她！」

冷自泉說著，拋下已經盛怒的父親，急步向前，奔了出去，冷老先生揚起手來，想在他的身後把他叫住，可是張了口，卻沒有發出聲音來。

# 第四部：美絕塵寰　享盡溫柔

原振俠再替冷自泉的杯中斟了酒，冷自泉向他望了一眼，神情苦澀：「別以為我那時年輕，才會這樣。一直到現在，如果能讓我再見她，我一秒鐘也不願拖延！」

原振俠吸著氣：「是，『此情若是久長時，又豈在朝朝暮暮』的說法是最行不通的，真的兩情相悅，一分一秒都珍貴無比！」

冷自泉的神情變得激動起來：「是，這和我的想法一樣，雖然那時我……我只是自己打定了主意，連她的心意如何也不知道的。」

原振俠道：「以你的身分地位，沒有一個少女可以抗拒你的愛戀的！」

誰知道這一句話，卻令得冷自泉生氣起來，他悶哼一聲：「我要的愛，是對我這個人的愛，並不是對我的身分、地位的愛！」

原振俠沒有和他爭辯，心中卻多少有點不同意，即使兩個一模一樣的人，一個身分地位超卓，一個什麼也沒有，世上有哪個少女會選擇一無所有的那個？

冷自泉沉默了片刻之後：「我回到了書房，我住的是一個獨立的院子，我吩咐了守衛，除非是一位美麗之極的小姐來，任何人都擋駕。我開始了焦急的等待，守衛隊長不住來報告，我父親來了，二叔來了，許多人來，都給擋在門外，可是他們又不肯走，我心中真是恨極了，在這樣的情形下，她怎麼還會出現，我準備衝出去，大聲趕他們走，我已經衝到門口，我也聽到我父親和二叔的大聲呼喝，他們已經硬闖了進來。」

冷自泉嘆了一聲！

「雖然我曾吩咐過不准任何人進來，但是我父親和二叔要闖進來，是沒有任何人可以擋得住他們的。我聽到了他們憤怒的聲音，生氣地在一張椅子上坐了下來，誰知道我一坐下——」

冷自泉才一坐下，還未曾想到該如何應付盛怒的父親和二叔，眼前突然一暗，一雙柔軟之極的手，遮住了他的眼睛，他本能地把手按在那一雙手上。

他立時可以知道那是什麼人的手，世上不會再有任何女性的手，會給人這樣舒服的感受！

同時，那少女輕柔的聲音就在他的耳際響起：「怎麼，等急了？」

冷自泉的怒意，一下子全消失了，他緊握那少女的手：「好，讓他們來看看你！」

那少女道：「不，我躲在屏風後面，我有許多話要對你說，全是你再想也想不到的，你答應我？」

當那少女軟言相求的時候，冷自泉只覺得耳際一陣陣輕微的酥癢，發自少女身上、口中的幽香，幾乎將他整個人連靈魂和肉體一起緊緊地裹住了。

冷自泉除了連連點頭之外，一句話也講不出來，那少女發出了一下嬌笑聲，鬆開了手，等冷自泉立時轉過頭去看時，只看到屏風後面，衣袂略閃，那少女已躲到屏風後面去了。

而同時，書房門上傳來「砰砰」的敲門聲。那少女既然已經來了，冷自泉的焦急憤怒，早已一掃而空，他笑吟吟地走過去開門，門一打開，是盛怒的父親和叔父，冷自泉笑著，神態輕鬆舒暢，問：「兩位老人家怎麼啦？」

他父親和叔父，本來想要來責備他的，可是看到他這樣的神態，也不禁呆住了，他叔叔道：「你找到了一個女娃子作對象？」

冷自泉用力點著頭，眉宇之間的那種稱心如意，真是誰都可以看得出來，兩位老人家同時嘆了一聲：「是什麼人家的女兒？」

冷自泉笑著：「現在，我真的不知道，但是請放心，只要讓你們看見了她，你們一定會同意的！」

兩位老人家互望著，神情充滿了疑惑：「什麼時候可以讓我們見到這女孩子？」

冷自泉十分肯定地道：「明天！」當時，他想，明天讓父叔見那少女，一定是沒有問題的事情了！

那少女既然肯到他的書房來看他，而且動作之間又和他那樣親密，那自然是喜歡他的表示，那麼，明天帶她去見父叔，就算她再害羞，也是無法推拒的事！

當然，冷自泉想不到，他當時如此肯定的回答，那麼順理成章的一件事，一直未能實現。

未能實現的原因，自然是因為接下來發生的事，絕不是他這時所能想像得到之故。

兩位老人家又互望一眼，冷自泉既然說得那麼肯定，他們當然沒有道理不相信，又說了幾句話，帶著衛隊，一起走了出去，冷自泉送出了書房，忙不迭轉回來，關好了門，吸了一口氣，柔聲道：「他們走了！」

屏風後面，先傳來了一下動人的笑聲，接著，便是那少女的臉，慢慢從屏風後探了出來，這一刻，真是叫人屏住了氣息！

那少女用一種像是跳躍的姿勢，從屏風後面走了出來，冷自泉忙迎上去，握住了她的雙手，喜孜孜地道：「你聽到了，明天，你要去見兩位老人家。」

那少女緩緩搖著頭，冷自泉一怔：「一定要見的！」

那少女仍然搖著頭，眉目間帶著幾絲幽怨，看了令人心疼。

冷自泉用手指在她的眉心，輕輕揉了一下：「別怕，只要我要你，他們不會反對的！」

那少女抬起眼來，望了冷自泉一下：「你連我是什麼都不知道，怎麼敢說要我？」

冷自泉不禁陡地一呆，他是一個十分出色的青年，就算沒有顯赫的家世，以他的聰明才智而言，也必然是一個出人頭地的大人物，他在見到了那少女之後，會陷入極度的情迷意亂之中，這時，他一樣深深迷戀著那少女，但總已冷靜了下來。

所以，他聽出那少女的話中，有一點不對勁的地方！

他在一怔之後，道：「你應該說，我連你是什麼人都不知道，不能說我連你是什麼都不知道，這個人字，怎麼能省去？」

少女微笑著，半轉過身去：「如果我根本不是人，當然可以不用『人』字！」

冷自泉緩緩吸了一口氣：「像你這樣美麗動人，應該是天上的仙女！」

少女抬頭望著天花板，神情有一種淒迷的茫然：「不對，再猜！」

冷自泉有點不知所措了！

那少女的神情，看來不像是在開玩笑，可是她怎麼說她自己不是人呢？她明明是人！雖然像她那樣美麗的人，地球上可能只有一個，但她當然是人！

冷自泉揮著手：「不可以轉變一下話題嗎？」

那少女的視線，轉向冷自泉：「不可以，這一點不確定的話，你我之間，講任何其他的話都是沒有意義的！」

冷自泉有點無可奈何，他向前走了兩步，來到那少女的身前，肆無忌憚的盯著那少女看，那少女並不逃避他的眼光。

冷自泉也是直到這時，才把那少女從頭到腳，看了個夠，過了好一陣，他才嘆了一聲：「你是天下第一美女，不是仙女，是女神？」

少女緩緩搖著頭。

冷自泉陡地激動起來，張開雙手，一下子把那少女緊緊擁在懷裏，他將之抱得如此之緊，令得那少女不由自主發出了一下低吟聲來。

冷自泉用斬釘截鐵的聲音道：「不管你是神仙，是人是鬼，我一定要和你長相廝守，沒有你，什麼全是假的！」

他說了之後，雙臂略鬆一鬆，兩人相對極近，氣息可聞。

冷自泉感到又興奮，又輕鬆：「好了，現在不管你是什麼都不成問題。」

那少女的眼皮，水靈靈地，看起來她也很激動，在燈光之下，俏頰紅酡酡地，像是可以掐得出水來一樣。

她略帶羞澀地笑道：「我還是要告訴你我是什麼，我是成了精的狐狸！狐狸精是專門媚惑男人的！會要男人為她做很多事，結果，那男人會毀在狐狸精的手裏。」

冷自泉靜靜地聽著，接著，他十分快樂地笑了起來：「好啊，狐狸精是最可愛的，有你這樣可愛的狐狸精在身邊陪伴著，那才不枉了一生！」

那少女深情脈脈地望著冷自泉：「你不怕？」

冷自泉笑得更快樂：「怕？我喜歡還來不及！」

少女低嘆了一聲：「或許那是你一時的衝動，一時貪新鮮。我知道你是一個非同小可的大人物，你有許多事要做，很快就會把我放在次要的地位了。」

冷自泉不再笑，他再度把那少女擁在懷裏：「比起你來，任何名、利、地位、權勢全都不值什麼！你是狐狸精，你是我的寶貝，不論你以前的名字是什麼，從現在起，你是我的寶貝狐狸，我要叫你寶狐，一直這樣叫你，寶狐！寶狐！寶狐！」

當冷自泉這樣柔聲叫著的時候，那少女——寶狐發出聽來令人又醉又飄然欲仙的低聲回答。

冷自泉輕輕將她的下顎托高，寶狐微微閉上眼，臉頰更紅，睫毛急速地發著顫，氣息也開始急促起來。由於冷自泉將她緊擁在懷中，所以可以清楚地覺察到，她在氣息急促時，豐滿的胸脯給他的那種壓迫感。

冷自泉十分溫柔、緩慢、小心地把自己的唇印向她的唇，她的唇潤濕輕軟，當冷自泉的唇印上去時，她把冷自泉抱得更緊，身子在微微發著抖，她的接吻經驗顯然不足，冷自泉用舌尖去輕舐她的唇，自她的喉際，發出蝕人心魄的呻吟聲來，她微張開唇，老練於接吻的冷自泉立時進一步吮吸著她口中芬香醉人的津液，終於把她香軟柔滑的小舌，含到了口中。寶狐的雙頰像是火燒一樣的紅，她的身子也在發燙，雖然隔著衣服，冷自泉也可以感覺得出來。

冷自泉的手，在她的背上撫移著，漸漸移到了她的胸前，當他輕觸到她胸脯之際，她陡然震動了起來，用力掙扎了一下。

冷自泉雙手略鬆了一下，寶狐輕輕地喘著氣，臉紅得像是可以滴出血來，她咬了一下下唇，聲音聽來斷斷續續。

「我應該……怎麼辦？」

冷自泉嘆了一聲，剛才那一吻，他的手才觸摸到了她胸前的神秘地帶，那猶如瀑布自山巔上直瀉而下一樣，根本是無可遏止的！他要再度把她緊擁，再深吻，再觸撫她身體上更神秘的地帶，然後，再使她成為他的女人！

但是他畢竟是一個君子，而且在那個時代，他也不認為一個中國少女會答應他有進一步的行動，他感到極度的快樂之間，不可避免地要加上若干休止符，所以他無可奈何地嘆了一聲。

他仍輕擁著寶狐，讓她滾燙的臉頰緊貼著他寬闊強壯的胸膛，用手輕撫著她的秀髮：「寶狐，我當然希望你從此留下來，再也不要離開我，但是，哦，看來我還要等幾天，我一定會用最快的時間向你父母提親，然後用最簡單快捷的儀式舉行婚禮！」

寶狐用一種十分不明白的眼光望向冷自泉：「我的父母？我……不是說過，我是成精的狐狸，哪有什麼父母？為什麼還要有什麼婚禮？」

冷自泉怔呆了，真正的怔呆，一時之間，他不知道該說什麼才好。

他凝視著寶狐，寶狐也凝視著他，過了也一會兒，他才道：「你……真是成精的狐狸？」

寶狐點了點頭，一副認真的樣子。

冷自泉實在無法相信這一點，當她告訴他，她是成精的狐狸之際，他甚至還替她取了一個名字：寶狐，這是一個情人之間稱呼起來，可以產生無窮旖旎風光的名字。可是在冷自泉的心中，一直認為那是一種調笑。

可是，她卻一再說自己是成精的狐狸！這似乎已經逸出了調笑的範圍！而且，若是要結婚，一定要經過雙方家庭的商討，她總不能一直把自己的身分隱藏下去的！可是她卻又偏偏那麼認真！

冷自泉不由自主地搖頭，他當然依然不信她是成精的狐狸，他決定用更大膽的方法，那足以使任何少女立刻求饒，立刻說出真話來的！

他道：「好，如果你真是成精的狐狸，讓我看看你有沒有尾巴？」

他說著，就把她的身子轉了過來，把她的纖腰壓向下，伸手向她的臀部摸去，寶狐發出掙扎的聲音，身子掙扎著，當冷自泉手按上了她渾圓的臀部時，她轉過頭來，滿臉通紅，膩聲道：「既然已成了精，如何還會有尾巴？你……你的手好燙！」

冷自泉一震，提起手來，寶狐立時摟住了他的頸，膩聲道：「現在你真相信我是狐狸精了，是不是？」

冷自泉搖著頭，心中充滿了疑惑：她為什麼一直要隱瞞自己的身分？有什麼難言之隱？這時候，不論冷自泉作多少設想，他都無法接受寶狐真的是成精的狐狸這樣的說法！所以，他搖著頭，用力地搖著頭。

寶狐睜大了眼睛，使她看起來更楚楚動人：「為什麼不相信？不是有一本書，記載著許多成精的狐狸的故事？」

冷自泉深深地吸了一口氣：「是，聊齋誌異上，是有許多這樣的故事，可是……可是……」

寶狐立時問：「可是我如果真是狐狸精，你會收回剛才所說的話？」

冷自泉忙道：「絕對不會，可是……我仍然不相信你……你……是……」

寶狐凝視了冷自泉半晌！才幽幽地道：「那就是說，我如果使你相信我真是，就會使你改變主意？」

冷自泉深深地吸了一口氣，並沒有立時回答，他的遲疑，並不是為了要改變決定，而是他感到極度的迷惑。

冷自泉十分清楚地知道，自己的決定是不會改變的，一見鍾情了，自從他第一眼看到她，他就知道自己陷入了愛情的無底深淵之中，一見鍾情的例子並不是很多，卻是真正存在的。

但是，對方是人，和對方是狐狸精，這其間，多少是有點差別的。

人，這是可以理解的，冷自泉自己就是人，但是，成了精的狐狸，那究竟是什麼呢？當然，人人都知道有一種東西，叫狐狸精。但如果再深一層問：成精的狐狸究竟是什麼，只怕也沒有人可以確切地回答得出來！

成精的狐狸，那一直是傳奇故事中的一種存在，怎麼可能真的在現實生活中出現？不論寶狐說什麼都好，冷自泉都無法相信，眼前這樣一個委婉可人，美麗動人到了極點的少女，原來會是一隻毛茸茸的狐狸，只不過在經過了一定程序的修煉之後，才變成人形！

冷自泉真感到了極度的迷惑，寶狐又幽幽嘆了一聲：「剛才你講的話，忘了它吧，當你知道我是異類，你是不會再記得那些話的！」

冷自泉陡然站了起來，剎那間，他激動得身子有點發抖，他用大軍出發之前，統帥發出誓言般的莊嚴聲音道：

「寶狐，我再重申一遍：不論你是人是鬼，是神是仙，是成精的狐狸，或者是更無可形容的什麼東西，我，冷自泉，要終生和你長相廝守，愛你，保護你！」

寶狐發出了「嚶」的一下嬌吟聲，投進了冷自泉的懷中，兩人不但緊緊相擁，而且自然而然的，四唇交接，深深吻在一起。

那是他們第二次接吻，寶狐柔滑的舌尖，滑進了冷自泉的口中，冷自泉恣意地吮吸著，令到寶狐心跳加速，冷自泉可以感到她的心跳。

長吻幾乎令冷自泉感到窒息，當他們終於分開時，他才問：「現在你相信了？」

寶狐點著頭，望了冷自泉一會兒：「你令我相信了你的話，我也會令你相信我的話！」

冷自泉攤了攤手道：「成精的狐狸，應該是會法術的，你其實很容易使我相信你的話！」

當冷自泉這樣說的時候，他其實還是不相信她真的能有什麼表現，可以使他相信她真的是成精的狐狸。

可是，接下來發生的事，卻令得冷自泉目定口呆，整個人在剎那間，像是不存在一樣！

當冷自泉講了那句話之後，寶狐又向他望了一眼，神情由猶豫變得堅決，點了點頭：「好，你反正遲早要知道的！」

她說著，就轉過身，向門走去，冷自泉剛想出言調笑幾句，因為他認定了她是不可能會有什麼法術的。可是就在這時，他清清楚楚，看到了他認為不可能的事！

寶狐走到門前，並沒有打開門，可是她整個人，卻穿過關著的門，走了出去。

足足有五秒鐘之久，冷自泉僵立著，連血液都快凝結了，他並不是害怕，只是一種絕對無法相信的事，忽然在他的眼前，變成了事實所帶來的震驚！

而當他從極度的震驚中甦醒過來之際，他才感到了真正的害怕！

他害怕的，也不是寶狐在經過了這樣的行動之後，已可以證明她真的是成了精的狐狸。冷自泉害怕的是，寶狐忽然走了，離開了他！要是他自此之後再也不能見到她的話，那怎麼辦？

他可以有能力在世界任何角落找出任何人來，但是如何去尋找和到什麼地方去尋找一個成了精的狐狸呢？

一想到可能失去寶狐，冷自泉陡地跳了起來，大叫著，向門口衝了過去，他忘記他是人，他太慌亂了，忘記了人要走出門去，一定要把門打開才行，他又奔得這樣急，所以「砰」地一聲，撞到門上。

他後退了一步，怔了一怔，才知道他要出去，一定要把門打開，他立時打開了門，門一打開，就看到四個衛士，在門口，現出十分驚訝的神情，正望著門口。

冷府中有那麼多重要人物，擔任警衛工作的，是整整一個警衛團，不但有著最精良的裝備，而且，從軍官到士兵，都是經過精心挑選的。

冷自泉看到四個衛士，忙問：「那位小姐到哪裏去了？」

那四個衛士面面相覷：「什麼小姐？」

冷自泉發急道：「你們沒有看到有人走出來？穿過了門走出來？」

四個衛士的神態更是怪異，不知如何回答才好，一個膽子較大的立正：「報告，沒有任何人出來。」

冷自泉嗖地吸了一口氣，當然，成精的狐狸，是有本領不讓別人看到的！如果她有這樣的本領，那怎麼去找她呢？

一想到這裏，冷自泉更是焦急得團團亂轉，額上的汗珠，涔涔而下。

四個衛士看到這種情形，更是駭然，一個問：「司令，你……不舒服？」

冷自泉根本沒有聽到那衛士的話，因為這時，在他耳際，陡然響起了悅耳之極的聲音，寶狐的聲音：「我在你臥房，看你，急成這樣，人家要以為你發瘋了！」

冷自泉陡然之間，長長吁了一口氣，又變得滿心喜悅，向那幾個衛士揮著手，甚至不由自主，吹著口哨，向前急步走進門去。

望著冷自泉的背影，四個衛士駭然的神情一直維持著，因為冷自泉的神態實在太怪異了，他們怎麼也想不出原因來。

當然，別說是這四個衛士，叫任何人來想，也不會想得出冷自泉行動失常的原因，是因為他迷戀上了一個成了精的狐狸！

冷自泉急急向臥室走去，他住的那個院落相當大，到臥室去，要經過一個院子，當他經過之際，值崗的衛士紛紛立正行禮，冷自泉一直來到了臥室前，握住門柄，就想推門進入，可是門卻鎖著。

冷自泉吸了一口氣，寶狐說她在臥室中，當然又是穿門而入的了，他想到寶狐在臥室中，興奮得手有點抖，取出了鑰匙，打開了門，閃身進去，立時把門關上，定了定神，柔聲道：「寶狐！」

黑暗之中，傳來了寶狐「嗯」的一下答應聲，接著，在房間的一角，柔和的燈光，亮了起來，冷自泉立時看到，寶狐蜷縮在一張巨大的沙發之上，正用極動人的神情望向他。

冷自泉小心翼翼地向她走去，唯恐她突然之間消失。

寶狐微笑著：「放心，我不會逃走，我是你的！」

她的聲音是那樣甜膩迴盪，當她說到「我是你的」之際，聲音細得幾不可聞，但是又能叫人聽得清清楚楚。

冷自泉來到了她面前，先握住了她的手，把她輕輕拉了起來，當寶狐柔若無骨地投進他的懷中之際，他把她抱了起來，走向床邊，然後，兩人一起向著床，倒了下去，在深吻之中，寶狐身上衣服的鈕扣，一顆一顆被解了開來，從指尖開始，冷自泉撫摸著她晶瑩潤膩的胴體。

在柔和的燈光之下，寶狐的胴體，在他眼前呈現無遺之際，冷自泉不由自主，發出了一連串的讚嘆聲，他用手、用唇去撫摸，去親吻她粉光細緻，白膩得如玉一般的肌膚，恣意地欣賞她胴體所表現的動人曲線，而寶狐只是顫抖著，緊握住他的手臂，握得極緊。

冷自泉在回憶之中，已無法十分清楚確切地記得當時的感覺，他只是沉浸在極度的歡愉之中，從心理到生理上的極度歡愉。他慶幸、驚訝於寶狐無可形容的美麗，但是真正令他驚訝的，還是達到了歡愉頂點的那一霎間。

冷自泉只覺得整個人都炸了開來！那是多麼愉快的爆炸，身子碎裂成上億片，像是每一個細胞都散了開來，可是每一個細胞，又充滿了快樂，而且，這種極度的快感維持了極長的時間！

冷自泉在歐洲幾年，自從他第一次和女性有了接觸之後，到那年他二十六歲，在女性方面，已經是可以稱得上經驗豐富了！

可是，在這之前，若是有人告訴他，男女在一起，可以有這樣的快樂，他也不會相信，而事實上，就算有人曾有過這樣的快樂，也無法轉告他人，因為這種快樂，不是人類語言所能形容於萬一的！

原振俠聽得極其入神，冷自泉越講，聲音越低，完全沉醉在美好的回憶之中，但是他還是不住地在講著，用盡了人類語言之中可能的形容詞來形容著。

原振俠也壓低了聲音：「你已經形容得夠好了！」

冷自泉吸了一口氣：「可是你還是完全無法明白那種歡愉，那種歡愉，一定要親自體驗，才能明白！」

原振俠沒有說什麼。

冷自泉頓了一頓：「或許，你會以為我是一個肉慾主義者，是的，那種極度的舒暢和快感，看起來是來自肉體的，但是如果沒有精神上的愛戀，會有這樣的愉快嗎？而且，當快樂像汪洋大海一樣，向你湧過來之時，怎麼能分清精神和肉體呢？人類一直在追求快樂，自有人類歷史以來，有多少人追求到了快樂？但是我得到了快樂，而且實實在在知道快樂自何而來，我可以掌握它！觸摸它！」

冷自泉一口氣講到這裏，神情激動，好一會兒才恢復了常態，苦笑了一下：「這些話，多少年來，我沒有和任何人講過！」

原振俠神情誠懇地點著頭，可是他的心中，也充滿了疑惑：寶狐真是成精的狐狸？那實在是不可能的事，可是冷自泉又說得那麼肯定，也表示了他自己的不信，這實在是怪異之極的事。

事情的怪異，在於一個成了精的狐狸自己承認了身分，她為什麼要這樣做？其中一定有極度的隱秘的目的，那是可以肯定的事！

而如果寶狐不是狐狸，她何以又有這樣超卓的能力，可以穿門而出入？原振俠相信，類似這樣的「法術」，冷自泉日後，一定見過許多，所以他才肯定了寶狐真是狐狸精。

原振俠知道，他不是在聽一個人講故事。而是在聽這個人講他實際的經歷。而且原振俠又是知道這個人的確曾有過神秘怪異的經歷的。

可是即使如此，一個成了精的狐狸，這種事還是無法令人接受的！

冷自泉看出了原振俠的那種疑惑的神色，他緩緩地道：「你聽我說下去。」

原振俠點了點頭，在冷自泉的敘述中，時光又回到了過去。

極度的歡愉，漸漸變成了蕩漾的微波，冷自泉和寶狐緊緊地擁在一起，身體的每一處可以緊貼在一起的地方，都緊貼著。

冷自泉整個人在雲端飄盪，他不時發出喃喃自語聲：「哦，怎會那麼好，怎會那麼好？」

寶狐把她的臉緊埋在冷自泉的懷中，用甜膩得化不開的聲音說著：「令男人快樂，這是狐狸精應該有的本事！」

冷自泉把她的雙腿曲起來，手臂穿過了她的腿彎，令她的身子蜷縮成一團，然後緊抱著她，她看起來是那樣嬌小，那樣值得愛憐，他望著她，實在不知道說什麼才好，而當他口唇顫動著，努力想要表達自己心中的歡愉時，寶狐卻用她纖柔的手指，輕輕抵在他的唇上，不讓他講話。

冷自泉深深吸了一口氣，他實在也想不出，人類的語言之中，有什麼可以表達他這時的歡暢和滿足。時間在不知不覺中過去，寶狐一直偎依著他——他也一直輕撫著寶狐，吻著她，發出一些只有他自己才知道是什麼意思的聲音。

臥室外間的大自鳴鐘，一定已經響過不止一次了，以前幾次，他都沒有注意，這一次，其實他也沒有注意，只是覺得在模糊之中，鐘聲一下接一下地噹噹地響著，令得冷自泉忽然注意起來的是，他看到在他懷中的寶狐，嬌俏艷麗的臉龐上，忽然現出了一股驚恐的神色來，那令得他也陡然震動了一下。

冷自泉自然而然地把她擁得更緊：「別怕，為什麼你忽然會感到了害怕？」

寶狐的口唇顫動著，偎得他更緊，轉頭向窗口望去，窗口當然什麼也沒有，只不過有幾線曙光，已經透過窗簾的縫穿了進來。

冷自泉這時候，也不知道為了什麼，心頭也起了一陣莫名其妙的恐懼！天亮了，剛才自鳴鐘一直響著，一定是響了六下，已經是清晨六時了。

在極度的歡娛和滿足的交織中，一夜就過去了，可是，為什麼在聽到了清晨六時的報時之後，寶狐會現出那樣驚慌的神情來？難道她真是狐狸精？而狐狸精也像是傳說中的鬼魂一樣，一到清晨就會消失？

一想到這一點，冷自泉把她緊摟著，呵護著她：「你在白天……會消失？」

寶狐深深吸了一口氣，這個動作使得他們兩人的身體，貼得更緊。她在不由自主的喘著氣，然後，用她水靈靈的大眼睛望著他。

由於她眼神中流露著那樣的眼色，不必等她開口說任何話，冷自泉已經立即道：「寶狐，不管你要我做什麼，只要我做得到，我一定做！」

寶狐仍然望著他，起先是極度的疑惑的神情，接著，神情漸漸變成信任，但還是留著疑惑，她喃喃地重複著冷自泉的話：「你一定做得到？」

冷自泉毫不猶豫，就像是在受軍訓時，聽到了上級的命令一樣回答：「是！」

寶狐再吸了一口氣，把臉埋在冷自泉胸前一會兒，冷自泉輕撫著她柔軟細長的頭髮：「說，你要我做什麼？」

寶狐並沒有抬起頭來，所以她的聲音低得幾乎聽不見：「我……要你保護我。」

冷自泉歡暢地笑了起來：「這算什麼，我當然會盡我一切的力量來保護你！任何人要來傷害你的話，我都會擋在你的面前！」

寶狐靜了一會兒，慢慢仰起臉來，在冷自泉的唇上輕吻了一下，才道：「我要求的保護，對你來說，可能十分奇特，你會覺得奇怪！」

冷自泉搖著頭：「一點也不覺得奇怪。」

寶狐低嘆了一聲：「你還沒有聽，怎麼肯定不會覺得奇怪？」

冷自泉只笑了一下，他實在想不出，像寶狐那麼可愛的人，會有什麼奇怪的要求提出來？

但是寶狐既然這樣說了，冷自泉心想：只管聽一聽，她會提出什麼特別奇怪的要求來。

寶狐又靜了一會兒，才道：「我……是……」

冷自泉立時親吻她：「知道，你是狐狸精！」

寶狐緩緩點著頭：「你明白就好，不過，你只怕不明白，除了你以外，別人根本看不見我！」

冷自泉陡地一怔，一時之間，還不明白她這樣說是什麼意思。

寶狐輕嘆了一聲：「你這還不明白？我只是為了你一個人而存在的，除了你之外，在別人的心中，我根本不存在，他們根本看不見我，那個狗伕，他叫什麼名字？他就看不見我，你的父親和叔父，也看不見我。」

冷自泉呆了一下，但隨即又笑了起來：「真是可惜，本來我準備把這麼美麗的小妻子，炫耀給全世界的人看，現在看來不可能了！」

寶狐溫柔地笑了一下：「真抱歉——」她又側頭想了一想：「我可以設法，使你的願望部分實現。」

冷自泉「嗯」地一聲，身子離她遠了一些，又撫摸著她晶瑩的肌膚，明明是實實在在的一個人，就在他的眼前，怎麼說只是為他一個人而存在，別人根本就感覺不到她的存在？他根本不相信，只是笑著，心中在想的是：那一定是一個玩笑，好，既然是開玩笑，那我也可以開一個玩笑！

他心中已擬好了向寶狐開玩笑的計畫，他的嘴角，帶著頑童一般的笑容，他實在不想對寶狐隱瞞什麼，但既然要開玩笑，自然不能在事前作任何透露，所以他忍住了不說。寶狐用疑惑的眼光望了他一眼，他連忙裝出了正經的神情來。

寶狐再輕嘆了一聲：「我要你不離開我！」

冷自泉不由自主，陡然叫了起來：「你說什麼！我當然不會離開你！」

寶狐的神情，卻變得十分憂鬱：

「我的意思是從現在起，你半秒鐘也不能離開我，一定要我一伸手就可以碰到你，在任何情形之下都要這樣，有些地方我不能出現，你當然也不能去……」

寶狐講到這裏，深深地吸了一口氣，用閃耀如同黑寶石一樣的眼睛，凝視著冷自泉：「你能答應我嗎？只要你有一點猶豫，你就會失去我！如果你不在乎失去我的話……」

她現出十分哀傷的神情來，那種神情，足以令得任何再懦弱的男人，勢血沸騰，不顧一切。

冷自泉當然不是一個懦弱的男人，他為寶狐著迷，他說可以答應寶狐的任何要求，也是真正出自心底的肺腑之言，並不是隨口說說的。可是，他也是一個聰明而又理智的人，不然，就算他的家世再好，他也不能年紀輕輕，就擔當這樣的重任。

這時，他在聽了寶狐的要求之後，立時想到，這樣的「保護要求」，實在太不尋常了！

他可以在任何情形之下都不離開她，但是她的要求是，有些地方，他不能去，不願去，他也必須在她的身邊，那換句話說，只要他一答應，他的行動，就完全在她的控制之下了！

由於他的身分特殊，她的要求又是那樣不尋常，所以冷自泉立時想到了一些敏感的問題，她，會不會是一個懷有特別任務的女間諜呢？還是一個由政敵派來的，懷有特別目的的人？

也就在這時，寶狐發出了一個幽細而綿長的嘆息聲，慢慢地站了起來。

冷自泉立時坐起來，這時，臥室中還有柔和的燈光，自窗簾中透進來的曙光，形成幾道朦朧的光線，寶狐站著，襯著那幾股光線，玉體玲瓏，看起來是那樣動人，那樣迷人。

她慢慢地轉過身，背對著冷自泉，聲音聽起來是那樣哀怨：「我早已知道地球人的心態，沒有一個地球人會對另一個人真正地好！」

冷自泉只注意到了她那種哀怨的責備，並沒有注意到她的用詞相當怪異。

在那一剎那間，冷自泉也陡然站了起來，就在寶狐的身後，輕輕抱住了她，在她的耳邊，用低而堅決的聲音道：「我答應你，我會對你全心全意地好，因為我知道，我再也不能沒有你，沒有了你，我的生命一點意義也沒有！」

寶狐再深吸了一口氣，轉過頭來，望著他，低聲說：「這……就是愛情？」

冷自泉道：「是的，這是愛情，只有愛情才有這種力量，才能使一個人，完全忘掉自己，全心全意地去對另一個人！」

寶狐的聲音更低：「真有這樣的愛情？……那我就放心了！」

冷自泉充滿了自信，將寶狐抱了起來，打著轉。

這時候，他心中絕未想到，以後的事情，會全然出乎他的想像！

寶狐並沒有騙他，只是當寶狐說的時候，他不相信而已。

# 第五部：懷疑中邪　狗血淋身

原振俠又挪動了一下身子。冷自泉的敘述，十分令人驚訝，不單是如此，而是冷自泉在敘述著他的遭遇之際，那樣深沉地在緬懷著過去，他的聲音是充滿了感情的。不由自主的真正發自內心的感情，任何再好的演員，也無法有這樣的表現。

當他講述到迷惑之際，他的神情和聲音是迷惑的；當他講述到歡娛時，他整個人就像沉浸在歡娛之中，他臉上的每一條皺紋之中，都像是會有歡樂滿溢出來；當他講述到哀傷的時候，他的聲音嘶啞而令人心酸。

原振俠並沒有打斷過他的任何話，只是在適當的時候，替他面前的酒杯注上酒，冷自泉的酒量相當驚人，不斷地喝，並不顯得有酒意。

冷自泉在敘述中，經常有相當長時間的停頓，在那時候，他自己像是完全在回憶中，在想著當時發生過的任何一個細節。他並不是記不起來，在他的一生之中，這些事不知被想過多少遍，這時候他又再回想一次，那只是他喜歡再回想而已。

原振俠也不去打攪他，至多只是在長時間的沉默之中，挪動了一下身子，改變一下坐的姿勢。

冷自泉這次，又沉默了很久，才又繼續：「那天上午十時，床頭的電話響了起來，是值班警衛官打來的，我和寶狐，還在床上……」

當電話鈴聲響起的時候，冷自泉在沉睡之中，被驚醒的。

在這以前，他把寶狐抱起來，打著轉，然後兩人又一起倒在床上，冷自泉瘋狂地吻著她，全身又被熾熱的火焰燃燒著，然後，又一次幾乎什麼都不存在的極度歡娛，然後，是偎依著寶狐的沉睡。

冷自泉拿起了電話，他的心情是那樣愉快，所以並不在乎被人吵醒，他一手緊摟著寶狐，寶狐閉著眼，長睫毛在輕輕地閃動，表示她也開始醒了。

電話中傳來值班警衛的聲音：「少爺，大老爺和二老爺來了，要立刻見你！」

冷自泉向寶狐望了一眼，寶狐慢慢睜開眼來。

當寶狐睡眼惺忪的時候，她更有一股異樣的嫵媚，冷自泉想起自己的父親和叔父，一定急於知道自己找到了什麼樣的伴侶，他也想起自己曾想到過的那個「玩笑」，所以他立時道：「請兩位老人家在客廳等一等，我十分鐘就到！」

他放下電話，輕拍著寶狐的細腰：「快穿衣服，十分鐘之後，我們去見兩位老人家。」

寶狐的笑容十分調皮：「他們看不見我的。」

冷自泉笑了起來：「看你的玩笑能開到什麼時候。」

寶狐緩緩搖著頭：「我看，大概就在十分鐘之後吧！」

冷自泉呵呵地笑著，用最快的速度，穿好衣服，然後，他替寶狐掠好看來有點凌亂的頭髮，寶狐看起來，比昨晚他初遇時更加嬌艷，簡直就像盛放的鮮花，才抹拭去露珠一樣的新鮮。然後，他拉著寶狐的手，向外就走，一直來到了客廳之中。

他父親和二叔正在交談，這一雙兄弟，掌握著國家的軍政大權，永遠有商量不完的各種軍國大事。

冷自泉一進來，就大聲叫著他們，然後，把寶狐推到了他們的身前，朗聲道：「爸，二叔，你們看！」

他期待著寶狐出眾的美艷，會使兩位老人家感到無比的驚訝。兩位老人的確現出了十分驚訝的神情來，但是那種驚訝，卻並不是冷自泉所期待的那種，兩位老人家只是訝異，而且是一種全然莫名其妙的訝異。

冷自泉怔了一怔，伸手向著寶狐，又道：「爸，二叔，你們看看！」

他二叔的脾氣比較急，已經十分不耐煩地道：「看？看什麼？」

冷自泉道：「這就是我找到的終生伴侶，我一定要娶她為妻，你們看，是不是只有她，才能配得上我？」

冷自泉在這樣說的時候，望著寶狐，寶狐卻低嘆著，神情帶著一點埋怨，冷自泉一看到她這種情形，就等於聽到她在講話一樣：看，我早和你說過了，可是你不相信，他們根本看不到我！

冷自泉有點發急，又轉向兩位老人家：「爸，二叔，你們不喜歡她？」

他父親忍不住了：「你在說什麼？」

冷自泉有點執扭，也有點不夠禮貌，聲音提高，指著寶狐：「我要你們接受她！」

冷自泉像是宣戰一樣，說出了這句話之後，身子挺立著，等待著答覆。可是他所看到的情形，卻使他感到了一股寒意。

他看到了兩位老人家互望著，現出了驚訝莫名的神情來，又望向他，他忙自寶狐身後，推著寶狐，一直來到兩人的身前，他幾乎是在嚷叫了：「看，你們看，看到沒有，這就是我的妻子！」

當他在這樣嚷叫之際，他心中真正感到了害怕，那種害怕，是難以形容的，是他在那一剎之間感到，他自己此後的一生，已經和一種神秘、奇異的現象，聯結在一起而產生的一種恐懼。

寶狐明明在他們的眼前，他們為什麼竟然會看不到？這真是不可思議的事！

兩位老人家的神情更是駭異，不約而同，站了起來，齊聲喝：「你在幹什麼？開玩笑？」

冷自泉不由自主喘著氣，先把寶狐的身子半轉了過來，肯定寶狐就在他面前，他的雙手，握在她柔滑的手背上，寶狐仍然用那種神情看他，他不由自主道：「我不信，還是不信！」

然後，他又向兩位老人家道：「你們看不見她？她就在你們面前！」

冷自泉在這樣說的時候，神情又急又認真，兩位老人家再互望了一眼，神情不但駭然，而且震驚，他二叔踏前一步，一伸手，就抓住了冷自泉的手臂。

這一動作，令得冷自泉也呆住了！

他雙手握著寶狐的手臂，把寶狐推到了兩位老人家的面前，當他二叔踏前一步之際，他二叔的身子，絕對應該碰到寶狐的身體了。

可是，寶狐的身體，就像是根本不存在一樣，他二叔不但靠近了他，而且，還抓住了他的手！

冷自泉在一怔之間，眼前花了一下，看到了寶狐已經站到了他二叔的身後，他想要走過去，可是卻被他二叔擋住了去路。

他二叔用十分驚駭的聲音問：「自泉，你幹什麼？別再鬧了！」

冷自泉張大了口，究竟是怎麼一回事，他真的弄不明白，但是有一點，他卻是可以肯定的，那就是，他父親和二叔，的而且確，真的看不見寶狐！

剎那間，他完全怔呆了，不知道如何才好！

任何人在這樣的情形之下，都會不知所措，冷自泉雖然如此出色，可是也不能例外。

他二叔已不斷在問：「你怎麼了？你怎麼了？」

他父親也來到了他的身前，用手按在他的額角上，看他們兩人的慌亂情形，只怕他們接到了世界大戰就快要爆發的報告之後，也不過如此了。

冷自泉勉力定了定神，深深吸了一口氣，當他定下神來之後，他的神情看起來正常了許多，也令得兩位老人家，鬆了一口氣，冷自泉先向寶狐望了一眼，向她招了招手，令她過來，站在他的身邊，他輕摟著她。

他的那一連串動作，又令得兩位老人家目定口呆，冷自泉在摟住了寶狐之後，才道：「爸，二叔，有一件非常奇怪的事發生了，現在我自己也不明白，等我弄明白了之後，我再詳細向你們稟報。」

兩位老人家全然不知所措，張大了口，不知道該如何才好，他們那時候的樣子，要是拍成了照片，登在報上，決不會有人認得出他們是肩負國家軍政要責的大人物，只像兩個受了極度驚嚇的老人！

冷自泉在他們還未定過神來時，就繼續道：「現在，我請求你們，什麼都別管我，讓我自己來處理這件事！」

他二叔從驚惶中定過神來，聲音也回復正常：「是什麼事？總得讓我們知道！」

冷自泉回頭向寶狐看了一眼，嘆了一聲：「我愛上了一個女人，立時要娶她為妻，答應了她的一切要求！」

他二叔道：「這……是好事啊！」

冷自泉又向寶狐看了一眼，還低頭在她的臉頰上親了一下。

他沒有想到，他那下情不自禁的動作，令得兩位老人家倒吸了一口涼氣，發出了一下可怕的呻吟聲來。

的確，在他們兩人的眼中看來，冷自泉一進來之後，動作神情簡直怪異到了極點！直到這時，冷自泉忽然向身後這樣親了一下，那看來更是叫人毛骨悚然，因為在冷自泉的身邊，在他們看來，根本什麼也沒有，可是冷自泉的動作，卻那麼一本正經！

冷自泉略停了一停，才苦笑了一下，他明白兩人的駭異，他道：「不過這位姑娘有點古怪，我要弄清楚了，才能向你們說明。」

他父親吞下了一口口水：「這位姑娘在哪裏？」

冷自泉道：「就在我身邊，可是你們看不到她！」

兩位老人家發出了一下呻吟聲，要相互扶持才不致跌倒。

冷自泉忙過去扶著他們坐下來，又道：「爸，二叔，記得我剛才的請求，別理我！別理我！」

兩位老人家的神色之怪異，到了極點，兩個人都是飽讀詩書的知識分子，肩負國家的重任，可是在這時候，他們兩人卻異口同聲，叫出了一句絕不應該出自他們口中的話來：「自泉，你中邪了！」

冷自泉陡然呆了一呆，一時之間，他還真的難以明白「中邪」是什麼意思，雖然，自從啞啞狂吠，寶狐出現以來，不可思議的事，是如此之多，甚至寶狐自己承認她是「狐狸精」，但是「中邪」這樣的名詞，和一個現代知識分子的觀念，是格格不入的！

但是，冷自泉立時明白了父叔所說的「中邪」的意思，他並不怪他們這樣說，反倒覺得十分有趣地笑了起來：「有點像——」

他一面說，一面又向他身邊的寶狐望了一眼，寶狐這時正現出一種十分動人的神情，看來像是一個慈祥的，充滿仁愛的姐姐，在看著一個頑皮的小弟弟一樣，使得被望的人，感到一種極度被愛的溫暖。

冷自泉在看了一眼之後，才又道：「真有點像，她就親自稱自己是狐狸精！」

冷自泉一直到這時，在說出「狐狸精」這三個字的時候，還是十分輕鬆的，雖然眼前發生的一切是這樣怪異，但是他寧願接受任何解釋，也不會接受狐狸精這樣的說法。

但是兩位老人家就不同了，冷自泉的行為如此怪異，已使他們認為冷自泉可能是中了邪，而冷自泉又這樣說，古人的筆記小說之中，有關狐狸精迷人的種種記述，一下子全湧上了他們的心頭。

兩個人面色發青，二叔忙道：「自泉，你別怕，你別怕，一定有辦法對付她的！」

冷自泉笑了起來：「你在說什麼啊？二叔，誰要對付她？愛她，保護她，我還來不及！」

兩個老人頹然地坐倒在沙發上，感到了手腳冰涼，冷自泉吸了一口氣：「爸，二叔，真的，我很認真，在我還未曾弄清楚是什麼事情前，你們最好不要理我！」

他的父親和二叔由於過度的震驚，根本連答應的氣力都沒有了，沒有昏過去，已經十分不容易。

冷自泉也不再說什麼，輕摟著寶狐柔軟的纖腰，慢慢向外走去，他自己沉浸在寶狐身上散發出來的那種淡淡的幽香中，享受著寶狐嫵媚的笑容，全然未曾去注意衛隊長以及旁人望著他的那種怪異欲絕的神態。

冷自泉和寶狐回到了臥室之中，寶狐嬌媚地靠著他，冷自泉道：「好了，現在該說實話了，再胡說八道，要打屁股了！」

他一面說著，一面在寶狐的臀部，輕輕拍了一下，寶狐發出了一下嬌吟聲，後仰著頭，向他看來，冷自泉一下子就把她緊緊地抱著，連呼吸都急促了起來，寶狐低嘆了一聲：「已經是你的了，還那麼急！」

冷自泉把她的身子轉過來，自己倒退著，在一張椅子上坐下來，然後，抱起了寶狐，叫她坐在他的膝上，他捧著寶狐的臉，凝視著，那是怎麼看都不會厭的臉，不單是由於那是一張美麗的臉，而且更在於流露在臉上的那種神情！

那是一種充滿了愛意的神情，使得看到這種神情的人由衷地感到溫馨和滿足，冷自泉又把她緊緊擁在懷裏：「寶狐，我會保護你，半秒鐘也不離開你！」

寶狐的身子，在冷自泉的緊擁之下，微微地發著顫，她發出了一種低沉的，聽來極悅耳的聲響，這種聲音沒有什麼意義，但是聽來是那樣令人舒暢，就像是在晨風的吹拂之下一樣。

冷自泉陶醉著，可是他也沒有忘記事情的怪異，他捧著寶狐的臉，看了又看，又在她柔軟滑腴的身上，撫了又撫，然後，嘆了一聲：「我不明白！」

他這「我不明白」四個字中，實在已經包括了不知多少問題在內，寶狐眨著眼，看來有點調皮：「有很多事情，不明白比明白好！」

冷自泉還想問什麼，寶狐伸出手指來，輕輕的按在他的唇上：「和我在一起，你快樂嗎？」

冷自泉忙不迭地道：「快樂！我一生之中，從來也沒有這樣快樂過，而且，我想，世界上也沒有什麼人比我更快樂的了！」

寶狐側著頭，長髮鬆鬆地披了下來：「因為有了我你才快樂？」

冷自泉立即道：「那當然！」

寶狐笑了起來：「快樂就好了，何必要明白？」

冷自泉的心頭充滿了疑問，可是他卻再也發不出任何疑問來了！他雙手托著寶狐的腰，兩人一起站了起來，走向花園，花園中陽光普照，百花盛放，寶狐偎依著冷自泉，慢慢地走著，冷自泉不時緊緊擁抱她一下，等到了一片草地上，兩人並頭躺了下來，看著藍天白雲之際，冷自泉感到，什麼叫神仙，他已經是神仙了！

冷自泉感到了前所未有的快樂，心滿意足，覺得人生再也沒有任何要求了，他已經全然不去理會旁的事，只陶醉在他的幸福之中。

可是其他人，卻和他恰恰相反。在他和寶狐離開了客廳之後，兩位老人家才從極度的驚惶之中，清醒了過來。

二老爺立即發出了第一道命令，對在客廳中的僕人、衛士，用最嚴厲的聲音吩咐道：「誰向外面說半個字，立即槍斃！」

所有人都筆挺的站著，二老爺又下命令：「快去看少爺在幹什麼！」他一連發出了兩個命令後，才喘了一口氣，望向他的哥哥，大老爺嘆了一聲：「要請人來驅邪了！」

二老爺立即同意：「對，先找本地的，再上京裏去請，還要立即派人到江西龍虎山去，請張天師來！」

大老爺連連點頭：「唉，什麼樣的狐狸精，竟然敢來迷我們家的孩子！自泉這孩子，應該不是普通人，但盼他本身的正氣，能夠剋制邪氣！」

二老爺有點後悔：「宅子太舊了，唉，早該拆了它，重新改建過！」

當他們兩人在商議著的時候，派去觀察冷自泉行為的人，已經流水般的來報告冷自泉的情形！冷自泉在花園，躺在草地上，樣子很高興，不斷在講著話。

報告的人，都竭力掩飾著心中的驚恐，而實際上，他們所看到的情形，著實令他們驚恐不已，可是沒有人敢有半分流露，因為他們都知道，那是一件大事，一件非同小可的大事，以他們的身分地位而論，最好不要和這件事發生任何的關連。

兩位老人家越聽越是駭然，二老爺陡然跳了起來：「黑狗血！我也是急昏了頭，怎麼沒有想到黑狗血！」

大老爺也跳了起來：「對，黑狗血！黑狗血！」

民間一直傳說，黑狗的血，有著可以剋制邪氣的作用，能使一切精怪現出原形來。這本來只是傳說，可是這時候，看這兩個大人物的神情，真正把希望全都寄託在黑狗血上面了！

冷府要黑狗血，那真是再也容易不過的事，不到半小時，滿滿兩桶黑狗血，已經準備好。負責經辦的人立正報告：「全是真正的黑狗，一根白毛也沒有，一共用了十條黑狗，要是不夠，還有，正在派人找。」

兩位大人物互相望了一眼，大老爺道：「應該夠了，噴筒準備好了沒有？」

二老爺道：「我看還是整桶潑過去好！」

大老爺考慮了一下，他比較深思熟慮，所以他道：「一桶就這樣潑過去，要是沒有效，再用噴筒！」

二老爺像是面臨生死存亡的戰爭一樣：「挑四個不信邪，命又硬的人，跟我去！」

大老爺有點擔心：「二弟，你——」

二老爺勇氣十足，一揮手：「我不怕，我已經老了，有三長兩短也不要緊，要緊的是自泉！」

大老爺一拍胸口：「我也去，憑我們兩人的地位，我看什麼妖精，也奈何不了我們！」

傳說之中，都相信地位高的大人物，有一股凜然的正氣，或者是命運特別好，有諸神靈呵護，頭上有光，天上的六丁六甲值日功曹，隨時會保護他們的，兩個老人家既然把希望寄托在黑狗血上，自然所有的傳說，都一併相信不疑了！

四個人挑選出來了，全是身強力壯的大漢，威風凜凜，兩人一組，抬著兩桶黑狗血，直奔花園。

兩位老爺，另外由一隊衛士擁簇著，那一隊衛士，不但個個忠心耿耿，而且是神槍手，以防萬一精怪在黑狗血之下，現了原形，而保護兩位老爺的天兵天將，又未能及時出現之際，他們至少可以負起一部分的保護作用。

觀察冷自泉行動的人帶來了最新的報告，神情的駭異也掩不住了：「少爺摘了一朵花，像是想插在什麼地方，可是他一鬆手，花就跌了下來，可是少爺還是喜孜孜地望著那朵花！」

那人的報告相當傳神，冷自泉的確是喜孜孜地看著那花朵，那是一朵嬌黃色的小花，冷自泉順手摘下來，插向寶狐的鬢際。

嬌黃色的花朵，襯著烏黑的髮絲，白裏透紅的臉龐，更襯出寶狐的嬌美來，冷自泉正恣意欣賞，忽然聽得一陣腳步聲，傳了過來。

他知道會有點事發生了，但是他捨不得轉過頭去看，因為他一轉過去，視線就會離開寶狐，在他來說，少看寶狐十分之一秒，損失會比什麼都大，因為這十分之一秒，再也不會回來了！

寶狐皺了皺眉：「兩位老人家生氣了，他們要用什麼來對付我？」

冷自泉還不明白寶狐這樣說是什麼意思，已經聽得他父親和二叔的大喝聲，緊接著，一陣血腥味，一大桶狗血，已經向著他和寶狐兩人直淋下來，冷自泉不由自主大叫了起來。

隨著冷自泉的叫聲，寶狐忽然笑了起來，那一桶疾灑下來的狗血，忽然如同被狂風吹拂著一樣，陡然改變了方向，向前疾灑了出去！

冷自泉在倉猝之間，實在不知道發生了什麼事，只是在一陣驚呼聲之中，他才看清，六個人，包括他的父、叔在內，每個人的身上、頭上、臉上，全是斑斑的血點！那六個人的神情，驚駭莫名，樣子真是狼狽到了極點，令人絕對無法不發笑，不但要發笑，而且是忍不住的狂笑。

冷自泉大笑，狼狽之極的那六個人一面抹著臉上的血，一面還在叫著，他二叔叫得最大聲：「噴！」

立時，四條大漢揚起手中的噴筒，用力噴著，狗血向前，直灑了過來，可是卻一滴也沒有灑在冷自泉和寶狐的身上，又像是被一股強風，直逼了回去一樣，灑得六個人一頭一臉！

冷自泉看出父親和二叔的神情十分認真，他止住了笑，叫著：「你們在幹什麼？」

他二叔大踏步過來，就抓住了冷自泉的手腕，啞著聲：「自泉，你快過來，妖法太厲害，黑狗血也制不了！」

冷自泉畢竟是在歐洲受教育的，黑狗血可以剋制妖精的那種傳說，對他來說，陌生了一些，所以直到這時，才知道父親和二叔是在幹什麼！

而當他明白之後，他真是啼笑皆非，用力一揮手，摔脫了他二叔的手：「你們在胡鬧什麼，我已叫你們別理會我的了！」

這時，他父親也趕了過來，兩個老人家一身都是狗血，神情卻又焦急非凡，看來，叫人又是生氣，又是可憐，兩人一邊一個，捉住了冷自泉的手臂，硬要將他拉向前，冷自泉大叫了起來：「什麼妖法，你們在搗什麼鬼呢？」

他父親喘著氣：「你被狐狸精迷住了！」

冷自泉側著頭看去，看到寶狐笑盈盈地望著他，冷自泉又叫了起來：「我情願給她迷住！」

他叫著，雙手又用力一掙，掙脫了兩個老人家的拉扯，後退了幾步，來到了寶狐的身邊，不等兩個老人家還有什麼動作，他已經道：「寶狐，你別見怪，人到老了，有時會古里古怪的，我們走！」

他拉著寶狐，又後退了幾步，看到他父親和二叔，目定口呆地站著，一臉傷心欲絕的神色，他心中也不禁大是不忍，停了一停，道：「你們別理會我，好不好？難道你們看不出我現在是多麼快樂？」

冷自泉這句話，講得十分誠懇，兩位老人家呆了一呆，互望了一眼，發生了什麼事，他們也莫名其妙，看起來，冷自泉是像中了邪！

但是冷自泉看起來極快樂，這倒也是真的，他容光煥發，講話像是在唱歌，走路像是在跳舞，他們從來也未曾見過冷自泉有那麼快樂過！

所以，一時之間，他們震呆得答不上來，冷自泉吸了一口氣，一面緊握著寶狐輕柔的手，一面又道：「真的，別再理我！別再理我！」

他轉過身，和寶狐一起走了開去，兩位老人家望著他的背影，心中感到了莫名的悲哀，雖然他們看出冷自泉很快樂。

但是這表示什麼？

這表示冷自泉已經被狐狸精迷得很深，看來單純勸說是沒有用的，而黑狗血也沒有作用了，唯一可行的辦法，是召集所有可能召集得到的，有法術、有道行的和尚道士，到家裏來驅妖！

而且，這一切，還要秘密進行才行，冷自泉不日將出任重任，要是讓國人知道他已被狐狸精迷住了，那麼，他的政治生涯，自然也就此結束了！

兩位老人家心中焦急，他們甚至顧不得洗去身上的血污，就忙著佈置一切。

當夜，就有一批和尚道士，在冷自泉居住的那個院子之外，作起法來，有一批道士，甚至搭起了一個高臺，不但各種法器的聲音大作，而且還夾雜著誦經聲，叱喝聲，有好多道士，仗著桃木劍，就在臥室外面，跳來跳去，而且，還焚燒著各種各樣的紙符，弄得紙灰打著轉，直飛上半空。

開始的時候，冷自泉十分厭煩，好幾次想要衝出去，把那些和尚道士們趕走，可是寶狐卻溫柔地拉住了他：「很有趣，是不是？」

寶狐用她那動聽的聲音說著，妙目流盼，看著外面在作法的僧人和道士：「他們想幹什麼？」

冷自泉吸了一口氣：「他們是來對付你的！」

寶狐現出訝異的神色來：「對付我？他們這樣子，怎麼能對付我呢？」

冷自泉笑道，在她的臉頰上親了一下：「你是妖精，他們認為我給你迷住了，所以要用這種方法，把你驅走，把你捉起來，好讓你離開我！」

寶狐的神情更疑惑：「為什麼？你和我在一起，不是很快樂嗎？他們為什麼不要你快樂？」

冷自泉嘆了一聲，這個問題不好回答，他想了一想之後，才道：「或許他們自己沒有快樂？」

寶狐也低嘆了一聲：「我明白了，他們要你為他們活著，不是為你而活！你要追尋快樂，你甚至已得到了快樂，那只能滿足你自己，不能滿足他們！」

寶狐的話，令得冷自泉震動，她的話，一個字，一個字，敲進了他的心坎之中！他所受的震動，是如此之甚，以致他張大了口，望著寶狐，剎那之間，一句話也講不出來。

寶狐這種話，在他一生之中，他還是第一次聽到！可是，那卻使他震動，因為他感到寶狐的話，指出了他這個人的悲哀之處！

他不是為自己而活著，他作為冷家唯一的傳人，他從小就不是為自己而活的，是的，許多人關心呵護他，但那些人這樣做的目的是什麼？

是為了他？

不是，全是為了自己！

那些人，包括他的父親和二叔在內，所關心他的是如何把他培養、塑造為冷家的一個出色的傳人，他要經受嚴格的訓練，他要接受高深的教育，他時時刻刻被提醒，他的一言一行，一舉一動，都是受到整個家族、全國、甚至全世界矚目的，他不能隨自己的意思做事……

這一切，他幾乎已經習慣了，以為他生下來就是為了某個任務，某個目的而存在的，他已幾乎忘記他自己了，如果不是寶狐那幾句簡單的話提醒了他，他真的已快習慣於沒有自己的生活了！

他心中不住地叫著：「寶狐，呵，寶狐，多謝你提醒我！」

他情緒在剎那之間，變得如此激動，陡然把寶狐摟在懷裏，不由自主的喘著氣。

「對，寶狐，你說得對，我，在他們看來，只不過是一件工具，這工具忽然不聽他們的安排了，自己要找快樂了，他們當然要用各種各樣的方法來阻止了！」

寶狐低聲道：「是，而且，他們也根本不懂得什麼叫愛情！」

冷自泉把寶狐摟得更緊，喃喃地道：「是，他們不懂，他們根本不懂，他們只知道利害，不懂得愛情，他們以為我被妖精迷住了，生命會有危險，不知道我在你身上找到了愛情，哪怕幾十年的生命，縮成了幾天，我也是很願意的！」

寶狐的神情也激動了起來，她也緊擁著冷自泉，過了好一會兒，他們才分開，寶狐柔聲道：「你嫌他們吵，我可以把他們趕走。」

冷自泉立時點頭。

寶狐笑了一笑，就在她展露燦爛艷麗的笑容之際，外面的喧鬧聲，陡然靜了下來。

突然而來的靜寂，並沒有維持多久，接著，就是一片驚呼聲，奔跑聲，大約持續了幾分鐘，又什麼聲音也沒有了。

由於不想看到外面和尚道士的作法，冷自泉早已把窗簾全拉了下來，這時，他真想去看看外面發生了什麼事，從那許多雜亂的聲響聽來，分明是寶狐不知用了什麼方法，使得那些僧道全都狼狽逃走了。

可是冷自泉卻並沒有這樣做，因為寶狐正偎在他的懷中，他不願意離開她。等到外面全都靜下來，他在寶狐的耳際低聲問：「你用什麼方法把他們趕走的？」

寶狐笑著：「當然是妖法！」

冷自泉怔了一怔。

他小時候聽到過，看到過的種種「鬥法」故事，全湧上了心頭：法海和尚開始鬥不過白娘娘，後來搬了天兵天將，終於把白娘娘抓了過來……等等。

他不禁憂慮起來，望著寶狐：「這一批僧道，鬥不過你，可是我父親和二叔，會去找更有道行、法力更深的來對付你！」

寶狐怡然笑著：「我全不怕！」

聽得寶狐這樣說，冷自泉放了心，可是一轉念間，他又擔心起來，他緊握著寶狐的手：「不對啊，你曾要求我的保護，要我半秒鐘也不能離開你，一定有什麼人，有法子對付你的！」

寶狐一聽，登時蹙起了眉，那種神情，令人看了心痛，她道：「一定要討論這個問題麼？」

冷自泉的心向下一沉，感到了事態的嚴重：「寶狐，剛才你幾句話，使我自己得回了自己，你不但美麗得世上少有，而且你的智慧……也出乎我的意料之外，我絕不能失去你，絕不能！」

他講到這裏，不由自主地喘起氣來：「你可明白我的意思？」

寶狐緩緩點著頭：「明白，你不想我受到任何力量的傷害！」

她講一句之後，停了停，才又緩緩地道：「你那麼好，我不想騙你，是的，是有力量可以對付我，令我在你面前消失！」

冷自泉不由自主，機伶伶地打了一個寒戰。

寶狐忙又道：「不過，你不必擔心，到時，你可以保護我，而他們也未必來，他們未必知道我在這裏，他們不一定可以找得到我！」

冷自泉忙問：「他們是誰？」

寶狐蹙著眉，沒有回答，冷自泉又道：「在軍事行動上，躲避敵人的追擊，不是積極的辦法，要知道敵人的虛實，主動去攻擊，才會勝利！」

他是一個軍事家，這時，自然而然，舉出了軍事行動來說明他的主張，等到他講完之後，他才想起，寶狐只是一個少女，就算是一個十分聰明的少女，只怕也不容易瞭解這樣的說法。

可是，就在他想作進一步說明之際，寶狐已經道：「你說得對，可是那一定要在敵人和自己雙方的力量，不是相差太懸殊的條件下才能成立，如果敵方的勢力太盛，那就只有暫時迂迴躲避，冒險出擊，那絕不是正確的行為！」

冷自泉怔了一怔，問題討論到他的專長上面來了！他已是世上公認出色的軍事家之一，和他討論兵法，那自然是他最有興趣的事。

於是，在接下來的時間中，他和寶狐反覆討論著，各人抒發著自己的意見，從淝水之戰到滑鐵盧戰役，寶狐甚至對一些偏僻的戰役，例如漢武帝元狩四年，衛青、霍去病如何用兵大破匈奴，把匈奴人一直趕到歐洲去；又例如西元一二〇三年，十字軍攻陷君士坦丁堡時所用的戰略，全都如數家珍，冷自泉高興得手舞足蹈。

等到他們興致盎然的對話，告一段落之際，冷自泉才知道自己是真正沉浸在幸福快樂之中了！他抱起寶狐，打著轉，不斷地叫著：「寶狐，寶狐，你真是寶狐！你怎麼可能懂得那麼多的呢？」

寶狐甜媚地笑著，冷自泉又叫道：「我是世界上最快樂幸福的人，我找到了全世界最美麗、最動人、最和我情投意合的人做我的妻子！沒有任何力量，可以再使我和你分開！」

寶狐嬌美的臉上，也充滿了喜悅的光輝，在這間臥室中，真是春光融融，似乎全世界的幸福快樂，都集中在這裏了！

但是在這間房間以外，整個冷家大宅，卻陷入了極度的驚慌和混亂之中。

# 第六部：異人登門　捉拿寶狐

正在作法的道士、和尚，被突如其來的一股強風，吹得東倒西歪，他們用的桃木劍，無故自行折斷，念珠滿天飛舞，重重打在和尚的光頭上，發出「嗶剝」的聲響來，高臺搖搖欲墜，嚇得臺上的道士，連滾帶爬地逃下來，然後，他們一起集中在一個廳堂之中，個個面色灰白，一句話也講不出來。

等到冷自泉的父親和二叔，得到報告急急趕來之後，才由一個和尚，一個道士作代表，道：「真不知怎麼說才好，妖精的……妖法太甚，我們道行不夠，請……另請高明吧！」

說完之後，他們人人面目無光，偃旗息鼓而去，兩位老人家呆了半晌，才命人再去探聽冷自泉的動靜，那些人的報告，都說冷自泉正興高采烈，不斷在說話，兩人不放心，自己也到了窗前去聽，他們聽到的，正是冷自泉把寶狐抱了起來打轉時所說的那幾句話。

兩人有了決定：這批和尚道士是臨時在附近請來的，當然法力不濟，要派最快的交通工具，到全國各地，去請更好的來對付這妖精！

冷自泉被妖精迷住了，這一點，已經是毫無疑問的事情了！他們甚至知道了那個妖精叫「寶狐」，那當然是一個狐狸精！

他們急得如熱鍋上的螞蟻一樣，因為不幾天，冷自泉要接受任命，身兼重任，那是一個安排他進一步成為整個國家第一人的一個步驟，要是那時，他還是像現在這樣，那怎麼辦？那會形成政治上的大風暴！

冷自泉靜了下來，靜了很久。

原振俠沒有發出任何問題，那一次盛大的就職典禮，結果怎樣，世所周知，結果是主角冷自泉根本沒有出現！

顯然，並沒有什麼得道高僧之類，在接下來的幾天之內，把寶狐捉起來。

原振俠的心中，其實十分焦急，寶狐後來怎樣了呢？寶狐說她不怕作法的僧道，但是卻真的害怕一種力量，這種力量後來來了沒有？當然來了。因為看來，冷自泉最後還是失去了寶狐！

那是怎麼發生的？何以冷自泉竟然不能保護他最愛的愛人？

原振俠絕不懷疑冷自泉肯犧牲一切，甚至自己的生命來保護寶狐，但是何以他未能使寶狐留在他的身邊？

這許多疑問，在原振俠的心中打著轉，但是他沒有急著發問，他知道，冷自泉已決定把一切全講出來，他的敘述，遲早會解開他心中的那些疑團的。

冷自泉靜了好一會兒，才緩緩地道：「像寶狐這樣的異性，是任何男人夢寐以求的！有了這樣的伴侶，幸福快樂就在你的身邊，和寶狐在一起的日子，是真正快樂的人生，那是生理上、心理上雙重的無上享受！」

原振俠仍然沒說什麼，他同意冷自泉的話，一個男人如果有了這樣一個紅粉知己，那實在是生命之中最大的幸運。

冷自泉忽然嘆了一聲：「快樂和痛苦，是對比的，有極度的快樂，也會有極度的痛苦。」

原振俠向他做了一個同情的手勢，冷自泉道：「接下來的日子，我一直和寶狐在一起，她的法力十分高強，可以令得外來的干擾，對我們全然不發生影響，我們只是沉浸在兩個人的小天地中，早已忘記了外界的一切，一切對我都不重要了，重要的是只要我能和寶狐在一起！」

原振俠道：「是的，你沒有參加你的就職典禮。」

冷自泉深深吸了一口氣道：「是的，我根本就忘記了，和寶狐相比，整個世界給我，我也不要了，何況是一個虛銜！事後，我才知道，我二叔甚至安排了他的警衛連，想把我硬拉到就職典禮去！但是這些警衛一進院子就迷路了。」

「迷路了？」原振俠叫了起來：「當時，你躲在什麼地方了？」

冷自泉道：「不在什麼地方，就在我住的院子裏，是寶狐的法力使得他們迷了路，根本找不到我們！」

原振俠揮了揮手：「冷老先生。你一再提及法力——」

冷自泉點頭：「是，寶狐是有法力的，毫無疑問，她有法力，非但有，而且法力還十分高強，幾乎什麼都做得到！」

原振俠實在忍不住了：「那麼，你的意思是，她……真的是狐狸精？」

冷自泉沒有立即回答，他沉默了片刻之後，才道：「我不知道，老實說，要我和你承認一隻狐狸成了精，會變成一個美麗的女人，是十分困難的。所以，我真的不知道寶狐是什麼，但是，我絕不在乎，因為我愛她，和她在一起，我的生命才有意義，在這樣的情形之下，我為什麼要去在乎她是什麼呢？」

原振俠感到有點熱血沸騰，冷自泉一直到現在，仍然說得如此堅決，可知他當時，對寶狐的愛，是如何之深！

冷自泉又嘆了一聲：「不過可惜的是，我父親和二叔他們絕不明白這一點，在我未曾參加那個就職典禮之後，他們又生氣，不知想了多少辦法，真的連江西龍虎山，張天師的嫡傳弟子都請了來！」

原振俠也忍不住低嘆了一聲：和尚道士和妖精的大鬥法，這聽來實在是太不真實了！可是，那卻又實實在在，是發生在冷自泉身上的事！

冷府中翻天覆地鬧了大半年，真的連江西龍虎山，專門降妖的張天師的後代都請來了，但是，結果完全一樣，一進了院子，張天師也迷了路，不論他如何念咒畫符，只是團團亂轉，好不容易全身而退，沒有辦法，就在院子外築壇作法，冷大老爺和冷二老爺親自上香，望張天師在天之靈，大顯神威，把狐狸精驅除出去。

可是又過了一個多月，張天師一樣無功而退，再接下來的幾個月，有時，可以看到冷自泉在花園之中，滿臉歡樂地走著，他的形態、舉止，都表示他的身邊，有一個他極愛的人在，但就是什麼也看不見，而更多的時間，冷自泉根本在屋子中不出來。

兩老在看到冷自泉的時候，看到他精神煥發，並不像是傳說中被狐狸精迷住之後，一天瘦似一天，終於一命嗚呼的樣子，總算略為放心了些。

而這時，已過了將近一年了！雖然嚴厲的命令，絕對不准任何人洩露任何消息，只說冷自泉是到外洋考察去了。但是紙包不住火，總有一點消息，傳了出去，竊竊私議，是免不了的。

終於，在一年多之後的一個晚上，冷大老爺和冷二老爺正在書房中愁臉相對，因為這一年來，他們把一大半時間心血，放在冷自泉的身上，他們的政敵已趁機崛起，而且，局面已不可控制了！兩兄弟除了相對嘆氣之外，一籌莫展。

就在這時，管家走了進來，稟報道：「兩位老爺，外面有兩個人，一定要見兩位老爺！」

二老爺一拍桌子：「混帳，攆出去算了！」

管家欲言又止，這時正是隆冬，書房裝有西洋運來的熱水汀，外面大雪才止，冰天雪地，書房溫暖如春，兩位老爺只穿著夾袍子，管家卻是才從外面進來，身上是厚厚的棉袍，一來是由於書房熱，二來是由於二老爺發了脾氣，管家的鼻端，已沁出了汗珠來。

大老爺看出管家有話想說，雖然神情很不耐煩，但還是做了一個手勢，令他說下去。

管家一面抹汗，一面道：「那兩個人……看起來是異人，外面滴水成冰，那麼凜冽的北風，可是那兩個人，只是穿了一件單衫！」

兩位老爺一聽，心中陡然一動，管家又道：「其中一位異人還說什麼宅子中妖氣沖天，非他們不能解救！」

管家的這句話，令得兩人心頭怦怦亂跳，冷自泉的事，如同一根尖刺一樣，橫亙在他們心裏，已經一年多了，不知請了多少人，白花花的銀洋，也不知花了多少出去，這兩個異人，是不是救星來了呢？

兩位老爺一疊聲地道：「請，快請！」

一面說著，他們已一起站了起來，準備到書房門口，去恭迎異人。因為在傳說中，這類解救苦困，降妖伏精的異人，多半是天上的真仙下凡，說不定是八仙中的呂純陽，鐵拐李，或者是太白金星、齊天大聖、梨山老母，善才童子，那是不能得罪的！

就在這時候，在冷自泉的臥室之中，冷自泉還是沉浸在他甜膩如蜜的幸福之中。

房間裏生了一盆熊熊的炭火，寶狐穿著一套湖綠色的短襖，赤著白玉一樣的腳，用春蔥一樣的手指，握象牙筆管，磨著宋朝的古墨，攤開潔白的宣紙，正在用趙孟的字體，寫著昨夜大雪紛飛之中，他們兩人聯句的詩。

冷自泉在她的對面，手撐著頭，癡癡地望著她，望著寶狐萬看不厭的臉。

這一年多，對冷自泉來說，就只像是一天一樣，天是怎麼亮的，怎麼黑的，他都不去注意，他只是欣賞著寶狐。

他可以捧著寶狐的一隻手，先撫弄著手指，再沿著手指輕撫上去，到手背、手腕，寶狐柔潤的肌膚，非但給他以男性的感覺刺激，也令得他產生莫名的滿足、舒適感。單是這樣，他就可以在不知不覺間過上半天。而他和寶狐的歡娛，每一分，每一刻，都有新的感受，每一次都是那樣酣暢，那種不可遏止的、爆炸的歡樂，令得冷自泉再也不想其他任何事！

這時，他看著寶狐寫字，趙孟頫的字體本就十分柔媚，在寶狐的手下寫來，更是流動如水，秀麗絕倫。

突然之間，寶狐的手震動了一下，以致令得筆尖在紙上，劃出了一道槓子來，冷自泉呆了一呆，看著寶狐抬起了頭，現出了一種害怕的神色來。

只有在第一次，在那個亭子中，他初見寶狐之際，寶狐在那隻沙皮狗的攻擊下，才出現過這種神色，以後，冷自泉一直未曾見到她害怕過！

冷自泉吃了一驚，連忙伸過手去，按住了她的手——他發現寶狐的手是冰涼的，他急忙問道：「寶狐，怎麼啦？」

寶狐放下了筆，微微喘著氣，她顯然是竭力在掩飾著自己心中的驚恐，這種情形，使冷自泉更加焦急，他還沒有再說什麼，寶狐的聲音，甚至在微微發顫：「抱……我，抱著我！」

冷自泉忙過去，把寶狐抱著，緊緊抱著，又拉了一條毯子，蓋在她的身上，寶狐倚在冷自泉的懷中，看起來像是比較好了些，冷自泉一再催問，她嘆了一聲，緩緩搖著頭：「沒有什麼，我……忽然有點不舒服！」

冷自泉立時道：「寶狐，我以為我們之間，不應該再有任何事情隱瞞著的了！」

寶狐抬起頭來，大而明亮的眼睛之中，充滿了深情，望向冷自泉，她又嘆了一聲：「我一直在擔心的事發生了！」

冷自泉深深吸了一口氣，捧起了寶狐的臉：「別怕，有我在！」

寶狐的聲音，聽起來十分淒迷：「我知道，我知道你會保護我——」

她講到這裏，雙眉向上揚一揚，現出了極有信心的神情來：「因為我知道你愛我，會為我做任何事！」

冷自泉在她的臉上，急速地親吻著：「是！我會為你做任何事！」

寶狐笑了起來，她笑得那麼甜，那麼平靜：「只要是這樣，我就有可能度過難關！」

冷自泉又擔心起來：「只是有可能？」

寶狐抬起頭來，向上凝望著，看她的樣子像是在沉思，但實在無法知道她在想些什麼，過了好一會兒，她才道：「是的，只是有可能！」

冷自泉的心中十分焦急，而且充滿了疑問，他根本不知道寶狐所害怕的是什麼，也不知道她要如何應付，但是他卻沒有問。

因為這一年多來，他已經深知寶狐是有「法力」的，寶狐的「法力」，甚至是不可思議，不可解釋的，他根本不算什麼，他不知道這樣法力高強的寶狐，何以會需要他的保護，他知道的是，他根本不必出什麼主意，寶狐自然會教他怎麼做！

他望著寶狐，寶狐的聲音十分低：「來了，他們來了，他們終於找到我了！」

就在這時候，兩位冷老爺，也在書房的門口，迎進了那兩個「異人」。

當管家帶著那兩個人進來時，冷大老爺和冷二老爺一看之下，心中不禁又是失望。當他們在等待的時候，兩個人都想像「異人」一定是童顏鶴髮，滿面紅光，和常人完全不同的。

可是，跟在管家後面進來的兩個人，卻普通得再普通也沒有，這種人，一天之內，不知道可以在街上遇到多少個！所不同於常人的是，隆冬臘月的天氣，這兩個人只穿了一件灰布長衫，但他們卻絲毫沒有覺得寒冷的神態。

冷大老爺把兩人讓進去，忍住了心中的失望，吩咐沏茶待客，那兩個人也不客氣，坐了下來，一個較胖的說道：「府上鬧妖精已經有多久了？」

他一開口就這樣問，倒令得兩位冷老爺不知如何回答才好，他們互望一眼，冷二老爺對那次盛大宴會的日子是記得很清楚的，他把那日子說了出來：「就是那天晚上開始的。」

兩個「異人」互望了一眼，其中一個，自懷中取出了一隻扁平的盒子來，打開。

由於盒蓋是向外打開的，所以兩位冷老爺看不清盒中有什麼東西，只看到兩人一起向盒中望著，胖的那個說道：「嗯，他曾在途中停留了不少地方，不然就不會那麼遲才到這裏！」

另一個道：「不錯，他還破壞了不少追蹤的設備！」

冷二老爺心急，忍不住問：「兩位在說什麼啊？」

那個人收起了那扁平的盒子，問：「情形怎樣，請你們詳細告訴我！」

冷大老爺嘆了一聲：「那狐狸精，看來是幻化成一個十分美麗的女人——」

那兩人一怔，齊聲道：「什麼，狐狸精，那是什麼意思？」

兩位冷老爺陡地一呆，不禁感到了一陣涼意，那兩個「異人」連什麼是狐狸精都不知道，如何能捉妖？

一時之間，他們兩人，面面相覷，不知道如何才好，而那兩個「異人」在一問之後，翻眼向上，像是在思索著什麼，沒有多久，兩人又齊聲道：「我們知道了，請放心，我們會把他帶走！」

兩位冷老爺將信將疑，還想問些什麼時，突然看到那兩個「異人」的神情十分不對頭，他們還坐著，睜大眼，可是一動也不動，一點聲音也沒有。

兩人盯著「異人」，看了好幾分鐘，二老爺忍不住了，伸手去探了探其中一個的鼻息。

二老爺明知這樣做，十分不禮貌，可能會得罪異人，但是那兩人的神態如此怪異，看起來像是死了一樣，使他忍不住要那樣做。

一探之下，那異人倒還有氣息，只是相當微弱，兩人正不知道發生了什麼事，忽然聽得外面，風聲大作。寒冬的晚上，北風本來就十分勁疾，可是這時外面傳來的風聲，簡直是在呼嘯，發出尖銳的聲響，然而，又是只有聲響傳來，實際上卻又感不到風勢的強勁。

兩人不知發生了什麼事，二老爺叫了一聲：「來人！」

在外面的衛士，立時奔了進來，大老爺忙吩咐：「到少爺住的那個院子去看看，立刻回來報告！」

兩個衛士答應著，奔了出去，當他們來到冷自泉住的那個院子外面的時候，那種像是風聲一樣的尖銳呼嘯聲，聽來更是驚人，簡直震耳欲聾，可是除了有尖嘯聲之外，一切卻全又那麼平靜。

兩個衛士都知道這院子裏「鬧妖精」，所以一來到院子外，就有點戰戰兢兢，互相靠在一起，陡然之間，尖銳的聲音停止，一切像是全然沒有發生過一樣！

他們當然不知道發生了什麼事，不但他們不知道，連冷自泉也不知道。

冷自泉只是緊抱著寶狐，當尖銳的呼嘯聲突然傳來之際，寶狐急急說道：

「你什麼都不用管，只管抱著我，集中你的精神，什麼都別想，只要想你要保護我，不能失去我！」

冷自泉看出事態的嚴重，所以他立時點著頭，一面緊抱著寶狐，一面閉上眼，心中只想著一點：沒有任何力量，可以叫寶狐離開我，我要盡一切力量保護她！

當他集中精神在這樣想的時候，尖銳的聲響，也彷彿減弱了。不知道過了多久，忽然一切全靜了下來，他立時睜開眼，寶狐還在他的懷中，只是看來，神情有點惘然。

冷自泉忙問：「發生了什麼事？剛才那種尖嘯聲是……哪裏來的？」

寶狐嬌笑了一下：「別問了，問了你也不會明白的！」

在冷自泉的懷中，她的身子輕輕搖動著，眉梢眼角，突然妖艷起來，湊向冷自泉的耳際低聲講了一句話，這句話沒有講完，她的臉，早已紅了起來，這種情景，足以使冷自泉忘記一切。

在書房中，兩個「異人」像是大夢初醒一樣，霍地站了起來，他們剛才一動也不動，這時陡然站了起來，突兀之極，令得兩位冷老爺嚇了一跳。

冷二老爺問：「妖精……已驅走了？」

那個較胖的異人搖頭：「沒有，這次我們沒有成功，三天之後再來！」

另一個說道：「當我們來的時候，請儘量給我們一切行事的方便！」

兩位冷老爺十分失望，可是看「異人」的神情，對於三天之後再來，卻又充滿了把握，所以還是客客氣氣，把他們送了出去。

接下來的三天之中，冷自泉和寶狐，仍然寸步不離，他們一起在花園中散步，一起堆著雪人，一起在雪地中滾成一團，也一起在爐火熊熊的臥室中，享盡了男女間能享受到的樂趣。

在這三天之中，寶狐的興致看來極高，不但不論冷自泉怎麼說，她都贊同，而且，還有不少新的花樣，是在寶狐的提議下進行的，那令得冷自泉又覺得，過去的一年多，也算是白過了！他本來以為自己的快樂，已經到了巔峰，再也想不到，快樂竟然像是無窮無盡一樣，像巨浪一樣，一個又一個連綿不絕！

三天之後，是一個大陰天，天色灰暗得像塗了一層炭粉一樣，而且在濃厚的黑雲層中，有著一種暗紅的色彩。在北方生活過的人都知道，這樣的天色將有一場大雪！

果然，不到中午，就開始下雪了，雪花大團大團，飛舞而下，轉眼之間，除了白茫茫的一片之外，什麼也看不到，天地之間，充滿了跳蕩的、飛舞的雪團，其他所有的顏色，全都不見了！

在一開始下雪時，寶狐就拉著冷自泉，來到了花園的一個水池旁，那水池旁邊，有著一堆剔透玲瓏的假山石，兩個人在外面站了不到三分鐘，身上已積了厚厚的雪。

寶狐看來有點心不在焉，在冷自泉連連催問下，她才道：「他們又來了！」

冷自泉「哦」地一聲：「上次是給你趕走的？那怕什麼，再把他們趕走就是了！」

寶狐嘆了一聲：「是，這一次，多半還可以把他們趕走，但是……一次又一次……」

她說到這裏，抬頭向冷自泉望來，雪花沾在她長長的睫毛上，迅速地溶化，變成水珠，看起來，像是自她眼中滴出來的淚珠一樣。

冷自泉一下又一下地親她，把那些水珠舔去，可是，他的舌尖之上，突然感到了一陣鹹味，他失聲叫了起來：「寶狐，你在哭？」

寶狐轉過了頭來，沒有回答，冷自泉把她的臉扳回來，盯著她，這時，他真的看到了，寶狐在流淚，寶狐在哭！

冷自泉有點手忙腳亂，不知怎麼才好，寶狐卻又笑了起來：「我忽然有了一點感觸，你別緊張，你只要記得，集中精神，只想要保護我，和我在一起！」

冷自泉點了點頭，寶狐又呆了片刻：「我們進去吧，雪越下越大了！」

雪是越下越大了，所以，當那兩個「異人」又走進宅子來時，身上全是積雪，可是他們卻仍然穿著單衣服。這次，他們帶來了一隻大箱子，那大箱子大得十分驚人，比人還高，四個人也抱不攏，兩個人是在雪地中，推著那箱子進來的。

在見到了兩位冷老爺後，那個較胖的道：「我們又來了，希望這次能夠成功，在我們行事的時候，不能有任何人接近，請吩咐所有的人，在屋子裏，絕不能出來，不然，只怕有危險！」

兩位冷老爺聽「異人」說得那麼嚴重，哪敢怠慢，立時傳令下去，從現在開始起，若沒有另行通知，任何人等都不能出外一步。

好在天正下著大雪，想來人人怕妖法厲害，也不致有什麼人敢不遵守這個命令。兩個「異人」推著那隻箱子，直向冷自泉住的那個院子走去。

由於根本沒有人敢離開院子，雖然有幾個膽子較大的，住的房子恰好又離那院子近的人，從窗口向外看去，想看看那兩個「異人」，究竟是如何捉妖的，但是卻由於大雪紛飛，根本什麼也看不到。所以，在接下來的大約一小時之中，那兩個異人做了些什麼，那隻大箱子中，究竟有些什麼東西，完全沒有人知道。

看是沒有人看到，可是在捉妖的過程中，所發出的各種各樣的聲響，卻是人人聽得到的。

在大雪紛飛的時候，天地間，顯得格外地靜，似乎所有的聲音，都被大雪壓住了。但是，在那兩個異人到達之後不久，先是尖銳刺耳的呼嘯聲，接著，又是各種各樣的、淒厲的、難以形容的聲響，連續了將近一小時之久。

最後，轟然一下巨響，那一下聲響所造成的震動，震得屋子都在搖晃震動，以致兩位冷老爺，幾乎認為那是他們的政敵，派出了空軍來轟炸，企圖把他們暗殺，以奪取政權。

在那下轟然巨響過去之後，一切又恢復寂靜。兩位冷老爺一直在房中等著，感到十分不安，又過了一會兒，才聽到了腳步聲，那兩個「異人」推門走了進來，冷二老爺忙問：「妖精——」

兩人「異人」的神色十分難看，胖的那個恨恨地道：「只是……哼，只是妖精一個，早已抓住了！」

冷大老爺大吃一驚：「不止一個妖精？」

另一個異人道：「我們遇上了另一組電波，那組電波，只有你們地球人才有，這組電波保護了她！」

胖的那個道：「不必對他們多說什麼，我們會有辦法的，走吧！」

這兩個異人講的話，兩位冷老爺一點也不懂，他們正想發問時，兩個異人已自顧自走了。

兩位冷老爺從來也未曾受過這樣不禮貌的對待，只是想著要捉妖精，還得靠他們，只好忍住了氣，送了出去。那兩個異人來的時候，推著一個大箱子，可離去的時候，卻是空手的。

冷大老爺問：「兩位帶來的那個大箱子呢？」

那胖異人「哼」地一聲：「毀壞了，我們已把它埋了起來，別因為好奇而去挖掘！」

冷二老爺心中有氣，不客氣地道：「兩位來了兩次，看起來，好像法力及不上妖精？」

兩個異人面有怒色，胖的那個，伸手指著冷二老爺：「最好的法子是，你們去見見那個保護他的人，要他改變一下心意，我們進行起來，就容易得多！」

另一個傲然道：「三天之內，我們再來，現在先講定了，三天之後，午夜起，任何人不要離開屋子，不論看到什麼，就當做作夢好了！」這兩個異人講話的口氣，像是在發命令一樣，十分令人反感。

兩位老爺忍住了氣，還是將之送到了門口，之後，立時趕到冷自泉住的那個院子裏，看到院子的空地上，多了一個相當大的坑，大雪正紛紛落在那個大坑中，那個大箱子，已經不見蹤影了。

兩兄弟商量了一下，唉聲嘆氣，一起向院子中走去。自從冷自泉被「妖精」迷住之後，所有的人，都不敢接近這院子，只挑選了幾個最大膽的人在看守，冷自泉有什麼生活上的需要，也通過這幾個人傳達，那幾個人住在近院子門的一個小房間中，這時看到兩位冷老爺進來，都一起立正，敬禮，也就在這時，小房間的電話，陡然鈴聲大作，響了起來。

冷二老爺指著電話，一個衛士道：「少爺有什麼吩咐，都是打電話過來的！」

另一個衛士，趕過去要接電話，冷二老爺揮了揮手，自己走了過去，拿起了電話來，他令得自己的聲調改變了一下：「少爺，有什麼吩咐？」

自電話中聽來，冷自泉的聲音相當急促：「去和老爺說，在三天之內，裝上發電機，總共至少要有五萬瓦以上的電力。」

電話那邊靜了一下，才又傳來冷自泉的聲音：「二叔，是你！我要強大的電力，裝好電機之後，把電力都引到我屋子裏來！」

冷二老爺疾聲道：「自泉，你一定要和我們見一見，不然，我不會替你做任何事！」

冷自泉的聲音極焦急：「二叔，你不是想我不活下去吧，你……一定要答應我！」

冷自泉這樣說法，令得冷二老爺心中，一陣難過，他啞著聲道：「自泉，你講這種話，太沒有良心了，讓我和你爹見一見你吧！」

冷二老爺在這樣說的時候，握著電話聽筒的手，劇烈地發著抖。

過了足足有一分鐘，才聽到冷自泉的聲音：「好，你們來吧！」

冷二老爺吁了一口氣，向他哥哥打了一個手勢，他們已有一年多未曾見過冷自泉了！這期間，他們不是沒有來過這裏，但是每次來，不論白天也罷，黑夜也好，有人開路也罷，他們自己闖進來也罷，情形都一樣，他們會莫名其妙地迷路，打轉，根本見不到冷自泉！

這時，他們又可以見到冷自泉了，心情自然緊張，兩人一起急急向外走去，這一次，十分順利，到了一個客廳之中，冷自泉已經在了。

兩位老人家一見到冷自泉，上去緊握住了他的手，冷大老爺甚至流出了淚來！

冷自泉搖著頭：「爸，二叔，我很好，你們看不出我又好又快樂嗎？」

兩位老人家仔細打量著冷自泉，不論他們怎樣從壞的方面去想，都無法否定冷自泉真的又健康又快樂，雖然這時，他看起來多少有點憂慮。

冷自泉後退一步，他的動作，看來又是怪異的，他像是摟住了什麼人一樣。

兩位老人家盯著冷自泉，冷自泉又提出了他的要求：「我要大量的電，把可以弄到的發電機，全都弄來，越快越好！」

中國北方，電力供應在數十年前，除了幾個大城市之外，並不是十分普遍。

冷家的大宅，一直是自己的小型電廠來發電的，自然，冷自泉的要求，並不是做不到，但是兩位老人家顯然沒有興趣。

冷大老爺一面抹著老淚，一面道：「自泉，那兩位異人說，你……不知用了什麼方法在保護著那……妖精……」

冷大老爺在這樣說的時候，從冷自泉的動作上，可以肯定「妖精」就在冷自泉的身邊，但是他還是大著膽子，說了出來。

當他說出了「妖精」兩個字之際，他不由自主，吞下了一口口水。

冷自泉陡然叫了起來：「是的，我保護她，我要用我的生命保護她！」

冷大老爺的聲音極其沉痛：「自泉，你被她迷住了，你要為整個家族想一想，為你自己的前途想一想，為了愛護你的人想一想，你怎麼那麼糊塗，那樣不明白！」

冷二老爺也道：「自泉，你是在迷途中，快回頭，沒有人會怪你！」

兩位老人家說得那麼懇切，可以說是聲淚俱下。

冷自泉也知道他們兩人所說的是衷心的，但是他聽了之後，還是笑了起來。那是一種十分淡然的，瞭解的微笑，他道：「爸，二叔，你們不明白，你們所說的一切，固然重要，但是和愛情比較，卻什麼也不是！你們不懂得愛情，世人懂得愛情的也不多，甚至有人說世上根本沒有愛情的存在，但是我懂，而且得到了，我絕對不想放棄，你們別多說了！」

冷二老爺又急又怒：「那你告訴我，什麼是愛情？」

冷自泉又嘆了一聲：「唉，那是說不明白的，只有親身體驗了，你才知道，有了愛情，就等於有了一切，沒有任何力量，不論是多高的權和位，可以替代！」

冷大老爺的聲音，聽起來像是呻吟：「可是，自泉，你……愛的……是一個妖精！」

冷自泉向身邊的寶狐看了一眼——寶狐一直偎依在他的身邊——緩緩搖著頭：「對我來說，只要是我所愛的，管她是什麼！」

兩位老人家現出極度悲哀失望的神色來，像是在剎那之間，老了十年。

冷自泉剛才的那一番話，說得如此懇切，全然是他的肺腑之言，但是兩位老人家卻根本沒有從這方面去考慮，兩人想到的只是：

他被妖精迷住了！他被妖精迷住了！

這是一種悲哀，當然人與人之間交談之際，一方出自肺腑的話，有時，聽的一方，甚至連考慮也不考慮，完全不為對方著想一下，而只是固守著自己的利益，自己的認識，自己的立場！

冷自泉又道：「三天之內，一定要盡可能把電源弄來，越多越好，爸，二叔，答應我。」

兩位老人家只是用十分失望的神情望著他，冷二老爺陡然叫了起來：

「我們不會為迷惑你的那妖精做任何事，絕不會！你不是自己要用電，是那妖精要用，三天之後，那兩個異人會來捉妖精，小泉，隨便你現在怎麼責怪我們，等你清醒了之後，你就知道我們是為了你好！」

冷自泉陡地叫了起來：「不！不！絕不會，我現在十分清醒，比任何人都清醒，我完全知道我正在做什麼，完全知道自己在享受著什麼樣的快樂，我不想放棄這樣的快樂，你們的決定，會令我痛苦一生！」

冷二老爺詞色嚴峻：「小泉，你要明白你自己的責任！你要成為一個大人物、大英雄，沒有人比你的條件更好，你別自暴自棄！」

冷自泉揮著手：「我不要做大人物、大英雄，我只要做一個快樂的人！做一個快樂人，有罪嗎？」

兩位大老爺站了起來，互望了一眼，他們已有了共同的決定：拒絕冷自泉的任何要求！因為冷自泉現在被妖精迷住了，不能間接幫妖精的忙，希望三天之後，那兩個異人能把妖精抓走，那就什麼事都解決了！

所以，儘管冷自泉的眼神之中，充滿了請求，兩人還是硬起了心腸，再不說什麼，轉身就走了出去。

冷自泉想要去追他們，但是被寶狐拉住了，寶狐的聲音十分平靜：「由得他們去吧，不能怪他們，他們不會明白的，連我……以前也不明白，世上真有愛情，你愛得這樣痴，這樣深！」

冷自泉著急：「要是沒有你需要的電，會怎麼樣？」

寶狐嫣然一笑：「沒有電，我們可以點蠟燭，氣氛更好！」

冷自泉苦笑：「寶狐！」

寶狐搖頭道：「沒有什麼大不了的——」可以聽得出，她竭力在使自己的聲音聽來像是什麼也不在乎，可是，誰都可以聽得出不能被掩飾的深切的悲哀！

冷自泉和她，一起在沙發上坐下來。冷自泉令寶狐枕在他的腿上，他俯下頭，和寶狐正面相對著，他不知怎麼開口才好，寶狐眼中的憂慮，是怎麼掩飾也掩飾不了的。

冷自泉感到心直向下沉：「事情最壞，會壞到什麼程度？」

寶狐伸出手臂來，勾住了冷自泉的頸，當她雙手仰向上之際，衣袖褪下，露出雪白細膩的手臂來，雖然在過去的一年多之中，寶狐的胴體的每一處，冷自泉已經不知恣意欣賞撫摸過多少次，有很多時候，甚至是帶著獸性的虐待，但是這時，他看到了寶狐的手臂，這樣撩人的姿態，他還是難免一陣心跳！

寶狐並沒有立時回答，只是把自己身子靠得冷自泉更緊：「我一直沒有對你說過，我……是從一個很遠很遠的地方逃來的。」

冷自泉吸了一口氣，寶狐從來也沒有向他說過來歷，在開始的時候，他自然覺得好奇，還探問過幾次，但是在得不到寶狐的回答之後，他也沒有再問下去。反正和寶狐在一起，快樂得像是神仙一樣，管他寶狐是什麼來歷！

這時，寶狐忽然說起自己的來歷來，對冷自泉來說，非但沒有什麼好奇心的滿足，反而立時有一種十分不祥的預感！

他忙道：「如果你不想說，可以不說！」

寶狐淺笑著：「你總要知道的，是不是？」

他輕撫著寶狐的臉，沒有再說什麼，寶狐又重複了一句：「我是從一個很遠很遠的地方來的，逃來的，在那裏，我是一個罪大惡極的罪犯，一個不能被饒恕的惡人，是一定要被消滅的一種邪惡！」

冷自泉激動起來：「怎麼會？怎麼會？你，寶狐，絕不會和邪惡連在一起的！」

寶狐低嘆了一聲：「你聽我說下去！」

她略頓了一頓，在那時，冷自泉已吻過她七十多次。

寶狐道：「所以，那地方就派出許多人來追我，不論我逃到什麼地方去，他們都要找到我，把我帶回去消滅，我盡我的力量在逃，逃到了這裏，遇到了你！」

冷自泉不再笑，吞了一口口水：「我會保護你，盡我一切力量保護你！」

寶狐深深地吸著氣，把她的臉，貼向冷自泉的臉，兩個人的臉，都因為心情激盪而有點發燙。

寶狐道：「是的，不是你的保護，我早已被他們抓回去了，正因為你全心全意愛我，所以現在我還在你的身邊！」

冷自泉喃喃地道：「其實，我……也沒有做什麼！」

寶狐充滿了深情的眼光，簡直可以使得冷自泉整個地溶化，她道：

「你做得太多了，你全心全意愛我，那使得你的思想波，產生一種強大的力量，這種力量，使得我可以抗拒他們的力量，他們本來不相信我會獲得一個地球人的感情，而這個地球人又是那樣愛我，因為我是邪惡的代表，沒有任何生物會容忍我的！」

冷自泉越聽越不懂，忍不住叫了起來：「你在說什麼，什麼思想波？什麼地球人！我一點都不懂！」

寶狐動人地笑了起來：「你不懂的東西太多了，不過不要緊，你懂得最重要的，你懂得愛情！」

冷自泉的心中充滿了疑問，寶狐的話，他忽然不懂了，這是怎麼一回事？

可是寶狐卻不給他再發問的機會，在接下來的三天之中，寶狐像是把所有的危機全忘記了，再也不提，只是和冷自泉調笑、享樂。

當寶狐那樣美麗的女人，笑語殷殷，活色生香之際，沒有任何人可以抗拒她的意願，也不會有任何人再去想別的。

三天過去了，對冷自泉來說，像是只過了三分鐘。那天晚上，快到午夜時，寶狐忽然道：「你有攝影機！有興趣替我拍照？」

冷自泉高興得直跳了起來：「真的？」

接著，他又遲疑了一下：「不是除了我之外，根本沒有人看得見你嗎？怎麼能替你拍照？」

寶狐微笑著：「只要我願意，就可以；其實，你也是看不到我的，我根本不存在。」

冷自泉瞪大了眼，不明所以，寶狐握住了他的手：「我根本不存在，你能見到我，碰到我，感到我的存在，完全是我使你看到我，見到我！」

冷自泉迷惑地笑了起來：「寶狐，你越說越深奧了！」他做了一個手勢，示意寶狐不要說下去，而他已把攝影機取了出來。

寶狐坐了下來，十分安詳地坐著，讓冷自泉拍照，冷自泉高興莫名，心中在想：有了寶狐的照片，只要給父親和二叔看一下，兩位老人家一定會同意她成為自己的妻子的。

寶狐一面還在不斷說著，她說的話，冷自泉仍然一句也聽不懂，可是她說的每一個字，冷自泉還是記了下來，不論隔多少年，他都記得。

當時，他也沒有問，因為根本不認為那些他聽不懂的話，有什麼意義。

# 第七部：女神竟是兇邪之靈

寶狐的語調相當慢，顯然她是有意要冷自泉記得她所說的每一個字。

寶狐道：「我逃亡，一直在逃，來到了這裏，我立即明白了，這裏的人，是十分容易對付的，我第一個見到的人是你，我就立即使你把我當作是你心目中最喜歡見到的人，一個美麗出眾，可能配得上你的女人，你在見我之前，一定不斷在想著要找一個可以配得上你的女人，是不是？」

冷自泉應道：「是，一個盛大的宴會，幾乎是為我擇妻而設的，但是，我在見你之前，沒有一個人是合我意的！」

寶狐伸了伸舌頭：「還好，那算是運氣，如果在見到我之際，你心中想的，只是要有一頭好狗，那我就是全世界最好的、最合你意的一隻狗了！」

冷自泉笑了起來：「小壞蛋，你在說什麼？」

寶狐笑著，一點也沒有胡鬧的意思，雖然她的笑容，看起來有點頑皮：

「你怎麼還不明白？我是不存在的！你看起來，我是容貌最美麗的女人，那是你的想法，你感到我的肌膚柔滑無比，那是你的想法，你感到和我談話最愉快，也是你自己的想法，你覺得和我在一起，可以得到至高無上的男女之歡，也是你自己的想法！」

冷自泉越聽越不懂，他放下了照相機：「寶狐，你不是認真地想要說明什麼吧？」

寶狐略一蹙眉：「是，我是很認真地想說明什麼！」

冷自泉道：「那你至少用我聽得懂的話說！」

寶狐側頭想了一想：「我的意思是，我在你的心目中是那樣美好，那全然是由於我知道你心目中理想的女人是怎樣的緣故！」

冷自泉笑了起來：「我還是不懂！」

寶狐哼了一聲：「本來，我這樣做的目的，是為了利用你，利用你來掩護我，可是，誰知道你恩情那樣深，那麼真摯，我竟然被你感動了！」

寶狐說到這裏，略頓了一頓，現出一個近乎自嘲的笑容來：

「這真是不可思議的事，著名的兇邪之靈，竟然會被一個地球人真摯的愛情感動了，這是連我自己也不相信的事，難怪他們不相信！」

冷自泉過去，輕擰著寶狐的臉頰：「你是著名的兇邪之靈？」

寶狐用她那雙深邃無比的大眼睛，望向冷自泉，緩緩地點著頭：「是的，你絕不能想像我是如何兇邪，地球上再兇邪再壞的人，和我相比，不及萬分之一！」

冷自泉呵呵笑了起來。一個勁兒搖頭。

寶狐長嘆了一聲：「我應該有力量可以使你明白我究竟是怎樣的……但是我做不

到，因為你那麼愛我，你的整個思想中，我是——」

冷自泉不等她講完，就用嘴唇封住了她的唇，在長長的一吻之後，才接下去道：「你是全世界最可愛的一個小女人，我的小女人！」

冷自泉一口氣講到這裏，一瓶酒已喝完了，他走動了幾步，打開了另一瓶酒，和原振俠一起呷了一口，然後，他問原振俠：「剛才我複述寶狐的話，每一個字，都和她所講的一樣。」

原振俠「嗯」地一聲：「我並不懷疑這一點。」

冷自泉的樣子，看來是十分焦急的企盼，他道：「可是這許多年來，我一直不明白她的那些話是什麼意思？你自稱有過許多奇異的經歷，你能提供一個我可以接受的解釋嗎？」

剛才，原振俠在聽他敘述之際，已經在不斷思索著，他的確已經有了一定的概念。

冷自泉這樣問，原振俠立時道：「冷先生，這一番話，我的理解是，絕不能用普通的邏輯、道理來解釋！」

冷自泉現出相當興奮的神情來，做了一個手勢：「隨便你怎麼解釋，我聽著。」

原振俠道：「首先，寶狐說她來自一個很遠很遠的地方，在你的思想概念，你認為她來自多遠？」

冷自泉睜大了眼睛：「多遠？一千里？一萬里之外？她明明是中國人，你看到過她的照片，會從哪裏來？南至海南島，北到大戈壁，至於盡頭了吧？」

原振俠大搖其頭：「她不是已經告訴過你了嗎？她的樣子如何，是你想出來的，你心目之中最美麗的少女是中國少女，她就是中國少女，如果你心目中最美麗的少女是北歐姑娘，她就是金髮碧眼的了！」

冷自泉有點惱怒，陡然站了起來：「你在開什麼玩笑？」他在說了一句話之後，怒意消失，又道：「不過……你的話……和寶狐的話是一樣的，一樣令人難懂！」

原振俠真怕他一怒之下，不讓自己再講下去，所以不由自主，縮了縮身子，等冷自泉又坐了下來，他才繼續道：「冷先生，寶狐說得對，她是不存在的，她只是你想出來的一個完全合乎你理想的女人！」

冷自泉這次，真正發怒了，叱道：「胡說！」

原振俠站了起來，做著手勢：「你聽我分析下去，好不好？是你自己要問我意見的！」

冷自泉悖然：「我再也沒有聽到比你的意見更荒謬的意見過！」

原振俠沉聲道：「別忘記，那正是寶狐的意見！」

這句話的力量十分大，令得冷自泉鎮定了下來，他不由自主地喘著氣，轉過頭去，不望原振俠。原振俠想了一想：「有一句話，叫『幻由心生』，你當然明白其中的意思。」

冷自泉斬釘截鐵地回答：「她不是幻覺，是實實在在的存在！」

原振俠道：「對，存在於你的思想之中！」

冷自泉道：「胡說，我能看到她，摸到她，她是實實在在的存在！」

原振俠問：「那為什麼只有你一個人能看得到她呢？」

冷自泉怔了一怔，原振俠的問題，令得他一時之間無法回答，但那只是極其短暫的一怔，他就哈哈大笑起來：「不止我一個人見過她，義莊的那兩個男女流氓，也曾見過她！」

這一下，輪到原振俠無話可說了，他呆了片刻，才道：「你還未曾把事情的經過全說出來，我只知道了一半，或許現在來聽我的意見太早了，請你繼續講下去，我的意見會比較成熟些。」

冷自泉搖頭：「不，我先聽你的意見。」

原振俠來回踱了幾步，才站定身子用十分肯定的語氣道：「首先，我肯定她來自很遠很遠的地方，『很遠』的意思，和我們平時想像的不同，真是很遠，遠到了根本不在地球上，是遠離地球的另一個星球。」

冷自泉先是一怔，但隨即現出一種不屑的神情來，同時，自鼻子中發出了「哼」的一聲，表示不信。

原振俠平心靜氣地道：「你難道沒有注意到，她在說話中一再使用了『地球人』這個詞？」

冷自泉道：「我本來就是地球人！」

原振俠回答：「是啊，我們之間的對話，誰會用這種說法？」

冷自泉默然，原振俠又道：「她說，你是她遇到的第一個地球人，我根據她出現時的情形，有一個設想，她，根本只是一組……電波，或類似的一種形式，我們還無法確定，就用『一組電波』來作代表好了。」

冷自泉睜大了眼，怒視著原振俠。

原振俠自顧自說了下去：

「一組電波，從遙遠的星空來到了地球，降落在你家的花園，人的感覺遲鈍，根本不知道有這樣的一組電波來了，但是狗的感覺比人敏銳得多，牠們感覺到了。你的狗都感覺到了，但由於這是牠們從未有過的一種感覺，所以牠們全都嚇得不敢動，只有那隻叫啞啞的沙皮狗，最勇敢，最異於別的狗，牠憑自己的感覺，知道發生了什麼事，所以就狂吠起來！」

冷自泉瞪著眼，原振俠的分析，顯然已經引起了他的注意力。

原振俠又道：「牠甚至知道那組電波在什麼地方，所以一直追了過去——那時，你跟在後面，那時，那組電波，我必須解釋一下的是，那組電波只不過是我的稱呼，實際上，它根本是一種生命的形式，一種沒有形體，只有思想存在的生命形式！那是一種極高級的生命形式！」

冷自泉的神情之中，充滿了疑惑，顯然，他和世界隔絕得太久了，「沒有形體的生命形式」，這是連普通稍具想像力的中學生都可以接受的一種說法，但是他顯然完全不瞭解。

原振俠又花了一些功夫，向他解釋這種生命形式存在的可能性——當然，原振俠的解釋，也只不過是幻想式的一種假設。

冷自泉總算接受了原振俠的說法，「嗯」地一聲：「請你再解釋下去！」

原振俠的語氣強而有力：「當時，這個生命才來到地球，他也不知道該如何才好，他未曾和地球人接觸過，但是他一見你之後，就知道地球人的生命形式，十分落後，十分容易控制，他先要令你喜歡他，於是，他就影響了你的思想，使你看到了一個美女，一個美麗得使你一見就傾心的美女！」

冷自泉悶哼一聲，低聲斥道：「荒謬！」

原振俠也不理會他的指責：「他既然能有力量影響你的腦部活動，使你看到他，自然也有能力使你聽到他的話，使你感到他的存在，使你以為真有那樣的一個美女，和你情投意合！」

冷自泉仍然喃喃地道：「荒謬！荒謬！」

原振俠很沉著：「當然，一切全是由你的腦中產生的印象，的確，這個女人在各方面給你的快樂，是無與倫比的，一切都符合你的要求，他使你的腦中，產生了一個完美的形象。」

冷自泉「哈哈」笑了起來：「聽起來很有趣，但是，我自己的感受，我豈有不知道的！」

原振俠道：「任何人的任何感受，都是由這個人的腦部活動來決定的！」

冷自泉用力一揮手：「對不起，你的假設，十分新奇有趣，但是我卻沒有法子接受。如果說，寶狐根本是不存在的，只是存在於我的腦部活動，存在於我的思想之中，那麼，我怎麼拍到她的照片？」

原振俠沉默了片刻：「那或許是他有某種力量，可以使一個形象，發出一種光，或者有一種刺激感光劑的力量，使形象留下來！」

冷自泉又問：「那麼，何以人人一看到相片，都驚訝於她的美麗？」

原振俠立時道：「那倒容易解釋了，你心目中理想的女人，當然是一個美女！」

冷自泉大搖其頭，原振俠有點無可奈何：「以後的事情如何發展？我在知道了全部事情後，或者可以做進一步的分析！」

冷自泉沉默了下來，默默地喝著酒，口中喃喃地叫著：「寶狐！寶狐！」

他開始的時候，叫得很低，聲音之中，充滿了懷念、愛戀和哀傷。

突然之間，他大聲叫了起來：「寶狐！」

冷自泉陡然大聲叫了起來：「寶狐！」

他忽然大叫，是因為他在攝影機的觀景器中看出了寶狐的神情，突然變得極其驚恐。他這時放下照相機，寶狐抬頭望向上，聲音聽起來有點尖刺：「他們又來了！」

冷自泉忙道：「我應該怎麼做？」

寶狐投進他的懷中：「抱著我，用你的全副心意保護我！」

冷自泉緊擁著她：「你是我的，是我的，誰也不能把你搶走！」

當他毫不猶豫，準備用自己的生命，來保護寶狐，留寶狐在他身邊之際，突然，房間之中，充滿了強光，強光是從窗子中射進來的，窗子有厚厚的窗簾遮著，可是強烈的光芒，還是透了進來。

那種光芒是如此之強烈，以致剎那間，冷自泉幾乎什麼也看不到，他雙手緊抱著寶狐，所以只好盡量瞇起眼來，對抗那種強光。

冷自泉感到，在自己懷中的寶狐，不斷在發著抖，而且，在強烈的光芒之中，好像有兩個人影，突然出現在房間裏，那是十分矇矓的感覺，冷自泉根本在強光下，不可能看到什麼，那兩個人的身子，看來十分飄忽，只是閃忽的人影。

接著，是一連串古怪、尖銳得難以形容的聲音，那些聲音像是利刃一樣，剉刮著每一根神經，令人產生一種極不舒服之感。

冷自泉竭力使自己什麼都不想，只想一點，我不能失去寶狐，我愛寶狐，她給了我那麼大的快樂，不論發生什麼事，我一定要她，我能為她做任何事，不論所有的人看來我是多麼笨、多麼傻，只有我自己才知道寶狐給了我多大的快樂，快樂是無價的，除了她，我什麼都不要，什麼都不要！

冷自泉的身子，也因為激動，在劇烈地發著抖，他知道這時候，努力想要如何保護寶狐，是極其重要的，可以幫助寶狐度過難關。

突然之間，刺耳的聲音，靜了下來，冷自泉大喜過望，以為危機又過了，但也就在這時，他聽到寶狐的聲音：「好了，既然是這樣，我認為我們的對話，該讓他聽得懂！」

寶狐的聲音，聽起來像是從另一個地方傳過來的，那令得冷自泉嚇了一跳，他連忙低頭去看他懷中的寶狐，可是光線太強烈，他根本無法看得清，但由於在感覺上，寶狐還在他的懷中，不但他緊緊抱著她，她也緊抱著他，寶狐還在，這令得他放心了些。

寶狐說了那句話之後，他立時又聽到了一個十分冷酷的聲音：「有這個必要嗎？」

寶狐的聲音很沉著：「你們也可以肯定了，他會毫無疑問，用他的生命來保護我，他有這個權利！」

那冷酷的聲音道：「好，反正對事實，不會再有改變，你要跟我們回去，接受制裁！」

冷自泉聽到這裏，陡地大叫起來：「不！」

那冷酷的聲音立時道：「冷先生，你心目中的美女，是一個兇惡之靈，他所犯的罪惡，地球上所有的惡人加起來都比不上，我們一直在追蹤他，他也一直在逃，現在，一定要把他帶回去！」

冷自泉又驚又怒：「有我在，休想！」

寶狐低嘆了一聲：「現在你們相信，地球人真是有愛情的了！」

那冷酷的聲音道：「愛情是地球人崇高的感情，但是我們不相信像你這樣的邪惡，也能欣賞地球人的這種崇高感情！」

寶狐再低嘆，她的嘆息聲，聽來是這樣淒迷，遙遠而不可捉摸，令得聽到的人，心直向下沉，然後，她道：

「這說明你們還不知道愛情的力量有多麼大，我本來也不相信，甚至為自己的行為而感到奇怪，但是，我領略到了愛情能給生命的快樂，我也在享受著地球人，他對我的愛情！」

冷酷的聲音原來不止一個人，冷自泉同時聽到了兩下並不怎麼相信的乾笑聲，寶狐又道：「我到地球已經很久了，你們對我的破壞力，不應該有懷疑，對不對？可是我一點也沒有行動，這和我的邪惡是很不調和的，是不是？我竟然沒有發揮我的力量來造成大破壞！」

在寶狐的這番話之後，那兩個聲音沉默了片刻。

冷自泉把寶狐摟得更緊，道：「寶狐，別對他們講那麼多，動用你的力量，加上我的力量，把他們趕走！我們可以有無數的快樂日子！」

冷自泉感到寶狐用潤濕的、灼熱的唇，在他的唇上親了一下，寶狐的聲音是如此傷感：「沒有用了，這次他們動員的力量太強，本來，我以為我們如果有強大的電源，或許還可以對抗，但那是我想錯了，再強大的電源也沒有用，我逃不了！」

冷自泉急得全身發抖：「寶狐，你是在嚇我，在嚇我，你不會離開我的，不會！」

寶狐的聲音聽來更令人心酸：「你好好保重自己，一定要，因為我總有一天，會回來看你的，我是一定要被消滅的，但是我相信，你對我的愛，使我有了改變，也可以使他們知道，我不再是兇邪，那樣，我就有機會再和你在一起。你記著，我會回來的，盡我一切力量回到你身邊！」

寶狐的話還沒有說完，冷自泉已陡然叫了起來：「你在胡說什麼，我不離開你，一分、一秒也不離開你，你是我的，你——」

他才講到這裏，那冷酷的聲音就打斷了他的話：「冷先生，如果他真的不再是邪惡，一切真如他所說，我們會考慮他的悔改！」

冷自泉吼叫了起來：「你們是什麼東西！有什麼資格把她帶走？」

那兩個聲音同時嘆了一聲：「很難向你說明白，他是一個窮兇極惡的罪犯——」

冷自泉從來也沒有那麼激動過，他陡然罵了起來：「放你的狗屁！」

可是那聲音繼續道：「他逃到哪裏，哪裏就引起災殃，他不知做了多少壞事，我們也很驚訝，他沒有在地球上引起災殃——」

冷自泉大叫著：「胡說！胡說！胡說！——」

他陡然停了下來，令得他陡然停了下來的原因是，突然之間，強光消失了，眼前變得一片黑暗，黑得那麼濃，那麼厚，令得他無法看到任何東西，而更令得他遍體生寒，整個人像是跌進了冰窖之中一樣，他在那一剎那間，突然變成了自己的雙臂，緊緊地抱住了他自己！

本來在他懷中，微微發抖、香馥輕軟的寶狐的身體，突然不見了！

冷自泉霍地站了起來，雙手摸索著，叫著，由於眼前是這樣的黑暗，而他的心中，又是那樣慌亂和驚恐，他步履不穩，跌跌撞撞，不知碰倒多少陳設，他的摸索，並沒有使他碰到寶狐，他的叫聲，也沒有回答。

他全然無法記起他這樣子過了多久，直到他雙手亂抓亂摸，把絲絨窗簾扯了下來，外面微弱的星月光芒，映了進來，他才可以看到房中的情形。

房間中亂成了一團，除了他之外，並沒有人在，寶狐不見了！

寶狐不見了！冷自泉抓起一張椅子來，用力向窗子砸去，窗子的玻璃，被砸得粉碎，有些碎玻璃，濺到了他的臉上，把他的臉割破，流出了血來，但是他全然未曾在意，只是撲向窗口，繼續叫著：「寶狐！寶狐！」

他從窗口攀了出去，在院子中踉蹌走著，叫著，整個人像是瘋子一樣。那時，他真是陷入了瘋狂的境地之中，在事後的記憶中，他只記得自己叫著，奔出了他住的那個院子之後，有很多人圍了上來，其中還有幾個人，企圖抓住他，但是全被他推了開去。

他的氣力變得極大，幾乎沒有人可以制得住他，他瘋狂地叫著：「寶狐！寶狐！」

兩位冷老爺在接到報告，說「少爺瘋了」時，正是他們極高興的時候。

那天晚上，他們記得那兩個異人所說的「三天之後再來」的諾言。和冷自泉見面的結果，他們更相信妖精迷得冷自泉極深，那兩個異人是唯一的希望了。

到了午夜時分，「異人」並沒有出現，但是卻聽到了他們的聲音。

那兩個異人的聲音，像是從半空中傳來，宏亮而清楚：

「所有的人都進屋子去！所有的人都進屋子去！會有強烈的光芒，最好把眼睛閉起來，會有各種各樣聲響，不必驚慌！」

這樣的話，重複了兩遍，接下來，便是強烈得連眼都睜不開來的強光，和各種尖銳刺耳的聲響，沒有人知道強光自何處而來，像是從天上射下來的。

（冷自泉後來調查過，那天晚上，附近百里範圍內的人，都看到一股強光，自天空中射下來，罩住了冷家的大宅。）

（當時，鄉人都奔相走告，但是沒有人知道那是什麼異象，一直過了很久，仍有人在談論這件事。）

在十分鐘之後，強光消失，兩位冷老爺正在不知是吉是兇之際，那兩個異人的聲音又在耳際響起：「兩位，我們已經把妖靈帶走了！」

兩位老人家大喜過望，由於剛才的強光實在太甚，他們要好一會兒，才能適應眼前的黑暗，而就在這時，好幾個人奔過來報告：「少爺瘋了！」

兩個老人家急急奔了出去，看到冷自泉披頭散髮，神情可怖至極，正踐踏過一大叢花，一面四處看著，一面在叫著「寶狐！寶狐！」

兩位老人家都呆住了。

看冷自泉的情形，和他在一起的那個狐狸精，的確已不在他的身邊了！

可是如今，他的情形是如此可怕，神情是如此痛苦，聲音是如此嘶啞，他整個人，像是從地獄中逃出來的惡鬼一樣！那種情形，和狐狸精在他身邊之際，他的那種滿足、快樂，簡直是兩個人！

兩位老人家真正呆住了，不知如何才好。

冷自泉直奔到他們之前，尖聲叫了起來：「現在你們知道，沒有了寶狐，我會變得怎樣了？你們滿足了，是不是？寶狐走了，你們滿足了沒有？」

最後那兩句話，他簡直是撕心裂肺般叫出來的，他的聲音如此可怕，就像是在地獄最深處冒出來一樣。

當他叫完了之後，他的身體已再也不能支持他崩潰了的精神，身子一晃，就昏死了過去。

兩位老人家什麼也叫不出來，只是一齊跺著腳，叫道：「醫生！醫生！快找醫生！」

醫生到來之後不久，冷自泉在注射下醒了過來，當他睜開眼來的時候，人人嚇了一大跳。

冷自泉睜開眼來，雙眼之中布滿紅絲，以致他的整個眼白，看來是鮮紅色的。他才一醒來，就叫了起來：「寶狐，你們……有沒有看見寶狐？」

沒有人可以回答他這個問題，因為從頭到尾，就根本沒有人見過寶狐！

冷自泉覺得自己的身子在抽搐，整個人都在抽搐，痛苦從四面八方擠壓他，像是要把他擠成碎片，才肯罷休。從昏迷中醒過來，他就沒有講過一句話，不論他的父親和二叔對他說什麼，都沒有回答，他被送到大城市的醫院，療養了好幾個月，又被送回來。

自從那晚，他自窗口衝出來之後，沒有人敢進那間房間，所以當他又回到老家，像行屍走肉一樣，走進了那間房間之時，房間還是原來的樣子。

幾個月下來，他已經瘦得不似人形，額上青筋暴綻，面色灰暗，身子會不能控制地發抖，當日那玉樹臨風、風度翩翩的青年將軍，如今看來，簡直就像一個活死人。而他心中的痛苦，也根本無法形容，他無時無刻，都在想著寶狐，可是寶狐卻不見了！

這時，他走進了房間，心直往下沉，在門口，他閉起了眼睛，和寶狐在一起，在這房間之中，曾經有過多少歡樂，寶狐銀鈴一般的笑聲，寶狐嬌艷的臉龐，寶狐那令人心醉的身體，那樣的歡愉，那樣的狂熱，那樣的如在雲端似的衝擊，每一件事，每一個動作，寶狐的一顰一笑，全都湧上了心頭。

可是，寶狐不在了！

他用破碎的聲音喃喃叫著：「寶狐！寶狐！」

而就在這時候，他看到了跌在地上的那個照相機，他陡然震動起來，全身像篩糠一樣地發著抖，把那照相機拾了起來，緊緊抱在懷裏，就像是當日擁抱寶狐一樣。

然後，他就進了書房，把照片沖洗出來，當照片在顯影液中，漸漸顯露出來之際，他發出嚎叫似的聲音，再叫著寶狐的名字。

他提著濕淋淋的照片走出黑房，他的父親和二叔在他一回來之後就一直跟著他，他把照片直送到兩位老人家的面前：「看，這就是寶狐！」

兩位老人家一看之下，也怔住了，立時道：「天下竟然有那麼美麗的女子！」

冷自泉心中一陣又一陣發酸，寶狐消失了之後，他還沒有哭過，直到這時，盯著寶狐的照片，他的淚水像是水缸破了一個洞一樣，疾湧了出來！

那是一場天昏地暗的嚎哭，他哭得全身抽搐，聲嘶力竭，他哭得這樣傷心，以致他身邊的人，全都受了他的感染，連兩位老人家，也不禁潸然淚下。

冷自泉講到這裏，兩行清淚，已經流了下來，他並不去拭眼淚，只是離座而起，走前幾步，打開一個櫃門，按下了一個掣鈕。

剎那間，原振俠也呆住了。

客廳中的燈光一明一暗之間，所有的牆上，全都出現了寶狐的照片，那是幻燈片投影的效果，看起來，就像是有幾十個寶狐，一起在向人們淺笑。

冷自泉又坐了下來：「有了這幀照片——」

原振俠嘆道：「真美，你當晚，不是拍了很多照片？怎麼只有這一張？」

冷自泉茫然道：「我不明白，只有這一張是洗得出來的，其餘的，沒有人，只是房間中的背景。」

原振俠口唇掀動了一下，但沒有說什麼，本來他是想說：她根本是不存在的！

可是他的假設，又有一些疑點無法澄清，所以他只好保持沉默。

冷自泉幽幽地長嘆了一聲，可以想像得到，在寶狐消失了之後，那麼長久的悠悠歲月之中，他不知道曾這樣嘆息過多少次了，他一面嘆著，聲音也變得極低沉：「自此之後，我活著，就和死了一樣，我……」

冷自泉在寶狐消失了之後的日子，是怎麼過的，連他自己也有點模糊，一切彷彿全成了模糊的一片，時間也不知怎麼失去了意義，每一件事，每一種聲音，任何一種感覺，都使他想起寶狐，那麼可愛的一個小女人，和她在一起，那麼快樂的時光，一切都變成了追憶中的事。他感到自己整個人都是空的，空空洞洞，什麼也摸不到，什麼也抓不到。

他整個人根本已不存在，存在的，只是他的軀殼，還在活動著。

他的父親和二叔，用盡了方法想令他快樂，來自全世界各地的美麗女子，不斷在他眼前晃來晃去，希望引起他的注意，可是他卻連看也懶得看一眼！沒有人可以和寶狐相比較，沒有，根本沒有，寶狐是天地間唯一可愛的女人，唯一的！

冷家在政壇上的勢力，開始瓦解，這期間，曾經經過幾場激烈的戰爭，本來，冷自泉的軍事天才，可以得到發揮，可以令得他的家族，在戰爭之中，得到上風。

可是冷自泉卻全然不將這一切放在心上，當他的父親和二叔，要求他在一場決定生死存亡的重要戰役發表意見的時候，他只是茫然道：「勝、敗，有什麼關係？一個人最重要的是自己，我連自己都沒有了，還理會什麼戰役的勝敗？」

他二叔怒氣沖天，拍著桌子罵：「你這沒有出息的東西，為了一個妖精，什麼都不要了！」

冷自泉仍是茫然：「妖精也好，人也好，她是我生命的一切，沒有了她，我再也沒有快樂，一個人連快樂也沒有了，還要出息幹什麼？」

結果，冷家控制的軍隊潰敗，冷氏家族退出政壇，煙消雲散。不過幸而他們的財產，大部分保留了下來，冷自泉早已被人遺忘了，他在全國各地旅行，希望能再見到寶狐。

他記得寶狐在消失之前講的那句話：「記得，我會回來的，我會盡一切的力量，回到你的身邊！」

冷自泉在國內旅行了幾年，一無結果，他就離開了中國，到了美國。

在美國，冷自泉過的，全然是隱居的生活，他不和任何人接觸，不參加任何社會活動，甚至於他叔、父死了，他也沒有去參加喪禮。

他在移居美國之前，在沿海的一個城市之中，起了一座義莊，找到了一具空棺，把他第一次見到寶狐時，寶狐所穿的那套月白色的衣服，放進棺中，又把寶狐的照片，放大了放在棺前。

沉悶的日子，對冷自泉來說，只是回憶，他的住所中，布滿了寶狐的照片，他曾一再請最好的雕塑家，根據那張相片，塑造寶狐的像，可是在超過三十個塑像之中，沒有一個是令他滿意的；塑像儘管已十分生動，可是比起一蹙眉、一抿唇就能叫人心花怒放的寶狐來，卻不知相去了多少！

冷自泉不定期地從美國來到義莊，開始的幾年，他對於寶狐的諾言，還寄予極大的希望，可是十年，二十年，三十年，四十年，四十多年過去了。

每晚驚醒，希望寶狐嬌媚地倚在身邊的夢，不知做了多少萬次，冷自泉已經絕望了！而就在這時，一對男女流氓卻聲稱看到了寶狐！

冷自泉在聽得劉由和十三太保，說他們看到棺中躺著一個看來像是睡著了的美女之際，他心情的激動，真是難以言喻，他狂喜，呼叫，直奔進了義莊的那間房間之中，推開了棺蓋，可是棺中只是一套衣服，並沒有寶狐！

這對於冷自泉來說，實在是再殘忍不過的事。經過了那麼多年痛苦的折磨，他已經絕望了，可是卻又挑起了新的希望，接著，又是絕望！

人，再痛苦，一生至多死一次，可是如今的情形，對於冷自泉來說，他等於死了兩次！再次忍受著零碎的宰割，流出來的血，沒有人可以看得到，只有他自己可以感到，體內的血早已流乾了！

淚水在不斷湧出來，冷自泉不是有意要哭，對他來說，生命也早已乾癟了，哪裏會刻意流淚！淚水是自然而然湧出來的，在他那滿是皺紋的臉上，橫七豎八地淌著。

坐在他對面的原振俠，默默地望著他，心情也沉重無比。他知道人間有愛情，但是卻再也想不到，人類的愛情，可以深刻到這一地步。

他低聲道：「劉由和十三太保……他們看到了寶狐，這是不是……說寶狐……已經回來了呢？」

冷自泉發出了一下十分乾澀的笑聲：「你還說她是不存在的，現在又改變主意？」

原振俠的神情十分嚴肅：「我沒有改變主意，我的意思是說，她既然有力量，能通過影響你的腦部活動而使你感到她的存在，自然也有力量去影響別人的腦部活動，使別人感到她的存在！」

原振俠的話才一出口，冷自泉就陡然站了起來，指著原振俠，身子在不由自主發著抖：「你……是說她……沒有忘記她的諾言？她會回來？我還能和她在一起？你……別戲弄我……我不能再有多少年可活了……我……」

他講到這裏，喉際像是被什麼堵住一樣，再也發不出聲來。

原振俠忙過去扶住了他，冷自泉用顫抖的手，拿起酒瓶來，對著瓶口，大口地喝著酒，酒順著他的口角流了下來，和他的淚水混在一起。在大口喝了幾口酒之後，他才喘著氣：「這些年來，只有酒是我的最好伴侶，我每天都在酒精的麻醉下，有時酒喝得多了，恍惚之間，像是寶狐又在我的身邊！」

原振俠聽了，心中陡然一動，想到了一些什麼。

原振俠在那一剎那間所想到的概念，還是十分模糊，但是他立即有了進一步的想法，他揮著手，示意冷自泉不要打斷他的話頭：「你在喝醉酒的時候，會恍惚覺得寶狐就在你的身邊？」

冷自泉不理會原振俠的示意，立時道：「我知道你想說什麼，可是我告訴你，幻覺和實在，完全不同，我知道什麼是寶狐真正在我的身邊，什麼只是我的想像！」

原振俠沉思道：「寶狐自己也說，她是不存在的，只是她影響了你的思想之後的結果！」

冷自泉的聲音充滿了悲哀：「那麼，她為什麼不再來影響我？為什麼走了？」

原振俠也不由自主，嘆了一聲：「她不是自己願意走的，是被人帶走的！她是一個……罪犯，從她所在的地方逃出來，有人追捕她，把她捉了回去！」

冷自泉痛苦而緩慢地搖著頭：「她不是，她不是！」

原振俠實在無話可說，冷自泉有他自己的感受，他曾經和寶狐「在一起」，有過那麼快樂的時光，他的感受，旁人是無法替代的，也是無法觸摸的，他甚至不能理智地去判斷一切發生的事。

可是原振俠卻可以，在聽了冷自泉的詳細敘述之後，原振俠已經可以把事情歸納出一個大致的梗概來。

原振俠的歸納是這樣的：在一個遙遠的地方（一定是不可測的宇宙的某一個星體，遠離地球），有一種生命形式十分高級的生命存在著，這種生命，已經沒有了形體，或者，他們可以隨意脫離形體的束縛，能以思想的形式單獨存在。

（這種設想對地球人的生命來說，也不是不可想像的，道家的「元神」，佛家的「靈魂」，都是脫離形體之後的一種存在；高級生命重要的是思想，並不是身體。）

在那個星體上的高級生命，也有善、惡之分，其中有一個窮兇極惡的，被視為邪惡之最的，在和其他生命的鬥爭中落了敗，所以逃了出來，在漫長的逃亡過程中，到了地球上。

這個邪惡之最一逃走，那個星體上，制裁邪惡的力量立即派人來追捕，宇宙是如此之浩渺，追捕者不知費了多少心血去追尋，終於發現了這個邪惡。

可是這時候，這個邪惡，在地球上，遇到了一個地球人。他在初遇地球人的時候，有的是什麼心思，很難猜測，但他既然是邪惡之最，當然不會安什麼好心。

邪惡之最在初見地球人之際，立即感到地球人是一種十分容易控制的生物，他立即發出影響力，使這個地球人感到自己是遇到了一個世界上最可愛的人。

（這種影響力，甚至在地球人對地球人之間，也能辦到，「催眠術」，就是通過一個腦部活動力較強的人的影響力，對普通人造成影響的結果。而在現實生活中，一些人受某一惡人的影響，那是最普通不過的事！）

邪惡之最的原來目的如何，並不重要，可能他想在地球上引起一場亙古以來未曾有過的災難，那並不重要，因為他結果並沒有做什麼。

而他什麼也沒有做的原因，是因為那地球人真摯的愛情，使他感到了極度的震撼。這個地球人對他，愛得那麼深切，使他感到了生物的感情，可以達到這一地步！即使他是邪惡之最，他也被感動了！

或許，在無限的宇宙中，在其他星體的各種生命形式，不管多麼高級，但是從來沒有「愛情」這種感情存在？所以邪惡之最，一接觸到了愛情，也變成了完全沒有抗拒的能力。

冷自泉對寶狐的愛意，甚至使得追捕寶狐的力量，遭到了挫敗，但後來，由於追捕的力量強大，邪惡之最終於被捉了回去。

寶狐在冷自泉的思想中消失了！

整件事的經過，用可以解釋的假設來看，就是這樣子。

寶狐在臨走之前，要求以冷自泉可以聽得懂的語言，來作交談，是極具深意的，她會自稱是「狐狸精」，那自然是一個玩笑，在當時的情形下，她也只有自稱是狐狸精，才能使冷自泉接受她的那些「法力」。

寶狐的法力，包括可以使別人看不見她——她只要不去影響別人的腦部活動，人家便自然看不到她了，包括了可以自由來去，沒有什麼東西可以阻擋她——她根本是沒有形體的一種存在，自然沒有什麼東西可以阻擋她，她也可以令人迷路，在原地打轉——有了影響人腦部活動的力量，理論上來說，可以做任何事。她也可以忽然之間，產生強風，那或許是她有聚集某種能量的力量。

這一切，也都可以作出假設來解釋。

寶狐說過一定要回來，她為什麼不回來呢？已經過去四十多年了，看冷自泉如今的情形，他是不是還有生命可以再等下去，真是疑問。

原振俠把他的設想，都講了出來，冷自泉用心聽著，並不表示什麼意見。

等到原振俠講完，冷自泉才搖著頭：「你作這樣的分析，全是沒有意義的事，你不明白的是，我根本不管她是什麼來歷，是宇宙中的邪惡之最，或者是狐狸精，都沒有關係，重要的是我要她在我身邊，我只要我所愛的人，在我身邊！」

原振俠道：「你集中精神思考曾幫助過她，你可曾試過集中精神想念她？」

冷自泉像是聽到了最可笑的笑話一樣，大聲笑了起來！可是他的笑聲之中，卻充滿了悲苦和淒酸：「我可曾想過她？自從她離開後，每一秒鐘，我都在想她！你是想說，我只要愛她，她就會知道？」

原振俠無可奈何地點了點頭，冷自泉一揮手，伸手在自己的臉上，用力抹著，他看起來極疲倦，他道：「我的事情已經講完了，多少年來，我沒有對任何人講過！」

原振俠喃喃地道：「謝謝你，我聽到了一樁人間最美麗的愛情，冷老先生，我堅信寶狐臨走時的那句話，她會再來到你的身邊的！」

原振俠的話，講得如此誠懇，以至冷自泉在剎那間，雙眼之中，又射出希望的光輝來，可是隨即，他雙眼又變得那麼灰暗。

原振俠心中在急速地轉著念：他已經知道了冷自泉的全部經歷，如何才能幫助他呢？如何才能使寶狐回到他的身邊呢？

當然，冷自泉是沒有法子駕駛著一艘太空船，去作無涯的星際航行，在浩渺無際的宇宙中，一個一個星球去尋找他所心愛的寶狐，那是不可能的事，地球上的人類，科學水平低到了只不過使人到達地球衛星而已，星際飛行，還屬於神話！

唯一的方法，就是要寶狐來，寶狐曾經來過，就可以再來！

但是，又有什麼法子可以使寶狐再來呢？

看起來，只有等待，但是冷自泉已經等了四十多年了！

# 第八部：放棄形體 以死相許

原振俠感到一籌莫展，除了同情和欣賞冷自泉那份深切的愛情之外，他發現自己根本什麼也幫不了！

冷自泉苦笑著：「她說過，她很怕狗，所以，我一直沒有再養狗，她為什麼會怕狗呢？」

冷自泉聽來，完全是自己在問自己，原振俠也答不上這個問題，他順口道：「也許，狗的腦部活動，和她的那種生命形式，有牴觸之處？」

冷自泉苦笑了一下：「誰知道，我倒寧願她是狐狸精，寧願是……不論她是什麼，我只要她在我的身邊，我……我……」

他說到這裏，又現出一種扭結的，再也化不開的痛苦的神情來！

冷自泉說道：「我的遭遇，和你以前的奇異的經歷全然不同，是不是？」

原振俠點頭，道：「是的，完全不同，和外星人的生命接觸，你或者不是第一個，但是，能以地球人的戀情，令得外星生物感動的，還未曾見過第二個例子。」

冷自泉沒有說什麼，又拿起了酒瓶，原振俠按住了他的手：「我不能幫你什麼，但是你不妨想想，你一生之中，有過一年多這樣快樂的時光，已經是別人所沒有的了，又何必一直這樣自苦？」

冷自泉苦笑了一下：「正因為歡樂是那樣極度，所以痛苦也是一樣的……我……有時甚至覺得，我的痛苦，不會那麼快便完，因為我曾有過的快樂，是如此之甚！」

他說著，緩緩站了起來，原振俠跟著站了起來，道：「冷先生，劉由和十三太保看到了寶狐，這是一個很好的現象——」

冷自泉震動了一下：「可是，我沒有看到她，為什麼她可以讓別人看到，不能讓我看到她？」

這個問題，原振俠當然答不上來，真的，如果寶狐又來了，為什麼不立刻出現在冷自泉的眼前？

冷自泉的身子又發起抖來，揮著手，要原振俠離去，原振俠有點猶豫，冷自泉苦澀地道：「你放心，這種日子我已過慣了。」

原振俠嘆了一聲：「冷先生，你多保重！」

他走向門口，轉過頭來，看到冷自泉雙手抱著頭，把自己深埋在沙發之中，全身的每一處，雖然一動也不動，但是都散發著痛苦。

原振俠又向四壁上寶狐的許多照片看了一眼，那麼美麗的女人……這樣的美女，真的是只應該放在男人的想像之中的！

而根據冷自泉的敘述，寶狐不但美麗，而且和他情投意合，又在生理上能使他感到最大的歡樂，難怪失去了寶狐後，冷自泉就跌進了痛苦的深淵！

原振俠嘆著氣，已經準備轉身走出去了，可是就在那一霎間，他整個人都呆住了，他真的不能相信自己的眼睛，那是不可能的事，但是又確確實實，發生在他的眼前，那令得他張大了口，一點聲音都發不出來。

原振俠看到，在牆上，那幅最大的寶狐的照片，照片上的寶狐，忽然「活」了！本來是淺淺的微笑，笑容正在加深，眼波流動，原振俠在那一霎間，才知道寶狐的照片，美麗的程度，不如她本人的萬分之一！

照片怎麼會「活」了呢？是寶狐來了嗎？原振俠張了口，可就是發不出聲音來，那可又不是眼花，寶狐的眉梢眼角都在動著，她是活的，不是幻覺，甚至於，她的手也緩緩揚了起來！

原振俠所受的震動，是如此之甚，一時之間，他張大了口，一點聲音也發不出來，他神情之詫異，也到了極點，連沉浸在終日的歡樂，又失去了這種歡樂幾十年而感到深切悲哀的冷自泉也發現了原振俠的神態有異，他立時覺察到，原振俠盯著他的身後，在他的身後，一定有著極怪異的事發生了！所以，他立時轉過頭去。

可是，就在他轉過頭去之後，原振俠陡然怔了一怔，寶狐的照片，還是照片，剛才的一切，都靜止了，冷自泉又轉回頭來，望向原振俠：「你……怎麼啦？」

原振俠的思緒，紊亂到了極點，他剛才看到了照片「活」了，對普通人來說，很容易解釋成為「幻覺」。但是他是一個專業人員，一個醫生，他知道剛才自己所看到的，絕不是幻覺。至少，是他的腦部組織，真正接受了某種刺激，使他看到了形象——這種情形，和幻覺，有很大程度上的不同。

簡單地來解釋，是一個人腦部組織自發的活動的結果，一個人如果在幻覺中見到什麼，他見到的東西如果是不存在的，全是他自己的想像。

但如果腦部受了外來的刺激而看到了什麼，看到的什麼也有可能是不存在的，但那卻不是他自己的想像，而是外來力量刺激的結果！

原振俠可以肯定，那不是自己的想像，因為他絕對想像不出這樣美麗的一個女人來，那是超乎他的想像之外的一種形象！

也就是因為他可以肯定這一點，所以他的思想才紊亂了起來，寶狐又來了！劉由和十三太保見過她，自己剛才也見過她！

可是，為什麼對她情深如海，數十年如一日的冷自泉反而見不到她呢？這其中還有著什麼樣的障礙？

當冷自泉問他的時候，他本來想把看到寶狐的情形說出來，可是，當他一抬頭間，他整個人又怔住了，他又看到了寶狐！

他再次看到寶狐，不是寶狐的照片，而是活生生的寶狐！

寶狐的照片，被放大得和真人一樣大小，可是照片是照片，寶狐是寶狐；原振俠看到寶狐正以一個十分嬌俏動人的手勢，把她的手指，放在她誘人的唇上。這個手勢的意思，是小孩子都明白的：不要說話！

原振俠在一怔之後，心中充滿了疑惑，忍不住喃喃地道：「為什麼，要給他一個驚喜？」

他知道那絕不是原因，寶狐若是在經過了那麼久之後，還要給冷自泉一個驚喜，不肯立即出現在他的面前，那實在太殘忍了！

冷自泉呆了一呆：「你在說什麼？」

原振俠如夢初醒一樣，忙道：「沒有什麼，我沒有說什麼！」

冷自泉苦笑著，慢慢站了起來。原振俠感到他真是老了，自從寶狐離開他後，他的心早已枯槁了，在經過了多年之後，他枯槁的心，唯一復活的機會，就是寶狐再出現在他的身邊。

但，即使寶狐再出現，他那已經衰老的身體，還能維持多久，來享受歡樂？

原振俠想到這裏，不禁一陣難過，他再向冷自泉身後的牆上望去，看到寶狐正蹙著眉，像知道他心中在想些什麼一樣，十分有同感地頷著首。

原振俠又怔了一怔，幾乎想脫口大聲問：「你為什麼不讓他看到你？」可是他才吸了一口氣，還未及開口說話，寶狐不見了，應該說，寶狐又變成了照片。

原振俠知道，寶狐肯讓他看到，一定會再度和他接觸的，他心中的疑問，一定可以得到解答。

由於原振俠神情的奇特，冷自泉又轉身望了一眼，他自然看不到什麼，他嘆了一聲：「我的故事，你聽完了，有什麼感想？」

原振俠由衷地道：「我很感動，你對寶狐的愛，真叫人感動！」

冷自泉的雙眼潤濕，他半轉過頭來，語言哽塞：「寶狐……你能告訴我，寶狐她……是什麼？我實在不能相信她是一個成了精的狐狸，這些日子來，她被什麼術士捉了，關在一個暗無天日的盒子裏！」

原振俠深深吸了一口氣：「冷先生，寶狐是什麼，實在她已對你說得相當明白了，我相信我提供的解釋，是十分接近事實的，她，是一個外星人！」

冷自泉轉過頭，盯著原振俠，原振俠不由自主，又抬頭向對面牆上看了一眼，他又看到了寶狐，寶狐在點頭，表示同意。

那令得原振俠充滿信心，他又道：「我也相信，她沒忘掉她的諾言，她一定會再來見你的！」

原振俠的話，令得冷自泉現出十分興奮的神情來，他的聲音甚至也在發顫：「你……肯定？可是……可是……」

他講到這裏，像是氣球洩了氣一樣：「可是……我還要等多久呢？人的生命有限，我還要等多久呢？」

原振俠無法回答這個問題，他再向牆上望去，想得到寶狐的一點指示，可是他卻只看到照片，他只好嘆了一聲：「冷先生，你別心急，不會很久了，真的不會很久了！真的……」

也許由於原振俠講那幾句話的時候，語意特別誠懇，所以冷自泉在呆了一下之後，喃喃地道：「只要真有這一天，我……不怕等！」

原振俠伸手在他的肩頭拍了兩下，冷自泉苦笑著：「別把我的故事講給任何人聽，可是答應我，等我死了之後，要把這個故事講出來，好讓很多人知道，這世上真是有愛情的，沒有了一個自己所愛的人，生命就等於是一段朽木！」

原振俠安慰他：「別胡思亂想，你要好好活著，等寶狐再出現。」

原振俠這樣說，是十分自然的，任何人在這種情形下都會這樣說。事後，原振俠不知道自己這種空泛的安慰話是多麼愚蠢，但那是以後的事了！

在原振俠向外走去的時候，冷自泉並沒有送出來，他重又把身子陷進了沙發中，把他的思想沉進了回憶之中，像是一尊塑像，不像是一個人。

來到了門口，原振俠再回頭向牆上望了一眼，他看到的只是寶狐的照片。他心中實在不明白何以寶狐不讓冷自泉看到她！

出了門口，原振俠深深地吸了一口氣，望向花園中間，那尊粉紅色大理石像是根據寶狐的照片雕出來的，來的時候，原振俠驚訝於這雕像的美麗，但這時，他已經見過寶狐，所以這時看起來，那雕像，只不過是一塊石頭而已。

上了車，他把車緩緩駛出了花園，然後，漸漸加快速度。在聽了冷自泉的敘述之後，他心中感慨萬千，不由自主，不住地嘆著氣，好令心口的重壓減輕一些。

當他轉上了公路，又長長地嘆了一口氣之後，突然之間，他耳際響起了一個美妙動聽之極的聲音：「你別怕，我就要出現在你的身邊。」

原振俠從來也沒有聽過寶狐的聲音，但是這時候，他連萬分之一秒都沒有考慮，就可以肯定，那動聽的聲音，就是寶狐的聲音！

剎那間，他心頭的震動是如此之甚，他陡然踏下了剎車掣，車身劇烈地震動了一下，停了下來，他轉過頭去，就看到了寶狐，寶狐就坐在他身邊的座位上，望著他微笑，全身都散發著高雅大方的氣息！

原振俠真的不知所措了，他張大了口，連呼吸也停止了，他知道寶狐會來和他接觸，但是想不到，她會來得那樣快！

在他怔呆之際，寶狐先開口：「我的故事，你全都知道了。」

原振俠陡然吞下一口口水，點了點頭，仍然說不出話來。

寶狐低嘆了一聲：「你的假設能力很強，或許是現在，地球人的科學進步了，比較能接受外星人這個觀念，像他那個年代的人，是很難接受這種想法的！」

直到這時，原振俠才講得出話來：「是！是！這五六十年來，地球人的科學，以幾何級數在進步著。」

寶狐微微一笑，看她的神情，像是為了禮貌，所以不便過苛地批評地球人的科學程度。

在這時候，原振俠陡然叫了起來：「寶狐，你既然回來了，就請立即實現你的諾言，回到他身邊去，讓他看到你，你應該知道他是多麼想念你！」

寶狐聽得原振俠這樣說，緊蹙著眉，發出一下十分無可奈何的嘆息聲，並不回答。

原振俠一說開頭，心中越來越是激動，也就在不斷地說下去：「你為什麼不去見他？難道你真是邪惡之靈，這樣捉弄了一個地球人，令他在有了快樂之後，再一輩子浸在痛苦之中，你就感到高興？」

寶狐揚了揚眉，雖然她有責備的神情，可是看來還是那樣溫柔動人：「你想到哪裏去了？我要在地球上興風作浪的話，第一次來的時候就那樣做了，事實上，如果不是我一到地球上就遇到了他，接觸到了一種感情，叫作愛情的話，我也不會放過地球，事實上，我曾毀滅過不少星球！」

她講得那麼認真，令原振俠也不禁感到了一股寒意，盯著她，寶狐的神情十分認真：「你現在可以看到我，全是我對你腦部活動影響的結果。」

原振俠有點迷惑：「這……真是難以想像，你明明在我的面前。」

寶狐嫣然笑著：「我影響你腦部視覺部分的活動，所以，你只能看到我，卻不能碰到我！」

原振俠現出極不相信的神色，揚起手來：「我可以碰一碰你？」

寶狐的神情有點調皮：「你碰不到的。」

原振俠慢慢伸出手去，他想在寶狐黑得發亮的頭髮上，輕輕地撫摸一下，那是兄長對妹妹的一種善意和親熱的表示。

寶狐一直在微笑著，原振俠眼看自己的手已經碰到她的頭髮了，可是在感覺上，那全然是空的，寶狐並不存在！他的手向下一沉，寶狐整個人，就像是一個虛影一樣，根本不存在，他根本碰不到她，可是看起來，寶狐卻又明明在他的面前！

這種經歷，真是奇妙到了極點。

寶狐問：「現在，你相信了？」

原振俠縮回手來，深深地吸了一口氣：「是，你根本是不存在的！」

寶狐搖著頭：「不對，我是存在的，不過以和地球人生命完全不同的另一種方式存在。」

原振俠攤了攤手：「我可以接受你這樣的觀念。」

寶狐的神情有點悵惘：「你願意聽聽我的故事？」

原振俠忙不迭道：「願意！當然願意！」

寶狐想了想，才道：「前半部分的事，你是全知道的了，我講得簡單一些。我來自一個十分遙遠的地方，遠到你不能想像，我是一個惡靈，是邪惡的代表，在我自己的地方，由於敵不過和我敵對的力量，被逼逃亡，過了遙遠的歷程，到達了地球。一到地球之後，我遇到了他，在這以前，我從來不知道生物之間有一種感情，叫做愛情，從來也不知道。」

原振俠十分感慨：「地球人雖然落後，但卻有著先進生物沒有的感情？」

寶狐神情遲疑：「誰知道，或許正因為地球人有了這種感情，才導致了落後的？」

原振俠揮了一下手，表示那是無法達到有結論的一個問題。

寶狐低嘆了一聲：「需要說明的是，我一出現，就控制了他的思想，在他的心目中，我是那樣可愛，那全是他的一種想像。」

原振俠有點不明白，寶狐解釋著：「我在他的心目中，沒有任何缺點，正因為我的一切，全是照他思想中理想的形象來塑造的，他認為怎樣可愛，我就是怎樣，他認為什麼樣才是真正的快樂，我就讓他感到他所需要的真正快樂。」

原振俠更加惘然：「這……這樣說……他愛你，不是愛得沒有意義了？」

寶狐的聲音，聽來使人有一種悠遠的感覺：「不，愛情的意義還是存在的，如果真有一個他理想中的女子，他就會這樣愛她！」

原振俠苦笑：「每一個人，都有一個理想的異性，可是到哪兒去找？」

寶狐意義深長地道：「所以，當一個人，如果找到了一個理想中的異性時，就絕不要放棄，因為那太不容易了，放過了一個，以後一輩子也難遇到了！」

原振俠不由自主，想起了黃絹這個美麗，充滿了野心，在世界上可以叱吒風雲的女郎，是不是自己心目中理想的異性？

他不禁苦笑著：「別說我的事，你——」

寶狐緩緩點著頭：「開始的時候，我還完全不能領略到愛情這種感覺，但是漸漸地，我懂了，他變得那麼高興，一切都不在乎，他盡他所有的力量來保護我，每分每秒和我在一起，終於，我明白了什麼是愛情，因為我也愛上了他。」

原振俠不由自主地搖著頭，寶狐的話，實在是很難接受的。雖然在他面前的，是一個如此美麗的女子，當然可以愛上像冷自泉這樣的男人，可是實際上，原振俠卻又知道，寶狐的生命形式，是全然沒有形體的，沒有形體，當然連性別也沒有，一個沒有形體的外星生命，愛上了一個地球男人，這真是十分難以想像的事！

寶狐淡然笑著：「我知道你覺得難以理解，我想，我們的生命，在原始形式中，多半也有愛情的，後來，進化成沒有形體的形式之後，就連愛情也不再存在了，對我來說，是我們生命之中，一種原始的愛情重生了！」

原振俠「嗯」地一聲：「到了你們互相相愛的時候，悲劇也就開始了！」

寶狐聲音黯然：「是，追捕者來了，我靠著他的幫助，把追捕者擊退了兩次。」

原振俠問：「這其間的過程，我實在不明白。」

寶狐笑了起來：「你當然不明白，我們可以有力量，把充滿在地球上的能量，加以運用，運用得最多的是磁能，當他全心全意要保護我的時候，他腦部活動加強，放射出腦電波來，我就把自己和他的腦電波混在一起，在這樣的情形下，他們要傷害我，就連帶要傷害他，而他們是善的代表，不會去傷害一個無辜的地球人，所以就敗退了，未能把我捉回去。」

原振俠盡量使自己適應寶狐的語言，他盡量把這些過程弄通，可是都不成功。

寶狐微笑著：「你閉上眼睛，我設法讓你看到當時的情形。」

原振俠立即閉上了眼睛，在他閉上了眼睛之後不久，他真的「看」到了一些情景。

他「看」到的是，在一片無邊的黑暗之中，突然有兩股閃耀的光紋，那兩團光紋，看來全然是沒有規則的，在急速地活動著，不一會，在那兩團光紋之間，又冒出了另一團光紋來，那兩團光紋似乎要把另一團光紋包圍起來。

三團光紋，都是亮白色的，眼看兩團光紋可以將另一團包圍住了，忽然又有一團暗黃色的光紋，加了進來，和第三團光紋，混雜在一起，那兩團亮白色的光紋，只在兩團混雜的光紋之外，迅速移動，卻沒有再接近。

那種情景，看起來，簡直就是仙俠小說中的法寶大戰一樣！

再接著，所有的光紋，全部消失了，寶狐的聲音響起：「現在，你可有一個比較具體的印象了？」

原振俠睜開眼來，再把剛才「看」到的情形，想了一遍：「你們的形式，是……一團光紋？」

寶狐搖頭：「不是，那只是積聚了能量之後的形態，他的腦電波，就是你看到的另一團光紋！」

原振俠疑惑地問：「照這樣情形看，只要他肯保護你，你永遠可以不被捉回去，他們不想傷害冷先生，你就安全！」

寶狐幽幽地道：「本來是這樣，在我兩次擊退了追捕者之後，他們趕回去商量，商量的結果，令我不能不和他分開！」

原振俠揚了揚眉，寶狐低嚷著：「由於我是必須被消滅的惡靈，所以他們商量的結果：寧願犧牲一個地球人，也比由得我繼續在宇宙間作惡好！」

原振俠一聽到這裏，整個人都呆住了！

當追捕者有了這樣的決定之後，以後所發生的事，是可以推測得到的！原振俠感到一陣激動：「你為了他不被傷害，所以自願被追捕者捉回去！」

寶狐沒有說什麼，只是緩緩地點著頭。

原振俠激動得說不出話來，指著寶狐：「你……你……」

寶狐用十分誠摯的聲音道：「因為我愛他，不要他受到傷害！」

原振俠陡然長嘆了一聲，除了長嘆一聲之外，他實在不能再有什麼別的反應了！

寶狐的聲音，聽來和冷自泉在敘述往事的時候，十分相似：「所以，在最後關頭，我是自己擺脫了他的保護，投進了追捕者的羅網之中的。」

她略停了一停，才又道：「我的這種行動，令得追捕者感到了極度的詫異，因為在上一次的追捕行動中，我為了保護自己，把一個小星球中所有的生命，全都犧牲了，只是為了自己能夠逃脫！」

原振俠盯著寶狐，他實在有點難以想像，眼前看來那麼溫柔可愛的一個少女，會是邪惡之靈！當然他知道，如今在他眼前的美麗形象，只不過是自己腦部活動受了刺激之後的結果，寶狐原來不是這樣子的，她原來是什麼樣子的呢？是一團光紋，還是根本沒有樣子的？這是十分難以想像的事。

寶狐繼續道：「他們感到詫異，還以為我另有陰謀，所以在捉了我回去之後，曾對我進行了審問，我就向他們解釋，什麼叫做愛情，和愛情力量的偉大，告訴他們，地球人為了愛，可以做出許多平時做不出的事來，也使他們知道，我受了一個地球人的感染，也有了愛，所以寧願自己被逮，也不願自己所愛的地球人受到傷害！」

原振俠又深深地吸了一口氣，寶狐的話，真的是十分動人的，他覺得自己的眼眶有點潤濕，他喃喃地說了一句：「他們相信了？」

寶狐搖著頭：「他們起先不相信，說生物和生物之間，不可能有這種感情的，後來，他們去作了一番調查，終於相信了。可是他們的結論卻是：地球人有這種感情存在，那實在是太落後了，一定要組織一種力量，把地球人的這種感情消滅，那麼，地球人就可以擺脫無窮無盡感情上的糾纏，在科學上的發展，至少比現在快上十倍、甚至更多！」

原振俠聽到這裏，大吃一驚：「這……怎麼可以？他們決定這樣做了？」

寶狐深深吸了一口氣：「我知道了他們的決定後，反應也和你一樣，大吃一驚，我盡我的一切能力告訴他們，絕對不能這樣做，愛情是地球人快樂、幸福的泉源，真正的愛情，有一種巨大的推動力，我以我自己為例子，保證我從此以後，不再是邪惡之靈，因為我有了愛心，那會使我產生徹底的改變！」

原振俠仍然極緊張：「你成功了？」

寶狐點著頭：「過程極其艱苦，但是我成功了，我不但使他們相信我不是邪惡，而且，我還運用我的力量，做了不少好事。本來，要把我徹底消滅是早已決定了的，也因此而遲延，終於，他們取消了消滅我的決定，而且，恢復了我的自由，使我可以又來到地球，因為我已經以我自己的行為，使他們相信，我已經由惡改變為善了！」

原振俠長長嘆了一口氣：「我明白了，冷先生等待的幾十年中，你在努力奮鬥！」

寶狐感嘆地道：「我在使他們明白，宇宙中有一顆極小的星球，那星球對整個宇宙來說，是微不足道的，那個星球的生物，在整個宇宙中別的高級生物看來，也極其落後，可是這種生物之間有一種奇妙的感情，是任何宇宙間其他高級生物所沒有的！」

原振俠拍了兩下手：「這個微不足道的星球，就是地球，那種奇妙的感情，就是愛情！」

寶狐發出了一下悠遠的嘆息聲，原振俠便忍不住問：「你知道冷先生想你想得肝腸寸斷，你既然已經回來了，為什麼不在他面前出現？」

講到這裏，原振俠也不禁激動了起來，因為他立時想到，經過了數十年痛苦煎熬的冷自泉，如果陡然之間，見到了寶狐，他不知道會怎樣，他一定會興奮得全身發抖，可能會一下子就昏了過去！

原振俠問的這個問題，十分重要，他一見到寶狐就問過，當時沒有得到答覆，現在他又看到寶狐低下頭去，沉吟不答的情形，他不禁著急了起來：「不是……還有什麼障礙吧？」

寶狐抬起頭來，望向原振俠：「我要求你的幫助！」

原振俠立時道：「只要我做得到，只要能使你和冷先生再在一起。」

寶狐又嘆了一聲：「你猜得好，其中，的確還有存在著一些障礙。」

原振俠憤然道：「那些自命清高的宇宙生命，還不相信地球人的這種奇妙感情？」

寶狐立時搖頭：「不，不，你別誤會，他們已經完全相信了，只不過……我忽略了一點，我忽略了地球人是有形體的生命，期限很短，而且越到後期，就越是脆弱，脆弱得……輕輕一碰，就會碎掉。」

原振俠呆了一呆，一時之間，不明白寶狐這樣說是什麼意思，但是他略想了一想，他就明白了，明白之後，他又感到十分驚訝：「你是說，他老了？」

寶狐默然地點著頭，原振俠立時道：「你愛他，他老了，又有什麼相干？」

寶狐笑了起來：「你又誤會了！」

原振俠怔了一怔：「那麼，你想表示什麼？」

寶狐嘆了一聲：「我的意思是……一來，現在我突然出現在他面前，他的身體機能，絕對負擔不了這種過度興奮的刺激！」

原振俠吸了一口氣，作為一個醫生，他自然知道寶狐的話是有道理的。在經過了這麼多年痛苦的煎熬之後，突然之間，夢寐以求的景象出現了，他的高興，可能只能維持一個極短的時間，然後，一切都會消失，他的生命也不再存在！

但是，原振俠也立時感到，這絕不應作為寶狐不去見他的理由，因為這是有辦法補救的。原振俠在想了一想之後，道：「我可以先去告訴他，讓他有準備，那麼，突如其來的興奮，就可以化為比較平淡了！」

寶狐低嘆了一聲：「是，當然這個問題容易解決，但是他的生命，還有多少年呢？」

原振俠怔住了，他已經聽出寶狐的話中，另外有意思在，可是一時之間，還不是十分理解，他望著寶狐，現出疑惑的神色來。

寶狐的聲音，變得十分熱烈：「我的意思是，而且我也取得了同意，把他接到我那邊去，在我們那邊，生命幾乎是永恆的。」

原振俠由衷地叫了起來：「如果是這樣，那太好了，你們可以永遠在一起，完全擺脫了時間的限制！」

寶狐點頭：「可是，你要明白一點，他的形體，是不能去的，地球人的形體，限制了地球人的活動，這是地球人最大的缺點之一。」

原振俠真正愕然了，張大了口，一時之間，不知該作如何表示才好。他總算明白寶狐的意思了，過了好一會兒，他才道：「你的意思是，要他擺脫形體？這……就是要他死亡？」

寶狐吸了一口氣：「地球人對形體的存在與否，看得太重了！」

原振俠苦笑：「對不起，我覺得你的話有點矛盾，你剛才還怕你突然出現，他身體機能承受不起，現在又要他拋棄形體！」

寶狐解釋著：「有很大的不同，只有在一種情形之下，我才能把他帶走——這其間的過程十分複雜，無法向你解釋，我要帶走的是——」

原振俠接上了口：「我想我多少可以明白一點，你要帶走的，是他的『靈魂』，或者是他的腦電波？」

寶狐連連點頭：「你的理解力，在一般地球人之上；當然那是最簡單的理解，他，他必須在——」

她講到這裏，略頓了一頓，才用十分嚴肅的神情和聲音繼續著：「他，必須在對我的愛情和他的生命之間做一個抉擇，堅決相信，他在拋棄了形體之後，就可以幾乎永恆地和我在一起！」

原振俠再度深深吸了一口氣，他感到心情莫名地緊張，他完全明白寶狐的意思了，寶狐是說，冷自泉必須要在為了愛情而結束自己生命的情形之下，寶狐才能用她的方法，把他帶走！

當原振俠明白了這一點之後，他的神情，變得十分古怪，他也知道那是寶狐要他去做的事！

過了好一會兒，他才苦笑了一下：「你為什麼不自己去向他說明這一切？」

寶狐低嘆著：「我不敢冒險，不敢！我等待和他重聚的心情，和他一樣焦切，只要我一出現，他的生活、思想，都無法想像另一種境地，他會不肯到那個永恆的環境中去，一錯過了那個機會，我們就再也無法重聚了！」

原振俠保持著沈默。

寶狐又道：「這情形，就像地球上的星際飛船，要重回地球的時候，它只有一個機會，在一個一定的角度切入大氣層，錯過了這次機會，就只有永遠在太空飄浮了！」

寶狐的這個比喻，多少使原振俠明白了一些情形，他仍然沈默著。

寶狐用深邃黑漆的眼睛，凝視著他：「你不相信我，是不是？」

原振俠苦笑了一下：「在經過了那麼多年痛苦的等待之後，不讓他再見你一下，就要他去……去死……我對這種情形，的確很難理解。」

寶狐微笑著：「那是你們太執著於形體的原故。」

原振俠坐直了身子：「他在敘述之中，曾不止一次提及過生理上的那種極度歡暢，如果他沒有了形體，這種歡暢——」

寶狐有點羞澀地笑了一下，她的那種神態，極其動人。她道：「衰老的形體，已不能帶來歡暢了。歡暢，來自他的想像和感覺，當他能永遠和我在一起之時，各種歡暢，也是永遠的！」

原振俠仍然感到十分為難，寶狐的眼睛，看來也有點潤濕：「你不肯幫我們，就沒有人能幫助我們了！」

原振俠想了片刻：「如果你現在現身——」

寶狐苦笑：「就算他禁受得起興奮的刺激，他的生命不會再有多久，他的形體遲早會消失，我們的相聚，很快又要變成分離，這是永遠的分離，我再也找不到他，他也不能感覺我的存在！」

原振俠雙手托著頭，寶狐誠懇的聲音，又在他的耳際響起：

「地球人的腦電波，或者說，地球人的靈魂，要透過某種十分堅決的意念，才能集中起來，要他有了絕無反顧的決定，我們才能再在一起，請你別猶豫了，請你幫助我們！」

原振俠抬起頭來，他要十分用力，才能艱難地吐出一個字來：「好！」

接著他又道：「我去試一試……如果他不肯，那……我……」

寶狐嘆了一聲：「我相信他真的愛我，愛得極深，所以我倒並不擔心這一點！」

原振俠一言一頓地道：「盡我的力量去做！」

寶狐現出十分喜悅的神情來：「謝謝你，地球上有關愛情的故事很多，有一對男女，在形體消失了之後，傳說中他們幻化成一對蝴蝶，從此快樂地永遠在一起了！」

原振俠點頭：「是，梁山伯與祝英台。」

寶狐輕輕地笑了起來：「這個傳說，證明了地球人對形體的一種淺見，為什麼要化為蝴蝶？蝴蝶也是一種形體，只有沒有形體，才是永遠的！」

原振俠喃喃地道：「我不能理解，真的不能理解！」

寶狐的聲音極其甜美：「慢慢你會懂的，地球人總有一天會明白的！」

她說完了這句話之後，又向原振俠甜甜地一笑，然後，她整個人，像是在電影中的「淡出」鏡頭一樣，先是漸漸模糊起來，接著，就消失了。雖然寶狐已離去了，可是原振俠仍然瞪大了眼睛！

當原振俠在一條鄉間的公路上，看到了一個樣貌十分莊嚴的老者，用他的手杖追打一個小流氓之際，無論他如何想，都難以設想事情會發展到這一地步！而他又會直接地參與了這件事，而且，還要去做一件對他來說，十分困難的事！

他呆了好一會兒，苦笑著，既然答應了寶狐，那總要盡力去做，起先他想拖上幾天，但是他想到，冷自泉已經受痛苦的煎熬幾十年，應該讓他早一點和寶狐在一起了！

所以，他在靜寂的公路上轉了一個方向，又向冷自泉的屋子駛去。

原振俠又和冷自泉見了面之後的經過，講故事的人不準備講出來了，因為那是超乎一般地球人所能理解範圍的事。連原振俠也曾一再猶豫過：是不是要照寶狐的話去做，要冷自泉放棄形體。

但是原振俠還是照寶狐的話去做了，因為他相信寶狐和冷自泉之間的愛情。

原振俠和冷自泉這次見面，並不是很久，他在大約半小時之後，再度離開，向著黑暗，他喃喃地道：「寶狐，你料得對，他一點猶豫都沒有，只要能和你在一起，他什麼都可以做。」

回到醫院宿舍之後，原振俠根本沒有法子合上眼，他抬頭望著天空，星星在黑暗中閃耀著，說不出的美麗和神秘。

在黑暗的天空上，彷彿有一個極美麗的少女，正在向他微笑，表示感謝，但是原振俠知道，那是他自己的幻覺，寶狐並沒有再出現，並沒有再令他「看」到她。

一直到天亮，原振俠精神恍惚，想著寶狐和冷自泉之間的事，他的這種精神狀態，一直維持到第二天傍晚。

當他打開晚報的時候，看到了顯著的頭條新聞：

「一度叱吒風雲，晚年生活神秘，大富豪冷自泉駕駛私人飛機撞崖，人機齊化火球。」

新聞的內容是：

「一度極其著名，手握大權的冷自泉，在度過了數十年神秘的隱居生活之後，今晨駕駛他的私人飛機，在飛行時，撞向山崖，人機俱毀，絕無生還之望，連搜尋遺體都不可能。

「據目擊者稱，小型的飛機在天氣良好，能見度極佳的情形下，以異常的高速，向山崖撞去，即使不懂飛行的人，也可以看得出，這是駕駛者一種故意的行動，並非意外。

「而機場控制塔的工作人員，更可以證明這是一宗自殺的行為，在飛機撞山之前的一分鐘，駕機者冷自泉通過通訊設備大叫：『寶狐，我愛你……』在他叫了兩遍之後，飛機便已撞山。

「從駕駛者冷自泉的叫喊聲聽來，像是一種因愛情而發生的悲劇，但本報記者用盡方法，無法知道被稱為『寶狐』的女性是什麼人，而冷自泉先生已屆七十高齡，照理推測，那可能是多年之前的一宗戀情。

「冷自泉先生擁有極多財產，他在撞機事件中喪生之後，他的財產會如何處理，很引起各方面的推測。」

在新聞之旁，還有一個專欄，是介紹冷自泉在隱居之前的一些歷史的，原振俠對之再熟悉不過，所以也沒有仔細去看。

他只是怔怔地對著那則新聞，心中只想到一點：「他終於和寶狐在一起了！」

那天晚上，在和冷自泉分開的時候，他也想不到冷自泉會採取什麼方法，看來他是早有了決定，他一面高叫著，一面消滅了形體，那種高度意志力的集中，一定可以使他和寶狐在一起了！

由於他盯著報紙太久了，報紙上細小的字，漸漸模糊了起來，就在那一霎間，原振俠恍恍惚惚看到了寶狐和冷自泉，兩人手握著，在報上出現，正向他微笑，然後迅速變小，像是投進了不可測的另一個空間之中一樣，原振俠忙定了定神，在他眼前的，仍然只是那段新聞，他不能肯定剛才是真的「看」到了什麼，還是只是他的幻覺。

〈完〉

靈椅

# 第一部：「南越古舊物品買賣商店」

「南越古舊物品買賣商店」這個名稱，看起來有點不很明白，但其實十分簡單，那是一家古董店，而這家古董店老闆的名字，就叫南越。和多年之前，曾經烽火連天，而今又成為難民的最大來源的那個叫南越的地方，全然無關。

「南」，並非一個很常見的姓氏，但也不是太偏僻。南越的祖上，是在中國北方開設古董店的，他也經營了這一行，可以說是受家庭的影響。

但是他的古董經營方法，卻和全世界所有的古董店不一樣。

他絕不要求顧客上門，當然不做廣告，甚至於有顧客上了門，他也愛理不理。直到他認為找上門來的人，是真正對古物有認識的，他才肯加以接待。

不然，只怕上門來的顧客，誰也忍不住他昂著頭，那種不屑的神氣，不等他鼻子中發出第三下「哼」聲時，就已經拂袖而去了。

也許因為他太喜歡揚著頭，自鼻子中發出「哼」聲，來表示他對人看不起的緣故，他的鼻子相當大，而且鼻孔朝天。再加上他臉有橫肉，一點也不像別的古董商那樣，滿臉笑容，舌燦蓮花，可以把一塊爛木頭說成是楊玉環當年的浴盆，所以「南越古舊物品買賣商店」的生意，極其清淡。

既然是「買賣商店」，當然也有人拿著古物來向他兜售。奇怪得很，他對於買進古董的興趣，比賣出古董的興趣大得多，凡是有人來向他兜售古物的，他倒是一定熱情招待。那可能是他本身對於古物，真正有興趣的緣故。

而且，據曾經和南越有過交易的人說，他絕不壓人家的價錢。要是來向他兜售的古物，價值一百萬美元，他會告訴來人，先付一半，餘下的一半，等他把古物出售了之後再給。

由於他的商店生意這樣清淡，幾乎一年也賣不出一件東西，所以來兜售的人，大都拿了一半的錢就算。

反正古董是沒有標準價錢的，拿到別的古董商那裏去，只怕連一成的錢也要不到。在這樣的情形下，「南越古舊物品買賣商店」積存的貨物，越來越多，南越也不在乎，反正他的上代有的是錢。他自稱自己的目的，是把古董交流到真正欣賞古董的人的手中，而不是把古董當作流行商品。

當然，南越也不是全然沒有生意上門的。他對於中外的各種各樣的古董，有著極深的認識，這一點，是全世界所有頂尖的古董經營者都一致公認的。

也由於這一點，使他有了一樁意外的大生意。

南越的那樁大生意，在旁的古董商來說，那簡直是從天上掉下來的大批金元寶一樣，不知道要多麼喜歡才是。可是南越卻一樣懶洋洋地置之不理，把那封買主的來電，放在一邊，過了好多天，也沒有回覆。

那封長電，是他在十天之前收到的。

南越住在一所十分古老的大房子之中——當然，身為古董物品買賣商店的主人，是不高興住在一所現代化的洋房之中的。

他住的那所大宅，已有超過四百年的歷史。

是明朝一個大官，在一次劇變之前，抽了他主人的後腿，假借著「道不行，乘桴浮於海」這句夫子名言，帶了大批財物，變賣了他在江西家鄉的千頃良田，攜了家人，一直向南走，來到了海邊的一個小島上。

這個小島在當時，還是一個荒涼漁村，他卻在那裏停了下來，興工建造了一所巨宅。

這個大官，從此就在這個小島上住了下來，子子孫孫一直繁衍著，已經和島上原來的居民，打成一片。

若干年之後，這個小島由於人為的關係，起了劇烈的變化，在國際貿易上的地位，漸漸重要而變化越來越劇烈，到了近代，這個小島在國際金融貿易上所扮演的角色，簡直成了人類歷史上的事蹟。

而到了這時候，一個荒蕪的漁村，也成為一個聚居著幾百萬人口的國際性大都市了。

大官的後代，已早放棄了這所巨宅。城市中至少有超過十幢五十層以上的建築物，是這個家族的財產，誰還會要一所幾百年之前造的，雖然堅固，但是卻陳舊陰暗的大宅？

若不是關於這所巨宅，有著一個寶藏的傳說的話，只怕早已根本沒有人注意了。有關巨宅之中有寶藏的傳說，也十分模糊。只是說，當建造這所巨宅的大官，在督造這所巨宅之際，十分嚴格，每一塊磚，幾乎都經過挑選。而且，砌磚用的灰漿，是用糯米煮成了濃汁來調的，這樣，堅固的程度，就在普通灰漿的一百倍以上。

（這倒是得到了證明，在最近一次，大官的後代子孫，想拆除幾堵牆的時候，動用了現代化的器械，幾經辛苦，最後還不得不動用到烈性炸藥，才能把要拆的牆拆掉。至於他們為甚麼要拆掉那巨宅中的幾堵牆，這一點，留待以後再說。）

傳說，大官宦囊豐富，一生之中，蒐集的奇珍異寶極多，這又要簡單地從那大官的來歷說起。

原來大官也不是甚麼大官，只是一個身分特殊的人物。這個身分特殊的人物，姓名已經是沒有意義的事，可以不提，而他的身分，卻值得一說。

原來他是明朝的一個藩王——寧王府中的總管。

寧王是明太祖朱元璋做了皇帝之後，就封下來的一個封號，最早是封給他第十七個兒子朱權的，一直傳下來，傳到朱權的玄孫朱宸濠。

朱宸濠這個人，在明史中十分有名。志大才疏，放著好好的王爺不幹，忽然想起做皇帝來，於是招兵買馬，積極行動，終於在大明正德十四年起兵，想從王府所在地南昌打到南京去。但是不到兩個月，就兵敗被捕，自然砍了頭。

朱宸濠這個人，還有一點有趣的地方，是他不但在正史上，以「寧王之亂」佔有十分重要的地位，在稗史小說上，這個人也大大有名——七劍十三俠和他有關，連三點秋香的唐伯虎，也有人和他扯上關係，說唐伯虎是因為不肯在寧王府的手下做官，這才故意風流放縱的。

這些，全是閒話，不能說和整個《靈椅》的故事一點關係也沒有，不過關係不算太大。可是這一段歷史，卻非簡略地知道不可。

寧王既然要起兵造反，自然要廣集奇才異能之士，而且要準備大量的金錢，搜羅奇珍異寶。

那個大官，是寧王的心腹，一切事情，大半是由他經手的。然而就在寧王起兵造反的前半年，這傢伙卻突然離開了江西。

據說，把寧王苦心積慮，搜羅了好多年的奇珍異寶，揀好的，全都帶走了——大宅之中有寶藏的傳說，就是由此而來的。

雖然到了現代，已隔了四百多年，可是如果有家傳異寶的話，幾百年是不會失散的。但是這個家族之中，卻一直沒有甚麼珍寶流傳下來，只知道當他們第一代來到這小島上的時候，金銀極多。據說大海船用來壓艙的，不是石塊，而是金塊。

這傳說應是毫無疑問的事實，因為如果金銀不多的話，怎能在當時荒蕪的小島上，起上這樣考究的一所大宅子？

可是，關於比起金塊來更有價值的寶物，卻一直沒有怎麼見過，所以才有了傳說。傳說是那個大官，在親自督造這所巨宅之際，造了一個十分隱秘的密室，把所有的奇珍異寶，價值連城、可以供來作造反之用的大批寶貝，藏在這個密室之中。

至於這個密室在大宅的何處，幾百年來，既然有了這樣的傳說，誰不想把它找出來，可是卻從來也沒有人成功過。

據島上的人說，直到七、八十年前，大宅中子孫繁衍，實在擠不下了，才有人肯搬出去，就是為了還想找到密室。

至於是不是真有這樣的一個藏有大批珍寶的密室存在，傳說歸傳說，找尋歸找尋，卻一直沒有被人發現過。

大宅子雖然大，原來造的時候，連僕傭在內，不過是供二、三十個人住的。等到住的人超過了三百以上的時候，幾乎所有的空間，都塞滿了人，真要是有甚麼密室的話，也早已被發現了。

到後來，住的人越來越多，原來輝煌的巨宅，看起來比難民營還不如了。

而且，大宅子是造在一個山坳之中，不但交通不便，而且隨著小島變成一個現代化的城市，這所大宅，幾乎得不到任何現代化設施的供應。一直到如今，水的供應，還要靠山間的溪流，引到一個蓄水池中，才能取用，其落後可想可知。

所以，儘管寶藏的傳說十分誘人，但久而久之，也就陸續有人搬出去，到後來，搬出去的人越來越多。

雖然，本來全是有血緣之親的一家人，但是幾百年之後，實在已經和陌生人沒有甚麼分別了。

於是，在大宅幾乎淪為荒廢的情形之下，族中有一個人，提出了一個建議：對祖宗遺下的巨宅之中，是不是真有寶藏一事，來作一次最徹底的清查。

這件事從提出來到實行，也真不簡單。支族繁衍，也超過一千人以上，哪些人有權決定這件事，實在也很難下一個斷論。

幸而整個族譜，自從南遷以來，還保留著，於是委託律師，一個一個去找。還在本地的自然容易找，有的早已移居外地，有一個甚至已在東非洲馬達加斯加島上，和土著成了婚。

足足經過了五年之久，才算是找到了絕大多數人。有的同意付出一筆費用，作徹底搜查之用，有的根本不相信巨宅中有甚麼寶藏，連搜尋的費用也不肯拿出來。

他們的辦法倒也十分公平，肯出費用的，將來發現了寶藏，可以分一份，不肯出費用的，就當作棄權論。

等到所有的法律手續全都辦好了之後，大搜尋就開始了。

別看只是要找一個密室，工程真的還十分浩繁，費用也十分鉅大，委託了英國的一家專門工程公司進行。這家工程公司，曾經在歐洲好幾處著名古堡之中，運用新式的探索儀器，發現過許多秘道密室，是這方面的專家。

單是那些笨重的儀器，要從英國運過來，已是大費手腳了。

英國的工程專家，工作倒是一點也不馬虎，先把整個巨宅畫成了平面圖，在繪畫期間，把巨宅中的破爛家具，全都搬到了空地上。

那些破爛家具，在幾百年之前，也曾有過它們燦爛的歲月。可是到如今，再好的紫檀木料，只怕也只能用來做筷子了——幾乎沒有一件是完整的了。

在繪製平面圖時，註定了每一個空間的尺寸。工程專家隨即發現，這所巨宅的建造工程，真是一絲不苟——在拆除了所有的加建部分之後，他們發現，每一堵牆的厚度，都是分毫不差的，外牆厚一尺二寸，內牆厚八寸。

其中，只有一幅牆是例外。

這幅牆的一邊，是一間大房間，原來作甚麼用的，已經不可考究了。還特地請來了對中國明代傳統建築有研究的專家，研究了一番。

大多數的專家，認為這間房間的位置，十分特殊，進門處，還依稀可以看到門楣上，有「避秦齋」三個字的石刻。所以斷定，那是造這所大宅的主人的書齋。

這一個論斷，十分令人興奮。因為屋主人的書齋，那是一個十分重要的所在，而那幅怪異的牆，一邊是緊靠著書齋的，可見其重要性。

而這幅牆的另一面，倒不難查考。

那是一個佛堂，建造也和其他任何房間不同，三面牆上，全是石刻的佛像——並不是浮雕，只是淺刻，線條也不見得如何生動，顯然不是甚麼高手的傑作。

那些淺刻，也因為年代的久遠，或是經過曾住在這裏的孩童的破壞，而變得剝蝕不堪，但至少還可以辨認出來。

丈量的結果，令人興奮，因為發現這堵牆的厚度，竟然是五尺！

不論是甚麼牆，就算是古代的城牆也好，也沒有道理厚到五尺的，由此可知，這幅牆的中間，是空心的。也就是說，傳說中的寶藏密室，就在這幅有兩丈長的牆之間！

試想想，兩丈長，如果中間有三尺空間，那是六十平方尺的空間了。在這樣的空間中，不知道可以貯放多少奇珍異寶了！

工程專家調來了X光透視儀——依照那個主持人的意思是，既然發現了有這樣的空間，就乾脆把牆挖開來算了。可是工程專家卻不肯，要做到十足功夫，主持人只好依他們。

透視工程又花了三天。從一幅一幅的照片之中，顯示那二十尺長的牆，幾乎全是實心的。雖然實心的、五尺厚的牆，有點不可思議，但是透視儀器是不會錯的。

「幾乎全是實心的」，固然令人沮喪，但也不至於完全失望，因為還有三尺，證明是空心的。

那三尺證明是空心的地方，X光透視攝影的結果，顯示出其中有一個形狀十分奇特的東西。由於牆相當厚，所以相片也十分模糊，那東西的形狀不規則，單從相片上看來，根本分辨不出是甚麼東西來。

工程專家有了這樣重大的發現，自然高興莫名。主持人也十分高興，立時拍電報，打電話，通知所有的人來到，參加磚牆的挖掘儀式，以昭公允，看看藏得那麼秘密的究竟是甚麼東西。

當開挖那幅牆的時候，來的人超過三百。可是磚牆砌得那麼結實，用了很多器械，包括最重型的手提風鎬在內，都無法把牆打開一個洞。又由於空間不大，再重型的機器無法運進來，所以第一天，忙了一天，無功而退。

那麼結實的磚牆結構，又使英國來的工程專家，讚嘆了半天。當天晚上，決定了用炸藥，把牆炸開一個洞來。

在作出這個決定之前，曾經引起爭論，不少人怕在爆炸的同時，把裏面的寶藏弄壞了。討論的結果是，再由工程公司去聘請炸藥專家來行事。

當第四天，炸藥專家兼程趕到，來看爆破工作的人，比第一次多了一倍。人人都滿懷希望，感到極度地興奮，好像一大批珍寶，已經化成了金錢，進入了他們的銀行戶頭一樣。

爆破工作從當天早上開始，一直到中午時分，才準備就緒。

穿上了防震衣的專家，請所有的人離開。其中有幾個不放心，唯恐在一聲爆炸之後，大顆大顆的鑽石會滿天亂飛，叫人撿了便宜去，所以堅持要留下來，看著爆破的一剎那。

專家無法可想，一面罵著人，一面又加工安裝防爆網，以免在爆破時碎磚飛舞傷了人。這一來，等到專家按下炸藥的控制鈕時，已經是傍晚時分了。

控制鈕一按下去，轟地一聲巨響，煙霧瀰漫。貼著牆角的那幾個人，幾乎都被爆炸的威力震昏過去。

那個主持人勉力大叫：「別動！誰也別動！」

而爆炸聲一起，在外面的人，也爭先恐後湧了進來，把那間本來是十分寬大的書齋，擠得水洩不通。

工程專家反倒全被擠在門外，面面相覷，不知道這群「瘋子」，究竟是在幹甚麼？

這時候，如果真的滿地是奇珍異寶的話，只怕人踏人，也得死上好幾十個人。

而事實上，有的人一進來，就忙不迭在地上撿東西。事後就有好幾個人，指骨被踏斷，或是手被踏得又紅又腫的。

當然，就算是第一個衝進來的人，看到地上的東西就撿，他們拾到手中的，也不過是因為爆破而濺開來的碎磚塊而已。

在屋中擠得人人都無法轉身的時候，主持人聲嘶力竭，總算勸得一半人退了出去。另外還有一半人，看來是怎麼也不肯退出去的了。

主持人沒有辦法，只好道：「大家看，牆上已經有了一個大洞，牆中的東西，就快可以取出來了，請大家讓出一點空地來！」

這兩句話，倒是十分有效的，在屋中的人，總算讓出了一些空地來。

這時，門外、窗外全是人，拚命向內看著。

每一個人都看到，牆上炸開了一個相當大的洞，大約有一公尺見方左右。只是牆裏有些甚麼東西，還是看不清楚。

主持人來到了牆洞之前，深深吸了一口氣，按亮了手中的強烈電筒，向牆洞內照去。所有人的視線，集中在牆洞之內，於是，他們看到了那個東西。

當他們才看到那東西之際，他們實在不知道那是甚麼東西。

因為那東西的樣子不規則，而且十分古怪，超乎他們的想像和期待之外。

他們期待一口箱子，一個櫃子，或者是一尊大肚佛像，在佛肚子之中，藏滿了珍寶，諸如此類。

可是那東西卻甚麼也不是——在X光照片中，模模糊糊，看不清那是甚麼東西來，這時，在電筒光芒的照耀下，人人可以將之看得清清楚楚。但一時之間，還是不知道那是甚麼東西。

其實，那究竟是甚麼東西，也不是真正令人無法明白的。只是大家在看到了那東西之後，實在太錯愕了，而且，再也想不透，何以這樣的一件東西，要放在那麼安全、牢固而隱秘的地方？

那東西，實在是很普通。成年人的腦筋複雜，不肯相信事實，少年人思想比較簡單，在人人屏氣靜息之際，就有一個少年，陡地叫了起來：「咦，是一張椅子！」

是的，那東西，是一張椅子。雖然它的形狀，和別的椅子有點不同，但是那實實在在，是一張椅子。

那張椅子是半圓形，有著椅背、扶手。整個椅背和扶手，恰好成為半圓形，椅背是直的。

乍一看之下，令人覺得那不像是椅子的原因，是由於這張椅子，只有一隻椅腳在椅子的中間。那椅腳是圓柱形，圓柱相當舊，直徑只有五公分左右，這樣細的一條椅腳，應該是無法支持椅子的。

根據重心原理，一條細的柱形的椅腳，是無法令一張椅子保持平衡的。但是，這張椅子卻四平八穩地放著，一點也不歪斜。

這一點，說穿了其實也簡單得很，一點也不稀奇。因為那柱形的椅腳，有一截是插在地上的，這樣自然可以使椅子保持平衡了。

椅子的質地，一時之間，看不出是甚麼的。椅背和扶手，以及椅面，都大約有五公分厚，看來像是一種石頭，或是一種金屬。

當所有的人，看清楚了那的而且確是一張椅子之後，神情之怪異，真是難以形容。主持人怔了半晌之後，道：「是的，一張椅子。嗯，這張椅子，要全是黃金的話，倒也……值不少錢。」

他在講到「倒也值不少錢」的時候，口氣無精打采至於極點。

他對這次行動的費用是多少，再清楚不過，那是一筆相當鉅大的數字。就算那張椅子，真是黃金鑄成的，在變賣了之後，除去費用，也就所餘無幾了！

他一面說著，一面把手中的電筒，順手交給了身邊的一個人，伸手進牆頭去，抓住了那張椅子，用力向上提了一提。

自然，那張椅子，如果真的全是黃金鑄成的話，那麼重量會十分驚人，氣力再大的人，即使是世界重量級舉重冠軍，也無法將之提得起來。

可是這時，主持人一提之下，發出了一下驚呼聲，身子向後一仰，幾乎跌倒，後面的人忙把他扶住。

原來他用的力道太大了，而那張椅子又十分輕，所以當他用力向上一提的時候，他整個人就向後仰跌了下來。

當他站定之後，那張椅子，已被他自牆洞之中提了出來。他愕然片刻，把椅子放了下來——這時，由於地上沒有洞可供椅腳插進去，所以椅子是放不穩的，一放下來之後，就歪倒在一邊。

雖然找到了一幅夾牆，可是花了那麼大的工程，把牆弄了開來，裏面除了一張椅子之外，甚麼也沒有——即使是那張椅子，甚至也是不能坐的！

那個接了電筒在手的人，已經自牆洞中攀了進去，用電筒四面照著。人人都可以看得清楚，那個窄小的空洞之中，甚麼也沒有了！

那人失望得用力踢著磚牆，一時之間，也忘了造這屋子的人是他的祖宗，竟然用十分難聽的粗話，罵起造房子的人來了。

他一開始罵出口時，失望情緒迅速瀰漫，幾乎人人都喃喃地罵了起來。

那些人一面罵著，一面就拿那張椅子出氣，有的人用力踢著它，有的人舉起來摔它。外面的人也知道，甚麼也沒發現，只發現了一張椅子，也都十分失望。椅子傳到了外面之後，更被人拋來拋去！

那張椅子雖然輕，但是倒十分結實堅固，不論怎麼擲，怎麼拋，並沒有損壞。幾個年輕人，仗著氣力大，想把那個長的椅腳拗斷，卻用盡了氣力，也無法成功。

這時，在屋中的人，都已經來到了外面的空地上。

當那張椅子再一次被重重拋了出去，在地上彈了幾下，又落下來之際，主持人雙手高舉，大聲道：「各位，這……椅子被放在這個地方，一定有道理的，我建議我們好好研究它一下！」

一個年輕人叫了起來：「還要研究？」

他一面說，一面拿起那張椅子來，用力拋了出去，拋過了一堵圍牆，落在一個院子中。那院子，恰好是用來堆放自屋中搬出來的所有破爛家具的。

主持人苦笑：「研究一下……也花不了多少錢！」

一個已屆七十的老者搖頭晃腦：「算了吧，這椅子，被放在牆中間，我倒知道是甚麼用途！」

老者一說，人人都向他望來。老者捋著鬍子，慢條斯理：「古時，在造房子的時候，總要將一點吉祥的東西藏在隱秘的地方，例如牆腳下、柱墩中、樑柱上，來保佑合宅平安，這張椅子，就是這個用處的！」

老者的話，得到了不少知道中國古代建築，的確有這樣傳統的人的認同和附和。可是一些年輕人卻不相信，大聲道：「椅子算是甚麼吉祥的東西？」

那老者有點惱怒：「後生小子知道甚麼，椅者，不偏不倚，持中之物。中庸之道，是我國之傳統，我們的祖宗，是要子子孫孫守著這個道理！」

年輕小夥子挨了一頓訓，沒有再敢說甚麼。而那張已被扔進了破爛家具堆中的椅子，也沒有人再去過問了。

整件「發掘藏寶」事件，看來像是一齣鬧劇，應該結束了。

然而，還有一個尾聲，就是英國的工程公司的帳單開來了。

那是相當大的一筆數字，即使是幾百個人分攤，每人也得拿出不少來。

於是，原來認了數的人開始有九成以上，左推右宕，把主持人弄得無法可施，只好道：「大家都不肯拿錢出來，反正舊房子放在那裏也沒有用，不如賣掉它來抵數吧！」

主持人的這個提議，倒獲得了一致通過。

於是，在「古老巨宅一座，連地出售，包括巨宅內的一切陳設用品」的廣告，刊出之後的第一天，南越這個古舊物品的愛好者，就找到了主持人。在南越而言，這是他一生買賣的古物之中，最大的一件了。

在別人看來，是舊得不堪的屋子，在他看來，一磚一石，全是古物。

主持人在成交之後，自己都不好意思：「幫你清理一下再交給你吧！」

這一句話，把南越嚇得一頭冷汗，雙手連搖：「不要，千萬不要！我甚麼都要，你千萬別動！」

就這樣，南越就擁有了整所巨宅，包括那些被搬了出來的破爛家具在內。

主持人心滿意足，就把巨宅和他們的尋寶故事，講給了南越聽。

南越聽了之後，表面上沒有甚麼反應，只是淡然道：「哪有那麼多寶藏！」

可是他心中卻在想：這群傻瓜，整所巨宅就是寶藏，就在你們眼前，何必去找！

但是不用多久，南越就開始懷疑，究竟那些人是傻瓜，還是他自己是傻瓜了！

他想將巨宅清理一下，作為他的住所和店鋪。對一個古董商人來說，還有甚麼比住在一件大古董之中更適合的呢？

可是，宅子實在太舊了，除了結實的牆之外，所有的東西，幾乎全要換過。

舉個例子來說，原來宅子中的窗花，全是用上好的棗木，雕出各種花樣圖案來的，如今皆已毀壞。重新裝一裝，南越找了人來估價錢，是八十萬美元，別說其他的了。

南越算得是財力雄厚的人，可是三年不斷地修飾這幢巨宅，也幾乎令得他吃不消。在逼不得已的情形下，他只好忍痛賣掉了兩件古物，來作為彌補。

那兩件「古舊物品」，一件是兩片玉符，足有一尺長，一面刻有陽符，一面刻有陰符，玉質純淨無比，是周朝的物品。另一件，是一對上佳的宋汝窯花瓶，足有三尺高，那可以說是宋瓷中的極品了。

不過，南越總算在這所巨宅中定居了下來。他是個獨身人，有兩個老僕跟著他，三個人住在這樣大的巨宅之中，真是靜得會出鬼。

可是南越卻引以為傲，當他在宅子門口，掛上「南越古舊物品買賣商店」的招牌之際，那種神態，就像是登基做了皇帝一樣。

他自然也將他商店的新地址，印發了許多封信，寄給他的同行，和世界各地著名的博物館。不過令他掃興的是，郵差堅決拒絕步行一小時，把信送到宅中，要他在路口裝一個信箱。

南越發了一陣脾氣，可是在交涉無效之後，他只好在破爛家具堆中，找了幾片鑲有螺鈿的紫檀木，自己動手，製成了一個全世界最別緻的郵箱。

南越足足花了一年的時間，來整理那一大堆舊傢俬。最引起他興趣的，自然就是那張椅子，事實上，那也是一大堆破爛之中，唯一完整的東西。

他本來的野心，是想把那所巨宅，完全恢復到幾百年前，初起好時的舊觀。但是他在幾個月之後，就發現那實在是沒有可能的事。別說把屋子修葺得像原來一樣了，單是想找明朝的家具，來佈置這所宅子，也不可能，就是把全世界現存的明代家具加起來，也還不夠！

南越對於古代家具，也有相當深刻的研究，而且也有很好的收藏。只不過他的收藏，作為一個古董商而言，自然是豐富的了，但是要來佈置巨宅，卻不及百分之一，只是勉強佈置了一間書齋、一間臥室和一個客廳而已。

不過雖然如此，他的幾個同行，和對古代家具有認識的人來看過之後，也已經嘆為觀止了。一本專門性的雜誌，甚至說這宅子中的明代家具，可以說是一個盛大的展覽了！

中國的家具陳設，發展到了明朝，是一個大巔峰。所有家具，都極注意線條的簡潔優美，所以明式家具，有許多的造型，一直流傳至今。

這是題外話，只是想說明南越所要的，是真正的明朝古物，而不是要仿製品而已。

那張獨腳椅子，引起了南越絕大興趣的原因相當多：

第一，是他在那主持人的口中，知道了這張椅子發現的經過。

第二，這張椅子，是整個宅子中唯一完整的東西。

第三，這張椅子的樣式，使他感到了極度的迷惑。那張椅子的樣式，已經描述過，在南越的知識範圍中，明朝是沒有這種樣子的椅子的。

第四，這張椅子是用甚麼材料製成的呢？看來不是金屬，也不像是木頭，色澤十分暗，質地又十分輕，是一種灰撲撲的顏色，可是又十分結實。南越曾用十分銳利的鋸子，想鋸下一小塊來，研究一下究竟是甚麼材料，可是卻連痕跡也沒有留下。

第五，引起了他莫大興趣的，是若干日子之後的事，他又發現了那張椅子，有一個十分奇特的性能——他在最初的時間，只是研究這張椅子，並未曾想到去坐它一坐——椅子最大的功能，自然是供人坐，可是這張椅子只有一隻椅腳，根本無法平衡。當然，勉強要坐，也還可以，但肯定不會舒服。

直到那一天，他把書齋佈置完成——在牆上懸上了陳志蓮的一幅〈和合兩仙〉，又掛上了陳鴻壽的對聯。

# 第二部：搬了那張椅子插下圓洞了去

這兩位，都是明代書畫大家。然後，他又把四幅裱鑲好了的扇面，掛在另一幅牆上的一個架子之上，那架子旁是一對宣化銅香爐——四幅扇面的作者是唐伯虎、文徵明、祝枝山和沈周。南越最喜歡的，還是沈周所畫的那兩隻小雞，嫩黃毛茸，簡直就像會叫會走一樣活潑可愛。

然後，他對著那個被炸藥炸開的大洞，皺著眉頭。當修葺裝修工程開始的時候，他就曾為這個大洞傷過腦筋，他曾想將之補起來，可是，又哪兒去找同樣的大青磚來補呢？

而且，他對那個小小的空間，也有著一種莫名的好奇：在這樣的一所巨宅之中，留著這樣的一個小空間，究竟有甚麼用處呢？

單純是為了放一張椅子？放一張椅子在裏面，又有甚麼作用？

南越當然知道，巨廈大宅之中，放上一些鎮宅的吉祥物事，是很普通的事。但是一張樣式那麼古怪的椅子，卻實在叫人無法不好奇。

所以，最後他決定，保留那個牆洞，只是把原來被炸藥炸開時，邊緣參差不齊的地方修了一下。使得整個牆洞，看來是一個美麗的長橢圓形。

他準備在洞內的空間中，放上一尊佛像，只不過一時之間沒有合適的，所以裏面還空著。

那天，當他佈置好了字畫之後，他向牆洞看了半晌，心中在想：這牆洞後面的空間，本來是安放那張怪椅子的，何不仍然把那張椅子放進去？

可是他繼而一想，又搖起頭來。由於那張椅子的樣式奇特，和其他所有的陳設，全然不相配襯，放進去，會使整個書齋的氣氛，受到破壞。

可是他再想了一想之後，還是決定把椅子放回去，而另外用一幅十分精緻的明代繡花錦幔，把這個洞遮起來。這樣，就兩全其美了。

他十分高興，先鄭而重之，把那幅繡花錦幔，自一個自動維持恰當的濕度和溫度的溫櫃中，取了出來，抖開，掛上，發現十分調和。

然後，他再搬了那張椅子來，自牆洞中跨了進去。

那張椅子相當輕，一個人可以輕易地將之舉起來。他把唯一的椅腳，對準了地上的那個圓洞，插了下去，椅子就平衡了。

當他放好了那張椅子之後，望了一下，心中才起了要在那椅子上坐一坐的念頭。

南越這時，起了要在這張椅子上坐坐的念頭，也是很自然的事。他想了，就坐了上去。

那張椅子的獨腳相當長，雖然有大約三十公分被插進了地上的圓洞之中，還是使椅子看來相當高。南越不算是一個矮個子，可是他在坐了上去之後，雙腳就不能自然放在地上，只是腳尖點著地。

用這樣的姿勢來坐著，當然不是很舒服的事。如果不是南越一直使用中國古代家具的話，他可能更不慣，因為，椅子的質地十分硬。

在這樣的情形之下，南越只坐了一會兒，就不想再坐下去了。

在他離開椅子之前，他又自然地變換了一下坐的姿勢，把身子向後靠，把雙腳縮了起來，放在椅面上，雙手抱住了膝蓋。

就在那一剎間，他感到了極度的訝異！

他曾花了不少日子去研究那張椅子，絕對肯定那張椅子的每一部分，都是十分堅硬的。那唯一的椅腳，看來雖然細，但是也堅硬無比，他試圖鋸一點下來而失敗，就是失敗在椅腳上。

可是這時候，他這樣一坐之後，整張椅子，卻因為他人體的移動，而輕輕晃動了起來。

要一張獨腳的椅子，椅腳又是插在地洞之中的，輕輕晃動起來，只有兩個可能。其一是地洞比椅腳大，椅腳可以在地洞中作有限度的移動，那麼，椅子就會晃動，但這種晃動，在感覺上，必然是不平穩的。

可是這時，南越感到的晃動，卻十分平穩舒適。

這真令得他驚呆之極，因為那只有另外一個可能了——就是那張椅子的椅腳，是用一種可以彎曲的材料製成的。例如一根十分強力的粗彈簧，就可以有這樣的效果。

可是，他又十分清楚地知道，那椅子的椅腳，堅硬無比！

所以，當那種晃動的感覺才一產生之際，他還以為那是自己的幻覺，是頭暈了，所以才有這種感覺。但隨即，他就肯定那不是幻覺，他的而且確是坐在椅上，那椅子正在晃動。晃動的幅度還相當大，他可以左、右、後各搖動大約二十五度。

他低下頭去看地洞，那地上的洞，恰好和椅腳吻合，並沒有可供搖動的空隙。

那麼，一定是椅腳變軟了，變得有彈性了？

可是他卻又無法肯定這一點，因為那椅子的背和扶手一樣高，又是半圓形，他探出頭去，無法看到椅子的獨腳。

南越還以為向前看，可以看到椅子的獨腳是不是在彎曲。可是那椅子是半圓形的，椅面的前面很平，當他的身子向前俯，俯到了一定的角度時，就無法再坐定在椅子上，必會向前衝跌出去，跌落在地。

他就是在這樣的情形下，離開了那張椅子的。當他落地站定之後，椅子直挺挺地，他用力去搖那椅子，休想搖動分毫。

休想搖動分毫是正常的，因為，地洞大小和椅腳吻合，而椅腳又是十分堅硬的。可是，當他又坐了上去之後，椅子卻又可以晃動搖擺。

南越當時的驚訝，真是到了極點，也由於極度的驚訝和迷惑，所以使得他在一時之間，思緒不是很靈敏。他只是竭力想坐在椅上，看看椅子在搖動時，那堅硬的椅腳是不是在彎曲，可是偏偏椅子的構造，又令他無法在椅上看得到。

他在跌下了三次之後，定了定神，不禁自己伸手在自己的頭上，重重打了一下，罵自己：「真笨！」

當然他是太笨了一些，何必那麼辛苦，竭力要從不可能的角度去觀察椅腳？只要在面前放上一面鏡子，就可以輕而易舉地看得到了！

他伸手，在椅面上拍了拍，自言自語地道：「好，看看你有甚麼古怪！」

他說著，就跨出了牆洞去。在他跨出牆洞的那一剎間，他突然感覺到，好像有人在對他發出譏嘲的聲音。那是一種相當難以形容的聲響，或許是一下笑聲，或許只是自鼻子中發出的一下哼聲，或許是一句簡單的表示譏諷的話。

南越不能肯定他感到的是甚麼，但他卻可以知道，那是一種譏嘲。

他呆了一呆，突然轉過身來，這時候，他甚至只有一隻腳跨出了牆洞。

而當他轉過身來之後，在他眼前的，除了那張椅子之外，卻甚麼也沒有。

南越呆了一呆，再去想剛才的情形，又感到了深一層的迷惑。

可是他也沒有深究下去，把另一隻腳，也跨了出去。

書齋中沒有鏡子，他要回到臥房，取到了鏡子，再回來，把鏡子擱在牆上。

當他再坐上椅子之際，他可以清楚地，自鏡子的反映中看到椅腳。他靠向椅背，盯著鏡子，可是椅子一動也不動。

南越感到奇怪，雙手抓在扶手上，用力搖動身子。可是搖動的，只是他的身子，不是椅子。

南越不明白發生了甚麼事，他只是拚命晃動著身子，可是椅子卻仍然一點也不動。忙了足有半小時，他只好放棄了，下了椅子，取起鏡子來，跨出了洞。

心中在想：椅子一定是根本不會動的，剛才感到椅子在動，是不是因為自己的低血壓而產生的一種昏眩呢？似乎得好好找醫生檢查一下了。

他一面想著，一面把鏡子放在書桌上。他放得十分小心，因為這面鏡子也是古物。據他和許多人考證過，那可能是最早出現在中國的一面玻璃鏡子——在玻璃鏡子出現之前的悠長歲月之中，中國人都是使用銅鑄的鏡子的。

他放好了鏡子，試著把身子挺直，卻又一點昏眩的感覺都沒有。他又在書桌後的椅子上坐了下來，也都感到一切正常。

這令得他相當不服氣，重新又跨進了洞，再在那張椅子上坐下來，那張椅子又晃動了起來！在接下來的時間中，經過了許多次的反覆，南越終於明白了一點：那張椅子，絕對是會搖動的。

可是，那張椅子在搖動之際，是甚麼情形的，他卻無法知道。一當他放上一面鏡子，可以看到椅腳之際，椅子就一動也不動。好像那張椅子有靈性一樣，就是不願意叫人看到它是怎麼搖動的。

南越也曾把椅子取過來，用一種槓桿裝置，試圖去拗扭椅腳，看看椅腳是不是可以彎曲。但是當壓力加到五百公斤時，椅腳仍然是筆直的，他也不敢再試下去，唯恐壓力太大了，會把椅腳弄斷。

這時，他已經可以肯定，這是一張奇妙之極的椅子，奇妙到了不可思議的地步，他甚至無法說得出這種怪異的奇妙來。

要是損壞了它，那實在太可惜了！

但是南越是一個鍥而不捨的人，他想：鏡子不行，可以用其他的辦法。

於是，他用了很多其他的辦法。先是叫他的兩個老僕人來看——有人看著的時候，椅子就一動也不動。

南越又用了一種小孩子玩的折光鏡筒，利用鏡子對光線的折射原理，可以看到平時看不到的角度。可是當他一有這種東西在手時，椅子也一動不動。

他也利用了先進的科技，把電視錄影攝像機，對準了椅腳，希望把椅腳的情形記錄下來。

但是，總而言之，一有了任何裝置，最簡單的也好，最複雜的也罷，椅子就不會動了。而當甚麼也沒有的時候，椅子就會搖晃。

在若干時日之後，南越只好放棄了觀察椅子如何會動搖的念頭。他變得十分喜歡這張椅子，一有空，就坐在那張椅子上，搖搖晃晃——這時候，也照例只有他一個人。

他沒有叫別人也坐上去試試，因為他感到，這張椅子一定有著極奇妙的地方。這種會搖動的性能，最引起他的興趣，在他的心中，已把這張椅子，列為他所有的古董中最珍貴的一件，連提也不向人提起。

可是他為了這張椅子，卻做足了功夫。

南越做的功夫，是先從明朝的歷史研究起，當然，集中在朱宸濠這個造反的王爺的研究。

那巨宅的建造者，據說是寧王府的總管，南越也知道他姓符——因為他的子孫全是這個姓。可是查來查去，稗官野史、正史列傳全都查遍了，寧王府中，卻並沒有這樣一個人物。

自然，一個王府的總管，在當時可能是炙手可熱、權勢薰天，但，畢竟是一個小人物，歷史上，是不會對這種人物有甚麼記載的。

令得南越感到興趣的是，那位朱宸濠王爺，對於一切稀奇古怪的東西、自稱有奇才異能的人，特別感到興趣。

在記載中，有一個人自稱能飛，去王府求見，立時得到極高的禮遇。

那個自稱會飛的人，就在王府的文武官員之前，侃侃而論，談論為甚麼鳥能飛，人不能飛的道理。

等到朱宸濠聽得心癢難熬，請那個人表演一下飛行技術的時候，那人居然長嘆一聲：「不幸生而為人，若生而為鳥，自當飛翔。」

照說，這種分明是混吃混喝的人，一定受到嚴厲的處罰了吧，但是這位王爺在這方面，器量很大，非但沒有處罰那個信口胡言的人，反倒還送了一點金銀給那人，讓那人揚長而去。

他的論點是「千金市骨」的典故，說是這樣一來，人人皆知他寧王爺求才若渴，真有本事的人，自然會來。

真有本事的人後來來了沒有，不得而知，可是他造反並沒有成功，倒是史有明文的。

這些雜七雜八的記載，自然不會引起南越的興趣，他是希望在雜記之中，可以找出那張椅子的來歷來。

但既然連符總管這個人都沒有提到，那張椅子，自然不會出現在任何的記事之中。這令得南越十分失望，可是他對於那張有靈性的椅子的興趣，卻越來越濃。

不過興趣濃是一回事，是不是能弄得明白這張椅子的來龍去脈，又是另一回事。南越始終不明白，何以當他一個人坐在那張椅子上的時候，那張椅子就會晃動，他只是肯定這張椅子一定有古怪而已。

好了，一開始說的是南越的古董買賣生意，因為介紹南越住的那幢巨宅，一下子講了許多。但那些全不是題外話，和整個故事有著極密切的關係，所以講得不厭其詳。

現在，該說說南越的那宗大買賣了。

南越做生意的態度，是已經說過了的。他的那宗大買賣，是一封相當長的電報，從北非洲一個國家打來的。

南越拆開了電報一看之後，就擱在一邊，理都不理，而要是換了別的古董商，早就忙不迭去和買主接頭了。

電報的全文如下：

「本國政府，在卡爾斯將軍英明偉大領導之下，決定成立國家歷史文物博物館。

我國有悠久的歷史，但在過去久遠的年代中，殖民主義者把我國寶貴的文物，搶掠至盡，該等文物，流落於國際古物市場者甚多。

素仰閣下為古物經營者個中翹楚，茲特委託閣下，負責蒐集有關北非、伊斯蘭教，以及中東地區可能蒐集到之各種有陳列價值之古物。該等古物若是閣下藏品，請開列價格，若是代購，請閣下鑑定其歷史價值之後，抽取百分之十佣金。

本館經費十分充裕，不必為價格擔心。盼能於最短期間，列出一千件有價值古物之清單，當即派員與閣下商討付款、運輸問題。

國家歷史文物博物館館長啟」

這樣的一樁好買賣，其間可獲得的利潤，少說也在上千萬美元以上，那是別的古董商夢寐以求的賺錢機會。

可是南越的脾氣，怪起來也真怪。他坐在那張椅子上，一面搖晃著，一面「哼」地一聲：「遊牧民族，忽然靠石油、鑽石變成了暴發戶，有甚麼文物！」

自然，南越也知道自己這樣說法，是不符合事實的。

卡爾斯的那個國度，雖然在北非，但是和中東文化有著密切的聯繫。而回教文化，又是人類最古老的文化泉源之一，流落在世上的古物極多，有一些甚至是極古、極有文化價值的。

但是南越既然不想做這件事，他就不去做。所以，這封可以達成一宗大交易的電報，就被他扔在一邊，未曾加以理會。

也正因為這樣，所以原振俠才會有機會來造訪南越。原振俠又怎麼會和南越發生關係的呢？這中間當然是有橋樑的，而橋樑就是黃絹。

那一天傍晚，原振俠從醫院下班回來，才走進宿舍的大門，就有兩個人站了起來，大聲而恭敬地問：「原振俠醫生？」

原振俠點了點頭，那兩人立時把一包東西雙手奉上：「原醫生，這是黃將軍用最快的方法傳遞來的，要我們親自交給你！」

原振俠怔了一下，他自然知道，黃將軍，就是黃絹，就是那個在他生命之中，怎樣努力也抹不去的那個美麗的女郎。

當他接過那包東西來的時候，他不但一片茫然之色，而且還不由自主地嘆了一口氣。他當時也不知道那是甚麼，那兩個人立時告退。原振俠一面走，一面把牛皮紙包拆了開來，裏面是一盒錄影帶。

他又苦笑了一下——黃絹總是這樣，在他努力到一定的程度，以為已經可以把她漸漸淡忘之際，就會突然出現一下，又把他拉回到深切的思念和惘然的境地。這卷錄影帶，又是為了甚麼，十萬火急地送到他的手上呢？

進了門，他連外衣也來不及脫，就把錄影帶塞進了錄影機，開了電視。電視螢光幕上，先是一陣雜亂的黑白線條，然後，就是黃絹。

黃絹仍然留著及腰的長髮，而且她一出現時，身子正在旋轉過來，長髮呈現一個十分美麗的圖案散了開來，她又伸手輕輕地掠了一下——這正是原振俠不止一次說過，是她最動人的一個姿勢。看來那是故意安排的，表示她記得原振俠的話。

可是，記得有甚麼用呢？

原振俠心情苦澀——他和她，是完全不同類型的兩個人，這兩種不同的人，偏偏又有那麼多感情上的糾纏，真不知道如何才是了局。而且，有了了局之後又怎麼樣？世上最無可奈何的事，只怕就是這樣了。

黃絹在轉過來之後，原振俠立時也覺察到，她臉上有著一種落寞。雖然她發出甜媚的笑容，努力想把自己這種落寞的神情掩飾起來，但是瞞不過原振俠。

接著，就是黃絹動聽的聲音——甚至在聲音之中，原振俠也可以聽出她的心情，實在是十分寂寞。

黃絹在說：「好久不見了，你好！」她在講了這樣一句話之後，頓了一頓。

原振俠喃喃地道：「還不是那樣，你可好？」

黃絹當然不會回答：「託你一件事，相信不會佔你太多的時間。」

原振俠聽了之後，心中在想：

以黃將軍今日的權勢地位，不論要辦甚麼事，可以供你驅策的人，不知道有多少，為甚麼要來託我呢？是藉此可以使我不忘記你，使我可以記起你？唉，你可知道世界上最難的事情是甚麼？就是把你忘記！

黃絹在繼續說著：「你那裏，有一個古董商，名字叫南越。我們曾有一封相當正式的公函給他，可是卻一直沒有回音，所以想請你去見他一下。當然，別人也可以做這件事，但是我相信不會有人比你做得更好！」

原振俠一面不住傷感地想著，一面一直緊盯著電視機的螢光幕。

就在這時候，他陡然震動了一下，立時按下了暫停鍵。不過他還是慢了一些，沒有使剛才他看到的，黃絹的那個神情停留在螢光幕上。

於是他倒轉，再按，一連試了三次才成功。

那時，在螢光幕上的黃絹，右手在掠著頭髮，視線在望著掠髮的手。

這個神情，看起來也是嫵媚而自然，好像不值得有甚麼特別注意之處。但是原振俠卻知道，每當黃絹在說話之中，有甚麼事隱瞞著，或是別有用意的時候，就會有這樣的神情出現——並不直視說話的對象，而藉著一些小動作，把視線轉移開去。

令得原振俠感到奇怪的是，黃絹為甚麼在這幾句話中間，會出現這樣的神情呢？

他再把錄影帶倒轉，把黃絹說的那番話，又聽了一遍。黃絹要託他做的事，實在很普通，那是為了甚麼？還是她真正的目的，只是讓自己看看她？

原振俠更感到迷惘，他繼續看下去。

黃絹道：「這個叫南越的古董商，住在一所據說是明朝建造的大宅之中，只怕人也有點怪，多少得下點功夫。其實我們給他的條件十分優厚，他有很多賺錢的機會，應該不是甚麼困難的事，所以——」

黃絹講到這裏，又現出了那種目光避開了的神情。不過這一次，並不是掠頭髮，而是無意識地，轉動了她腕上的一隻鐲子。

已經是兩次了！這已經可以使原振俠肯定，黃絹在這番表面上聽來平凡的話中，一定另外還隱藏著甚麼目的！

黃絹在繼續說著：「所以你的交涉應該不難，不過，你要把你去和他交涉的經過，詳細告訴我。你也可以用錄影帶的辦法，因為，我也很想看看你，真的好久不見了，不是嗎？」

黃絹最後的幾句話，有著一股幽怨，那令得原振俠的心往下沉了一沉。

錄影帶已經放完了，螢光幕上是雜亂無章的線條，和沙沙的聲響。

那種雜亂無章的線條，倒很有點像原振俠這時的心情，所以他也不去停止它。直到過了好久，他才嘆了一聲，按下了停止鍵。

當時，原振俠只是想：事情倒是不難，不過好像有點說不過去。南越這個古董商，或許有他的特長，但是至少自己就未曾聽說過。而世界上著名的古董商多的是，例如英國的蘇富比拍賣公司，法國的伊通古董店，隨便可以舉出十多個來。

南越對於正式的公函既然沒有反應，何必非找他不可？

原振俠雖然感到有點怪，但黃絹既然託了他，別說是這樣的小事，就算事情再困難，他也會盡力去做的。

第二天，恰好是周末，下午，他就按址前往。當他發現他必須由一條山路，走進一個山坳才能到達目的地之際，他實在十分訝異，不知道這個古董商是怎麼做生意的。

到後來，他才知道，南越在把他所有的商品，搬進那個巨宅中去的時候，雇了將近一百個搬運伕，用最原始的方法，搬了好幾個月之久。

山徑兩旁的風景相當好，還有一小段路，兩邊全是竹子。當人走過去的時候，竹葉碰著人頭，發出「唰唰」的聲響來，很有點「獨坐幽篁裏」的味道。

半小時之後，原振俠才看到了那所巨宅，那的確是十分宏偉的一所巨宅。

圍牆上有著琉璃的飛簷，雖然大部分都殘缺了，但是餘下來的，看得出曾經過細心的清理，在陽光下，依然燦爛瑰麗。

而且，牆角上都有著象徵吉祥的獸類琉璃製品，一望而知，全是精品。

在大門口，有一對石獅子。石獅子的雕刻精妙處，都已經駁蝕了，但還是可以想像當年的氣派。

朱紅色的大門，自然是新油漆的。門上的門神像上，鑲著玻璃，那一對門神，是明朝時楊柳青的作品，名貴非凡。門上的兩隻銅環，擦得錚亮，連著虎頭，閃著深紫色的光芒，那是上好的紫銅。看到了門口這樣的氣派，原振俠幾乎認為自己找錯了地方。

他在門口站了一會兒，才發現在最不顯眼的地方，釘著一塊小銅牌，上面有「南越古舊物品買賣商店」的字樣。

原振俠拿起銅環來，敲了幾下。銅環十分精緻，可以成為精巧的擺設，不太像是實用的東西，所以原振俠敲得並不太重，唯恐損壞了它。

然後，他在門口等著，打量著，他發現大門上，少了一樣東西。

通常，這樣的巨宅，在大門上，應該有一塊橫匾的。匾上的題字，是表示主人身分之用，例如「狀元第」之類。可是在這兩扇大門之上，卻沒有這塊匾。

原振俠等了一會兒，正想再敲門時，中門旁的邊門打了開來。

一個看來有七十多歲的老者，探出頭來，只發出了「嗯」的一聲。

原振俠道：「老先生，我是來見南越先生的。」

那老者是南越的兩個僕人之一，他聽了之後，仍然只發出了「嗯」的一聲，來代替他的問題。

原振俠又道：「有一點古董買賣上的事。」

那老者這才肯說話：「買，還是賣？」

原振俠不知道南越的脾氣，是買進古董比賣出古董更有興趣，因為其他古董商都是相反的。他忙道：「是買，要買許多。」

老僕跟著南越久了，多少沾染了南越的一點怪脾氣。一聽說是來買古董的，眼睛向上翻了翻，連「嗯」也懶得「嗯」了，只是做了一個手勢，示意原振俠跟他進去。

原振俠心中未免有點生氣，心想一個古董商，擺出這樣的架子來幹甚麼！

可是，當他走進了客廳之後，他也不禁傻了半天——整個寬敞的客廳，所有的陳設，都使他像是回到了幾百年之前。

一色的明式椅、几、架，所有的裝飾品都是精品。

牆上的字畫，原振俠不是很懂，但只是略作瀏覽，就看到了馬遠的山水，趙孟頫的條屏，和倪雲林的大幅中堂。

原振俠著實呆了好一會兒，弄不懂這個人是古董商，還是收藏家。

他四面看看，那老僕一副不情不願的神色，問：「喝茶嗎？」

原振俠忙道：「好，好，謝謝你！」

那老僕又翻著眼：「你喝茶的時候，可得小心點，我們老爺，是用真正萬曆的青花瓷茶杯款客的。」

原振俠打了一個突，苦笑了一下：「那……就不必了，請問我甚麼時候，可以見到南越先生？」

那老僕自鼻子中發出了「哼」的一聲響，原振俠也不知道他那一下「哼」是甚麼意思，那老僕自顧自走了出去。

反正客廳中可看的東西實在多，原振俠也不覺得時間難以打發。

過了半小時之久，才有一個六十上下的人走了進來，那是南越的另一個僕人。

這個僕人的名字很俗，叫林阿生。但他也是一個古董的愛好者，尤其對中國、東方的古物，有相當認識。他自小就是南越的書僮，現在雖是主僕，但實際上是南越的助手。

林阿生一進來，向原振俠做了一個「請坐」的手勢。

原振俠向紫檀雕花，鑲著螺鈿和自然山水圖案的大理石椅子望了一眼。若單是椅子，他倒也坐了，可是椅子上，全放著看來已經相當舊，但是刺繡的手工精美之極的墊子。

他想起請客人喝茶用的，是明朝萬曆年間的青花瓷，這些墊子，不知是多麼名貴的古物，還是別去胡亂坐人家的好。

所以他搖了搖頭，道：「不必了，閣下是南越先生？」

林阿生搖頭：「不是，南先生是我主人，小名林阿生，閣下是——」

原振俠忙介紹了自己，林阿生「哦」地一聲：「是，很有些醫學界人士，喜歡古物的。不知道原先生想要哪一方面的東西？收藏古物已有多久了？興趣集中在哪一個地區的古物？還是用年代來區分，或者是專收小件的？」

那一連串的問題，問得原振俠目瞪口呆。他做夢也沒有想到，來買古董，還要有這樣的手續。他只好苦笑了一下：「並不是我要買甚麼古董，而是……」

他把黃絹託他的事，講了一遍。

林阿生「啊」地一聲：「原來是這樣，主人說，他對這一類買賣，沒有甚麼興趣，還是委託別家吧！」

原振俠又呆了一呆。大生意上門，非但不歡迎，而且還拒絕，這種情形也十分罕見。

不過既然林阿生這樣說了，他自然不能硬要人家做生意，而且林阿生已經擺出了一副送客的姿態。

不過就此了事，原振俠也無法向黃絹交代，是以他只好又道：「南越先生不見顧客的嗎？」

林阿生道：「當然，他不見對古物沒有甚麼認識的人，南先生是不會為了可以賺點錢而浪費時間的！」

原振俠真是又好氣又好笑，他一生之中，可以說從來也未曾遇到過這樣的場面。他提高了聲音：「不是賺一點錢，而是可以有上千萬美元的利潤！」

林阿生瞪著眼：「先生，當一個人已經有了一千萬的時候，再為了另外的一千萬去委屈自己，那實在是愚蠢不過的事，你說是不是？」

原振俠又呆了半晌，想想林阿生的話，也十分有理，想不出甚麼話來反駁。他只好嘆了一聲：「那我只好告辭了，對不起，打擾了！」

他絕對沒有想到，這樣簡單的一件事，會鬧了個沒趣。

在回家的途程上，想想剛才的經過，原振俠覺得，那簡直可以當作奇聞來講給別人聽。

回到家中之後，原振俠已決定忘記了這件事。他選了一張聖桑的鋼琴協奏曲，整理了幾個墊子，準備躺下來，舒舒服服地，欣賞一下法國音樂大師節奏明快瑰麗的作品。

可是，就在這時，電話響了起來。

原振俠一拿起電話，就聽到了黃絹的聲音。

黃絹的聲音低沉輕柔，十分動聽。可是原振俠由於內心深處對她的特異感情，一聽到了她的聲音，竟像是遭到了雷擊一樣，好一會兒沒有能發出聲來。

直到黃絹問了好幾遍，他才緩過氣來答：「是我！」

在他做了回答之後，黃絹也停了片刻，才道：「我託你做的事——」

原振俠立時答：「我才從那古董店回來，沒有見到那個叫南越的人，只見到了他的一個助手。他助手說，對你的買賣，沒有興趣！」

原振俠預計，黃絹在聽了自己這樣的答覆之後，一定會十分驚訝，因為這畢竟是不合常理的事。

可是黃絹的反應，卻像是遭到了拒絕是很自然的事一樣，一點也沒有訝異，只是道：「唉，是我不好，我忘記告訴你一件十分重要的事！」

黃絹不覺得驚訝，原振俠卻感到了奇怪。

他勉強笑了一下：「忘記告訴我，在見這個古董商之前，必須至少在古董知識方面，進修十年八年？」

黃絹「咯咯」地笑了起來，她的笑聲十分動人。可是在這時候，原振俠卻有一個強烈的感覺，感到黃絹這時的視線，一定不是望著電話，而是望向別處的。

那是她心中有事情隱瞞著的一種習慣動作，就像是在錄影帶中曾見過兩次的一樣。

她笑著——笑聲聽起來也有做作的意味，原振俠心想：她究竟想要幹甚麼？她真正的目的是甚麼？

黃絹笑著道：「當然不必！這個古董商的脾氣有點怪，但是他真正有好東西。我已經打聽過，上門去的人，會被問及對甚麼有興趣，你是怎麼回答的？」

原振俠照實說了，黃絹的笑聲聽來更動人：「難怪你連他本人都見不著了。你再去一次，告訴那個助手，你對椅子有興趣！」

原振俠陡然一呆，忍不住問：「你究竟想要幹甚麼？」

黃絹像是想不到原振俠有此一問，停了片刻才道：「椅子之中，也有不少是古董。你就照我的話去做好了，請你再去一次。」

黃絹最後的一句話，是放軟了聲音在說著的。那令得原振俠起了一陣迴腸盪氣之感：「你一呼百諾，為甚麼一定要我做這種事？」

黃絹又停了一會兒：「我需要一個我認為靠得住的人，來替我做這件事，我實在走不開，不然，我一定自己來了！」

原振俠緩緩地道：「一個甚麼國家文物博物館，就那麼重要？而且，椅子，和博物館有甚麼關係？」

黃絹聽來像是發出了一下頗不耐煩的聲音，但隨即語氣卻又十分柔和：「能不能為我再去一次？」

原振俠長嘆一聲，像是在自言自語：「我能夠拒絕嗎？」

在黃絹動聽的笑聲之中，通話結束了。

原振俠把手放在電話上，呆了半晌，連他自己也不能瞭解自己。

何以平時是一個性格十分堅強的人，但是一和黃絹有了接觸，便會變得那樣討厭——他有時，真的自己討厭自己！

可是一想到黃絹飄揚的長髮、纖細的腰、宜嗔宜喜的俏臉，他還是只好再嘆了一口氣。

於是，他再度在那所巨宅之中，見到了林阿生。

原振俠不想自己假充對古董內行，只是攤著手說：「我對椅子有興趣，椅子！」

他特別強調了「椅子」兩個字，因為將椅子和古董連在一起，畢竟不是十分常見的事。

卻不料林阿生聽了之後，居然一副鄭重考慮的樣子，想了一會兒，才道：「請你等一等！」

他拋下了原振俠，倒十分放心讓他一個人，留在全是價值非凡的古物的大廳之中。原振俠等了二十分鐘左右，才看到了南越。

南越的樣態更難看了，他甚至是昂著臉進來的，只是眼珠向下，略微瞄了原振俠一下。不過開口倒十分客氣：「閣下對椅子感到興趣？」

原振俠忙道：「是。」

南越「嗯」了一聲：「請問閣下對椅子知道多少？」

這一句話，又把原振俠問住了。

南越隨便揀了一張椅子，坐了下來，也不理會椅子上的錦墊，一副長輩教訓晚輩的樣子：「椅子，中國古代是沒有的。漢以前，中國人只知道席地而坐，到唐，椅子才從西域胡人處傳進來。椅子的形狀，可以變化出無數種來……」

原振俠聽到這裏，忍不住冷冷地道：「用處卻只有兩種，一種是供人坐著……」

他說到這裏，故意頓了一頓。

南越總算低下了臉，向他望來，顯然是想聽聽，椅子的另一種用途是甚麼？

原振俠笑了一下：「還有一種用途是，舉起來，敲在某一個渾蛋的頭上，好令得他變得正常些！」

在南越還沒有會過意來之際，原振俠已經轉身向外走了出去。一面走，一面大聲道：「希望你不會有被椅子砸中頭部的一天！」

他走得相當快，一直到出了巨宅，未曾回頭。所以也不知道，南越在聽了自己這句話之後的反應如何？他自己卻感到無比的痛快，兩次到這裏來，都憋了一肚子的氣，總算全發洩出來了！

他回到家裏，等候著黃絹再打電話來，好把事情的經過告訴她，同時也向她說明，事情看來很簡單，但自己實在沒有法子做得到。

可是一直到深夜，黃絹並沒有電話來。

第二天是星期天，原振俠也放棄了原先準備參加的體育活動，只是在家裏聽音樂。每一次電話鈴響，他都以為是黃絹打來的，等到拿起電話來，聽到不是黃絹的聲音，他就悵然若失。

一天就在精神恍惚的狀態下度過，黃昏時分，他離開了宿舍，在附近的一條小山徑中散步。那條小山徑十分幽靜，他找了一個大樹樁坐了下來，抱著膝蓋，聽著不遠處的山溪，因為最近多雨而發出的潺潺水流聲。

就在天色漸漸黑下來的時候，他看到有一個人，正由小徑的入口處走過來。一面走，一面在東張西望。

原振俠起先並沒有留意，可是那人來到了距離他約莫有十公尺處，竟然揚聲叫了起來：「原醫生！原醫生！」

原振俠陡然怔了一怔，他可以想像任何人會在這種優雅的情調中出現，叫著他，甚至是黃絹如果突然出現的話，他也不會更訝異。可是這個人，居然到這裏來找他，那真是他絕想不到的事。

天色已經昏暗了下來，原振俠還看不清那人的臉面。但是只聽聲音，他已經認了出來，那個走過來的人，正是那個架子大得嚇人的古董商南越。

剎那之間，原振俠又是驚訝，又勾起了兩次受的氣。他也故意揚起了臉，並不答理，一直等到南越來到了他的身前。

南越看到了他，十分高興：「原醫生，有人說你在這裏散步，這裏的環境幽美，你真是雅人！」

原振俠先是「哼」地一聲，但是接著，忍不住自己也感到好笑。

裝腔端架子，畢竟不是他的本性，他隨即笑了起來：「南先生，何以前倨而後恭？」

南越嘆了一聲，一副欲言又止的樣子。

# 第三部：有關一張奇特的椅子的資料

原振俠盯著他，這時，他才注意到，南越並不是故意昂著臉的，而是他的鼻孔翹向上，所以自然給人一種他揚著臉的感覺。

這時，南越現出一副有難言之隱的樣子來。

原振俠倒有點好笑：「南先生，要是你改變了主意，願意接手這項買賣的話，反正我的朋友還沒有打電話來，還來得及。」

南越聽了之後，卻搖了搖頭，搔著頭，仍然不知道說甚麼才好。

南越的這種神態，倒令得原振俠有點摸不著頭腦，只好等著。

過了好一會兒，天色幾乎已完全黑下來了，南越才道：「原醫生，你可否把你的資料給我看一看？」

原振俠聽得莫名其妙：「甚麼資料？」

南越嚥下了一口口水：「有關那張椅子的資料！」

原振俠站了起來，揮著手：「我不知道你在說些甚麼！甚麼叫一張椅子的資料？」

他說著，走近了一步，看清了南越的臉上，一副焦切迫望的樣子。

這種樣子，倒不是假裝得出來的，可是原振俠又實實在在，不知道他在說些甚麼。

南越遲疑著：「是這樣，你走了之後不久，我接到了一個電話……」

原振俠忍不住諷刺了他一下：「原來你那所古宅之中還有電話的！」

南越的神態有點忸怩：「我們畢竟很難抵抗現代的科學文明，不過我用的電話，全是古物，我書齋中的那具，是電話發明之後第二年的出品！」

南越使用的電話，就算歷史可以上溯到白堊紀，原振俠也沒有興趣。他有點焦躁地做了一個手勢，示意對方廢話少說。

南越會意：「電話是北非一個國家的領事館打來的，就是要向我購買古物的那個國家。一個自稱是副領事的人說，有一份有關一張奇特的椅子的資料在你那裏，如果我有興趣，你又肯答應……可以看一看。」

原振俠耐著性子聽完，向小徑的出口處走去，南越跟在後面。

一直離開了山徑，來到了有路燈的地方，原振俠才站定。

他才一站定，南越便急急來到他的身前。

原振俠很誠懇地道：「我真的不明白你在講甚麼，椅子，甚麼椅子？」

南越咬了咬牙，像是下定了最大的決心，洩露一個重大秘密一樣：「一張自己會晃動的椅子！」

這句話，卻並沒有引起原振俠甚麼特別的驚訝。

因為原振俠絕想不到，南越所說那張「自己會晃動的椅子」是那麼古怪。一般來說，會晃動的椅子，一點也不稀奇，一張普通的搖椅，就會晃動。

南越看出原振俠不明白，他雙手亂揮著，神情焦急，終於嘆了一聲：「唉，說也說不明白」……隨即他又一咬牙：「我甚至可以給你看看那張椅子，雖然有關這張椅子的事，我對林阿生也沒有說起過，只要你肯把那份資料給我看看！」

原振俠嘆了一聲，用緩慢的聲調回答：「第一，我對一張自己會晃動的椅子，真的一點興趣也沒有，別說你大方地肯讓我看，就算你送給我，我也不會要。第二，我根本沒有你說的那份資料，也不明白何以一張椅子會有甚麼資料。既然該國領事館已和你直接接觸，我和你之間也就沒有甚麼了！」

他說著，雙手用力一揮，做了一個十分堅決的手勢，大踏步向前走去。

他幾次回頭，看到南越苦著臉，跟在後面。可能是由於他剛才的那番話，說得太堅決了，所以他並沒有再開口請求甚麼。

一直到原振俠走進了宿舍的大門，他才長嘆一聲：「原醫生，這是我的名片，上面有我的電話。請你有意披露那資料時，打電話給我！」

原振俠雖然接過了名片，但是道：「不會有這樣機會的，我真的沒有那份資料！」

南越看來仍然不相信，又長嘆了一聲。

原振俠不再理會他，推開玻璃大門，走了進去。當他踏進電梯之際，還看到南越木然站在門外。

原振俠只感到莫名其妙。他所能肯定的是，黃絹一定不知道又玩了些甚麼花樣，因為黃絹也提及過椅子。

他回到了屋中，坐了下來，心中有又被黃絹玩弄了的感覺。

他也隱隱感到，以黃絹如今的身分地位，由她來顧及的事，一定是十分重大的事件，不會是普通的小事。可是，一張椅子，原振俠實在沒有法子，把一張椅子和任何重大的事聯繫起來。

他甚至想到：一張椅子，會不會是甚麼代號呢？一張椅子，可以象徵一種地位，例如皇帝的寶座。那麼，黃絹和南越口中的椅子，是在象徵著甚麼？

原振俠並無頭緒，就在這時，門鈴聲傳來。

原振俠暗嘆一聲，以為仍然是南越，可是當他打開門，卻看到門外是一個他不認識的陌生男人。

那個陌生男人的身形相當高，比原振俠足足要高一個頭，可是極瘦，瘦得使人覺得這樣瘦的人，應該很難站得穩的感覺。

這個人膚色極其黝黑，但顯然不是黑人，看來有點像阿拉伯人。他膚色如此之黑，只怕是受長期日光曝曬的結果。

他有著極深的雙眼和尖削的鼻子——他整個臉，也只能看到這兩部分，其他部分，全被亂成一團的頭髮，和濃密的虬髯遮住了。他的身上，穿著一套帆布的衣服。

這種衣服，在攝氏三十度的天氣穿著，實在太熱了。所以這個人的身上，散發著難聞的汗味，原振俠一看，就忍不住皺眉。

可是那個人看來十分心急，門才打開，他伸手一指原振俠：「原醫生？快，飛機在等著，我們立即可以走！」

原振俠心想，今天是怎麼一回事，怎麼老是遇到講話莫名其妙的人？對於這種無頭無腦的話，他甚至懶得回答，正想將門重重關上。

那人又道：「黃將軍說，只要我親自來請你，你一定肯來，你還等甚麼？」

那人的這兩句話，與其說是直率或莫名其妙，簡直不如說無禮來得好。

原振俠沒好氣：「你是甚麼人？」

那人「哦」地一聲：「是，我忘了介紹我自己。我是漢烈米，一個狂熱的考古工作者。」

他一面說，一面伸出手來，手指甲上還沾著許多泥屑。

原振俠「啊」地一聲，這時，他一點不嫌對方的手髒，立時伸出手去和他握著，一面握著手，一面問：「漢烈米博士？就是曾經發掘西元前九世紀，阿利安人建立的哥林多城邦遺址，找到了著名的斯巴達人文物的漢烈米博士！」

對方一聽，咧著嘴笑了起來，樣子實在不敢恭維，就像是亂草堆中，忽然現出了一個洞一樣：「真了不起，我以為只有專家才懂我的工作。你是一個醫生，常識真是豐富，黃將軍說得不錯！」

原振俠十分高興，因為眼前這個人，實在是考古學家中極出色的一個。他專事發掘歷史上曾出現過，但卻已被時間淹沒了的舊城、舊堡，而且極有成就。他曾在沙漠中，挖出整個不知名民族建立的古城，也曾在南美發現過馬雅人的遺跡。

原振俠道：「你那次發現了斯巴達人，早在三千年前就施行複雜外科手術的記錄，包括截肢手術在內。我對於古代醫學史十分有興趣，所以留意了你的大名！」

漢烈米博士道：「是啊，斯巴達人喜歡打仗，所以特別多受傷的人，促使他們在外科上的技術超人一等。」

他講到這裏，像是突然想起了甚麼，用力打了自己的頭一下：「唉，我怎麼光顧著講話了？」

原振俠也忙道：「是啊，請進來坐！」

漢烈米叫了起來：「還坐？到飛機上去坐吧，快走！我坐了十幾小時飛機來找你的，回去要花同樣的時間，快走！」

這個人，一面說著，一面已迫不及待地拉著原振俠的手腕，拖著他向外便走。

原振俠叫了起來：「博士，你要我到甚麼地方去？」

漢烈米大聲道：「美索不達米亞平原——人類文明的發祥地之一，巴比倫、亞述等古國的國土！」

原振俠一時之間，不知說甚麼才好，只好先嘆了一口氣：「我多少還知道一些美索不達米亞平原的沿革史，可是，我到那地方去幹嘛？」

漢烈米博士一怔：「啊，你不知道，沒有人對你說過？」

原振俠大力搖著頭，他以為這一來，這位著名的考古學家，總該向他說說清楚了吧！

誰知道考古學家自有考古學家的一套，他竟然若無其事：「那也不要緊，我會對你說，在飛機上對你說！」

別看漢烈米人瘦，氣力還相當大，就這兩句話功夫，原振俠已被他拉出了門。

原振俠只好使力，再把他拉回來。

這時他們兩人拉來拉去的情形，實在十分滑稽。一旁若是有人看到了，一定哈哈大笑不已，可是原振俠卻笑不出來。

他終於忍不住大喝一聲：「別再拉我！這裏到美索不達米亞，超過十萬公里，我總不能說走就走！」

漢烈米呆了一呆：「為甚麼不能？」

這一類的考古學家，原振俠倒不是第一次遇上。這類考古學家，在他們自己的專業之中，是頂尖人物，他們工作、學術上的成就，可以贏得全世界的喝采，是人類光輝的文化中的一個環節。

但是他們在其他方面，尤其在生活方面，卻可以不通世務之極。像是叫人立時走，到幾萬公里之外的一個目的地去，就好像把人拉出去，到街角的小咖啡室，去喝一杯咖啡那樣簡單，還要問人：「為甚麼不能？」

原振俠揮著手解釋：「我有我的工作……」

漢烈米一下就打斷了他的話頭：「我對你太失望了！黃將軍說，在那座奇妙的古墓之中，所發現的怪異不可解釋的事，只有你可以理解，誰知你這個人那樣不爽快，婆婆媽媽的！」

原振俠聽得他這樣說，不禁呆了一呆！

漢烈米一再提及「黃將軍」，那自然是指黃絹而言。由於他出現得那麼突然，像是一陣旋風一樣，簡直令人無法好好想一想。

直到這時，原振俠才對事情有了一絲概念：漢烈米一定是在美索不達米亞平原上，發現了一座古墓，而在那座古墓之中，又有一些奇異的事發生，他的考古工作，可能是在黃絹的支持下進行的。

所以黃絹才告訴他，這種奇異的事，原振俠可以理解，所以這個狂熱的考古學家，就像是旋風一樣捲了來。

原振俠竭力使自己冷靜下來，他當然不會承認漢烈米對他性格上的指責。他沉著聲：「先生，每一個人都有他的工作責任，你是一個考古家，我是一個醫生。我能叫你立刻從考古工作，轉到醫學研究上面去嗎？當然不能！」

漢烈米呆了半晌，神情變得有點苦澀：「可是，那裏的……情形，如果你不去看一看的話……真是……我無法說得上來……」

他一面說，一面不斷做著手勢，可是他說的話，原振俠仍然聽不很懂。

而在突然之間，他像是忽然又想到甚麼，整個人直跳了起來：「對，最重要的一點我忘記了，黃將軍說，只要你一到，她就會趕來和你相會！」

原振俠不禁心頭怦怦亂跳了起來，這對他來說，實在是難以抗拒的誘惑。本來，他是一直在拒絕的，可是這時，他卻沉默了起來，深深地吸著氣。

漢烈米用一種異樣的眼光盯著他：「怎麼樣？她說，如果你還是不肯去的話，你就不是你了！」

原振俠嘆了一聲。黃絹太瞭解他了，或許正是因為這樣，所以他始終無法突破黃絹建造起來的感情囚籠，還是他自己根本無意去突破？

他感到一陣迷惘，喃喃地道：「我……當然是我！」

漢烈米大為高興道：「你答應了？」

原振俠點了點頭，他那種點頭的動作，十分緩慢，看起來，像是他感到極度的疲倦。不過漢烈米並不理會這些，只是興高采烈地歡呼著。

一小時之後，原振俠已經和漢烈米，一起坐在那架佈置精緻優美的小型噴射機上，在接近一萬公尺的高空，以時速六百公里向前航行。飛機是黃絹的座機，漢烈米就是搭這架飛機來的。

這架飛機的搭乘者，都有著外交特權。繁瑣的手續，對享有外交特權的人來說，是根本不存在的。

原振俠直到這時，才算是略為定了定神，因為在過去的一小時之中，他做了那麼多的事。

他先去找了院長，表示自己堅決要離開若干天。醫院院長在目瞪口呆之餘，還未曾向他解釋說醫院中人手缺乏，原振俠把話說完，就轉身離開，令得一向好脾氣的院長，也忍不住在他的身後大聲吼叫。

然後，他就收拾了最簡單的行囊。雖然他要遠行上萬公里，可是他隨身所帶的東西，卻比小學生的遠足更加簡單，而且，漢烈米還一直在旁催他。

當他終於登上飛機之際，他不禁吁了一口氣，同時想到，人的生活真是不可測的——每天的生活，看來十分刻板，但是忽然之間，卻會發生巨大的變化！

當他在和古董商打交道之際，怎會想得到，突然會到了高空之中，而目的地竟然是美索不達米亞？

當飛機迅速升高，都市的夜景、閃亮的燈火，迅速消失之後，漢烈米仍然忍不住他的興奮，不住搓著手：「真好，十二小時，我估計十二小時之後，我們就可以到達目的地了！」

然後，他又向著駕駛艙大聲叫著：「快告訴黃將軍，原醫生來了！」

原振俠看他高興得像是進入了一幢全然用糖果造成的城堡一樣，不明白他為何這樣興奮。因為他自己知道，自己只是一個醫生，對考古方面的常識，十分有限，要是有連漢烈米都不能瞭解的考古學上的難題，他實在幫不了甚麼忙的！

他想了一想，道：「你總不能在長途飛行中一直大叫大嚷，究竟是怎麼一回事，你該說說了吧！」

漢烈米轉了一個位子，在原振俠對面坐了下來——機艙中的佈置，全然是一個十分舒適的小客廳，有柔軟的沙發，精美的茶几，和放著各種美酒的架子。

漢烈米坐下之後，像是他就是飛機的主人一樣，倒了兩杯酒，遞了一杯給原振俠：

「當然，我要把一切全告訴你。兩年前開始，我就在幾個阿拉伯政府的支持下，在美索不達米亞平原上，廣泛地搜尋巴比倫、亞述等古代國家的遺跡。」

漢烈米的工作是考古，考古學的重大項目之一，是發掘古代的遺跡。美索不達米亞平原，可以說是考古家心目之中的寶庫。

「美索不達米亞」，是一句希臘話，意思是「兩河之間的地方」。

這個地區，是歷史、地理課本上相當重要的一環，因為底格里斯河和幼發拉底河兩岸，是人類文明的發祥地之一，和中國的黃河、印度的恆河同樣重要。

「兩河流域」的古文明，隨著時間巨輪的前進，現在已經不再重要。但是在人類歷史上，卻有著極重要的地位，影響十分巨大。

現在，在兩河流域地區，是敘利亞的東部和伊拉克，都是阿拉伯國家，和卡爾斯將軍的國度，有著相同的宗教信仰。

當卡爾斯將軍的影響逐漸擴大，黃絹甚至可以代表整個阿拉伯世界發言之際，有意在兩河流域探索古跡的行動，黃絹也就成了這個探索行動委員會的負責人。

黃絹本身，對於考古並不是很熱衷，但是她卻看得出，如果在兩河流域有驚人的考古學上的發現時，可以使阿拉伯國家在世界上的地位，得到某種程度的提高。

所以在一開始時，她就說：「要就不做，讓那些未被發掘的古跡，安靜地埋在地下；要就全力去做，我們請最好的人，動用最好的設備，給予充足的經費！」

當時參加成立會議的人都表示同意，於是，漢烈米博士就受邀參加了這項工作。

由於兩河流域本來就是考古工作者心目中的寶庫，過去的年代中也不知道有過多少考古工作者，在這幅新月形的沃地上工作過。不少西方的考古工作者，也曾有過巨大的發現。

但是，像這次那樣，有組織的大規模行動，卻還屬首次。

所以，當漢烈米登高一呼，徵求隊員之際，不到一個月工夫，已經組成了一個超過兩百人的龐大考古隊，進行工作。

兩年來，考古隊的收穫十分豐盛。他們發現了整座小鎮市，是屬於巴比倫古國的，估計當時聚居在這個遺跡中的人口，超過一萬人。鎮市甚至是經過細心規劃的，中央部分，明顯地有一座巨大的建築，可能是供居民大集會之用。

他們也發掘出了不少古物，甚至包括了西元前一千六百年，曾把亞述城置於統治之下的米坦尼國國王所建造的神殿。

亞述人獨立之後，神殿曾把他們如何戰敗宗主國的輝煌歷史，用連環畫的形式，浮刻在廟中所有的牆上。在被發掘出來時，其中有幾塊大石上的浮雕還十分清晰。

有一塊大石上，是刻著一個亞述武士，正在運用他們發明的一種利用彈力發射石塊的武器，在向敵人攻擊。

這塊大石，就被配上了精美的架子，放在卡爾斯將軍的辦公室之中。

他們也找到許多埃及古物，因為亞述人曾經一度佔領過埃及，那是西元前七百多年的事。

在考古工作中不斷有巨大的發現，使得所有參與工作的人，越來越興奮。起先，他們還是集中在一起工作的，但是漢烈米工作上的野心越來越大，他招請了更多的人，把原來的考古隊，分成了十組，分佈在廣闊的平原上，同時進行工作。

在這兩年中，全世界的考古學家，若是未曾參加過漢烈米領導的工作隊，簡直見了同行，會連頭都抬不起來。

漢烈米這個狂熱的考古工作者，自然更是全副心神，都投入其中。為了方便工作，他有一架小型飛機——當然那不是甚麼豪華的噴射機，而只是一架雙螺旋槳的小飛機，只是為了方便從這個小組發掘的地方，趕到另一個小組的工作地點去視察而已。

那一天，黃昏時分。

漢烈米向原振俠簡單解釋了一下考古隊開始工作的情形之後，神情顯得十分異樣，甚至在黝黑的膚色之中，透出了紅色來，尤其是在雙頰之上。那證明他的情緒，正處在極度的興奮之中。而這時候，他只不過在敘述，可知他當時，在事情真實發生之時，他是如何興奮！

而事實上，當時，漢烈米的興奮，是他一生中之最。

那一天黃昏時分，漢烈米在他親自領導的那個小組的工地上。

多天前，巨大的挖土機，在挖去了將近三公尺的浮土之後，已經顯示出了一大片用方整的石板鋪成的地基。每一塊石板的大小、厚度，都是一樣的。

對兩河流域歷史文化熟悉的人，一看到這種石板就可以知道，這種石板在當時，非但要經過遙遠途程的運輸，而且還要有高度的技巧，才能鑿成這種樣子——在每一塊石板的邊緣，都有著凸出和凹進去的雕刻，那是方便石板和石板之間的銜接的——這種建築上的技巧，一直到現在還被沿用著。

這種應用於古代建築上的石板，即使發現了殘缺不全的一塊，也會被世界各地的大博物館視為瑰寶，何況這時出現的，是整整一大片，簡直可稱為一個廣場！

所以，當石板廣場才一顯露之際，漢烈米就興奮得在石板上跳來跳去。

消息迅速傳出去，立時有記者從埃及、敘利亞、伊拉克，甚至紐約、倫敦趕來，忙著攝影和報導這個消息。

漢烈米選在三天之後，當整個方形的廣場全被發掘出來後，就在廣場上招待記者。廣場經過測量，是一個每邊九十一點三二公尺長度的正方形。

當時，約有近二十個記者。漢烈米神氣得像是皇帝一樣，雖然他仍是泥垢滿面——為了工作，他絕不浪費時間把自己弄乾淨一點——答覆著記者的詢問。

美國國家地理雜誌派來的記者，問題最中肯：「博士，一個廣場是不會單獨存在的，你估計那是甚麼的遺址？是一個大神廟、一座大宮殿，還是一整座城市？」

漢烈米搖著頭。兩個工人托著一塊被掘起了的石板過來，漢烈米指著石板：

「看，這種形制的石板，根據以往發掘工作的記錄，亞述人只用來建造尊貴的人的陵墓。所以，我斷定這個廣場，是亞述帝國歷史上，一位了不起人物的陵墓！」

記者又追問：「你估計那是誰的陵墓呢？」

漢烈米呵呵笑了起來：「我是考古工作者，考古工作者在沒有確鑿的證據之前，是不作沒有價值的猜測估計的。你們還不如問我，我的野心，希望發現的是甚麼人的陵墓還好。」

記者忙問：「那麼，博士，你心目之中，希望這是甚麼人的陵墓呢？」

漢烈米深深地吸了一口氣，發表了他的野心：「我心中有兩個人，都是亞述帝國歷史上，最輝煌的君主——」

能派來向漢烈米博士作採訪的記者，自然都是在歷史知識上極其豐富的人。漢烈米才講到這裏，立時有幾個人叫了起來：「帝格拉・帕拉沙（Tiglath Pileser Ⅲ）三世！」

也有人叫道：「沙爾貢（Sargon Ⅱ）二世！」

漢烈米十分鄭重地點著頭：「是，那就是我的野心。」

記者群在那一剎間，忽然全都靜了下來。因為他們都意識到，這種希望如果實現了，那將是有史以來，在兩河流域的考古工作最大的發現！

被提及的那兩個君主，都是在西元前七百年左右，亞述帝國的英明君主。

他們曾為亞述帝國建立了廣大的版圖，是亞述帝國歷史上最輝煌的年代。版圖東起伊朗高原，西面達到地中海沿岸，甚至曾佔領埃及。

如果是這兩個君主其中之一的陵墓，單看這個石板廣場的氣派，就可以知道陵墓工程是如何偉大！

而讀過歷史的人都知道，亞述人在軍事技術方面，有許多發明，他們的建築技巧，也是當時人類文明的頂峰。亞述帝國的首都尼尼微，在記載之中，有著和天宮一樣瑰麗的王宮。這種記載，都是用楔形文字寫在泥版上，再燒乾泥版而保存下來的。

漢烈米在沉靜之中，高舉著雙手：「祝我成功吧！」

在場的所有人，發出了巨大的歡呼聲。

有幾個記者，在發布了新聞之後，要求留下來參加整個發掘過程，但是卻被漢烈米拒絕了。

漢烈米告訴他們：「考古學上的發掘工作，是一件十分細緻的專門性工作，領導者必須在縝密的思考下，根據他所能掌握的資料，小心翼翼進行。我不想有人在一旁打擾，等我的發掘，有了進一步的消息時，一定會通知各位。」

漢烈米的理由是如此充分，所以，當天下午，黃絹的直升機，就降落在這個石板廣場之後不久，也被漢烈米以同樣的理由，請離了現場。

在整個廣場被清理出來之後的日子裏，漢烈米幾乎是不眠不休地工作著。在臨時房屋中，他先和夠資格的考古學家反覆討論，該如何進一步發掘。這樣巨大的方形石板廣場，以前從未發現過，也不能在任何古籍中，找到有關的記載。

雖然已可以肯定，那是一座陵墓，但是陵墓的其他部分是在甚麼地方？最重要的，自然是找到這座陵墓的入口處。

初步的決定是，由廣場起，向四面發掘開去，調來了更多的挖土機，和熟練的挖土機操縱者，日以繼夜地發掘。開始的第一天，成績令人振奮莫名，在廣場的四角，距離廣場的角，不到十公尺處，都發現了一個巨大的圓形石墩。

那石墩之大，簡直猶如一個舞台，直徑接近十公尺，都是用巨大的石塊砌成的，一共是四個。

四個巨大的石台上，石塊表面都凹凸不平。在清除了上面的積土之後，發現了石塊表面有焚燒過的痕跡十分明顯。看起來像是那四個巨大的石墩，是用來作舉火之用的。

亞述人信仰習慣中，並沒有大規模舉火的記載。於是，這又是一個重大的發現。

可是，再接下去，卻令人沮喪之極。挖掘的範圍一直向外擴展開去，可是卻甚麼也沒有發現。一直到擴展出去的範圍，已經每邊都達到將近一百公尺了，漢烈米只好勉強睜著佈滿了紅絲的眼睛，宣佈放棄，另行設法，再行討論。

漢烈米和其他考古學家討論的是：

如果這個廣場，是陵墓的一個構成部分，那麼這個陵墓的入口處，應該是在甚麼地方呢？

在過往的年代中，已經被發掘出來的亞述帝國時期陵墓的結構圖，全被找出來，作為參考。結構大致是相同的，但又和這個石板廣場不一樣。

# 第四部：對楔形文字有研究的人舉手

在已被發掘出來的亞述帝國時期建造的陵墓之中，沒有一座是有著那樣大，或者小一點的石板廣場的。

漢烈米甚至對自己的判斷，起了懷疑——這是一座陵墓嗎？還是只不過使用了和建造陵墓的同類石板，實際上那並不是陵墓的一部分，是另有用途的一個建築。譬如說，在四周的石墩上，燃起巨大的火堆，而在廣場中集中了一些人，進行某種儀式所用的？

漢烈米和所有的考古學家，都感到了極度的迷惑。他們知道，他們已經發現了一個人類自有考古學以來最大的發現，可是他們卻不知道那是甚麼！

這實在令漢烈米和所有的考古學家感到發狂，他們提出了種種設想，有的說，這個大廣場，可能是亞述帝國勢力最盛大時閱兵之用的；有的說，那是展覽亞述帝國在軍事器械上的成就的一個展覽廣場。

有的考古學家找來了早在一百多年前，考古學家找到的亞述帝國王宮廢墟的平面圖，看看是不是有相類似的廣場。

那座王宮，是沙爾貢二世在西元前七百多年建造的，位於當時亞述帝國的首都尼尼微。整座王宮，是建造在一個將近二十公尺高的大平台上的——這一點，曾令得漢烈米和考古學家們興奮了一陣。這整座王宮都是建立在一個大平台上的，由此可知當時亞述的建築師，對於平台有特殊的愛好。

但是從已發現的廢墟來看，沙爾貢王宮的平台，不是石塊，而是泥土的。這座王宮，有將近三百餘間房間，內院、外院，分布得十分整齊，和如今被發掘出來的大石板廣場，又大有不同。

討論一直在持續著，在第三天晚上，漢烈米雙眼已經通紅了。突然之間，他直跳了起來，視線離開了攤在巨大桌子上的種種圖樣，大聲叫了兩下，又用手拍著自己的頭。

在場的考古學家，都知道他的習慣。那一定是他想到了甚麼，有了巨大的突破，所以才會有這樣的怪動作，而且，一定是突破越大，動作越怪。這時他的行動怪異莫名，那麼，一定是有了巨大的發現了。

所以，一時之間，所有的目光，都集中在他的身上。漢烈米是那樣興奮，以致他講起話來，斷斷續續，他先揮著手，叫：「在座，對楔形文字有研究的人舉手！」

剎那之間，至少有二十個人舉起手來。古代的楔形文字，全然是普通人知道範圍之外的事，但集中在這裏的，全是世界第一流的考古學家，有二十個人精通楔形文字，也就不是甚麼奇事。

漢烈米博士本人，也是一個精通古亞述帝國楔形文字的專家。

而這時，也有幾個考古學家，已經明白漢烈米想到的是甚麼了。

其中一個叫了起來：「真是，我們何必在這裏猜測，應該在史籍中去找資料！」

漢烈米呵呵笑了起來：「可不是麼！世界上楔形文字的專家，至少有一半在這裏，把所有楔形文的記載，全都弄到這裏來！」

漢烈米的話，立時變為命令，由考古隊的行政人員去執行。

漢烈米又宣佈：「在資料未曾來到之前，大家休息一下吧！」

旁人怎麼休息，漢烈米不理會。他自己，就在那個大石板廣場的中心部分，攤手攤腳，躺了下來。

廣場真大，躺下來之後，由於視線角度的關係，看起來更是偉大。

漢烈米無法從設想來知道這個廣場的真正用途，但是他很有信心，可以在楔形文字的記載之中，找到這個廣場的來龍去脈。

漢烈米的信心，並不是全無根據的。因為考古學家在十九世紀中葉，就已經發掘到了收藏楔形文字泥版的圖書館，有著巨量的楔形文字記載。

楔形文字，據考證，在西元前三千年已經開始有人使用。等傳到亞述帝國時，由於長期的使用，作為一種文字，已經由單純的象形、會意進步到了發音，足以記錄十分複雜的事件之用。在兩河流域各地，都有大量的發現，而且，早已被整理、譯解了出來。

當時，並沒有紙張，所有的楔形文字文獻，全是刻在石頭或泥版上的。最早期的，出現在石頭上，但在石頭上刻文字，相當困難，後來就演變為刻在濕泥版上，等泥版乾了之後，文字也就留了下來。當然，這時漢烈米下令弄來的，不會是泥版本身，而是經過了現代科學攝影編印之後的紙張。

考古隊是得到好幾個阿拉伯國家全力支持的，尤其是現在，已經有重大的發現，工作進行起來更順利得多。在漢烈米躺在大石板廣場之後的二十四小時之後，可以搜羅到有關楔形文字的資料，一共是三大木箱，已由專機運到。

在那二十四小時之中，漢烈米一直逗留在那個大石板廣場之上。有時，他坐著，有時，他躺著，有時，他蹲在那四個巨大的石墩之上。

所有人都知道漢烈米博士在思索，所以除了那位專門照顧他生活的中年女士，誰也不去打擾他。

等到資料運到，精通楔形文字的專家，已經增加到了五十位。那時，正是黃昏時分，漢烈米就在廣場上，召開了一次會議。

夕陽西下，把站在廣場上的人的影子，斜斜長長地投在石板廣場上，看來相當詭異。

漢烈米揮著手，有點聲嘶力竭：「在我們的知識之中，這個廣場，是一片空白。我們大家都研究過楔形文字，所以這些資料之中，我們以前接觸過的，可以不必再加以注意，集中力量在我們以前未曾注意過的資料。我們把資料分開來研究，一有發現，立即和我聯絡！」

三隻大木箱被拆了開來，五十位專家，每人取走了相當數量的資料，各自去埋頭研究。漢烈米自己也取了一大疊，他堅持不肯進臨時房屋，就在廣場之上，點起了燈，開始了研究。

又過去了三天，所有的資料全都經過專家過目。可是，在所有的資料之中，沒有一點有關這個廣場的記錄！

這簡直是不可能的事，所有的考古學家，都顯得無比沮喪。

當天晚上，幾乎人人都不想說話，其餘的工作人員，也都沉默了起來。

有了那麼重大的發現，可是卻無法有進一步的突破，這真是叫人難過的事。漢烈米仍然留在廣場上，他甚至像是發脾氣的小孩子一樣，拒絕進食。

一直到午夜，他才有了決定。他重重在廣場上頓了一下腳，他的決定是：明天一早就開始，把這個大廣場的所有石板，全都撬起來，看看是不是有甚麼，在那些石板之下！

漢烈米的這個決定，引起了劇烈的爭論。有一大半考古學家認為，漢烈米的決定，是對一個偉大而完美的古跡的破壞，這是不可饒恕的粗暴行為！

漢烈米激動地駁斥他們：「有了一個發現，但是對這個發現一無所知，那有甚麼用？」

反對者的言詞也很激動：「你發現了一件古物，總不能因為不明白它的來歷，而把它弄碎！」

漢烈米指著腳下的那些石板，吼叫著：「掘了起來，還可以照樣鋪上！」

反對者也吼叫：「再鋪上，已經不是原來的樣子了，那是不可饒恕的破壞！」

當激烈的爭辯沒有結果時，黃絹恰好乘坐直升機來到。她在瞭解了經過之後，拍著漢烈米博士：「一切工作，都是他主持的，就算他主張把這個廣場用炸藥炸掉，我也不會反對！」

漢烈米感激黃絹的支持，一下子衝過去，把她抱了起來，不住打著轉。他轉動得如此之急速，令得黃絹的長髮，呈大半圓形，散佈了開來。

既然黃絹這樣說了，反對者自然無可奈何。有上百位持反對意見的，憤然離去，表示抗議。第二天，太陽還未升起，各種工具已經準備妥當了，每一塊石板上都編了號，以準備再照原來的次序鋪上去。先從邊緣開始，一塊塊石板，被挖掘起來。

在石板之下，顯然是經過建築程序，全是堅硬的泥層，毫無疑問，泥層是經過處理的，使之更結實。而且，在平整的泥土上，有著顯著的線條。

這又是一項巨大的發現，令得漢烈米歡喜若狂。但真正令得他高興得幾乎昏了過去的是，在中心部分的九塊石板被移開之後，石板之下不是泥土，而是兩塊更巨大的長方形石板。

當漢烈米看到了那兩塊長方形的大石板之際，他大叫著：「門！這是兩扇門，通向神秘領域的大門！」

他叫著，然後跪了下來，親吻著那兩扇石門。再用精巧的工具，小心翼翼，在另外幾個考古學家的協助之下，把那兩扇石門打了開來。

那真是石門，可以向上打開。石門的一邊，有著門應該有的栓，那使得這兩扇石門，不必像其餘的石板一樣移開，而是可以打開的。

門打開之後，人人在陽光之下，都可以看得到，是一個相當大的地洞，有整齊的石級，一直通向下面。

所有人的興奮，到這時，真已到了沸點。在洞口，先用回聲探測儀，測到了這個地洞的深度，是廣場邊長的十分之一：九點一三二公尺。

回聲探測儀是絕對精確的，這個探測結果，也使人感到建築廣場的建築師的計算，是何等精確。有了那麼重大的發現，首先進入地洞的榮耀，自然歸於漢烈米博士。

漢烈米挑選了八個他的支持者，再加上聞訊特地趕來的黃絹，一共是十個人，由他帶頭，進入地洞。自然，他們有著最好的配備，包括氧氣面具，強力照明設備和無線電通訊儀。

但是為了以防萬一，強力的鼓風機，還是對著地洞口，操作了半小時，好把新鮮空氣吹進地洞去。

然後，漢烈米手持強力電筒，先踏下了石級，走進地洞去，黃絹和其他八個考古學家跟在後面。

十公尺左右的地洞，並不是十分深，沒有多久便已到了洞底。那是一個大約三公尺見方的空間，對準石級處，又有兩扇石門，石門上刻著巨大的楔形文字。漢烈米一看見就認了出來：「權力之門」。

「權力之門」是甚麼意思呢？漢烈米這些考古學家想不出所以然來。黃絹在這時候，倒有點怦然心動，權力——這正是她委屈自己，和卡爾斯將軍在一起之後，最大的追求目標。在短短的時間中，她所追求到的權力，可以說是人類史上罕有的奇蹟了！

可是權力的追求，是漫無止境的。而且，追求權力者的慾望，就像是吸毒者對毒品的需求一樣，不斷在增加，永無滿足。

權力之門——如果表示進了這兩扇門之後，就可以獲得至高無上的權力……黃絹想到這裏，揑著電筒的手心，不由自主在冒著汗。

自然，漢烈米博士和其他的學者，是不知道黃絹的心情的。

漢烈米在用電筒照射了一遍之後，聲音之中，充滿了惱怒：「在我們之前，有人來過了！」

漢烈米一生之中，不知道進入過多少古代神秘的建築，包括建造在地面上和地底下的。豐富的經驗，使他一看就可以知道，某些建築物是自從封閉之後，就再也未曾被人發現過。但是也有更多的，是在淹沒的歲月之中，被盜寶人光顧過的。

對於考古學家來說，最痛恨各種類型的盜寶人。他們有特殊的本領，進入古建築，肆意破壞，盜取寶物。被他們光顧過的地方，考古學家不知要花多少功夫去整理，而在更多的情形下，破壞程度令得考據工作失誤，或根本無法進行！

這時，在兩扇石門之間的門縫，有著多處缺口。顯而易見，不知是在甚麼時候，這兩扇建造完美的石門，被人用簡陋的工具，粗暴地撬開來過。

漢烈米的惱怒，傳染了其他人。反倒是黃絹最鎮定，她道：「在我們弄開門之前，是不是要先戴上氧氣面罩？」

漢烈米恨恨地道：「但願裏面充滿了毒氣，曾進去過的人，死在裏面！」

雖然憤恨，但還是人人戴上了氧氣面罩。

古代的建築物，尤其是建在地底的，常因為年代久遠，使空氣發生了變化。若是貿然進入，就會跌進死亡的陷阱之中，佩戴了氧氣面罩之後，自然安全得多。漢烈米使用了極薄而又堅硬的金屬片，自門縫之中，插了進去，然後，輕輕搖動著，再用力向前或後推、拉著。不一會兒，門已向外移動了一些。

漢烈米向身後的人做了一個手勢，一時之間，強力電筒的光芒，集中在門上。

漢烈米再一用力，石門發出一陣「軋軋」的聲響，向外面打了開來。

在那一剎間，各人的心情，都緊張到了極點。整個大石板廣場的秘密，可能全在這兩扇石門之中了。如果漢烈米最初的估計沒錯，那麼，打開了石門之後，將可以通向人類古代最偉大的建築之一，一座巨大的陵墓之中，裏面有數不盡的瑰寶，等待著他們。

所以當石門向外漸漸打開之際，幾乎每一個人都是屏住了氣息的。

等到石門終於打開，在強力電筒的光芒照耀之下，人人都發出一下驚嘆聲來——石門並不是很大，甚至稱不上壯觀，可是，門內的空間，宏大得幾乎使人不能相信！

當然，門內的空間，不會有地面上的廣場那麼大，可是它是建造在地底下的。在石門沒有打開之前，誰也料不到，在地底下，會有那麼大的一個陵堂！

那毫無疑問，是一個陵堂，正方形，每一邊，大約有二十公尺，高，大約是十公尺。必須說明一下的是，在石門打開之後，並不能立時進入那個陵堂，因為石門是開在接近頂部的。也就是說，在石門打開之後，還要走下二十餘級石級，才能踏足在陵堂的地上。

所以，當石門打開，各人向內看去時，看到那個陵堂，是由上而下的角度。那樣的角度，自然更可以清楚地看到陵堂的全貌。

在陵堂的中心，是一個長方形的石台。那石台的形狀，有點特別，就在石台邊上，有著兩具骸骨。

在電筒光芒的照耀之下，可以清楚地看出，那兩具骸骨，一具相當高大，生前一定是一個身形十分高大的人，而另一具則比較瘦小。那具高大的骸骨，是被包在一件金光閃閃，看來全然是用黃金打成的薄片串成的戰袍之中，只有手、足和頭部露在外面。還有一頂黃金鑄的戰袍頭盔，放在距離那副高大骸骨的頭部不遠處。

而那具短小的骸骨，卻只是穿著看來相當破敗的麻質衣服。

黃絹看到了這種情形，只覺得訝異，不明白這種情形代表了甚麼。她至多只能猜想，那個穿著黃金戰袍的人，一定是了不起的一個大人物，這裏，應該就是這個大人物的陵墓。她也可以進一步聯想到，這個大人物，可能是亞述帝國顯赫的歷史上的一位君主，而這裏，就是這個皇帝的陵墓。

可是，何以皇帝的遺體，會不在棺槨之中呢？又何以在皇帝的遺體之旁，另外有一具骸骨呢——雖然在骸骨上，是無法認出在世時的地位身分的，但是那些破敗的麻質衣服，表示這個人絕不會是身分高貴的人，何以他的遺體，能和皇帝一起在陵墓之中？

黃絹的心中，充滿了疑問。正當她要開口相詢時，已經聽得漢烈米發出了一下憤怒之極的悶哼聲，接著，他就向下直衝了下去！

看他衝下去的勢子，像是恨不得一下子就跳了下去一樣。他衝下去的勢子是如此之急，以致衝完了石級之後，他又向前奔出了幾步，直到他到了那個石台附近，才收得住勢子。

當他站定之後，他又發出了一下怒吼聲來。這時，其餘的考古學家，也紛紛向下衝去，有幾個在黃絹身後的，甚至不顧禮貌，搶向前去。

這種情形，使黃絹知道，這些出色的考古學家，一定有了極其重大的發現。可是她不明白，何以漢烈米博士，又發出了兩下憤怒之極的吼叫聲呢？

她也急急向下走去，看到所有人都在注視著那具黃金戰袍中的骸骨。她望向漢烈米：「博士，恭喜你有了巨大的發現！」

巨大的陵墓之中，空氣顯然沒有問題，所以各人已將氧氣面罩取了下來。

漢烈米神情仍然極怒，甚至因為發怒，而變得有點出言無狀：「恭喜個屁！」

黃絹有點啼笑皆非，一時之間，不知如何回答才好。這時，已另外有兩個考古學家對漢烈米道：「還是值得恭喜，毫無疑問，這是沙爾貢二世的遺體。漢烈米博士，這是人類考古史上最大的發現！」

漢烈米叫了起來：「石門一打開，我就知道這裏是沙爾貢二世的陵墓。可是你們看看，這裏遭到了甚麼樣的破壞！一個偉大君主，他在世時，統治了一個龐大的帝國，可是他的遺體，就這樣躺在地上！」

一個皇帝的遺體，就這樣躺在他建築那麼宏偉巨大，在當時來說，不知道花費了多少人力物力建成的陵墓的地上，這真是說不過去的。

棺槨在甚麼地方？在這裏的所有人都知道（除了黃絹），亞述帝國君主的陵寢，都使用巨大的石棺來殮葬。而石棺，也一定放在一個長方形的石台之上。

如今，那個石台在——這種形制的石台，對他們來說，都不陌生，就是放置石棺用的，可是石棺呢？

皇帝的陵墓之中沒有石棺，那是不可思議的。而且，另外一具骸骨，是屬於甚麼人的？

接下來的疑問更多了——在這座陵堂之中，幾乎沒有別的任何陳設，除了正中那個石台之外，一無所有。

整座陵堂，上下四面，全是石塊砌成的。

在十九世紀中葉，被考古家發掘出來的沙爾貢二世王宮之中，遺址的壁上，都有著精美的刻畫，表示帝王生平的活動。可知道這位君主，十分喜歡把自己的活動表現出來。

那麼，何以在他的陵墓之中，反倒全無所有，一點沒有刻畫呢？

沒有刻畫，文字倒是有的。一個考古學家攀上了石台，看到了石台上，用楔形文字刻著一行小小的字句，他連忙叫漢烈米過來。

大家都攀上了石台，看到那行小字，是刻在一個小小的圓孔之旁的。

整句句子很快被譯讀了出來：我們的君主，偉大的沙爾貢二世，堅持要坐在他的陵墓之中。

就是那樣簡單的一句話。而這樣簡單的一句話，卻全然叫人摸不著頭腦！

這句話的意思，本來是再容易不過了，但是細想一想，卻又不可思議之極。這裏是沙爾貢二世的陵寢，是他的墳墓，他到這裏的時候，已經是一個死人，所謂「堅持」，當然是他生前的堅持。為甚麼他要堅持坐在自己的陵墓之中呢？

或許，他是一個有著特殊怪癖的皇帝，但是，死人又如何可以坐著呢？

就算這位偉大的君主，堅持要坐在他的陵墓之中，而他的臣屬，又遵照了他的遺言，讓他「坐」著的話，當然也不是完全不可以。問題是，他坐在甚麼地方呢？就坐在這個石台上？至少，要有一張椅子吧，椅子又在甚麼地方呢？而且，他為甚麼要堅持「坐」著呢？

一個接一個問題，令得連漢烈米在內的所有考古學家，面面相覷，目瞪口呆。

看他們的神情，不像是在一座極有考古價值的古墓之中，而像是進了甚麼迷幻境界一樣。

黃絹也看出事情有些不對勁了，她連連發出問題，可是卻沒有人睬她。黃絹來到漢烈米面前，大聲道：「博士！」

漢烈米陡然震動了一下，搖著手：「這裏有太多不可解的事，請你靜一靜！」

黃絹指著金戰袍：「有甚麼不可解的，這個穿著了金戰袍的人，一定是一位君主！」

漢烈米揮著手：「是啊，可是還有一個——」

他說到這裏，陡地叫了一聲，撲到了另外一具骸骨之旁。這具屍骨，本來本身也是一個謎，但是由於謎團太多了，這具骸骨反倒被人忽略了。

漢烈米這時，由於和黃絹的對話，陡然想了起來，剎那之間，至少有五個人，圍住了那具骸骨。

漢烈米仔細看著，那實在是一具普通的骸骨，看不出任何特異之處來。可是這樣普通的一具骸骨，卻出現在一個君主的陵墓之中。

漢烈米在看了一會兒之後，向其他各人做了一個手勢。他和兩個人，小心翼翼地把那骸骨翻了過來。

雖然他們的動作十分小心，可是在翻動之際，那具骸骨還是散了開來。

（我們在很多電影之中看到，有一具完整的骸骨掛在半空之中，但實際上，永遠不會出現這樣的情形。當一個人的身體，肌肉腐爛殆盡，只剩下骸骨的時候，聯結骨節和骨節的組織，也一定早已腐敗，所以，人的骨骼便無法聯結在一起，必然會散落的。）

那骸骨的頭部，甚至向外滾了開去，一個考古學家忙將之捧了起來。

當骸骨在被翻過來之際，在肋骨之際，有一柄匕首，跌了出來。

那是一柄形狀相當奇特的匕首，柄的部分還鑲有寶石，匕首略彎，呈新月形。這種匕首，正是亞述帝國的武士隨身佩用的那種。

漢烈米拾起了匕首來，喃喃地道：「這個人，是被人殺死在這裏的！」

匕首自肋骨中跌出來，那麼這個人是被人用匕首刺進胸口致死的，這一點應該毫無疑問了——這個人在中了匕首之後，身子撲向地，面向下死去。

在骸骨被翻過來之後，看到在骸骨之下，還有一塊三十公分見方的泥版。這種大小形狀的泥版，考古學家們定然也不陌生，楔形文字就是刻在這種泥版之上的。

可能是那人向下撲去的時候，故意要把那塊泥版壓在身下的。因為他有幾隻手指，就在泥版的邊緣，當時的情形，可能是他還緊揑著這塊泥版。

泥版已經裂開了，但顯然在碎裂之後，還沒有人動過。所以，還是照碎開時的位置排列著，可以看得出上面刻著楔形文字。

漢烈米做了一個手勢，幾個人一起伏下來，仔細研究著上面的文字。

在那塊泥版上的楔形文字，和他們以前接觸過的大不相同，刻得又小又精細，密密麻麻，所以看起來十分吃力。

漢烈米取出了隨身攜帶的放大鏡來，遇到他有疑惑之處，他就和其他專家討論著。

黃絹已經不耐煩起來，她先是撫摸著那件由金片串成的戰袍，對古代的冶金工藝，讚嘆不已。

她也想到，這一件戰袍，卡爾斯將軍一定會愛之若狂。因為那是古代一個聲勢烜赫的君主的殉葬品，而這個君主，曾統治亞洲、非洲一大片土地——要把自己的統治勢力，擴展到至少和古代幾個烜赫的君主一樣，這正是卡爾斯將軍的野心！

黃絹回轉身來，看到所有考古學家，都伏在地上看那塊泥版，好像永遠不會停止一樣。她等了一會兒，已經用了她最大的耐心，但是在二十分鐘之後，她還是忍不住了：「我是不是可以向全世界宣佈，我們有了極偉大的發現！」

漢烈米的神情十分怪異，但是他的反應卻十分快，他立時尖叫了起來：「等一等！」

漢烈米博士是權威，黃絹倒還懂得尊重權威，所以她又耐著性子等了二十分鐘。可是那些考古學家，還是一點沒有停止的意思。

黃絹感到忍無可忍了，她提高了聲音：「你們在這裏慢慢研究吧，我去向全世界宣佈這個發現。」

漢烈米的視線，仍然盯在那塊泥版上，他揮著手：「我勸你別去宣佈，因為這裏，有一件十分不可解釋的事發生過。我們只有發現，而無法解釋，這是一件十分尷尬的事情！」

黃絹吸了一口氣：「甚麼不可解釋的事？是因為沒有石棺？你不是說有人進來過麼，石棺早已被人盜走了，也不是甚麼奇事！」

漢烈米深深地吸了一口氣：「根本沒有石棺！」

黃絹不明白，她冷笑：「沒有石棺？沙爾貢二世就這樣躺在石台上？整個陵堂就是他的石棺？」

漢烈米慢慢直起身子來，神情疑惑之極，一手指著泥版，道：「沒有石棺，沙爾貢二世，不是躺在一具石棺之中，而是坐在一張椅子之上的！」

黃絹怔了一怔。她雖然不是考古方面的專家，但總是一個常識十分豐富的人，人死了之後，在他的陵墓之中，不是躺在棺中，而是坐在一張椅子上，這樣的事情，當然不尋常到了極點了。

黃絹當時「哼」了一聲：「坐在椅子上？甚麼椅子？是他的皇帝寶座？他死了，還不肯放棄，一直要坐在寶座上？」

黃絹是帶著嘲笑而這樣說的，但是漢烈米的神情，卻相當嚴肅：「這張椅子，有一個專門名詞，是由三個字組成的。可是，我們不認得那三個字，而這三個字，是來形容那張椅子的！」

黃絹更不耐煩起來：「甚麼椅子？我在這裏，看不到任何椅子！」

漢烈米雙手揮動著，神情疑惑，看來他的思緒，正處於一種十分混亂的情況之中。

黃絹再向其他的考古學家看去，看到他們個個都有同樣的神情。

黃絹攤著手：「好了，這塊泥版上的那些小字，究竟說些甚麼？」

所有的人都不出聲，一起向漢烈米望去，在等待他的決定。

黃絹在那一剎間，不可遏止地表現了她的惱怒：「博士，你不需要我提醒你，我們之間的合同吧？有任何發現，學術上的成就是你的，但是所有的東西都是阿拉伯世界的，而且，你要負責作詳細的解釋！」

漢烈米的聲音聽來有點疲倦，他望著黃絹，神情更迷惘：「這塊泥版上，記載著有一張椅子。這張椅子的來歷……十分怪異，可是，亞述帝國君主的權力，是自這張椅子而來的。」

黃絹怔了一怔：「這算是甚麼？一個神話，還是一個民間傳說？」

漢烈米搖頭：「不，這是一份正式的記載。這種記載，是用來記錄帝國的最高秘密的，通常，只有君主和君主的繼承人，可以參與這種高度的機密。而刻錄這種秘密的人，事後一定會被君主賜死，以免秘密外洩！」

黃絹聽漢烈米講得這樣鄭重，心中也不禁怵然而驚。在那種時代，君主有著無限的權威，要處死一個人的話，真是容易極了！

黃絹吸了一口氣，她甚至可以想像出當時的情景來——在建築輝煌的王宮，某一間秘室之中，君主在口述著，由一個記錄者，利用了當時的刻寫工具，在泥版上迅速地把一切記錄下來。然後，兩個身材魁偉的衛士進來，架著那記錄者出去。

不久，記錄者的頭顱，就被放在一只金光燦然的盤子之中，奉上來給君主檢驗。於是，記錄在泥版上的秘密，就只有君主一個人知道了！

這是十分恐怖詭秘的場景，令黃絹感到很不舒服，她揮著手：「那麼，椅子上哪兒去了？等一等，你剛才提到說，椅子的來歷十分怪異，是甚麼意思？」

漢烈米的神情苦澀：「上面記載著，那張靈異的椅子，是天神從天庭帶下來，專賜給人間的君主的。人間的君主，有了這張椅子，就等於擁有了一個大帝國，他可以有統治一個大帝國的權力。這個帝國，可以隨他的心意擴大，到完全滿足這個君主的要求為止！」

黃絹呆了半晌，一時之間，她的思緒也開始混亂了起來。幾乎歷史上的任何君主，都野心勃勃，希望自己統治的版圖，可以作無限制的擴大。

就算有一個君主，已可以統治整個地球了，可以保證，他一定還想把統治權力，擴展到別的星球去！

如果真有一張來自天庭，由天神帶下來的靈異的椅子，可以使君主達成這種願望的，那麼，這張椅子，對於任何君主來說，都是至高無上的無價之寶！

黃絹一想到這裏，心頭不由自主，怦怦亂跳了起來。她立時想到卡爾斯將軍，如果卡爾斯將軍，得到了那張靈異的椅子……

她整個人，在那一剎間，沉浸在一種狂熱的幻想之中，甚至不由自主，雙頰發起熱來。

可是，她畢竟是一個相當理智的人，她立時鎮定了下來：「別理會古代的傳說了！」

漢烈米卻堅持著：「我必須把這裏記錄的一切，全譯讀給你聽！」

黃絹也實在按捺不住心中的好奇，她示意漢烈米繼續說下去。

漢烈米又道：「記錄說，沙爾貢二世有了這張靈異的椅子，所以他的權力範圍，擴張到了頂峰——我想，那是指當時一個君主的知識程度，所能達到的頂峰。沙爾貢二世在當時，不可能知道整個世界有多大，不然，他會成為全世界的統治者。」

黃絹笑了一下。漢烈米對於那泥版上的記錄，似乎毫無保留地接受了，但是，她卻有所保留，她道：「先別發表你自己的意見！」

漢烈米吸了一口氣：「而在沙爾貢二世臨死之際，他覺得自己的野心還沒有完成，所以他堅持要用那張靈異的椅子，來替代石棺。他要自己坐在那張椅子上，好使他的權力繼續下去！」

黃絹搖頭：「人已經死了，權力如何持續下去呢？」

漢烈米道：「那我不知道了。或許，在一個靈異的世界之中，他的權力可以得到繼續，或許，權力可以通過他的承繼人繼續下去！」

這時候，有一個考古學家，用十分低沉的聲音道：「照我看，他的目的，是要那張靈異的椅子，和他一起淹沒在地底——他不要人類歷史上，再出現一個像他一樣偉大的君主！」

漢烈米點頭：「有這個可能——」

黃絹打斷了他的話頭：「先別討論這些了，那張椅子呢，在甚麼地方？」

漢烈米指著那個石台：「當然，那張來自天庭的靈椅，是應該在這個石台之上的。

而沙爾貢二世，就穿著了他的黃金戰袍，坐在那張椅子上！」

黃絹道：「可是——」

漢烈米權威地揮了一下手，不讓黃絹插口：「可是，我相信，在他落葬之後不久——當時，那個大石板廣場還是暴露在日光之下的，不像我們發現的時候，上面堆滿了浮土。就在那時候，有人偷進了他的陵墓，盜走了那張椅子，所以，椅子就不在這裏了！」

黃絹悶哼一聲：「這是你的推測？」

漢烈米道：「我的根據是十分明顯的。石門有被硬撬過的痕跡，這個人的骸骨出現在陵墓之中，他一定是盜墓人之一，被同伴殺死在這裏的，而君主的遺骸，就跌落在石台之下——我甚至可以肯定，那是發生在落葬之後半年之內的事。因為骸骨在地上是完整的，證明他被從椅上拉下來時，屍體甚至還沒有開始腐爛。當然，最明顯的證據是——椅子不見了！」

黃絹用心聽著，思潮起伏：「那麼，這張椅子又到哪裏去了呢？」

漢烈米苦笑：「那又有誰知道？這是發生在兩千七百多年以前的事！」

黃絹忽然有了一個念頭，一個十分模糊的念頭。

當她才有這個念頭之際，根本是不完全的，可是念頭卻迅速形成。

她想到：要是能找到這張椅子，而這張椅子又真的能使君主能隨心所欲地擴展他的統治勢力的話，那麼，卡爾斯將軍如今的野心——要統治阿拉伯世界，簡直不算是甚麼了！

她先做了一個手勢，還未曾開口，漢烈米又已道：「這裏的一切一切，實在太神秘了，有太多令人不明白的地方，太多太多了！」

他的話正合黃絹的心意，她忙高舉雙手：「既然這樣，我有一個提議，或者說，那是我的決定。這裏的一切，我們絕不向外界作任何宣佈，所有的人，都要宣誓保守秘密——」

她講到這裏，頓了一頓，才用聽來令人不寒而慄的一種聲音道：「如果洩露了秘密，將會受到嚴厲的制裁，我以真神的名義起誓，制裁一定會執行。」

剎那之間，包括漢烈米在內，所有的人都怔呆著。他們自然知道，黃絹所代表的是一股甚麼力量——雖然考古學家來自世界各國，卡爾斯將軍的權力，還沒有擴張到這一地步。但是，受卡爾斯將軍控制、培植的全世界範圍內的恐怖組織，魔爪卻可以觸到世界上任何角落！

黃絹這時，說得那麼認真，誰都可以明白這是甚麼意思。

在沉默中，漢烈米首先表現了他學者應有的倔強：「黃將軍，我個人，不受威脅！」

黃絹早料到，至少有一半以上的人，會有這樣的反應。

所以她立時從容地道：「博士，我不是威脅，而是為了學術上的理由。這個歷史上的大神秘，是我們發現的，若是在研究還未曾有結果之前，就把點滴的情形洩露出去，對各位來說，也是不公平的！」

這一番話，倒立時取得了漢烈米的同意。其餘各考古學家，也先後點了頭。

黃絹大聲道：「從現在起，除了已進入過這裏的人之外，入口處將由軍隊封鎖，不會再有任何人進來。我們所要集中力量研究的，是那張椅子在被人盜走之後，到甚麼地方去了？」

黃絹的這個「研究課題」一提出來，不禁令得人人皺眉。

盜墓，照漢烈米的估計，是發生在兩千七百多年之前的事了——沙爾貢二世在世的年份，是有史可稽的，他逝世的那年，是西元前七〇五年。

要追查一宗兩千多年前的盜墓案中，一件贓物的下落，這不是太渺茫了麼？誰有那麼大的本事，可以完成這樣的任務？

黃絹看出了各人面有難色：「各位，盡我們的力量吧！」她指著那具骸骨：「至少有一個盜墓者死在這裏，可以在他身上找線索！」

漢烈米苦笑：「黃將軍，你的要求，我相信世上沒有人可以做得到！」

黃絹堅持著：「博士，你還沒有開始做，怎麼知道做不到？不論你需要甚麼樣的資助，都沒有問題。我看單是這個陵堂，就不知道有多少可供研究之處，建立這陵堂的資料，也有待發掘。是甚麼人知道了沙爾貢二世權力的來源，而到這裏來盜墓的……不知有多少問題等待發掘！」

漢烈米嘆了一口氣，他不能不承認黃絹的話大有道理：「好，我們一定盡力。」

黃絹和他們一一握手，然後，她一回到地面，立時發出了一連串的命令，調動最忠於卡爾斯將軍的近衛隊兩個營，將近一千名裝備精良、素經訓練的官兵，來守衛這個廣場。

而且，她還採取了一個相當卑鄙的措施。不過這個措施，只有卡爾斯將軍、她和參與其事的特務人員才知道，漢烈米和曾經進入陵墓的考古學家，全被矇在鼓裏。這個措施是，黃絹派了大量有經驗的特務，在暗中監視著漢烈米等考古學家，唯恐他們把秘密洩露出去。

於是整個研究工作，是在極度機密的情形之下進行的。參與工作的考古學家，其實都是遵守著諾言，並未洩露有關這座陵墓的任何消息。

研究工作是從多方面、極廣泛地展開的，其中有的過程，相當沉悶，只是簡略地敘述一下就算了。

例如把兩具骸骨，經過碳十四放射試驗之後，都確定了年份，正是記載中，沙爾貢二世逝世的那一年。

那把匕首的來歷，也經過了詳細的考證，證明只有當時君主的近身侍衛才佩戴，而且是君主親自賞賜的。佩有這匕首的人，有特殊的權力，可以不經過任何手續，殺死他認為會對君主不利的人，這是武士的一種高度的榮耀和權力的象徵。

這是一個相當重大的線索。沙爾貢二世在位的時候，得到這種榮耀的武士，不是很多，在記錄之中，幾乎都有案可稽。

於是，專家又在楔形文字的記載中去找。在花了一個月的枯燥的翻查之後，從那柄匕首的柄上，寶石排列的圖案，找出了這柄匕首擁有者的姓氏，那是屬於一個叫德亞的武士所有。德亞武士，是當時最得君主信任的人，他的職位，可能是近衛武士的首腦。

這個發現，是相當令人興奮的。當發現的報告，呈到了黃絹那裏的時候，她自然而然地想到，這個德亞武士，他的地位相當於中國在君主時代，大內高手的首領。那是長期和帝王接近的一個職位，是一個十分重要的人物。

這樣一個重要的人物，應該是隨身佩戴的匕首，怎麼會在一個衣著上看來地位十分卑微的人的胸間，而這個人，又怎麼會死在帝王的陵墓之中？

黃絹在接到了報告之後，立時和漢烈米商量這個問題。

漢烈米搖著頭：「我不知道，黃將軍，我是一個考古學家，不是一個幻想小說作家。」

黃絹表示了她的不滿：「博士，考古學家，有時也需要推理頭腦來輔助的！」

漢烈米回答：「是，但是推理，也必須多少有事實來作支持，不能憑空臆測的！」

黃絹心中暗罵了一聲「書呆子」。但是由於有太多的地方，要依靠漢烈米的專業知識，所以她忍下了怒意：「我作一個假設，請你判斷一下，是不是可以成立。」

漢烈米一副不置可否的神情，黃絹一想到自己的假設，神情卻十分興奮：「我的假設是，當時，君主把一件秘密，叫記錄者刻寫在泥版上，所以，我們才有了那塊刻滿了小字的泥版，對不對？」

漢烈米點頭：「是，這是記錄高度機密的傳統方式。」

黃絹神情更興奮：「你說過，為了怕記錄師洩露這個最高機密，他在事後，必然會被處死？」

「是，有很多這樣的記載。」

黃絹吸了一口氣：「君主是不是有可能，派德亞武士，去執行殺死記錄師的任務？」

漢烈米沉吟了一下：「有可能，這種任務，通常是由君主最信任的人去執行的。嗯……黃將軍，你想說明甚麼？你認為在陵墓中的另一具骸骨，就是德亞武士？」

黃絹大搖其頭：「當然不是，那具骸骨，是死在德亞武士的匕首之下的。德亞武士殺了這個人，這個人，據我的推斷，就是那個記錄師！」

漢烈米怔了一怔：「不會吧，德亞武士如果奉命去殺記錄師，應該是當時就發生的事，不會延遲到在君主死了之後！」

黃絹笑了起來：「博士，你的頭腦太直接了，不會轉彎。」

漢烈米望著黃絹，仍是一副大惑不解的神情。

# 第五部：攻陷首都的可能是德亞武士

黃絹做了一下手勢，以加強語氣：「這是我的假設：德亞奉命去殺記錄師，記錄師知道自己性命難保，就向德亞武士，洩露了有關這張來自天庭，由天神帶下來的椅子的秘密。」

漢烈米噓了一口口水，盯著黃絹，黃絹在等著他的回答。他的神情，突然變得十分異樣，在未曾說甚麼之前，先叫了一聲：「等一等！」

然後，他側著頭，想了片刻，才又道：「這位德亞武士後來到了何處，做了一些甚麼事，並沒有明確的記載。但是，在沙爾貢二世死了之後，亞述帝國的國勢，迅速衰落，快得令人難以想像。沒有多少年，連首都尼尼微，也被一支軍隊攻陷了，那支軍隊，是由一位叫堤亞的將軍率領的。」

黃絹的雙眼發亮：「你是說，那個領軍攻陷了亞述帝國首都的將軍，有可能就是那個德亞武士？」

漢烈米忽然苦笑了一下：「我受你的影響，也開始幻想起來了。但是，姓氏的發音如此接近，他們是同一個人的可能是存在的。」

黃絹興奮得不由自主地搓著手：「那我的假設，就更有可能成立了。我的假設是，德亞武士在記錄師的口中，得知這個秘密之後，就暫時沒有下手殺那個記錄師，因為他有了一個秘密念頭——他長期在君主的身邊，知道作為一個大帝國的君主，是多麼令人嚮往的事，他忽然之間，起了野心——這全然是人的正常心理。他知道，君主的權力，既然是來自那張椅子，如果他能得到那張椅子的話，他也可以成為權傾天下的君主。博士，你想想，任何人在得知這個秘密之後，都會想要得到這張椅子的，對不對？」

黃絹一口氣地講著，興奮令得她的臉頰泛出一股紅暈來，使她看來十分動人。

漢烈米怔怔地望著她，聲音有點惘然：「或許，權力的野心，會使一個武士那樣想。可是，像你，那麼美麗的一位女性，為甚麼也有同樣的野心呢？」

黃絹絕未料到漢烈米忽然之間，會冒出這樣的一句話來。她感到有點尷尬，但是她立時據實回答：「博士，幾年之前，我已經進入了權力的圈子之中。這個圈子有一種奇異的力量，只要一進入，就無法退出來，只有不斷地深入進去！」

漢烈米嘆了一聲：「寄望於一張近三千年前曾出現過的椅子，不是太渺茫了嗎？」

黃絹沉默了半晌，才道：「博士，權力圈子中的種種，你是不能瞭解的，任何再虛妄的事，再卑鄙的事，再沒有人性的事，只要可以使權力鞏固，可以使權力擴大，都有人去做。歷史上有太多這樣的記載了，為了權力，父子兄弟夫婦朋友之間，可以自相殘殺，可以做任何事！我只不過想探索那張椅子的來龍去脈，這絕不算是過分，對不對?」

漢烈米緩緩地搖著頭:「你說得對,權力圈子中的事,我是無法瞭解的。」

黃絹笑了一下,她的笑容十分嫵媚:「再來討論當時可能發生的事。德亞武士在知道了這個秘密之後,當然想謀奪那張椅子。」

漢烈米點頭,表示同意。

黃絹又道:「可是,他一定未能得手。因為沙爾貢二世知道自己的權力,來自那張椅子,當他有生之日,自然不會被人謀奪了去。就算地位特殊,深得他信任的德亞武士,也無法如願。」

漢烈米用心聽著。黃絹的分析,十分合理,也很引人入勝,在聽著黃絹的假設之際,漢烈米也在想著另一個問題——在沙爾貢二世生前,那張椅子,是放在王宮的甚麼地方呢?

一定有一張這樣的椅子存在——這張椅子是不是有那種靈異的力量,或許還可以懷疑,但是有過這樣的一張椅子,那是毫無疑問的事。

這張椅子,是不是就是沙爾貢二世宮殿中的寶座?那是一張鑲滿了黃金和寶石的皇帝寶座,在沙爾貢二世王宮的壁畫之中,有多處地方出現過這張寶座。

沙爾貢王宮,是在十九世紀中葉就被考古家發現的,整座宮殿被發掘出來時,還相當完整。尤其是大小宮殿的壁上,都有著淺刻的壁畫,記載著君主的宮廷生活、狩獵行動和軍事行動等等,自然在刻畫中,也曾出現君主的寶座。

是不是那張椅子，就是寶座？如果不是，那麼，這張椅子，是不是也曾在壁畫中出現過？

漢烈米一想到這裏，整個人直跳了起來！他這種突如其來的行動，把黃絹嚇了一跳，不知道發生了甚麼事。但是她立時在漢烈米的神情上可以知道，這位考古大師，一定是在突然之間，想到些甚麼了。

所以，黃絹並不去打擾他，只是看著漢烈米撲向一個大書架去。

黃絹在接到了報告之後，是立時到考古隊的工作地點去找漢烈米的，所以他們是在漢烈米的工作室中見面。

漢烈米這時的行動，真是「摸」向那個書架的，他很快就從書架上，取下幾本厚厚的、巨大的畫冊來，捧著，放在一張桌子上。然後做了一個手勢，示意黃絹過來。

黃絹已經看到，那幾本又厚又大的畫冊的封面上，有著「沙爾貢二世王宮殿壁刻畫之臨摹」的字樣。

漢烈米先把手按在那些畫冊上：「這是十九世紀中葉，王宮被發現之後，當時考古學家的心血結晶。他們把王宮每一個角落上，所刻的壁畫，全都臨摹了下來。有的完整，有的殘缺不齊——」

黃絹在這時候，已經知道漢烈米的目的了。她也不由自主地，發出了一下歡呼聲：「你希望在那些壁畫之中，找出那張椅子來！」

漢烈米一揮手，手指相叩，發出了「的」的一聲響：「來，我們一起找，別錯過任何有椅子的部分！」畫冊一共有四冊，漢烈米分了兩冊給黃絹。

兩個人開始，一頁一頁地翻看，一看到畫中有椅子的，兩人就互相研究。

畫冊中臨摹下來的宮殿壁畫之中，有椅子的部分，還真不少。出現次數最多的，自然是大殿上的那張寶座。漢烈米指著寶座，用詢問的眼色，望向黃絹。

黃絹搖頭：「我想不是那寶座。因為若果是，當時德亞武士，可以輕而易舉，製造一張同樣的，而把寶座換走，不必再等君主死了之後，到陵墓中去偷盜。」

漢烈米同意黃絹的分析：「那麼，這張椅子，就有可能是畫中出現過的任何一張！」

黃絹思索著：「也可能根本未在畫中出現——我想，德亞一定不知道他應該向哪一張椅子下手，所以，除非等君主死了之後，才能確定。沙爾貢二世的葬禮，當然隆重得很，德亞也沒有機會下手。當時，人人都不知道，何以君主堅持要坐在他的陵墓之中，只有德亞武士知道。沙爾貢二世一定是在臨死之前，才指出了他要坐在哪一張椅子上，德亞當時如果在，他也直到那時，才知道他要弄到手的椅子是哪一張！」

漢烈米又找到了兩幅畫，是君主坐在椅子上的。

一幅，看來威武的君主，坐在一張巨大的，看來是用織錦鋪面的椅子之上；而另一幅，君主坐在一張樣子看來十分奇怪的椅子上。漢烈米盯著那幅畫，現出了十分迷惑的神情來，不住地搖著頭。

黃絹一看到漢烈米的這種神情，也忙去看那幅畫，她卻看不出有甚麼特異之處。

畫上，君主──顯然是沙爾貢二世，坐在一張椅子上，沒有別的背景。那張椅子的形制，相當奇特，最奇特之處，是那張椅子只有一隻椅腳。

獨一的一隻椅腳，在椅子的正中，看起來相當細，椅子的椅背和扶手，一樣高低，是一個半圓形。這樣的椅子，看起來絕不會是一張舒服的椅子。

黃絹正想開口問，漢烈米已經叫了起來：「豬！我真是一隻豬，我以前竟然沒有注意到這張椅子！你看看，這張椅子的形制，絕對和亞述人的文化、生活習慣無關，一定就是這張椅子！」

黃絹的聲音，甚至有點發顫：「你肯定？」

漢烈米用力點頭：「絕對肯定！一隻腳的椅子，在現代是常見的，那要經過力學的計算，古代人做不到。而且，椅腳是用甚麼材料製造的呢？一定要相當堅硬的金屬才行，古代沒有那麼高明的冶金術──」

他講到這裏，忽然笑了起來：「其實，只要一點，就可以肯定這張椅子，就是我們要找的那張了。你看，這張獨腳椅子的椅腳，是有一部分插在地上的。」

黃絹「啊」地一聲：「對了，那石台上的小圓孔！那個小圓孔，就是要來插椅腳用的──沙爾貢二世的遺體，就坐在這張獨腳椅子之上！」

漢烈米點頭點得更用力，黃絹又道：「在沙爾貢二世下葬之後不久，德亞武士就和記錄師一起偷進了陵墓。假設是：德亞武士得到了那張椅子，但是卻把記錄師殺死在陵墓之中。」

漢烈米想了一想，在同意黃絹的假設之後，又補充了幾句：「兩千七百多年之前的一樁醜惡的盜竊和謀殺事件，真相和我們的分析，絕不會相去太遠！」

有了這樣的分析，而且，也肯定了那張「來自天庭，天神所賜」的椅子的形狀，這是令人感到極其興奮的重大發現。

可是很快地，黃絹就感到，事情實在沒有甚麼值得令人興奮之處。知道了一切，就算假設的經過就是事實，那又有甚麼用？

重要的是，這張椅子以後的下落怎樣了？

德亞武士得到了這張椅子，他是不是後來成了有權有勢的君主？在他之後，那張椅子，又落在誰的手裏？現在，這張椅子在哪裏？

當黃絹提出了這一連串的問題之際，漢烈米博士，這個偉大的考古學家的神情，就像是全然未曾溫習過書本，而被老師叫上去回答問題的小學生一樣，張大了口，一個字也答不上來。

黃絹嘆了一口氣：「博士，我知道是困難，極度地困難，幾乎沒有可能。但儘量再努力一下，至少，已經有了一個開始了，是不是？」

漢烈米只好神情苦澀地點著頭。他果然在努力，又花了一個多月的時間，在各種各樣的文獻、記錄、圖片之中，企圖找尋這張椅子的下落。可是，那畢竟是兩千七百多年之前的事了！

要找尋兩千七百多年之前失竊的一張椅子的下落，真的，只怕比大海撈針還要困難。因為不但需要解開空間的謎，也要解開時間的謎，要在立體之中摸索，而不是在平面上摸索！

漢烈米進一步的研究，可說是一點結果也沒有，他已經決定放棄了！

漢烈米在飛機上，向原振俠詳細敘述著事情的經過。原振俠在開始的時候，並沒有多大的興趣，但是，越來越被他的敘述吸引。

原振俠完全可以瞭解黃絹的心情。黃絹之所以想得到那張「來自天庭，天神所賜」的椅子，是想藉此獲得她想要得到的君主的權力。

原振俠當然不相信，一張椅子會有這種靈異的力量。

所以，漢烈米一再強調：「我對你講的一切，全是極度機密。黃將軍特許我告訴你，可是你千萬別再對任何人說起這件事！」

原振俠並不覺得事情真是如此嚴重，他甚至開玩笑似地說：「是不是也像古代的記錄師那樣，由於我已經知道了秘密，要把我殺了，好使秘密不外洩？」

漢烈米苦笑了一下：「原醫生，你的話，一點也不幽默！」

原振俠又替自己和漢烈米斟了酒，然後說：「我一點也看不出為甚麼要我去？我去了又有甚麼用？我對於考古學，可以說一無所知！」

漢烈米沉吟了一下，才道：「在我已決定放棄的那天晚上，又有了些新的發現。」

原振俠打趣地問：「找到那張椅子了？」

漢烈米卻認真地回答：「可以這樣說！」

原振俠陡地一怔，忘了自己是在飛機的機艙之中，一下子陡然站了起來，驚訝莫名：「怎麼可能？這是不可能的事！」

漢烈米吸了一口氣：「找到了椅子的下落，並不是循著兩千七百多年前僅有的線索追尋下去的結果，而是一個十分偶然的機會。」

原振俠重又坐了下來，他突然想起了一件事，失聲道：「別告訴我，那張天神所賜的椅子，是在那個古董商南越的手中！」

漢烈米看了原振俠半晌，才嘆了一聲：「我正是想那樣說！」

原振俠忍不住哈哈大笑：「這不是太巧了嗎？」

漢烈米瞪著眼：「世上有很多事情，是由於巧合才能繼續發展下去的。自然也有更多的事，是由於沒有巧合，所以就沒有了下文。」

原振俠仍然充滿了疑惑，望著漢烈米。

漢烈米苦笑了一下：「由於黃將軍保密的措施極嚴，很引起了學術界的不滿。不久之前，在紐約召開了一個會議，一定要我去出席，解釋一下這種情形——」

他講到這裏，頓了一頓：「我們考古學家認為，任何考古學上的發現，都是屬於全人類的，沒有甚麼人可以獨佔成果。」

原振俠苦笑著：「你試試和任何一位將軍去講你們的觀點，除非你手上，也有足夠的軍事力量！」

漢烈米的神情也十分苦澀：「是啊，配備精良的武裝部隊，守住了陵墓，所有的經費，又是他們拿出來的，我們考古學家學術上的信念，在強權和金錢之前，簡直甚麼也不值！」

原振俠吸了一口氣：「世事本來就是這樣的，別發牢騷了。說說是甚麼樣的巧合，使你找到了那張天神所賜的椅子的？」

漢烈米又呷了一口酒：「在那次會議上，我約略解釋了幾句。會議通過了一封抗議性的通電，發給卡爾斯將軍，那封通電，自然沒有下文。在會議過程中，有好幾次私下閒談的機會，一位姓符的中國學者，像講笑話一樣，講了他不久之前，參與了一幢古舊建築物中去尋找寶藏的事。當他講到了經過千辛萬苦，只找到了一張椅子時，我整個人都傻掉了！」

他接著，又把如何在那巨宅之中，發現椅子的經過，向原振俠講了一遍。

漢烈米雖然是在轉述這件事的經過，但由於當時，他一聽到了在一幢有數百年歷史的巨宅，一個處於巨宅內十分隱秘的空間之中，發現了一張椅子的那件事之後，有了異樣的感覺，所以他立時詢問，問得十分詳細。

再加上那位姓符的學者，正是巨宅最早主人的後代。

在「尋寶」的過程之中，由於他是考古學家，所以也擔任著相當重要的角色，對於整個在後來被當作是一齣鬧劇的尋寶工作的來龍去脈，知道得十分詳細。所以把一切經過，全告訴了漢烈米，因而漢烈米的轉述，也來得十分詳盡。

當時，那位符先生，對漢烈米博士這樣著名的考古學權威，會對這件事情感到興趣，也覺得十分詫異。他在講述了經過之後，曾問：「博士，想不到你對中國古代的事，也有這樣深刻的認識！」

漢烈米有意規避著：「不，我只不過是有興趣而已。對於你所說，你的祖上，服務於一個想爭奪皇位的王子府中那段歷史，我就不是很清楚！」

那位符先生心中倒頗不以為然——一個考古學家，歷史知識再淵博，也不可能對世界各國的歷史事件，都一清二楚的。通常來說，都各有各的專門研究範圍和課題。寧王朱宸濠起兵造反，在中國歷史上，只不過是一件小事，漢烈米的知識再淵博，也不一定會知道其間的詳情。

漢烈米當時又問：「符先生，那張被收藏得如此妥密的椅子，你見過沒有？」

符先生笑道：「當然見過，我還曾把它舉起來，遠遠地拋開去！」

漢烈米在當時，聽了這樣的話，不由自主，倒抽了一口涼氣，但是他奇特的反應，卻未被人注意。

漢烈米接著帶點責備地問：「你們，你，難道一點也沒有想到，這張椅子被收藏得這樣秘密，一定是有原因的？」

符先生笑道：「誰知道當初造這房子的人，打的是甚麼主意？那張椅子，絕不是甚麼寶物，這可以肯定，可能只是由於當時的某種古怪的信仰，所以才放在那裏的。」

漢烈米吸了一口氣。當他又裝著不經意的神態，問了那張椅子的形狀之後，他幾乎已可以肯定那張椅子，就是他所要找的那張了！當然，對於何以亞述帝國沙爾貢二世陵墓中的一張神秘椅子，會在中國建於明朝的一所古宅之中發現，他還是一無所知。

經過情形如何，漢烈米博士一無所知，但是他已經絕對可以肯定，這就是他要找的那張椅子！

所以，儘管他竭力掩飾著自己心情的激動，他的聲音聽來還是有點發顫。以致和他對話的那位符先生關心地問：「博士，你不舒服？」

漢烈米連聲道：「不，不，我從來沒有那麼好過。請問，這張椅子現在在哪裏？」

那位符先生呆了一呆：「那……不能確定，整所巨宅賣給了一個叫南越的古董商人，連宅子中的所有垃圾一起賣給他的。聽說這位古董商人很愛惜古物，可能還在他那裏吧！」

漢烈米的心跳得很劇烈。從那張椅子被人從沙爾貢二世的陵墓中偷出去，到現在又有了這張椅子的消息，其間隔了兩千七百多年。不論這張椅子現在在甚麼地方，再要找它的下落，總不再是那樣虛無飄渺了吧？

他在離開紐約之後，立時和黃絹聯絡，把自己偶然的發現，告訴了黃絹。

黃絹興奮莫名，不住地揮著手：「太好了，博士，既然這張靈椅，就在最近出現過，那麼，就由我來找尋它的下落吧！」

漢烈米有如釋重負之感，他立時問：「那麼關於沙爾貢二世陵墓的發現，是不是可以公開了？」

黃絹側著頭想了一想。當她這樣的時候，她的一頭長髮，就像黑色的緞子組成的瀑布一樣，輕柔地向下瀉著，看來極其動人。

她只想了極短的時間，就搖了搖頭：「不，其間還有許多疑問未曾解開，而且關於那張神奇的椅子，我不想另外有人知道！」

漢烈米博士感到十分失望，喃喃地抱怨了幾句。

黃絹溫柔地道：「博士，那陵墓值得研究之處還極多，它的建造過程，何以沒有記載？那張椅子既然是天神所賜，有那麼偉大神奇的力量，何以它的有關資料，如此之少？你有太多的工作要去做！」

黃絹很透徹地瞭解一個學者的心理——只要不斷有可供他研究探索的課題，他就會感到滿意。果然，漢烈米沒有再說甚麼，去繼續他的研究工作了。

而黃絹卻已經迅速地開始行動，她先派人假裝買家，到南越那裏去買古董。

可是喬裝買家的人，由於南越的態度特異，連南越的人都沒有見到，自然打探不出甚麼消息來。

南越在知道了那張椅子有特殊的怪異之後，也一直守著秘密。連他兩個最親信的僕人，也未曾提起過，根本除他之外，沒有人知道。

黃絹又作了極為廣泛的調查，查清楚了近年來，根本沒有一張這樣的椅子，在古物買賣市場上出現過。這使她斷定，椅子還在南越的手中。

她派出了一隊經過嚴格訓練的特工人員。在這群特工人員之中，甚至有幾個，是經過嚴格的日本忍術訓練的人。

（日本的恐怖份子組織「赤軍」，早已歸納在卡爾斯將軍組織領導的全世界恐怖份子大聯合之中，黃絹的手下，有日本忍術的高手，不足為奇。）

這一隊人員可以說是世界上暗殺、刺探的精英，他們若要謀劃暗殺甚麼人，這個人大約是死定了的。黃絹派他們去查那張椅子的下落，可以說是把事情看得重大之極了。

黃絹並且下了命令：「任何人，發現了那樣的椅子，都要不擇手段把椅子弄到手，用最快的方法交到我的手中。獎賞將出乎成功者的意料之外！」

所以，當那一隊特務人員展開工作之後，南越這個古物買賣商人的生命，真比甚麼都沒有保障，隨時可以死在那些人的千百種殺人方法之下。

可是，不論那隊特務人員用甚麼方法，都無法得知是不是有這樣的一張椅子存在。報告不斷送到黃絹那裏，直到黃絹肯定，這些人也找不到那張椅子的話，那就只有兩個可能：一是那張椅子已根本不存在了，二是南越另外有十分妥善的方法，把那張椅子藏了起來。

（在這裏，必須加一點說明。由於《靈椅》這個故事，牽涉到的事件、時間、空間太過廣泛，所以在敘述上，相當困難。平鋪直敘，會使人興趣大減，所以在敘述的方法上，十分多變，但是那也有缺點。）

（缺點是，一看到這裏，人人都會問：這張椅子，前面不是已經說過，南越把它放在原來發現它的那個小空間中，只是用了一幅明代的繡花錦幔把它遮起來而已。那麼，黃絹派出去的搜索隊，怎麼會找不到呢？是不是搜索隊的成員能力太差？）

（當然不是搜索隊的成員能力太差，那幾個人，要是藏在屋子中的東西，經過他們搜尋，還找不到的話，簡直是不可能的事！）

（事實上，搜索隊所作出的報告之中，有些連南越自己都忘記了放在何處的東西，也列在其中。）

（可是，搜索隊又確實未曾發現那張椅子！）

（其中，當然另有奧妙。奧妙何在，下面自然會解釋得一清二楚的。）

（自然，可以想像得到的是，黃絹派出去的人，要是發現了那張椅子的話，明搶暗奪，一定會將那張椅子弄到手的。在搶奪的過程之中，南越和他兩個僕人，只怕早就進了鬼門關了。要在那麼隱蔽的地方，殺死三個沒有保衛自己力量的人，對那隊特務人員來說，簡直比踩死三隻螞蟻，還要容易得多了。）

（即使連南越自己也不知道，有大約一個月的時間，他的一隻腳，是已經踏進了鬼門關之中的了！）

黃絹在她派出去的特務人員沒有發現那張椅子之後，她考慮到南越一定將這張椅子收起來了。椅子收在何處，秘密只有他一個人知道。

特務之中有一個向黃絹建議，把南越綁架了來，用最先進的特務逼供方法叫他吐實。

這對於掌握了世界恐怖組織，進行恐怖活動的黃絹來說，本來也是輕而易舉的事。可是黃絹考慮再三，還是沒有採取這個建議。

（南越這個人的運氣真好，他一點也不知道，自己已逃過了凶險莫名的一劫。）

黃絹是怕萬一南越因此而死亡的話，那麼好不容易有了那張椅子的下落，又會變得無法追尋下去。這張椅子失蹤了兩千七百多年，如今又有了消息，實在是一個奇蹟。

當黃絹和卡爾斯將軍講起時，卡爾斯將軍一口咬定，這種奇蹟，已經是天神所顯示的力量。這張在記載中，能使君主的權力野心得到滿足的靈椅，一定是命運中歸他所有的，不必要輕舉妄動，破壞這種「神的意願」。

所以，黃絹決定，還是從和南越打交道著手；所以，才有甚麼國家博物館成立的事；也所以，才有寫給南越，託他購買古物的電文。

黃絹想誘之以利，再慢慢自南越的口中，套出那張椅子的下落來。誰知道南越脾氣古怪，根本不為利所動。黃絹在無可奈何之餘，想到了原振俠，要原振俠去接近南越，這就是原振俠兩次見南越的來由。

另一方面，為了確定那張椅子是不是在南越的手中，黃絹又另外玩了一個小小的花樣，叫人打了一個電話給南越。

黃絹知道，南越如果有這張椅子在手，而他又嚴格保守秘密的話，那麼他一定是發現了這張椅子有某些靈異之處。

如果這個假設成立，那麼，南越一定渴望知道這張椅子的來歷。

在推理上，這一點成立的話，就有兩種可能：一是南越已經對這張椅子的一切全知道了，二是一無所知。

黃絹的判斷是南越一無所知，所以她叫人打電話給南越，告訴他，原振俠有這張椅子的詳細資料。那麼，南越就會去找原振俠。

黃絹的判斷十分正確，南越在一接到了電話之後，果然前倨後恭，來找原振俠。黃絹本來的計畫，是要原振俠和她聯絡，她一知道南越曾去找過原振俠，便立時要原振俠去看看那張椅子的。

可是就在這時，事情又有了新的、出乎意料之外的變化。這個變化，導致黃絹要漢烈米博士，立即來找原振俠，把原振俠帶到美索不達米亞平原去。

黃絹如何對付南越的種種經過，是連漢烈米都不知道的。那些經過，只是為了敘述的層次結構，所以加在這一部分的。

原振俠當然也不知道那些經過。

事情再接續前面——漢烈米仍然在沙爾貢二世的陵墓之中，從事研究工作。他對考古學有這樣的狂熱，這些日子來，他根本是住在那個陵堂之中的，他的辦公桌，就架搭在那個石台之上。

沙爾貢二世的遺體，已經被從黃金戰袍之中，移了出來，安放在一角。

經過研究，沙爾貢二世在世時，身形十分高大，有一百九十二公分高。他曾受過傷，有一次腿骨斷折的痕跡，在胸口的肋骨上，也曾受過傷，推測是曾經中過箭，傷痕是鋒利的箭鏃留下來的。

那件黃金片綴成的戰袍，無疑是兩河文化中極品中的極品。

每一片金片，都呈橢圓形，同樣大小，一共用了一千多片綴成，整件戰袍，重達四十三公斤。

這樣沉重的戰袍，當然只是為了殉葬而設計的。任何人體力再好，也無法在生前穿了它還能打仗。

（卡爾斯將軍在黃絹的陪同之下，就曾秘密地在這個陵堂之中，穿起這件黃金戰袍來。當他吃力地站起來，想作一個統治全世界的手勢之際，就一下子倒在地上，掙扎半晌，爬不起來。）

除此之外，漢烈米動用了大量探測儀器。

漢烈米採用的是聲波探測儀，利用聲波在不同的物質之內，傳播的速度各異，可以探測出岩石之下藏著的異種物體，這種聲波探測儀，一般都用在探測石油蘊藏上。由於整個陵墓，都是用岩石築成的，所以應用起來，效果也十分好。

在探測的過程之中，測到了用來砌成這個大陵堂的岩石，厚度都接近一公尺。當時不知是採用了甚麼工藝技術，竟然可以把那麼堅硬的石塊，鑿成幾乎同樣大小。

探測工作也在地面之上進行，那石板廣場上的四個大圓石墩上，有了使人不可理解的新發現——那些在表面上看來，經過燃燒的痕跡，使得石墩上半部的石質，發生了變化。

這說明，在石墩上的燃燒，曾產生過極高的高溫，估計超過攝氏八千度。如果只是在石墩上，進行普通的燃火儀式，是無法產生這樣高溫的。即使是經年累月的燃火，也不能使石質發生如此的變化。

當漢烈米博士說到在石板廣場之旁，那四個大石墩上的這個新發現之際，原振俠不禁皺了皺眉：「我也無法解釋在這四個石墩之上，曾進行過甚麼樣的燃燒。就是為了這個發現，你才叫我去的？」

漢烈米立時道：「當然不是！」

他在講了這一句話之後，靜了下來，臉上現出了一種十分怪異的神情來。他的那種神情，使原振俠意識到，他的發現，一定極端怪異。但是原振俠仍然想不出，為甚麼一定要他去參與。

漢烈米在靜了片刻之後，才道：「原醫生，我們需要一位醫生，而事情又越少人知道越好，所以，黃將軍想到了你，我才來找你的。」

原振俠怔了一怔，漢烈米的話，使他的自尊心，受到了相當程度的傷害：「找我，只不過是因為我是一個醫生？」

漢烈米搖頭：「當然還有別的原因。黃將軍說，你對於各種不可思議的事，有超卓的見解，發現的怪異現象，要你設想和解釋。」

這幾句話，令得原振俠的心中，多少好過了一些。

原振俠盯著漢烈米，漢烈米道：「純粹是偶然的。聲波探測儀一直只在探測陵堂的四壁、上下，我忽略了那個石台，就是那個本來放著椅子，君主的遺體坐在椅子上的那個大石台。」

# 第六部：探測儀出現了異常的波紋

原振俠沒有接話，只是用心聽著。

漢烈米又停了一停，才繼續道：「那天晚上，我工作得十分疲倦，下了石台——我是根本睡在那張石台上的。那時，探測工作已停止了，探測儀就放在石台附近，我走過去順手撥動了幾個掣鈕，開著了探測儀，聯結探測儀的螢光屏上，突然出現了異常的波紋。這些日子來，我早已看慣了岩石的波紋，所以一出現異樣的波形，一下就可以分得出來！」

他說到這裏，頓了一頓，問道：「出現了異常的波形，那表示甚麼？」

原振俠「嗯」地一聲：「那不用問，自然是表示聲波探測儀，測到了在這個石台的中心，有著有異於岩石的其他物質！」

漢烈米連連點頭：「當然是，這發現很令人興奮。這座陵墓之中，應該蘊藏著巨大的秘密的，現在終於又有了發現！我立時叫醒了探測工作人員，他們也感到十分興奮。聲波探測的原理，你是知道的了？」

漢烈米忽然這樣問，原振俠自然只好約略地回答了他這個問題。

聲波由於在各種不同的物質之中，行進的速度不同，所以在示波螢光屏上，會有不同的波形顯示出來，這就是聲波探測的最簡單原理。

由於聲波在同樣的物質之中，速度是固定的，所以顯示的波形，也是固定的。例如在岩石中，各種不同成分的岩石，都有各自一定的波形，各種不同的金屬，也有各自一定的波形。

所以有經驗的專家，一看到了示波螢光屏上出現的波形，就可以知道，在岩石之下，藏著的是甚麼。

如果在石台的石塊之中，有大量黃金在，那麼就會現出黃金應有的波形來。就算石台之中，藏著各種不同性質的寶石，專家也可以將波形固定、分析，而得知裏面藏有甚麼種類的寶石，其精確程度十分高。

漢烈米又現出那種怪異的神情：「經過了幾乎一整夜的研究，竟然不能在顯示的波形之中，認出石台之中的是甚麼物質來！」

原振俠揮著手：「或許是一種十分複雜的合金？」

漢烈米反問：「為甚麼你肯定是金屬？」

原振俠不禁啞然：「只不過是猜想，在石台之中，總不成還藏著石塊，猜想是金屬，比較合理。」

漢烈米緩緩搖著頭。

原振俠忍不住問：「是甚麼？」

漢烈米道：「不知道！」

漢烈米的這個回答，倒很令原振俠感到意外：「不知道？這是甚麼意思？你不曾把那石台拆開來看看？一拆開來，就能知道了！」

漢烈米的怪異神情更甚，原振俠想了一想，自己的話並沒有講錯。石台一定是用大石塊砌成的，要將之拆開來，不會是甚麼難事，要就只有一個可能——

原振俠一想到了「這個可能」，震動了一下：「這個石台有多大？」

漢烈米望了原振俠一眼，一副「你終於想到了」的神情：「長十公尺，寬六公尺，高兩公尺。」

原振俠吸了一口氣：「那石台……是一整塊的大石？」

漢烈米點頭：「不然，你以為我怎麼會忽略了對它的探測？我想一整塊大石中，是不可能藏有甚麼的，但是偏偏就在裏面，有著不可知的東西！」

原振俠儘量使自己想像一下，那個成為石台的大石究竟有多麼大。根據漢烈米的形容，這塊大石頭的體積，達到一百二十立方公尺，它的重量，可能達到三百噸！這實在是難以想像的事！當他想到這一點之際，他不由自主道：「那是不可能的！一塊接近三百噸重的大石頭，兩千七百多年前的人，用甚麼方法來搬運？」

漢烈米瞪了他一眼，像是覺得他這個問題太幼稚：「原醫生，關於古人的智慧和能力，我們瞭解得太少了！眾所周知的埃及大金字塔，是如何建成的，一直到現在，還沒有人可以解釋得出來！」

原振俠苦笑了一下，他不能不承認漢烈米的說法是對的。比起眾所周知的埃及大金字塔來，別說一塊三百噸重的大石，就算是整個沙爾貢二世的陵墓，也不算是甚麼了。

原振俠道：「在這樣的一塊大石之中，就算藏著別的物質，也是很平常的事，可能是早就在岩石中的礦藏。」

漢烈米用手，重重在自己的臉上撫摸了一下：「你還是不明白，醫生，探測儀探測所得的結果並不是金屬，金屬的波有一定的波形。我曾設想過，那是人類還未曾發現的一種新元素，可是……可是……」

他講到這裏，臉上的那種古怪的神情更甚：「可是……有甚麼元素，會作有韻律的顫動？」

原振俠呆了一呆，一時之間，還以為自己聽錯了。他疾聲問：「你說甚麼？」

漢烈米神情苦澀：「我在問自己，有甚麼元素是會作有韻律、有規則的顫動的？」

原振俠還是不明白：「你的意思是在那塊大石之中，有一些東西是在作有韻律的跳動的？」

漢烈米一副無可奈何的樣子，顯然這是他也無法接受的事實，但是他還是十分肯定地點著頭。

原振俠笑了起來，可是他的笑也十分勉強。因為他知道漢烈米不會向他說謊，可是整件事，卻又怪異得無法接受。

他指著漢烈米：「好了，你究竟想說明甚麼，直截了當地說吧！」

漢烈米嘆了一聲：「醫生，我無法說明甚麼，黃將軍也無法作出任何解釋，所以才想到了你，希望你能作出一種解釋，至少，作出一種假設！」

原振俠真的感到迷惑了，他的思緒變得十分混亂：「等一等，我還未曾弄明白你的話。你說大石之中，有一種東西在，那東西，或者是那物質，在作有規律的顫動，或是跳動？」

漢烈米緩緩搖著頭：「由於我自己也在極度的迷惑之中，所以我無法向你作進一步的說明。啊……快到目的地了，等你進了那座陵墓之後，你或者會領悟的，現在我向你多作解釋，也沒有用處。」

原振俠苦笑了一下，他除了接受漢烈米這樣說法之外，也別無他法可想。

飛機在這時，已經在作降落的準備。向下看去，下面是一個小型的機場，停著不少軍機，可能是一個軍用機場。

當飛機降落，艙門打開，原振俠和漢烈米步出機艙之際，已看到一輛黑色的大房車，疾駛而來。一停下，車門打開，就出來了兩個身形十分高大，體格很健壯的女子，向漢烈米行了一個軍禮。

漢烈米向她們點了點頭，就和原振俠一起進了車子。車子駛向一架軍用直升機，他們登上了直升機，那兩個女子，看來負著保護他們的責任。

漢烈米低聲對原振俠道：「這兩位，是舉世知名的卡爾斯將軍的女護衛。她們所受的訓練之嚴格，寫在小說裏也不會有人相信！」

原振俠苦笑了一下。卡爾斯將軍的女護衛接近一百人，自然也是黃絹的主意。他不表示甚麼，只是向下看著，下面是連綿不斷的黃土平原，一直延伸到天際，看起來荒涼而單調。

直升機飛了沒有多久，就看到了一個巨大的石板廣場。那廣場的石板，在陽光下看來，潔白而有閃光。原振俠也看到了那四個大石墩，同時，也明白了黃絹保守秘密，何以會引起世界考古學者的抗議。因為在那廣場四周，不但佈滿了軍隊，而且，至少有七、八架新型坦克駐紮著！

在這樣的防守下，想要接近這個廣場，非有一場戰爭不可！

直升機略一盤旋，就在廣場上降落了下來，立時有一輛滿載士兵的中型吉普車，疾駛而來。漢烈米向原振俠做了一個手勢，一起下機，士兵已整齊劃一地自車上跳下，迅速列隊，向兩人舉槍致敬。

漢烈米指著不遠處，那是廣場中心，石板被移開的部分。在那裏，另有二十個士兵荷著槍在守著。

原振俠在漢烈米的敘述之中，對這個廣場，以及陵墓入口處的情形，已有相當程度的瞭解。這時，他站在那個廣場之上，親身經歷，畢竟和只聽敘述不同，只覺得建築之偉大神秘，簡直難以形容。

在那一塊一塊的石板之下，又蘊藏著不可測知的古代的秘密，更使人心頭有一種異樣的刺激之感。

所以，雖然在十幾小時的旅程之中，他幾乎沒有休息過，但這時，他也絲毫沒有疲倦之感，他甚至走在漢烈米的前面。

當他來到入口處之際，守衛的士兵又向他行禮。他略等了一會兒，和漢烈米一起走下了石板。

當他看到了那個陵堂之際，他才知道，這不能怪漢烈米的形容本事差。

事實上，是人類的語言文字，不論你如何運用，都難以形容出這個建築在地下的陵堂的宏偉！

從上向下看去，可以看到陵堂之中，大約有十個人在。那些人也正仰著頭在向上看，原振俠甚至認出了其中一個正是黃絹。

可是從上面看下去，那些在陵堂中的人，給人的感覺是如此之渺小。那是陵堂建築宏偉所造成的一種對比印象，可能是建造這座陵堂的古代設計師故意的設計。

原振俠心中立時想到的是，就算偉大如沙爾貢二世，坐在石台上，置身於這樣的陵堂中，從這個角度看來，他也同樣會給人以十分渺小之感。

這是不是古代的藝術家，故意作出這樣的設計，來表示對權位的一種抗議呢？

原振俠所想到的問題，不容易有確切的答案。但是在人類的歷史上，各種各樣的野心家，沉湎於權力的爭奪之同時，各種各樣的藝術家和文學家，也在致力於對野心家反抗和鄙視，這一點倒是有定論的。

原振俠深深地吸了一口氣，他已看到，黃絹在向他揮著手。所有的人都在那石台附近，那石台從上面看下去，還不怎樣，越往下走，越覺得一塊大得那樣的石頭，真有點不可思議。

原振俠走完了石級，踏足在陵堂的地上，他逕自向黃絹走了過去，心頭思潮起伏。黃絹看來一點也沒有甚麼緊張，她伸出手來，聽來有點客氣：「你來了？」原振俠和她握著手，他要竭力克制著，才使自己的聲音不致於發抖：「你好！」

他說了兩個字之後，立時轉變了話題：「這裏有一點怪事發生？漢烈米博士說得不是很詳細，究竟是甚麼事？」

黃絹縮回了手，指向那塊大石：「在這塊大石之中，有著……有著……」顯然她也不知道該如何說才好，所以她又指向一組螢光屏。

螢光屏一共有六幅，有的大、有的小。

原振俠一眼就看出，在發現了那塊大石的內部有怪異之後，一定已增設了除了聲波探測儀以外的其他各種探測設備，因為各個不同的螢光屏上，顯示的波紋並不一樣。有一幅螢光屏，一看就知道是利用X光，想看到石頭內部的情形。可是顯示在螢光屏上的，卻只是一片灰白。

原振俠盯著那些螢光屏——雖然波形不一，但那是不同方法探測的結果，而相同的是，那些波紋，都在作有韻律的、有規則的跳動。

這種波形的跳動，難怪漢烈米解釋不清楚。這時，原振俠看著，他自然而然地產生了一種錯覺——他是在注視著醫學上的腦電圖，或是心電圖。整個情形就是這樣，波形在跳動著，每一次相隔的時間也是相同的！

原振俠真正呆住了，這種情形，其實是說明了一種情形：這塊大石是有生命的！或者說，在大石之中的東西，是有生命的！

但是，那又怎麼可能呢？石頭是沒有生命的，在石頭之中，也不會有有生命的東西，這是人類智識範疇之內的事。

可是從波形的顯示看來，不但是有生命，而且這樣的跳動，還不是一個微弱的生命，而是強有力的生命！

原振俠怔呆著，過了好一會兒，黃絹和漢烈米才一起問：「怎麼樣？」

原振俠的喉際有點發乾，所以他的聲音聽來有點啞：「看起來……看起來……倒像是這塊大石之間，有著一顆心臟，在不斷跳動！」

原振俠的這種話，如果在別的場合之下說出來，一定會引起哄堂大笑。但在如今這樣的情形之下，所有的人，互望著，沒有人有輕率的神情顯現出來。

一個頭頂半禿的中年人沉聲問：「照你的意見，那是甚麼形式的生命？」

原振俠深深吸著氣：「我不敢說，可是各位，一定是長時期從事探測工作的了？」

幾個人都點頭，原振俠又問：「請問，如果是一株巨大的古樹，那是有生命的，在試用各種探測儀器的過程之中，會不會有這樣的波形顯示出來？」

原振俠的問題，在足足沉默了一分鐘之後，才有人陸續回答：「不會！」

那半禿的中年人補充道：「植物生命，在各種探測儀的螢光屏上所顯示的波紋，另有規律。精密的探測，甚至可以測出植物細胞輸送水分時的運動，但……那是完全不一樣的一種運動。」

原振俠攤了攤手，向漢烈米和黃絹望去：「那麼，至少可以排除植物生命了。」

各人都點著頭，也都明白了原振俠的意思。他不能肯定那是甚麼性質的生命，就先排除不可能的。在所有不可能的因素都被排除之後，剩餘下來的，自然是可能的因素了，這是邏輯上的簡易法則。

原振俠又道：「是不是，有某種性質特別活躍的礦物，或者說，是性質非常不穩定的元素，會現出這種波形來？譬如說，放射性元素，有幾種是十分不穩定的，幾乎每分鐘都在發生變化。」

原振俠的話才一出口，就有好幾個人一起搖頭：「如果是不穩定的放射性元素，一定有輻射量的顯示，可是所有指示輻射量的記錄都是零。」

原振俠喃喃地說了一句：「又排除了一種可能性，這塊大石，各位可能憑感覺感到在震動？」

黃絹道：「當然沒有！」

原振俠向漢烈米望去：「博士，那似乎只有兩個可能了。第一個可能是，這塊石頭是活的，石頭本身，就是一個生命……」

陵堂之中靜了下來，剎那間靜得有點異樣，幾乎人人都可以聽到自己的心跳聲。

過了好一會兒，才有人道：「這是無法接受的！」

原振俠做著手勢：「我也只是提出可能，事實上，令我自己也不能接受。而第二個可能是，在這塊大石中，有著一個生命存在。」

又是好一會兒沉默，漢烈米道：「還是不能接受。」

黃絹忽然笑了一下：「有一位先生，曾經記述過一個故事，說是有一個靈魂，因為某種原因，被困在一塊木炭之中，會不會在這塊大石之中，是——」

她覺得再講下去實在太荒誕了，而且也是對考古學的大不敬，所以她就住了口。

漢烈米博士卻並不在意，他大動作地搖著手：「別告訴我沙爾貢二世的靈魂，在這塊大石之中！」

黃絹來回踱了幾步有了決定：「把大石剖開來，就可以知道在裏面的是甚麼了！」

原振俠忙道：「那……不是好辦法！」

黃絹一昂首：「你還有甚麼更好的辦法？」

原振俠道：「我沒有更好的辦法，但是，我知道那不是好辦法！」

黃絹低下頭一會兒：「為甚麼呢？」

原振俠停了片刻：「在我的感覺上，這種探測到的跳動，像是……人體的心臟跳動。我們不會為了……要弄清楚人體心臟結構，而把人體剖開來的，是不是？」

黃絹立時道：「照你這樣說法，醫學上應該沒有解剖學了！」

原振俠提高了聲音：「解剖學只解剖死人，不解剖——」

黃絹一抬手，打斷了原振俠的話頭：「解剖活的生物——中學生在生物實驗室中，就已經開始解剖活的青蛙、活的兔子，而且，你又怎能擔保，對科學有求知慾的科學家，沒有解剖過活人？」

原振俠感到身子一陣發熱，他顯得十分激動：「如果有這樣的科學家，他不是對科學有求知慾，他不是劊子手就是瘋子！」

黃絹呆了一下，聲音變得輕柔：「別去討論那些。這塊大石，就算是一個生命，把它剖開來，也並不造成甚麼不道德。」

原振俠盯著那塊大石，過了好一會兒，他才自言自語道：「你怎麼決定都行，我不明白，為甚麼你要把我從萬里之外叫來？」

黃絹在這時候，突然用了一句中國話：「我還有許多別的事要對你說。」

原振俠震動了一下，沒有再說甚麼。

漢烈米博士繞著那塊大石，不斷地轉著圈子：「兩千七百多年前的陵墓之中，居然有生命存在，所有考古學的教材，都可以徹底改寫了！」

黃絹揚了揚手，神情在突然之間變得十分嚴肅：「各位，在這裏發生的一切，都是極度的秘密，卡爾斯將軍不會容忍任何秘密洩露。解剖這塊大石的工作，會由卡爾斯將軍屬下的工程部隊擔任。」

原振俠仍然望著那些有波形顯示出來的螢光屏，他可以肯定，波形變化的韻律，是生命的韻律。可是那究竟是甚麼形式的一種生命，怎麼會和一塊大石結合在一起？

他在黃絹和那些專家商議著，如何進行把那塊大石剖開來的工程之際，慢慢踱步到了那件黃金綴成的戰袍之前。

雖然經歷了兩千七百多年，可是仍然金色燦然，而且鏤金工藝是那麼完美，令得他不由自主讚嘆：「這……件戰袍，只怕是世上所有古物之中最名貴的了！」

黃絹的聲音就在他的身後響起：「不，最有價值的，應該是那張椅子！」

原振俠震動了一下，黃絹一定站得離他極近，近到了他幾乎可以感覺到黃絹的體溫。這令得他的身子發熱，不由自主地低嘆了一聲。

他雖然未曾出聲，可是黃絹還是敏感地想到了他在想些甚麼，向後面略微退開了一些。原振俠剛才因為緊張而捏著的雙手，這時才緩緩鬆了開來。

他用一種十分鎮定的語調說：「關於那椅子的事，博士已向我詳細說了！」

黃絹的聲音十分低沉：「我一定要得到那張椅子！」

原振俠緩慢地吸著氣：「你所擁有的東西，已經太多了！」

黃絹悶哼一聲：「只有笨人才會認為自己擁有太多，聰明人是永遠不會滿足的！」

原振俠在心中又嘆了幾口氣，他竭力遏制著自己心頭的厭惡感：「你不是為自己要那張椅子，是為那個畸人！」

黃絹「咯咯」地笑了起來：「原，我喜歡你嫉妒，但那不是君子的行徑！」

原振俠陡然轉過身來，盯著黃絹。黃絹昂然站著，神態十分高貴優雅，那是足以令得任何男人都會為之氣窒的一個美女。

原振俠望著她，或許是由於她面對著那件黃金戰袍的緣故，在她本來澄澈明亮的雙眼之中，閃耀著一片異樣的金光。

原振俠忙移動了一下腳步，黃絹跟著他，半轉了身過來。

黃絹雙眼之中的那種金光消失了，但是原振俠的心中卻更失望，甚至有一陣無可避免的刺痛——他在黃絹的雙眼之中，接觸不到美麗，所看到的，只是追求權力的一種貪慾。這種貪慾，令她美麗的雙眼，看起來，甚至是一片渾濁，無法凝視。

原振俠偏過頭去，黃絹笑了一下：「根據你和南越的幾次接觸，你能不能判斷，那張椅子，是不是在他手裏？他藏在甚麼地方？」

南越把那張椅子藏在甚麼地方，原振俠自然不知道。而黃絹居然連那張椅子是不是在南越那裏，都無法知道，原振俠感到十分詫異。但倒是可以肯定椅子在南越手上，因為南越曾以為他擁有椅子的資料，而來找過他。

原振俠幾乎要把南越來找他的那件事說出來了，可是他還沒有開口，黃絹已經道：「如果椅子在他那裏，我叫人打了一個電話給他，說你有那椅子的資料，他應該來找你的！」

原振俠心中又感到了一下刺痛——又是狡獪的手段，實在太多權術，太多狡獪了！

也就在那一剎間，他突然改變了主意，用連他自己也難以相信的，自然而然的口吻回答：「沒有，他沒有來找我，我想那張椅子，根本不在他那裏！」

他在這樣說的時候，非但沒有因為說謊而臉紅，而且還直視著黃絹。

原振俠並不是擅長於說謊的人，但這時候，他卻欺騙了黃絹，欺騙了他內心深處深愛著的黃絹。

原振俠當時只想到了一點：黃絹是為卡爾斯將軍在尋找那張椅子的，他不能讓這個畸形的狂人，有無限制擴展權力的力量！

本來，原振俠絕不相信一張椅子會有這種神奇的力量。他也奇怪，何以像黃絹這樣的聰明人，竟會對這一點深信不疑。

但是，他到了這座陵墓之中之後，心中自然而然，受了古代宏偉建築的影響，而且，那塊大石還有那麼奇異的現象顯示出來。環境有時會給人心理一種壓力，使人趨向神秘，人進了宏偉的廟宇或教堂之中，特別容易傾心宗教，就是這個原因。

原振俠對那張椅子的一切，仍然一無所知，但是他想到的是，不能讓黃絹得到那張椅子！他沒有力量把黃絹從追求權力的深淵之中拉出來，至少也不能把她更推下去！

因為突然之間有了這樣的想法，所以他才決定，不把南越來找過他的事告訴黃絹。

黃絹現出失望而焦急的神情來，來回踱了幾步：「那麼，這張椅子上哪兒去了？」

原振俠裝成不經意：「誰知道，或許是和那所大宅中的廢物垃圾，一起拋掉了！」

黃絹像是被人重重踩了一腳一樣，憤怒地叫了起來：「不會，絕不會！南越這個古董商人，應該知道那張椅子的價值！」

原振俠冷笑一下：「不一定，就算知道了，他如果不想做君主，對他來說，也沒有甚麼用！」

黃絹似怒非怒地望著原振俠，忽然道：「我們出去走走？這裏充滿了古代的神秘，是散步的好地方！」

原振俠低下頭：「如果可以遠離那些士兵，的確是好。」

黃絹發出一陣動聽的笑聲，向外走去。原振俠望著她款擺的細腰，飛揚的長髮，身不由主地跟在她的後面。

離開了陵墓，黃絹登上了一輛吉普車，原振俠坐在她的身邊，車子向前疾駛而出。

這時，正是日落時分，殘陽如血，天際一大片血紅的晚霞。

極目望去，黃土平原延綿伸展著，一直和天際的邊緣相連。

原振俠在車子一停下之後，立時跳了下來，俯身拾了一把泥土，又讓泥土自他的指縫之中滑落下來。

這一大片黃土平原，曾經孕育了人類古代文明，是極度輝煌的人類文明的發源地。

黃絹默默地走過來，靠在他的身邊。風吹起了她的長髮，拂在原振俠的臉上，原振俠也不躲避。

天色迅速黑了下來，當天際的晚霞，轉成了一種看來淒艷莫名的深紫色時，兩人誰也不開口。

直到天色完全黑了下來，黃絹才嘆了一聲：「我以為你很瞭解我，原來我錯了！」

原振俠聲音乾澀：「對也好，錯也好，有甚麼改變？有甚麼不同？」

黃絹踢著泥塊：「對，不會有甚麼不同。」

然後，兩人又靜了下來，眼看著上弦月在天際顯現出來。

這時，原振俠的心頭一片茫然。他不知道黃絹這時在想甚麼，但至少可以知道，黃絹也極其享受這種寧靜的相聚。

他和黃絹之間的關係，真是奇妙之極了。黃絹是這樣手握大權的一個人，而他只不過是一個普通的醫生，身分截然不同，本來是絕無可能出現像如今這樣的場面的，可是居然出現了！

是不是最主要的是，他是男人，黃絹是女人？還是黃絹的內心深處，對他還是有著愛意？

當原振俠想到了這一點時，他幾乎忍不住，要在黃絹的耳際輕輕地問：「你是不是愛我？」

不過，他當然沒有問出口。他不再是初戀的中學生了，他知道，問了之後，不會有任何結果。

黃絹挺了挺身子，向前慢慢地走著，原振俠跟在她的身邊。

黃絹在走出了不遠之後，才低聲道：「你不覺得這個古代的陵墓，充滿了神秘？」

原振俠點頭：「是的，據漢烈米說，找不到任何有關陵墓建造的資料。」

黃絹道：「是啊，這樣大規模的工程，絕不是三年五載可以造得起來的，也絕不能秘密進行，何以竟然會沒有記載？」

原振俠用十分平靜的聲音道：「當皇帝不想讓一件事在歷史上留下記載之際，他有許多方法可以達到目的。最簡單的辦法是，把所有參與這件事的人全都殺掉！」

他說的是人類歷史上卑鄙殘酷的一面，是人類文明上的汙點。可是黃絹聽了，卻一點也沒有震驚的表示，只是略揚了揚眉：「那的確是最簡單的方法！」

原振俠苦笑了一下。黃絹當然是明白這種方法的，或者，她曾經使用過這種方法！

他感到無話可說，兩個人走出了不很遠，又轉身走回車子。

黃絹自言自語地說：「那塊大石中，會有甚麼東西？」

原振俠仍然不出聲，因為那是一個無法回答的問題。

要弄明白那塊大石之中，究竟有些甚麼東西，工程還真不簡單。

要剖開一塊大石，可以有很多方法。最原始的自然是使用人力，把石頭一下一下鋸開來，這種方法早已不用了。

比較先進的是「水刀」，利用高壓，將水射向石塊，可以使石塊碎裂開來。

而更先進的，是使用裂石的化學劑，可以最快、最安全地把大石隨心所欲地剖解。

漢烈米採取的就是這個方法，裂石專家帶著一應器材，在三天之後趕到。

在這三天時間內，原振俠一直和漢烈米在一起。自從那天晚上，黃絹和他散了一會步之後就離開了，再也沒有來過。

漢烈米自然力邀原振俠留下來，原振俠也確然留了下來。可是他真不敢肯定，自己是對考古工作有了興趣，是這座神秘的帝王陵墓吸引了他，還是他的心中另有秘密的願望，希望黃絹再出現在他的面前。

在這三天之中，漢烈米和原振俠交換了不少意見。原振俠對這座陵墓，沒有文字記載這一點，提出了他的看法，和漢烈米討論過。

他道：「中國的秦始皇墓，你是知道的了？」

漢烈米立時又興奮了起來：「當然知道！最近的發現說，這個皇帝的陵墓，在地下的面積，竟達到五十六點二五平方公里那麼大，真是不可思議！這可以說是人類有史以來，最大的一座陵墓了！」

原振俠攤了攤手：「要在五十六平方公里的地下，遍建通道、陵室，以及各種用途的坑室，需要多少人力物力？需要多少時間？只怕秦始皇一開始做皇帝，陵墓工程也開始了。可是這樣的一個大工程，歷史上有關的記載，也是少之又少！」

漢烈米點頭：「是啊，而且當時在中國，文字已經發展得十分充分，可以記錄任何事件了！」

原振俠道：「帝王對自己的陵墓，都十分重視，怕被後世的人發掘。他們都知道，自己的權力，隨著生命的消失，不會再存在。所以，對於他們的葬身之所，就一直要嚴守秘密。」

漢烈米大表贊成：「對！尤其對沙爾貢二世來說，他甚至在死後，還想保持權力，自然會把陵墓建造過程之中，曾經參與的人——」

他講到這裏，不由自主，打了一個寒戰，和原振俠相對無言。那自然是他們兩人，都想到了當時為了保守秘密，一定曾有過慘絕人寰的大屠殺之故。

三天的時間漢烈米也做了不少工作。他先測得那座石台的高度是兩公尺，但還有一公尺是埋在地底的，那也就是說，石塊比預計的還要大得多，重量甚至超過五百噸。

化學劑裂石的專家，本來想要把整個石台起出來，再進行裂石工程的。但是要去找那麼巨大的起重機，就是絕大的困難，有了起重機，也無法運進這個陵堂來，所以只好作罷。

專家在大石上，先畫出了許多格子，準備照畫好的格子，把大石剖開來。

然後，專家又清洗大石，用的也是化學劑。大石的表面，本來呈現一種相當潔白的色澤，才一開始用化學劑去清洗，化學劑一噴了上去，所有在旁看著的人，都不由自主發出了驚呼聲來！

化學劑是很普通的洗石劑，作用是可以把石頭表面輕微腐蝕一下，使得石頭表面的積塵清除。很多用石塊建成的大廈，就是用這種化學劑來噴洗，使之翻新的。

可是這時，石塊表面，曾被化學劑噴上去的地方，卻發生了異常的變化。化學劑一和石面接觸，立時發出「滋滋」的聲響，和泛起泡沫來。而且可以看得出，石塊的表面，迅速地被蝕了下去！

漢烈米首先大叫道：「停止！停止！」

裂石專家在這樣的情形下，顯得極度不知所措，立即停止了噴射。大石表面上，已有一大塊蝕去將近三公分，現出一個淺淺的坑來。

漢烈米、原振俠一起奔過去看，殘剩的化學劑還在冒著泡沫。

原振俠出聲叫了起來：「天！這座石台，有一層外皮！」

漢烈米的臉色，甚至變成了慘白色，那是由於極度的興奮而產生的。因為他看到，在石台的「外皮」被化學劑蝕去了之後，顯露出來的部分，是一模一樣的岩石，已經誰都可以看到，在石上，有巨大的楔形文字刻著。在已顯露出來的部分，可以看到三、四個字，每一個文字的大小，足有一平方公尺！

裂石專家的臉色也白得可以——在這之前，他做了不少工作來檢查這塊大石，發表了不少偉論，可是他竟然未曾發覺，整座石台是有著一層「外皮」的。

「外皮」相當薄，只有三公分，而且，十分容易被腐蝕。顯然不是岩石，而倒像是一種甚麼塗料，塗在石台外面，只不過看起來和岩石完全一模一樣而已。

這對於一個專家來說，自然是一種羞辱。他的雙眼睜得極大，掙扎了半晌，才道：「不可能！不可能！」

漢烈米則已經大叫一聲，轉過身來，撲向專家，把他緊緊抱了起來。

# 第七部：石台的楔形文字刻了些什麼

裂石專家大吃一驚，急急為自己的地位爭辯：「古代人不知用甚麼方法，把我……騙了過去！」

漢烈米的臉色，已轉成異樣的紅色，他用盡了氣力在叫嚷：「不但把你騙了過去，把我也騙了！可是你做得好，你做得好，你做得太好了！」

他興奮地揮舞著雙手，又衝過去抱原振俠，然後又叫嚷：「繼續用那種化學劑，把石頭的表皮全都弄走，我看秘密就快顯露了！」

裂石專家吁了一口氣，連忙又繼續噴化學劑。

半小時之後，發現事情和想像的略有不同——石台只是在向上的一面有一層「外皮」，其餘的四面並沒有這層「外皮」，向下的一面，由於埋在地下，自然不得而知。「外皮」在外形上看來，簡直是一模一樣的，連裂石專家也無法分辨出來。整個平台的向上一面，都刻著巨大的楔形文字。

由於刻在石台上的文字是如此巨大，因此，站得近是無法閱讀的。漢烈米和幾個考古學家，一起奔上了石階，站在入口處，居高臨下，向下看來，才能看得清楚。原振俠不會讀楔形文字，所以他沒有跟上去，只是抬頭向上望去。

漢烈米和考古學家們，一定一下子就看懂了那些文字，因為他們人人的神情都是一樣的——瞪著眼，張大口，一副驚詫莫名的神情。

所有在陵堂中的人，都抬起頭向上看著，一時之間，靜得出奇。

原振俠首先打破沉寂：「上面刻了些甚麼？」

漢烈米吞嚥口水的聲音，連在下面的原振俠，都可以聽得到。他沒有立時回答，只是一步一步，慢慢地自石階上走了下來，那幾個考古學家，跟在他的後面，幾個人的腳步，都顯得十分沉重。

到了石台的附近，漢烈米仍然不出聲，雙手捧著頭。過了好一會兒，他才道：「工程人員，探測人員請先撤退，這裏的一切，暫不進行！」

裂石專家道：「我可以立刻開始工作！」

漢烈米看來十分疲倦地揮了揮手道：「暫時停止，請離開這裏！」

漢烈米是總指揮，他一再下令要各人離開，各人當然服從。

不到十分鐘，陵堂中只剩下了五個人——漢烈米、原振俠和三個考古學家。

漢烈米又道：「通知黃將軍，等她來決定！」

原振俠指著石台的表面：「上面刻著甚麼？是一種咒語？」

古代的帝王陵墓，常常留有神秘的咒語，懲罰擅自進去的人。埃及有很多金字塔，就有這樣的咒語，所以原振俠才會這樣問。

漢烈米又吞了一口口水：「我不知道是不是咒語，但至少可以肯定，是一個警告。」

漢烈米這樣說的時候，向另外三個考古學家望去，三位學者神情嚴肅，一起點頭。其中一個沉聲道：「可以說是嚴重警告！」

原振俠來到了石台邊上，把手按在石台上。漢烈米陡然神情緊張地做了一下手勢：「原，最好……離它遠一些！別碰……它！」

原振俠吃了一驚，縮回手來：「那警告……說連碰都不能碰嗎？」

漢烈米搖頭：「不，上面的話，其實很簡單。」

他頓了一頓，才把石台上所刻的楔形文字，譯讀了出來：「當這些文字顯露時，不論是任何人，作為已經超過了天神訂下的界限。立刻離開，再也別碰天神的寶座，否則將有難以估料的巨大災禍，這種巨大的災禍，是任何人任何力量所不能抗拒的。」

漢烈米讀得十分緩慢，當他讀完了之後，他攤開了雙手。

原振俠忙問：「天神的寶座？那是甚麼意思，這石台，是天神的寶座？」

對於原振俠這個問題，漢烈米和三個考古學家，都沒有立即回答。

過了一會，漢烈米才道：「我也不明白，這塊大石……這座石台真是怪異透頂！這一段警告……像是刻上去的時候，就已經料到，會有人把石台的表面那一層『外皮』弄去一樣。」

原振俠道：「如果有甚麼人，要剖解、弄碎這座石台的話，當然會先從上面著手。而那層『外皮』又十分容易被毀，所以，總可以看到這段警告的。」

漢烈米盯著石台：「看到的人，就一定會被這段警告嚇倒的嗎？」

那三個考古學家，不由自主，打了一個冷顫。

原振俠苦笑了一下：「如果像我那樣，根本看不懂楔形文字，自然不會理會！」

漢烈米的右手無目的地揮動著，顯得他的思緒十分紊亂，他陡然道：「不論如何，一定要把這塊大石剖開來看看！」

漢烈米顯然是下定了決心之後，才說出這樣一句話來的。

而在第二天，黃絹趕到之後，漢烈米在討論會上，仍然堅決地這樣主張。

黃絹的神情很猶豫，她向原振俠望去。原振俠考慮了一會兒，才道：「我不是專家，這座石台的怪異現象，我也無從解釋，我只是從想像的角度，表示我自己的意見！」

漢烈米喃喃地道：「的確要依靠想像！」

原振俠續道：「既然在這裏，有我們不能理解的事，而且，已經有明明白白的警告，如果我們繼續下去，會有巨大的災禍，那可能是不可測的巨災。所以，我主張還是放棄行動算了！」

漢烈米陡然叫了起來：「這，太沒有科學研究精神了！」

原振俠搖著頭說：「博士，科學研究精神，絕不等於輕舉妄動！」

漢烈米仍然堅持：「我不相信把一塊大石弄開來看看，會造成甚麼惡果。」

原振俠嘆了一聲：「博士，我不是要和你爭辯，在這塊大石之中，有我們不明白是甚麼的東西在，它不是一塊普通的大石，是——」

那座石台不是一塊普通的大石，這是可以肯定的了，然而它是甚麼呢？原振俠卻又說不出來。

所以他說到這裏，就說不下去。在他身邊的黃絹，突然接上了口：「它是天神的寶座，石台上明白地刻著，它是天神的寶座！」

漢烈米悶哼了一聲：「沒有人再比從事考古工作的人，更明白古代文字的含義。古代文字的表達能力不強，又慣作誇張的用語。天神的寶座，可以作多方面的解釋，最好的解釋是，這座石台，是用來作為某一種神的寶座的，就像許多希臘、埃及的廟宇，被稱為天神的宮殿一樣。」

漢烈米的解釋，在學術上，當然是成立的，而且也是最易被人接受的解釋。除此之外，「天神」還能作甚麼別的解釋呢？

所以，一時之間，各人都靜了下來。漢烈米繼續道：「當然，是不是繼續進行下去，等黃將軍決定！」

黃絹神情猶豫，她保持了片刻沉默之後，忽然轉了話題：

「我早已說過，這個陵墓，可以研究的地方極多。那石台有一層表皮，又怎知其他石塊的表面沒有？如果有的話，可能有更多的文字刻在石塊上，可以給我們有所適從，所以——」

漢烈米有點不耐煩：「將軍，你的意思是，暫時不去剖解那座石台？」

黃絹點頭：「是的，等我們知道得再多一些，再來動手。」

漢烈米頂了一句：「如果沒有新發現了呢？」

黃絹揚眉：「博士，在石台表面的文字未曾發現之前，你也曾說不會有新發現了！」

漢烈米張大了口，說不出話來。過了片刻，他才道：「好，我們去研究陵墓每一塊石頭的表面，看看是不是可以剝下表皮，但如果真的沒有發現了，那又怎樣？」

黃絹沒有直接答覆，只是道：「到時，我自然會決定該怎麼做！」

這次討論，可以說在並不融洽的氣氛之下結束。

等參與討論的其他考古學家離開之後，黃絹留下了漢烈米和原振俠，她道：「我有一種感覺，或者，只是我的想像。我覺得，這座石台，和那張不知下落的椅子，有著極其密切的關係！」

漢烈米道：「當然！」

他一面說，一面指著石台上的那個圓孔：「椅子的唯一椅腳，就是插在那座石台上的。」

黃絹繞著石台，緩緩轉了一圈：「椅子是天神所賜，石台是天神的寶座，兩者都和天神有關。」

漢烈米揮了一下手：「古代文字中的天神——」

黃絹的聲音有點嚴厲：「別低估了古代文字的形容能力，天神就是天神，來自天上的神！」

漢烈米和原振俠互望了一眼，一時之間，他們不明白何以黃絹如此激動，如此固執。可是，隨即，他們就明白了——黃絹自始至終，都相信那張椅子的神奇能力，可以令得卡爾斯將軍的權力，隨心所欲地擴張。

原振俠忍不住悶哼一聲：「祝你成功！」

黃絹指著石台：「天神已經展示過神蹟，沙爾貢二世在世時的權力，就是證明！」

漢烈米和原振俠同時嘆了一口氣，漢烈米攤了攤手：「好，你是老闆，隨便你怎麼說。」

黃絹指著陵堂的四周圍：「博士，有很多秘密等你去發掘，這個陵堂之中蘊藏的秘密，我相信是無窮無盡的！」

漢烈米喃喃地說了一句：「但願如此！」

黃絹又向原振俠望來，原振俠勉強笑了一下：「這裏沒有我的事了，我只是一個普通的醫生，我想我還是回去做我本份工作的好。」

黃絹想了一想：「有南越的消息，請你和我聯絡一下。我想那張椅子，至少他是知道下落的！」

原振俠不置可否，含糊答應了一下。黃絹掠了掠長髮，原振俠實在無法設想她心中在想些甚麼，她又道：「你要離開，我可以派飛機送你。」

原振俠點頭：「請你安排，我想立刻就走。」

漢烈米過來，緊握原振俠的手：「雖然最後我們意見不同，但是我實在很高興認識你。我想請你，如果終於要剖開這塊大石時，你能夠在場！」

原振俠苦笑了一下：「好的，我……盡可能趕來！」

他和漢烈米還有一些話要說，可是礙著黃絹在一旁，說了又不方便，所以就住了口。黃絹沒有再說甚麼，只是道：「我叫他們立即去安排，安排好了，會有人來通知你，再見了！」

她向原振俠伸出手來，原振俠和她握著手，兩人都有點不想放開手的樣子。

過了好一會兒，才放開了手，黃絹向石級走去，原振俠陪在她的身邊。

當他們兩人一起走上石級之際，原振俠沉聲問：「你是不是在承受著甚麼壓力，逼你非找到那張椅子不可？」

黃絹倏地揚眉：「你對我現在的地位估計太低了！他，只不過是站出來的一個傀儡，我才是幕後的主人！」

原振俠感到了一股寒意——黃絹口中的「他」，自然是指卡爾斯將軍而言。他實在有點不瞭解，何以黃絹的野心可以這樣無窮無盡、永無止境！

黃絹的神情，卻像是對剛才那種答覆，還不感到滿意，她又補充著：「近年來，我致力於組織世界各地的反政府力量，你不能想像取得了多大的成績。我要把勢力一直擴張開來，不是局限在落後的阿拉伯世界！所以，我需要那張椅子！」

原振俠實在已不想再說甚麼了，這是他這次和黃絹在一起，第二次有這樣的感覺。

可是，當他向黃絹望去，看到黃絹美麗的臉龐上所現出來的那種神情，十足是一個貧家少女，想要一件漂亮的衣服來裝飾自己一樣。他不禁想到，人的貪念，無分大小，實際上是一樣的。

對於沒有的東西，總是想要，要了還想要，不會有滿足的一天！

一個貧家少女，渴望得到一件漂亮的衣服，當她這樣想的時候，她以為自己一有了這件衣服，就會滿足。但等她得到了之後，她又會想要更多！

黃絹現在，還有甚麼是沒有的呢？任何人看起來，她都應該滿足了，可是只有她自己感到不滿足！

這時，他們兩人已快走到石級的盡頭了，原振俠嘆了一聲：「那椅子的一切，不一定是真實的！」

黃絹笑了一下：「就算是不真實的，我去弄了來，又有甚麼損失？」

原振俠也笑了一下，他停下了腳步。黃絹繼續向前走去，當她走出出口之時，她回過頭來，又望了原振俠一下，才翩然走了出去。

原振俠在石級上佇立了很久，上面士兵行敬禮的聲音，隱隱傳來。當他轉過身來時，看到漢烈米也走了上來，原振俠和他一起在石級上坐了下來，俯視著整個宏偉之極的陵堂。

石台上刻著的巨大的字跡，從這個角度看來十分清楚，奇異的楔形文字，造成了一種十分詭異的形象。

漢烈米緊閉上眼睛一會兒，才睜開眼來，他的神態看來極其疲倦：「醫生，我感到在這裏的一切，已經逸出了考古學的範圍了！」

原振俠緩緩點著頭：「我早就有這樣的感覺。博士，你看這塊大石，一整塊那麼巨大的石頭，現代的採石技術，可以做得到麼？」

漢烈米雙眉蹙得極緊：「更何況，這塊大石的中心部分，還有著生命的韻律！」

原振俠想了一會兒，才道：「古代文字中的天神，雖然十分虛幻，但是也不能排除真有天神存在的可能。很多人類的古代文明，只有用曾有高度文明的外星人到過地球，才能解釋。」

漢烈米「嗯」地一聲：「有此一說，那些外星人，就是古代人心目中的天神——」

他說到這裏，頓了一頓，指著那石台：「你的意思是，這個石台，是外星人留下來的？你如果真要作這樣的假設，倒還有一點可支持你的說法。廣場四周的那四個巨大的石墩，曾受過高達數千度高溫的灼燒，照你的想法，就有可能是一艘巨大的外星太空船，利用這裏起飛和降落，灼燒是太空船的噴射燃料所造成的！」

原振俠深深吸了一口氣：「如果你以為這樣說只是開玩笑，那你就錯了，我真的這樣想。」

漢烈米望了原振俠半晌，才道：「那麼，我們可以達成一個協議，我還是從考古學的角度去處理，你從幻想的角度去盡量設想。」

原振俠和漢烈米大力握著手：「這塊大石，暫時還是相信上面的警告比較好。」

漢烈米有點調皮地眨著眼：「甚至在它上面鑽一個小洞，達到它的中心部分也不可以？」

原振俠的心中陡然一動——對於這個石台，他當然不是沒有好奇心，石頭中間，究竟有著甚麼？鑽一個小孔去探測，應該也是辦法。

可是他還是搖了搖頭：「博士，當我們一無所知的時候，還是相信警告的好。」

漢烈米喃喃地道：「可是在甚麼時候，我們才可以知道得多一些呢？」

這個問題，原振俠也無法回答。

原振俠的心中，只有一個模糊的設想。他注視著石台表面的那個圓形的小孔，他的想法是：如果得到了那張椅子，把那張椅子放進那小孔去，會有甚麼事情發生呢？

他並沒有把這個想法說出來，所以他只是沉默著。

漢烈米又道：「砌成陵堂的大石塊上，真還有可能蘊藏著秘密？」

他說到這裏，陡然站了起來，向石級下直衝了下去。在地上，取起一個鐵鍾來，奔向一邊，用手中的鐵鍾，向著石塊用力敲著，敲得石屑四飛。不一會兒，就敲出了一個小小的凹痕來。

原振俠一面阻止著他，一面也向下奔了下去。

漢烈米這時，情緒可能激動之極。原振俠還沒有奔到地上，他已經轉過身來，奔向那石台，在奔過去之際，他高舉著手中的鐵錘。

原振俠大叫：「住手！」

可是漢烈米的動作極快，原振俠才一叫出口，他手中的鐵錘，已經向著石台的一角，重重揮擊了下去。

那鐵錘有相當長的柄，錘頭部分不是很大，但是卻是專門設計來給考古學者或地質學家用來敲擊岩石之用的。而且，任何再巨大的石塊，只要是呈立方形的話，石角部分，總是極容易因為敲擊而碎裂的。這時，情形也沒有例外，鐵錘一敲上去，「啪」地一下響，石台的一角，便被敲裂了下來。

那被敲下的一角石頭，不會比一隻拳頭更大，被敲得飛了開去，落地之後，還滾動出了相當遠。

漢烈米在敲下了那個石角之後，整個人立時僵立著不動，原振俠也怔住了。在那一剎間，漢烈米心中在想甚麼，原振俠不知道，他自己則感到了極度的震驚——石上所刻的警告，甚至不讓任何人再接近，否則就會有巨大的災禍，可是這時，漢烈米卻敲下了它的一角來！

不是任何力量所能阻止的災禍，是不是立即就要爆發了？在那一剎間，簡直像是連空氣都已經凝結了一樣，原振俠可以清楚地聽到自己的心跳聲。

然後，僵立著不動的漢烈米，開始轉動著他的身子。當他的身子在轉動之際，骨頭發出「格格」聲來。他好不容易轉過身，向原振俠望來，原振俠和他互望著，兩個人都不出聲。

有好幾分鐘之久，原振俠才從極度的緊張之中，漸漸鬆弛了下來。當他不再那麼緊張之際，他突然感到了極其可笑！

剛才為甚麼那麼緊張，那麼害怕？不但是他，連漢烈米也是。那當然是由於內心深處，已經接受了刻在大石上的警告，以為敲下了石台的一角來，真的會有巨大的災禍產生之故。

可是，現在看起來，好像還沒有甚麼災禍產生的現象。想起剛才那種全身僵硬的驚恐，不是太可笑了麼？

兩人不約而同，笑了起來，不過他們的面部肌肉還是很僵硬，笑聲也很乾澀勉強。漢烈米道：「看來，我並沒有闖禍！」

原振俠吸了一口氣：「是啊，沒有地動山搖，天崩地裂，甚至於一點動靜都沒有！」

兩人說著，又「嘿嘿」乾笑了幾聲。就在這時，有人在入口處大聲叫：「原醫生，飛往機場的直升機來了，隨時可以登機。」

原振俠答應了一聲，漢烈米放下手中的鐵錘：「工作壓力太大，會令人情緒上不平衡。我知道剛才我這樣做，一點好處也沒有，但還是忍不住！」

他略停了一停，又道：「不過至少我們知道，這石台倒也不是那麼神聖不可侵犯！」

他一面說著，一面打著哈哈，伸手在石台的表面之上，用力拍打了兩下。

看他的情形，在拍打了兩下之後，是還準備再拍打下去的。

可是突然之間，他的手揚了起來之後，就僵在半空之中了。

同時，他的雙眼瞪得極大，盯著石台的表面，神情驚訝，恐懼到了極點！

原振俠忙也望向石台表面，因為若不是漢烈米發現了甚麼，他不會現出這樣的神情來的。

可是原振俠看出去，卻一點也沒有甚麼異樣之處，他忙叫道：「博士，你怎麼啦？看到了甚麼？」

漢烈米揚起的手，突然在半空中停了下來之際，他整個人都給人以一種僵凝的感覺。直到原振俠連聲追問，他才陡然震動了一下，揚起的手也放了下來，急急地道：「沒有甚麼，沒有甚麼！」

他一面說著，一面腳步踉蹌地向前走去，一直走到牆前，雙手交叉著，按在牆上，把額頭頂在手背上。

他的行動如此怪異，原振俠又大聲追問——他可以肯定，在剛才那一剎間，漢烈米一定是看到了甚麼。

可是漢烈米只是伏在牆上，背部在抽動。原振俠來到了他的身後，伸手想去把他的身子扳過來，漢烈米卻已自己轉過來：「沒有甚麼，或許，是我自以為闖了禍，心情太緊張，所引起的幻覺。」

原振俠立時道：「你看到了甚麼？」

漢烈米的神情，已經完全恢復了鎮定說：「只是一種幻覺罷了！」

原振俠有點惱怒：「甚麼樣的幻覺？」

漢烈米還是不回答，指著上面的出入口：「直升機已經在等你了，快去吧！」

原振俠悶哼一聲：「剛才我們還有過協議，一起研究這裏的一切的！」

漢烈米道：「是啊，難道我違反了協議？」

原振俠指著石台：「剛才，你看到了甚麼？」

漢烈米嘆了一聲：「我沒有見過比你更固執的人！好，告訴你，剛才我看到，在石台的表面上，有一些難以形容的形象，像是雲團一樣的東西出現，色彩十分鮮明。你沒有看到，是不是？我一定是太疲倦，也太緊張了！」

原振俠盯著他，想證明他所說的是不是實話。漢烈米看來一副十分誠懇的樣子，原振俠只好接受了他的說法，那可能是他一時眼花了。

漢烈米像是甚麼也沒有發生過一樣，反而有點興高采烈：「來，我陪你去搭直升機。我想，我也需要休息一下了。」

原振俠和他，一起走出了陵墓。一直到直升機起飛，原振俠還看到漢烈米在廣場上，不住向他揮著手。

直升機升空之後，原振俠再度自空中觀察那個廣場，和廣場四角的那四個巨大的石墩。

從空中看下來，這樣的建設，說是巨大的、有四隻腳的太空船降落和起飛的場所，倒也不是全無可能的事！

當直升機越飛越高之際，那個石板廣場也在迅速變小，只剩下了手掌大小的一塊。原振俠閉上了眼睛，一切奇幻的事，卻不能像是那個石板廣場一樣消失。他想到了黃絹對「天神」的固執信念，自然也想到，她會不擇手段，去把那張椅子弄到手。如果那張椅子在南越手中的話，那麼南越的生命，真是危險之極！

在接下來漫長的飛行中，原振俠一直在想著這件事。原振俠這時，還不知道黃絹已派出過許多特務去進行這件事，但是他知道，黃絹既然掌握著世界性的恐怖活動，當她不擇手段的時候，就會極其可怕。

所以，當他回到了他居住的城市，還沒出機場，立時就打電話給南越。接聽電話的不是南越本人，但是原振俠一說出了名字，電話就由南越來接聽。

南越的聲音聽來很焦切：「原醫生，這幾天，我每天都在找你！你到哪裏去了？我要見你！」

原振俠道：「我也要見你。」

南越道：「我立刻來看你！」

原振俠立時道：「不，不要在我這裏，也不要在你那裏，另外找一個地方……你知道有一個圖書館，叫小寶圖書館？」

南越「嗯」了一聲：「聽說過，是在郊外的？為甚麼要到那裏去見面？」

原振俠道：「見面之後，自然會告訴你。還有，絕不可以把你的行蹤告訴任何人，絕對不能！」

由於原振俠的聲音，十分嚴肅，南越也受了感染，連聲道：「是！是！」

放下了電話，原振俠慢慢地離開了機場大廈。他預料會有人跟蹤他，可是他留意了一下，卻並沒有甚麼發現，可能是黃絹相信他不會欺騙她。

原振俠不禁苦笑了一下。他欺騙了黃絹，如果黃絹知道了，會怎麼樣？

他知道黃絹一直以為，他是不會對她作任何反抗的。當一個女人自己建立了這樣的一種信心之後，她的一切行動就會十分自信。而當她明白了這種信心是不可靠之際，自然打擊也特別沉重！

原振俠苦笑了一下，事實上，他對於自己為甚麼要欺騙黃絹，還是十分模糊的。要不是相信真有一張那麼靈異的椅子，他根本不必騙人，可是他又真不相信椅子會有甚麼神奇的力量，他卻又這樣做了，究竟是為了甚麼？

是潛意識中對黃絹的不滿？是心底深處，不甘心做黃絹的俘虜，想要擺脫感情奴隸的地位？在他紊亂的思緒之中，他整理不出任何頭緒來。

到達小寶圖書館的時候，南越還沒有來。原振俠和職員已經十分熟稔，他吩咐了職員幾句，走進了一個藏書室。

圖書館中，如常一樣的寂靜。原振俠在書籍排列的架子前，慢慢地走著，不時抽出一本書來翻看。

在這一列書架上，全是明、清兩代的筆記、小說、野史一類的書籍。原振俠順手翻閱的，都是明朝的，和寧王朱宸濠有關的一些。從記載中看來，這位王爺，如果不是野心勃勃想做皇帝的話，倒是一個十分出色的幻想家，因為他幾乎對任何不可思議的事都深信不疑。

有一則記載，說他相信有可以在天空飛行的「天船」，曾有一個人，對他說「天船」的故事，說了三天三夜。在這三天三夜之中，他不見任何人，甚至是他最寵愛的姬妾，都被他趕出來。

當他聽了那個人關於「天船」的敘述之後，他立即接受了真有「天船」這種東西，於是下令建造，派那個人為總監，花了三個月的時間，造了一艘美侖美奐，看起來華麗無比的「天船」。

但當然，無法飛得上天，於是那個人就說，「天船」不能飛起來，是因為少了一樣重要的東西。

這位王爺也相信了，「贈以黃金百斤，囑其人尋找能令天船升天之法」。結果，「其人一去不復返」。

記載的作者，多半十分道學，在記載了這樣的事情之後，總要發表一下自己的意見。例如甚麼「輕信妖言，焉能不敗」，「有更甚者，寧王一律照信無疑」，把朱宸濠寫得看來像是最容易受騙的白癡一樣。

可是原振俠在看了這種記述之後，倒有不同的想法。他覺得這個生活在明朝的王爺，一定是一個想像力十分豐富的人，所以才能在當時的環境之中，相信一切不可思議的事情。

這是相當難能可貴的情形，也正由於這樣，所以也特別多「奇才異能之士」，投入寧王府之中。

像那則有關「天船」的記載，從現在的眼光來看，自然不值甚麼，普通的飛機，直升機等飛行工具，都是「天船」。

但是在當時，那卻是十分新奇大膽的設想。那個向寧王說了三天三夜有關「天船」的人，有可能是騙子，也有可能是一個超越了時代的發明家。

原振俠翻閱了一本又一本，大約半小時之後，職員帶著南越走了進來。南越一見到原振俠，就十分激動，一下握住了他的手。

南越由於激動，在握住了原振俠的手之後，張大了口，一時之間，竟然發不出聲音來。

原振俠忙低聲道：「南先生，你上次來找我的時候，我真的甚麼也不知道。但現在，我至少知道了那張椅子的一些來歷。」

南越更激動，把原振俠的手抓得更緊，顫聲道：「告訴我，求求你，告訴我！」

原振俠道：「我一定會告訴你，不過，你先要據實回答我一個問題！」

南越一副無助的樣子，望定了原振俠。

原振俠問：「那張椅子，是不是在你那裏？」

南越呆了一呆，他大約呆了半分鐘左右，才給了肯定的答覆：「是！」

原振俠深深吸了一口氣，拉著他，到藏書室的一個角落上，坐了下來。那個角落，是供揀到了自己合意的書的人，坐下來閱讀之用的，座位十分舒適。

這時，藏書室中只有他們兩個人。很難再在這個大都市之中，找到更靜寂的談話之所了。

當原振俠點燃了一支煙之後，就把那張椅子的一切，全都說了出來。他說得十分詳細，凡是他知道的每一個細節，他都沒有隱瞞，而且，他還加上自己的意見。

南越用心聽著。當原振俠開始敘述之際，他反倒顯得十分安靜，皺著眉，並沒有發出甚麼問題，只是用心聽著。

原振俠足足花了兩小時左右，才把所有的細節告訴了南越。

南越緊抿著嘴，仰起了頭，將頭擱在椅背上，瞪著眼，望著天花板，一動不動，一言不發。看樣子，他正在沉思，但原振俠也無法知道他在想些甚麼。

過了好一會兒，南越仍然一動不動。

原振俠用十分誠懇的聲音道：「南先生，我把這一切經過全告訴你，原因是因為我知道一個強大的勢力，正不惜一切代價，想得到那張椅子！」

南越直到這時，才喃喃地道：「我不會放手！」

原振俠苦笑了一下：「這個勢力，可以輕而易舉發動一場戰爭，顛覆一個國家的現有政權，你是絕對無法與之對抗的！」

南越緩緩低下頭來，盯著原振俠：「你的意思，是勸我把那張椅子交出來？」

原振俠用力一揮手：「你錯了，我的意思恰好相反。我不想……那張椅子落在那個野心集團的手中，雖然我並不相信，那椅子有這種靈異的力量！」

南越乾笑了一下，在這時，原振俠發現這個古董商人，實在是一個十分聰明的人。他道：「你這樣說，不是自相矛盾麼？既然你不相信那椅子有甚麼神奇力量，就算給野心集團得了去，又有甚麼關係？」

原振俠嘆了一聲：「你可能不瞭解，這張椅子，有著極其奇特的歷史背景，它是如何來的，甚至有著靈異的傳說。我不相信，但有人會相信，當一個野心家相信椅子有靈異的力量時，他的野心就會得到一種信心的支持，本來不敢做的，就會放膽去做！」

他講到這裏，頓了一頓，又道：「卡爾斯將軍，如今在世界上攪風攪雨，已經接近瘋狂狀態了。如果他的野心再得到信心的支持，再作膽大妄為的擴張，那世上不知道要添多少災難！」

南越的聲音聽來仍然很乾澀：「醫生，想不到你有這樣悲天憫人的思想！」

原振俠苦笑了一下，他當然還有私人的原因：他不想黃絹在無底的深淵之中，再進一層！

不過，他沒有把這一點講出來，他又道：「而且，你保有這樣的一張椅子，對你來說，一點用處也沒有，反而會給你帶來殺身之禍！」

原振俠並不是在虛言恫嚇，他知道卡爾斯將軍和黃絹的行事作風，所以他說得十分認真。

南越的眉心打著結，望著原振俠，原振俠用力揮了一下手：「所以我的意見，是將這張椅子，秘密地徹底毀去，讓它在世界上消失！」

南越又昂起頭來（這個人給人的感覺，是他特別喜歡昂起頭）：「把它毀掉？」

原振俠俯身向前：「相信我，留著它，對你一點好處也沒有！」

南越現出十分為難的神情來，口唇掀動著，幾次欲言又止。

原振俠心中陡然一凜，南越的這種神情，分明是在表示他有許多事隱瞞著！他隱瞞著的是甚麼事？有關那張椅子的？

南越在猶豫了好一會兒之後，才道：「原醫生，你把一切全都告訴了我，我很感激你。那張椅子……我這樣急切想得到有關它的一切資料，是……因為它……越來……越怪了！」

原振俠陡地一呆，甚麼叫「越來越怪」？一定是本來就怪，現在更怪了，那才能說「越來越怪」。那麼，這張椅子原來有甚麼怪呢？

# 第八部：椅子不只會搖動還會說話

許多疑問湧了上來，原振俠一時之間，不知該如何問才好。

南越沉聲道：「我會讓你知道一切，首先，是不是要研究一下，那張椅子，何以會在那所巨宅的一個密室之中？」

原振俠立時道：「這慢慢再研究吧，先告訴我，那椅子有甚麼怪？」

南越盯著原振俠：「你信不信都好，開始的時候，它只是會動……會搖……」

原振俠的思緒一片混亂，他打斷了南越的話：「等一等，會動會搖，那是甚麼意思？它是一張搖椅？好像不對吧！」

南越深深吸著氣，把那張椅子會搖晃的情形，詳細告訴了原振俠：「我用盡了方法，也無法知道它是怎麼搖動的。」

南越曾用過種種方法，想弄明白那張椅子是怎麼搖動的。他用的方法極多，一開始的時候，已經提及過。

原振俠聽了之後，略想了一想：「我明白你的意思了，你是說，坐在那張椅子上久了，會有搖晃的感覺？」

南越分辯道：「不是感覺，是真的搖動。」

原振俠做了一個手勢：「人體的平衡器官，是在耳朵內的半規管。半規管中的液體，如果有一點異變，就會使人有搖動，甚至天旋地轉的感覺。」

南越搖著頭道：「不是感覺，是那張椅子，真的在搖動，真的！」

原振俠不想再爭下去：「好，你說開始的時候，它搖動，現在更怪了，它怎麼樣？跳舞了？」

他看出南越的神情十分緊張，而且他始終不相信，一張有著一個堅硬椅腳的椅子會搖動，所以他想令得南越輕鬆一點，才故意這樣說的。

可是南越卻一點也沒有覺得好笑的樣子，他吞了一口口水：「不，它……說話！」

原振俠一聽，陡然跳了起來，也顧不得小寶圖書館之中，要遵守靜默的規定，大聲叫起來：「甚麼？」

南越的神情本來就緊張，被原振俠這樣大聲一叫，他也直跳了起來：「你……這樣大聲幹甚麼？你……聲音輕一點好不好？」

原振俠也感到自己失態，可是剛才，他實在沒有法子控制自己。他甚至可以接受再荒謬的事，可是一張椅子會說話，只怕再也不會有比這個更不可被接受的事情了！那真是太荒謬了！

在南越的低聲哀求下，原振俠總算坐了下來。

原振俠嘆了一聲：「南先生，我們是在討論一件十分嚴肅的事，和你的安危有極大的關係，希望你不要開玩笑！」

南越發起急來，舉起了手：「我和你開玩笑？」

他在一急之下，甚至講話也粗俗了起來：「媽的，我要是和你開玩笑，我是烏龜王八蛋，不是人！」

原振俠苦笑了一下：「好，那麼請你解釋，一張椅子會講話，那是甚麼意思？」

南越又昂起了頭，望著天花板，神情很是猶豫，像是不知道如何回答這個問題才好。

原振俠又問：「別告訴我這張椅子開口，或者有別的發聲器官！椅子會講話，它用甚麼語言？兩千多年前的亞述語，還是明朝時候的中國江西話？還是——」

原振俠還要繼續講下去，可是南越已經以極激動的神情，雙手緊握著拳，用力揮著，幾乎是在低聲吼叫：「住口！」

原振俠冷笑了一下，不再說下去，只是望著南越。南越的鼻孔迅速噏張著，急速地喘了一會兒氣，才略微恢復了平靜：「我會講給你聽的。」

原振俠等著，過了好久，南越才道：「它搖動的情形，我已經向你說過了。」

原振俠點頭，南越又道：「它說話……就是近幾天的事，你還記得那天你在散步，我來找你？」

原振俠又點頭。那天，就是漢烈米找他的那天，不過是三天之前的事。

南越用手抹了抹臉，又用右手的拇指和食指，重重揑著鼻子的上端。通常，這樣的動作，可以令得人的精神集中一些。

他道：「我那麼急來找你，是由於接到了一個電話——」

原振俠揮著手：「這經過我已經知道了，我未曾對任何人說起過你曾來找過我。不然，你住的那所古宅，可能已經遭到火箭的襲擊！」

南越苦笑了一下：「如果它只是搖動，我還不會那麼焦急想知道它的來歷，可是，就在接到那個電話之前——」

那天，南越照樣又坐在那張椅子之上。當他想到昨天和那個年輕醫生相見的情形時，他心中感到十分疑惑：那醫生（他甚至忘記了原振俠的名字）對椅子感到興趣，是甚麼意思呢？是巧合，還是他知道，世上有一張這樣奇特的椅子？

南越想了一會兒，無法得出結論——那年輕醫生憤然離去，那表示他不是真為那張怪椅子而來的。

當他想到這裏的時候，他又感到那張椅子在搖晃。南越的心中雖然覺得奇異莫名，但由於次數多了，他也不再那麼駭異，反倒有點習慣了。

他放鬆自己的身子，任由椅子搖擺著。

就在這時候，他突然聽到了一種十分奇異的聲音。當他才一聽到那種聲音之際，他根本不知道那是甚麼聲音，可是他卻可以肯定，聲音是這張椅子發出來的。

這種情形，就像是坐在一張舊的木椅或竹椅之上，舊椅子發出聲音來。坐在椅子上的人，很容易就可以肯定，聲音是由椅子發出來的。

南越怔了一怔，這張椅子，看起來是一個整體，不應該有甚麼聲音發出來的。然而，那聲音還在持續，開始是一陣「搭搭」聲，像是在按動甚麼鍵盤發出的聲響一樣，接著，南越突然聽到了一句話：「他們發現了一個大秘密！」

南越真正是清楚地聽到了這樣一句話的。而且，他也可以在那一剎間肯定，這句話，和那種「搭搭」的聲響一樣，是從那張椅子上發出來的！

在那一剎間，南越並沒有想到椅子會發出聲音來的別的可能，他只是在感覺上，感到那張椅子，忽然會講話了！

一張椅子再怪，怪到了能不明情由地搖晃，已經是怪到極點了吧，可是，一張椅子會講話，這真是超乎人類想像力之外的事了！

在一聽到了這句話之後，南越整個人直跳了起來，一面跳起來，一面他也不由自主問了一句：「你說甚麼？」

那句話，其實他是聽清楚了的。他還這樣問，那只不過是由於他的驚駭實在太甚之故。

他跳了下來，立時轉身，盯著那張椅子。

椅子還是椅子，一動不動地在那裏。南越盯著那張椅子，遍體生寒，冷汗像是許多條冰冷的蟲一樣，在他背脊上蠕蠕爬動，那令得他不由自主發著抖。

他的聲音發顫：「剛才……是你在說話？」

他在說了一句之後，立時感到對著一張椅子說話，是絕無意義的事。所以，他又抬起頭來：「剛才……是誰在說話？」

他的問題，並沒有回答，四周圍靜得出奇，只有他自己的喘息聲。

南越儘量使自己鎮定下來，自己告訴自己：這裏沒有人說過話，剛才那句話，一定是自己集中力量在想甚麼，才以為聽到了有人這樣說的。

可是他立時苦笑，那句話，他記得十分清楚：「他們發現了一個大秘密！」他連這句話是甚麼意思都不明白，又怎麼會去想它？

南越僵立著，不知道過了多久，他才恢復了活動的能力。他向那椅子走近了一步，聲音苦澀：「他們發現了一個大秘密，那是甚麼意思？」

他仍然沒有得到回答，這使他立時想到了一點：是不是要坐在那張椅子之上，才能聽到它講話呢？

經過了剛才那種極度的震駭之後，南越真有點不敢再去坐那張椅子——椅子會講話，會不會突然之間，張大了口把他吞下去？

幻想一張椅子會把人吞下去，那是十分荒謬的，但是一張椅子會講話，又何嘗不荒謬？

南越猶豫了相當久，才又慢慢坐上了那張椅子，心跳得十分劇烈。他儘量使自己集中精神，口中不斷喃喃地道：「他們發現了一個大秘密，那是甚麼意思？」

當他這樣做了近十分鐘之後，他又聽到了語聲：「希望他們別再進一步去探索究竟！」

即使是第二次，南越仍然震驚得像兔子一樣，又自那張椅子上跳了下來，盯著那張椅子看著。

前後兩句話，他都聽得清清楚楚。而且，可以肯定，是從那張椅子上發出來的聲音！

他全然不知道那兩句話是甚麼意思，極度的震駭和疑惑，幾乎已超過了他精神所能負擔的範圍。他踉蹌地跨出了那個空間，來到了書房中，就在這時候，電話響了起來。

電話是黃絹安排的，一個自稱領事館的人，告訴他，原振俠有一張怪椅子的資料。在這樣的情形之下，南越自然立即去找原振俠了。

在南越述及那張椅子怎樣「講話」之際，原振俠用心聽著。

南越即使在敘述，他的臉色也白得驚人，可知當時他的驚恐是如何之甚。而原振俠本身，在一聽到椅子會「講話」之際，也曾直跳了起來。

不過這時，他已作了一下分析，不像剛才那麼驚訝。他向南越做了一個手勢，示意他別太緊張。

南越瞪大了眼睛，望著原振俠。

原振俠道：「南先生，你的經歷，其實不能說是『一張椅子在講話』。」

南越的眼瞪得更大：「那麼，是甚麼？」

原振俠道：「這種情形，只能說，你聽到了語聲，語聲可能是由一張椅子發出來的。」

南越悶哼了一聲：「那有甚麼不同？」

原振俠耐著性子：「大不相同，照情形來看，就有好幾種可能。其一是椅子上有著甚麼發音裝置，譬如說一個小型的揚聲器，就可以有聲音發出來了。而照你的說法，椅子在講話，那麼，就變成了這張椅子本身會講話，這是不可思議的！」

南越聽了之後，半晌不出聲，顯然是在鄭重考慮原振俠所說的話。但是在幾分鐘之後，他卻搖了搖頭：「對不起，我仍然覺得，應該是那張椅子在講話！」

南越堅持這一點，這倒令得原振俠有點啼笑皆非。他無可奈何：「好，椅子在講話，那兩句話是——」

原振俠才說到這裏，心中陡地一動。南越剛才在敘述的時候，重複了那兩句話幾次，但是由於「椅子會講話」這件事本身太異特了，所以原振俠反倒對講話的內容，未曾加以特別的注意。

這時，他在這樣說的時候，陡然想了起來，這兩句話是有特殊意義的。照時間來推算，第一句話「他們發現了一個大秘密」說的時候，正好和漢烈米無意之中，發現那個大石中心，有著異樣的反射波形的時間，是相吻合的。

剎時之間，原振俠的思緒，亂到了極點！

在美索不達米亞平原上的一座古墓之中，考古家偶然發現了一塊大石之中，蘊藏著甚麼不可測的秘密，遠在幾萬里之外的一張椅子，怎麼會知道？

雖然這張椅子，原來極可能是放在那個石台之上的（插在石台上的一個小圓孔中的），算是兩者之間，有過某種聯繫。但是這種聯繫，也已經中斷了兩千七百多年了！就算兩者之間，還有著聯繫，一張椅子，怎麼會有感覺，會知道發生了甚麼事，而且還會講出來！

這時，原振俠思緒紊亂，一點頭緒也抓不住，神情變得十分怪異。

南越望著他，駭然問：「原醫生，你……怎麼了？」

原振俠揮著手，只是示意南越別打擾他。他又想到了第二句話：「希望他們別再進一步去探索究竟！」這一句話，和刻在大石上的警告，又是吻合的！

而刻在大石上的警告，是在大石的表皮，被化學藥品蝕去了之後才顯露出來的。何以那張椅子，會早知道了呢？

關於那個大石台的事，原振俠並沒有向南越提起過，因為他覺得那和這張椅子無關。可是如今看來，石台和椅子之間，顯然是有關聯的，而且那不是普通的關聯，而是十分奇妙、怪異之極的關聯！

由於一開始未曾提及那石台的事，所以這時，原振俠不知如何向南越解釋才好。南越滿臉疑惑地望著他，過了好一會兒，原振俠才緩緩吁了一口氣：「這……這張椅子，真有點古怪！」

南越的聲音，興奮得有點發顫：「豈止有點古怪，簡直古怪之極了！原醫生，我看這張椅子，是稀世奇寶，我絕不會將之毀去！」

原振俠又吁了一口氣：「南先生，我要去看看那張椅子。」

南越的身子震動了一下，現出了十分猶豫的神情來。

他已經認定了那張椅子是稀世異寶，心中自然而然，不是很捨得讓人家去看它。原振俠看了這種情形，冷笑了一下，忍不住切切實實地警告他：「南先生，這張椅子越是異寶，你就越是危險了！」

南越喃喃地道：「沒……沒有王法了嗎？」

原振俠「哼」地一聲：「你真是太不知死活了！你以為現在謀奪這張椅子的是甚麼宵小強盜？那是整個阿拉伯集團的勢力，全世界的恐怖活動，都是由他們指揮的，發動一場戰爭，都在所不計！王法？蘇聯軍隊打進了阿富汗，日日在殺阿富汗人，有王法嗎？」

原振俠越說越是激動，一口氣說完，幾乎要重重打南越兩個耳光，把他打得清醒些！

南越被原振俠的這番話，說得不斷眨著眼。他是不是明白了事情的嚴重性，原振俠也無法知道。

過了一會兒，他才道：「這……只有你我才知道，你不說……誰知道這張椅子的下落？」

原振俠道：「就算我不說，這張椅子曾在古宅出現過，是人人知道的，一定會從你那裏先查起——」

原振俠說到這裏，心中又凜了一凜：奇怪，黃絹應該早已派人來查了，為甚麼她還不能肯定椅子的下落？

原振俠自然不知道，黃絹早派出了極能幹的人來查過，只不過因為另有原因，所以才不能肯定這張椅子現在在甚麼地方！

原振俠心中奇怪了一下，沒有再想下去。南越的神情陰晴不定，又考慮了好一會兒，才道：「好……我可以帶你去看看，不過，我絕不肯……毀掉它！」

原振俠心中暗罵了一聲：難道你也想做皇帝？

原振俠只是心中在這樣想，並沒有講出口來，可是南越卻已經道：「我倒並不想做甚麼君主，可是那張椅子要是有力量，可以令君主的權力得到隨心所欲的擴張，它就一定還有別的靈異能力！」

原振俠陡然吸了一口氣：「你……相信，那張椅子確然有這樣的靈異能力？」

南越昂起了頭：「是你告訴我的！」

原振俠苦笑：「我告訴你的，只不過是刻在泥版上的楔形文字那麼說！」

南越深深吸了一口氣：「你不能責備我愚昧。你想想，現在已有那麼大勢力的人，當然不會是笨人，他們只看到古代文字的記載，就已經相信了，我是確實知道那張椅子有怪異之處的，怎麼會不相信？」

原振俠聽得南越這樣說，只好苦笑。真的，怎麼能怪南越確信了椅子有特異的能力呢？他是確切知道那椅子的怪異的！

原振俠嘆了一聲，緩緩搖著頭，說道：「你希望那椅子能給你甚麼？你又不想當君主——」

南越一下子就打斷了原振俠的話頭：「人的慾望，千千萬萬，除了做君主之外，還想健康長壽，還想富甲天下，還想長生不老，還想事事如意，還想男歡女愛，各有各的欲望，而且沒有止境！」

原振俠的心情十分苦澀，因為南越所說的，全是真實的情形，是根本不能反駁的。他只好道：「並沒有記載說，那張椅子可以滿足人的欲求！」

南越急速地眨著眼睛：「你怎麼知道它不能？它能滿足君主的欲求，為甚麼又不能滿足一個古董商人的欲求？」

原振俠有點冒火，不由自主，提高了聲音：「好，就算它能滿足你的欲求，你要甚麼？」

南越不斷眨著眼，可是沒有回答。就在這時候，有一個人走了過來，道：

「振俠，這算是甚麼問題？真要是有甚麼力量能滿足欲求的話，一個人所要的欲望，不知凡幾，沒有人可以一下子答得出這個問題來的！」

那人突然出現，原振俠和南越都嚇了一跳。

南越立時用充滿了敵意的神情盯著那人，原振俠卻早已看到，來人是蘇耀西，小寶圖書館的負責人，他的好朋友。

原振俠一面和蘇耀西招手，一面道：「是啊，我不應該這樣問。」

南越緊張得拉住了原振俠的衣袖，原振俠向蘇耀西苦笑了一下：「我和這位先生，在談論一件十分秘密的事，他在緊張你聽到了多少！」

蘇耀西攤開了雙手：「就是一句，你問這位先生想要甚麼的那一句！」

南越的神情緩和了一些，可是還是十分疑惑。

蘇耀西向他笑了一下：「放心，我對於探聽人家的秘密，不是很有興趣，因為我自己的秘密已經夠多了！」

南越的神情十分尷尬，蘇耀西拍著原振俠的肩頭：「我剛才來的時候，聽職員說你在這裏，所以過來看看你。你對明朝的歷史有興趣？職員說你在找這一方面的書。」

原振俠嘆了一聲：「明史那麼浩繁，我有興趣的，只不過是其中寧王造反的那一小節！」

原振俠只是隨口一說，可是他這句話一出口，蘇耀西現出一種十分古怪的神情來，望定了原振俠。他的這種神態，令原振俠也覺得怪異，忙問：「怎麼了？我說錯了甚麼？」

蘇耀西搖頭，神情還是很怪異：「不是，你是怎麼知道我們這裏，有這樣一批孤本的？」

原振俠一時之間，還真弄不明白蘇耀西這樣說是甚麼意思。

可是在一旁的南越，畢生從事古物買賣，對「孤本」這樣的名詞，有著特異的職業上的敏感，他忙道：「孤本？甚麼意思？可是和寧王造反有關？」

蘇耀西看來並不想回答南越的問題，只是仍然望著原振俠。

原振俠搖頭：「我不知道你有甚麼孤本，也不以為你藏的那些孤本有甚麼用處。」

「孤本」，用在書籍上，是一個專門名詞。表示這本書早已失了流傳，只剩下僅傳的一本，就可以叫作孤本，原振俠自然不會對之有甚麼興趣。

蘇耀西笑了一下：「或許是我太敏感了。那一批書，全是手抄的，來源很值得一說，是幾十年前，小寶圖書館才創辦的時候，從幾個住在一所據說是明朝時建造的巨宅之中的少年手中買來的！」

蘇耀西這幾句話一出口，原振俠也不禁呆了一呆。南越在一旁，更是「咕嘟」一聲，大大地吞下了一口口水！

蘇耀西接著道：「那些書的紙張都極其殘破，去年我曾翻了一翻，上面大多數記載著明朝江西寧王府中發生的事，甚至有帳簿——」

蘇耀西才講到這裏，南越整個人都像是失去了控制一樣，陡然一伸手，抓住了蘇耀西的衣袖，啞著聲音叫：「賣給我！賣給我！」

南越這種長相的人，不會給人以甚麼好的表面印象，這時他的行動又如此怪異，要不是看在原振俠的份上，蘇耀西早已把他趕出去了。

這時，蘇耀西掙脫了他的手，神情還是忍不住厭惡：「對不起，小寶圖書館的藏書，是不出賣的！」

他在這樣講了之後，還面對著南越，加重語氣：「而且，也絕不隨便出借！」

南越碰了一個大釘子，連聲道：「對不起！對不起！」

他一面說著，一面用哀求的眼光，望定了原振俠。原振俠緩緩地道：「如果我要借來看看呢？」

蘇耀西「哈哈」大笑了起來，他實在感到好笑，所以連他自己，一時之間，也忘了圖書館的規則。他一面笑著，一面道：「振俠，這是甚麼話？你要看，隨便你看多久！十年八年，只管慢慢研究！」

原振俠還未來得及道謝，在一旁的南越已經長長吁了一口氣，一副迫不及待的樣子。

蘇耀西又道：「不過那一批書，已經十分殘舊了，必須在溫度和濕度都適當的地方翻閱，而且要十分小心，才不會進一步的損壞——」

原振俠明白了他的意思：「當然，我會在圖書館的恆溫室中看它們。」

蘇耀西已向外走去，向原振俠揮著手：「我會吩咐下去，恆溫室二十四小時為你開放！」

他走了出去，南越顫聲道：「還等甚麼？快去看那批書！唉，真可惡，要不是幾十年之前，這批書叫人賣了，我買了宅子，那些書自然是我的了！」

原振俠想了一想，道：「南先生，你以為在那些書中可以找到甚麼？」

南越又吞了一口口水：「我已經可以肯定，造這所巨宅的人，是當年寧王府的一個總管。他在寧王還未曾起兵之前，就偷走了寧王府許多寶物，一直向南逃，逃到了這個當時極度荒涼的小島之上。」

原振俠做了一個手勢，示意他繼續說下去。

南越的神情，又興奮又神秘：「你想想，那張椅子是在他巨宅中那麼秘密之處發現的，一定是他當年偷到手的最寶貴的東西。既然那些書中，有許多關於寧王府的記載，我們一定可以從那些記載之中，進一步獲得這張椅子的資料！」

南越的分析十分有道理，原振俠「嗯」地一聲道：「有可能的！」

南越雙手握著拳：「甚麼有可能——只要這批記載，不是散佚太甚的話，一定可以找得到！那批記載，記的全是寧王府中發生的事，我估計是王府總管的手記，那是極有價值的文獻！」

原振俠道：「蘇館長答應了給我看，我隨時可以看。」

南越忙道：「讓我和你一起看……我……比你懂得更多，讓我一起看！」

原振俠答應得十分爽快，道：「好，不過，我要先去看看那張怪異的椅子！」

南越搓著手，望著原振俠，把原振俠當成是一個小孩子一樣地哄著：

「何必來來去去呢？先看了資料，對那張椅子如果有了進一步的瞭解，再去看那張椅子，那不是更好嗎？」

原振俠卻一點也不為所動，只是搖著頭。南越有點惱怒：「為甚麼？」

原振俠攤了攤手：「我已把這張椅子的最早來歷告訴了你，我覺得應該輪到你為我做點甚麼。也就是說，該我得到點甚麼了！」

南越叫了起來：「我也告訴了你那張椅子的怪事！」

原振俠笑了一下：「老實說，我是怕你得到了進一步的資料之後，不肯給我看那張椅子了！」

南越立時舉起手來發誓：「要是我有這樣的意思，叫我死在那張椅子上，快去看那些記載吧！」

南越發了這樣的重誓，而且他的神情又這樣誠懇，原振俠畢竟不是很善於和人討價還價，堅持自己利益的那類人，何況，他雖然急於要去看那張椅子，同樣也急於去看那些記載——事情那麼巧，那大宅中的一批記載，會在圖書館之中，這真是千載難逢的機會。

所以，原振俠終於點了點頭，便和南越一起走向圖書館中的恆溫室。

恆溫室的溫度，永遠維持在攝氏二十度，相對濕度是百分之五十五。在這樣的溫度和濕度中，書籍紙張，可以得到妥善的保存。

所以，放在恆溫室中的，全是極罕見的名貴善本或孤本。

當職員領著他們進了恆溫室，南越看到書架上一函一函的中國善本書之際，他這個識貨的人，已經雙眼發直了。

他四面看看，由衷地道：「我一輩子看到過的古籍，加起來也沒有這裏多！」

職員謙虛地道：「我們圖書館由於經費是無限制的，所以收購起書籍，比較方便一些。」

南越不住發出讚嘆聲，可是一直到他來到了一個相當高大的、鑲著螺鈿的紫檀木櫃子之前，他才真正呆住了。他自喉間發出十分怪異的聲音：「天！天！這是明朝工藝大師祝立三的傑作，這櫃子，天……我想這是世界上僅存的一件了！天！」

他一面叫著天，一面用手輕柔地撫摸著那隻櫃子。看起來，他對於古物真是有十分深厚的感情。

那職員道：「根據記錄，這櫃子，和櫃中的那些手抄本，是同時買進來的。」職員說著，打開櫃門：「可惜的是，那些手抄本，實在太殘舊了，被蟲蛀得不像樣子。我們已經盡力補救，總算未曾再蛀下去。」

櫃門一打開，原振俠向櫃子內一看，也不禁呆住了。而南越則漲紅了臉，狠狠地說著：「世界上最可惡的就是蠹蟲！」

蠹蟲就是銀魚，也就是專門蛀蝕紙張（尤其是中國傳統紙張）的一種小昆蟲。這種小昆蟲，會在紙張上鑽出曲曲折折的「隧道」。牠們就以紙屑為糧食，在那些「隧道」之中生長繁殖，直到厚厚的一疊紙，完全變成了一堆碎紙，甚至一堆紙屑為止。

這時，櫃門打開之後，櫃子內是許多格抽屜。職員順手拉開一個抽屜來，原振俠和南越所看到的，已經只能說是一堆碎紙而已！

那是被蠹蟲蛀蝕了一大半去的紙張。在剩下的部分中，不錯，都有著文字，而且一看就知道，這些文字，是用上好的墨所寫下來的，因為隔了那麼多年，仍然可以看出墨光深黑，一點也不模糊！

可是蛀成了那樣，文字已經全然不能連貫。而且，如何一頁一頁來翻閱呢？一經翻動，那些紙，只怕全會成為紙屑了！

原振俠不敢伸手去翻揭，只是看著面上的那些紙。可以看到上面寫著「支銀……兩」，「付訖……」等字樣，那可能是一疊支付的帳簿。

原振俠吸了一口氣，望向那職員：「全部都是這種樣子？」

要是全部都是這樣子的話，那真是一點用處也沒有！

那職員道：「有一部分比較好一點，有一些最好，那些是被放在一隻銀盒子裏的，可能多少有防蛀作用，可以讀得通。我曾經看過一下，那一部分，全是記載著寧王府中，購買來的各種奇珍異寶，或是人家貢獻來的寶物的，可以說包羅萬有。」

原振俠已經想問：有沒有關於一張椅子的記載？但南越像是知道他想問甚麼一樣，就在這時輕輕碰了他一下，不讓他發問。

然後南越問職員：「請問，那一部分記載在哪一個抽屜？」

那職員拉開了櫃子底部的一個抽屜，抽屜中，是一隻和抽屜一樣大小的銀盒子，盒子蓋上，鐫著「異寶錄」三個篆字。

南越一看就道：「這三個字是寧王親筆題的，我研究過他的筆跡！」

那職員道：「真不簡單，當年寧王府中的東西，怎麼會流落到這裏來的？」

南越道：「被王府總管偷了出來，又被總管的不肖子孫賣了出來！」

原振俠輕輕揭開了盒蓋，吁了一口氣。

盒中的冊籍，也蛀得很厲害，但總算紙張還是紙張，不至於變成碎紙。

原振俠道：「我們會十分小心翻閱，你請便吧！」

那職員走了出去，南越壓低了聲音：「天，這裏每一張紙，就算是碎紙，經過裱糊整理之後，也都是寶物！」

原振俠不禁又起了一陣厭惡之感：「你已經有了稀世異寶了，還羨慕這些？」

南越怔了一怔，神情有點忸怩：「寶物，總是越多越好的。」

原振俠揭開了寫著「異寶錄」的封面，接連幾頁，是一篇洋洋灑灑的文章，字跡十之八九可以辨認。

文章是寧王朱宸濠自己寫的，全文引述自然沒有意義，大意是說天下之大，奇珍異寶之多，不可勝數，唯珍寶皆有數、緣，唯有德者可以居之。他寧王朱宸濠，天皇貴冑，天命所歸，所以才可以擁有那麼多珍寶云云。

從這篇自吹自擂的文字中看來，寧王朱宸濠早已野心勃勃，想做皇帝了。

南越搶著要來翻揭，但原振俠卻把他推了開去，因為雖然紙張還完整，但要是不小心，還是十分容易損壞的。

原振俠自然不想有甚麼損壞，他小心翼翼的翻著。

接下來，便是記載著得到各種各樣珍寶的經過，例如「和闐來客，獻徑尺羊脂白玉盤一雙」等等。

也有的記載，卻不知是真是假。徑尺的羊脂白玉盤，自然是罕見之極，但不是沒有，可是有一則關於珍珠的記載，就玄得很：

「百粵合浦來客，獻珍珠百顆，每顆渾圓潔白，色澤形狀，世所罕見，徑三分，尤可貴者，有夜明母珠一顆。夜明珠世間奇珍也，母珠亦世間奇珍也，今夜明母珠合而為一，敢稱舉世無雙。客在王前示夜明母珠之奇，時值午夜，窗門密封，固漆黑如膠，而此珠一出，熒然若星，映人鬚髮皆銀。

置於盤中，恆留盤之中央，再傾以他珠百顆，他珠皆繞母珠而轉，終聚於母珠之旁，井然有序，若母珠有膠漆然。客曰：此夜明母珠者，萬珠之母，天下凡珠皆來歸附，誠大祥大吉之物。王聞而大悅，賜贈黃金千斤，並許來人，世代領有合浦產珠之海域……」

這樣的一則記載，不是玄妙得很嗎？

這樣的記載，在明人小品中，也可以看到風格接近的雜記，可知當時這一種文風相當盛。

而且值得注意的是，朱宸濠這時，只不過是封地在江西的一個王爺，他有甚麼權力，可以許諾一個人世代擁有一片海域呢？

當然在那時候，他已經有了造反、做皇帝的野心了。

而且，那顆夜明母珠，又有把上百顆珍珠聚在周圍的能力，很合乎一個想做皇帝的野心家，希望「天下來歸」的心理，所以他才會賜上黃金千斤之多！

在原振俠看來，這段記載，就算是百分之百的實錄，其中也大有問題。因為根據記載看來，利用了某些特殊的道具，一個手法高超的魔術家，就可以弄出這樣的玄虛來了。

例如，利用某些能在暗中發光的物質，如燐，來造成「夜光」的效果，又利用磁鐵的原理，造成「聚珠」的效果等等。

這自然不必深究了。可以肯定的是，寧王的造反心理，民間看得相當明白，所以常有人來獻上一些代表「祥瑞」的寶物，寧王都一律厚賜。

一頁一頁揭過去，都沒有發現有一張椅子的記錄，原振俠和南越兩人都有點失望。到了只剩下幾頁時，突然，一頁上只有三個字：「靈椅記」。

一看到這三個字，連原振俠也一下子就認出，那和封面的「異寶錄」三個字，是同一個人寫的。也就是說，那是寧王朱宸濠所寫的！

兩人都不由自主，吸了一口氣，互望了一眼。

南越興奮緊張得身子發起抖來，聲音也在發抖：「在……在這裏了！靈椅記……在這裏了！」

原振俠深深吸了一口氣，他的手，也把不住有點微微發抖，他小心地把那一頁揭過去。

〈靈椅記〉是一篇文章，一共有六頁之多，大約有三千多字，原振俠和南越迅速地讀著。文章寫得極好，詞情並茂，把當時發生的事情，記述得十分生動，而且所記的，毫無疑問，就是那張椅子。文章記的，是這張椅子如何進入寧王府的經過。（這篇文章的梗概，下面自然會詳細介紹。）

看了這篇文章之後，椅子是如何到了寧王府的經過，再明白也沒有。而且，對這張「靈椅」的靈異和它的一些歷史，也有了進一步的瞭解。

這張靈椅，如何會在那所巨宅之中，也可想而知。自然是那個姓符的總管，在搽逃之際帶走的。

那個總管也知道這張靈椅有它的靈異之處，是非同小可的寶物，可是又對它存有極大的忌憚。所以才在巨宅之中，弄了一間幾乎不能被發現的密室，把這張靈椅放在其間。

那總管以為再也不會有人發現這張靈椅了，卻不料寶藏的傳說，加上先進的科技，使得靈椅重見天日！

看完了那一篇記載之後，原振俠和南越兩人，呆立了許久，一句話也說不出來。

那麼，自然最好是趁他們呆立無語之際，介紹一下那篇記載的內容了。記載是用文言文記下來的，在此把它譯成白話文，自然，無關緊要之處就略去了，只揀重要的說。

西元一五一九年正月初六，南昌府的百姓才過了年，又在準備元宵的燈飾，城裏一片喜氣洋溢。

南昌是寧王府的所在地，寧王已有意在舉事成功之後，就定南昌為一國的首都，所以早已刻意經營。在一般百姓的心中，也以南昌的繁華為榮。

寧王府氣派軒宏，美侖美奐，那是不必說的了。除了未在門簷上公然裝上飛龍，一切也和皇宮的體制，差不了多少了。

那一日清早，王府的衛兵，照例自兩邊角門魚貫而出。袍甲鮮明，步伐整齊，刀槍映日生光。

走出來的衛兵，接替了夜班的衛兵。

兩班衛兵的首領，在交接之際，夜班的首領對日班的首領道：「那邊有一個人，說是有天下第一異寶獻給王爺，他來的時候，正是三更，我就叫他等著，你可以著他進去。」

日班衛兵首領一聽，就循他所指看去。

# 第九部：波斯胡人獻形狀醜陋的椅子

日班衛兵首領看到的，是一個膚色黝黑，深目高鼻的胡人，多半是波斯胡人。波斯胡人以販賣珠寶著名，王爺又喜歡搜羅奇珍異寶，所以王府的衛兵，以前也見過波斯胡人。

在那波斯胡人的身邊，是用布覆住的一件相當大的東西，衛兵也看不出那是甚麼。日班衛兵首領，拍手令那波斯胡人走過來，問了幾句，就把他帶進了王府之中。

王爺才起來，興致又好，正在花園之中，和幾個奇才異能之士在談論天下大勢。一聽到又有人來獻寶，立命晉見。

衛兵首領帶著波斯胡人進去，波斯胡人一直把那個形狀看來十分奇特的東西，帶在身邊。見了王爺之後，波斯胡人居然懂得行跪拜禮，這令得王爺大是心悅，於是，一面捋著長髯，一面發問。

（這場面，倒有點像舞台劇！）

王爺問：「你是來獻寶的麼？我這裏奇珍異寶已經很多了，若不是甚麼特異的物件，免了獻醜，可到外面等著，發放盤纏算了。」

（寧王一定相當豪爽，就算是「獻醜」，也有盤纏可拿！）

波斯胡人神色十分莊嚴，一言不發，先把那包東西，重重在地上一頓，那東西竟直立在地上。

（這一段描寫，十分生動。那張椅子是單腳的，地點又是在花園的泥地上，那波斯胡人重重一頓之下，椅子的單腳，插進了泥地之中，自然就站直了。）

波斯胡人接著，又以十分嚴肅的神情，把包在外面的布拉開。剎時之間，連寧王在內，所有的人都大笑了起來。因為顯露出來的，看來是一張形狀十分醜陋，甚至不能坐的椅子。

這樣的一件東西，當然不能算是甚麼奇珍異寶。

寧王也不生氣，一面笑著，一面揮著手，令那波斯胡人把東西帶走。

那波斯胡人卻在這時，十分惱怒，甚至忘記了禮儀，把臉漲得通紅，大聲道：

「王爺，世人都說你能識寶，原來不是，我來錯了！」

寧王反問：「你這算是甚麼寶物？去！去！去！」

當寧王這樣下令之際，衛士已上來，架住了波斯胡人，要把他拉出去。

這時候，一個方士道：「王爺，很多寶物，外觀毫不起眼，且聽這胡人如何說！」

（寧王不但喜歡搜羅珍寶，也愛奇才異能之士，這個方士是來王府投靠的其中之一。）

寧王一聽那方士這樣說，覺得十分有理。

便命衛士鬆開那波斯胡人，著他說出這椅子為何可以算是寶物來。

那波斯胡人卻望著眾人，欲語又止。

寧王笑道：「但言不妨，這裏都是我的親信。」

波斯胡人於是道：「這是一張天神所賜的靈椅，天神從天庭把它帶下來之後，已有許多君主坐過，所以這又是君主之椅。坐了上去，君主權力，就得以隨心所欲，這靈椅是君主所能擁有的最珍貴的寶物！」

寧王當時一聽，就怦然心動。

但是另一個王爺的親信，卻陡然叱喝：「胡言亂語，莫非是北邊來的奸細嗎？」

（寧王要造反，在北京的明武宗，自然也有所聞，也曾派人來探聽過，所以那親信這一問是必然的。）

那親信一喝，寧王也省覺，立時也問：「哪有這樣的寶物？」

那波斯胡人十分激憤：「王爺，我說了沒有用，我把這椅子留在王府三天，王爺你找一間密室，在地上鑿一個恰如椅腳相同的洞，放直椅子，不要有任何人在旁，坐上去。三天之後，如果王爺覺得椅子有靈異之處，我再進一步來說這椅子的好處，若然沒有靈異之象，我也沒有面目再來見王爺。」

波斯胡人這一番話，倒也令得寧王心動，就點頭答應。

那波斯胡人又道：「王爺別看輕這椅子，這是從土耳其鄂斯曼大君巴查則特處來的！」

「土耳其鄂斯曼大君巴查則特」云云，寧王聞所未聞。但當時在場的，有一個博學多才的異人，立時應聲道：「是，巴查則特大君，曾於本朝太祖洪武二十四年，大敗東羅馬軍，又曾於洪武二十九年，大破極西三方，三大國家聯軍，該三國為匈牙利、法蘭西、德意志。」

波斯胡人一聽，大是嘆服，道：「王爺身邊，有這樣見識廣博的異人，天下無人能及！」

王爺也大是高興，可是那異人面色一沉，又道：「可是，巴查則特大君，於建文四年，被蒙古帖木兒所擒，敗得一敗塗地，這又怎麼說？」

波斯胡人從容不迫道：「帖木兒知道大君有這張靈椅，所以才無往不利，便命人將靈椅偷去，所以大君才會潰敗。」

那異人沒有再說甚麼，波斯胡人也告辭離去。

寧王就命人在密室之中，安放椅子，自己獨自一人至密室中，不要任何人陪侍。

兩天之後，波斯胡人還沒有來，寧王已下令，在南昌城中，尋找這波斯胡人，有要事與之相商。

要找這波斯胡人，自然不是難事，一找就到。找到他的人是王府的總管，總管帶著他，漏夜進了王府。

（寧王在兩天之後，就急著要找那波斯胡人，自然是他知道了椅子真有靈異之處。

可是，記載上卻沒有提及，那究竟是甚麼靈異。）

波斯胡人一進入王府，王爺熱烈歡迎，歡迎程度之熱烈，令得在一旁的人，都大為詫異。因為王爺平日雖然以禮賢下士著名，但是也從來未曾看到他對人這樣恭敬地歡迎過。

波斯胡人被迎進了王爺只招待得力親信的一個書齋之中。

王爺首先道：「靈椅雖然靈異，不過希望能把它進一步的靈異之處顯示。」

波斯胡人於是侃侃而談，談這張椅子，到了誰的手中，誰就能登上君主的寶座。自從亞述帝國的君主之後，一共有案可稽的，是有十個君主曾擁有過它。也曾有好幾百年的時間，它下落不明，流落民間不知何處，然後又突然出現。

這一番話，把寧王聽得如癡如醉，深信天命所歸，他將成為大明朝的皇帝了。他的親信，自然也紛紛向他道賀，令得寧王大是興奮。

然後，那波斯胡人又道：「這張靈椅，固然有這種靈異的力量，但還是美中不足。因為靈椅原來是和一塊巨大的天外飛石有密切聯繫的。如果靈椅放在那天外飛石上面，那麼，君主的權力，簡直可以隨心所欲。」

寧王聽了之後，更是怦然心動，先許了波斯胡人為「國師」，然後，又給了波斯胡人許多許多金銀珠寶——多的程度，一定極其驚人，甚至沒有詳細的數字，在記載中只說：「幾傾王之所有。」

那是說，幾乎把王爺所有的珠寶金銀，都給了那波斯胡人了！

（對一個密謀要造反，想做皇帝的野心家來說，金銀珠寶，實在是不算甚麼的。他需要的是權力，那靈椅既然能給他權力，他傾其所有來交換，自然是順理成章的事。）

於是，那波斯胡人，用了三輛大馬車，把王爺的賞賜帶走了。而王爺感到十分滿意，天賜靈椅，那簡直已等於是皇帝的龍椅了！

終於「起事之議，三日後議定矣」。也就是說，如何舉兵，在得了靈椅後五日才正式決定的。

明朝寧王朱宸濠起兵造反，並沒有成功。皇帝派了王守仁去平亂，一舉成功，寧王被擒，殺了頭，這是史有明文的事實。

原振俠和南越，在看完了這段記載之後，呆了好久好久，原振俠才道：「事實上，靈椅並未能幫助寧王，他的造反失敗了！」

南越深深地吸了一口氣：「那是因為靈椅被人偷走的緣故。」

原振俠「啊」地一聲——是的，靈椅被偷走了，所以寧王的皇帝夢就做不成。偷走靈椅的，是王府的總管，那總管，是最先找到波斯胡人的。

在那總管把波斯胡人又帶進王府之前，他是不是已經先從波斯胡人那裏，知道了靈椅的一切呢？當然有可能！

更有可能的是，總管知道的，可能比王爺知道的更多。因為他可以以總管的身分，警告波斯胡人，在王爺面前，甚麼可以說，甚麼不應該說，波斯胡人自然會聽從他的安排。

可是，總管為甚麼要偷走那張椅子呢？

這已經是不可稽考的往事了，但是推測起來，也不外兩個原因：

一、總管自己想做皇帝。這個原因的可能性不高，王爺和皇帝之間的距離比較近，身為王爺，進一步想做皇帝，這是自然的事。王府總管的地位極低，一個地位卑微的人，再做夢，也不會夢想自己會有資格做皇帝的。

二、符總管早已偷盜了王爺的許多珍藏，早已準備逃走的，所以，他就不希望寧王能做皇帝。

要是寧王做了皇帝，權力和勢力都是無限制的，任憑他逃到天涯海角，皇帝都有能力把他抓回來，明正典刑。

所以，他不希望寧王成功。寧王造反只要一敗，非死不可，他究竟盜走了王府中多少財物，也就永遠不會有人追究了。

這個可能性最大——符總管當年逃走的時候，將靈椅也帶了走，目的並不是想自己在靈椅上得到甚麼好處。他的目的是破壞，是不想寧王得了靈椅之助，而登上皇帝的寶座！

也正由於這一點，所以他逃到了荒島之上後，造了巨宅，就把靈椅密封在一個小空間中。他知道那是非同小可的寶物，但自己又用不上，又對之有一種恐懼神秘之感，所以才想把它藏起來，從此不再被人發現。

這一藏，果然又藏了四百多年！

原振俠把自己的設想，向南越說了一遍，想聽聽南越的意見如何。

南越沉吟了半晌，才道：「四百多年之前發生的事，事實真相究竟如何，實在無法確知，你的設想，已經夠合情合理的了。」

原振俠看出南越有點精神恍惚，他又道：「不知當時在經過了兩天之後，寧王知道了靈椅的甚麼靈異，也是晃動和會講話？」

南越喃喃地道：「恐怕還不止，因為他是一個有資格做君主的人，靈椅所給予的，和給普通的人不同……那……記載中提及的『天外飛石』，是不是就是沙爾貢二世陵堂中的那個石台？」

原振俠連想也沒有想：「當然是。」

南越口唇掀動著，想說甚麼而沒有說出來。

原振俠沉聲道：「我知道你在想甚麼，你是在想，把靈椅放在石台上，會怎麼樣？」

南越身子震動了一下，面上的肌肉牽動著，並沒有回答。

原振俠冷笑：「不論怎樣，我絕不信有甚麼力量，可以使一個古董商人變成皇帝的！」

南越的臉一下子漲得通紅，可是他卻沒有說甚麼。

原振俠無法確知他心中究竟在想些甚麼。又看了一下櫃子中其餘的資料，看起來，在殘破不全的碎紙中，已經沒有他們需要知道的東西了，他催道：「好了，要找的找到了，該去看看那張靈椅了！」

南越轉過身去，點頭答應。兩人一起走了出去，這時，夜已很深了。

從圖書館到南越的那所巨宅，路程相當遠。

一路上，原振俠提了三次：「那靈椅對你來說，一點用處都沒有，那個王府總管，當年得了之後，就把它封藏了起來，那是他的聰明。如今，靈椅非但不能給你有任何好處，還會給你帶來殺身之禍，聽我的話，把它毀掉算了！」

前兩次，南越都沒有回答，到了最後一次，南越突然道：「好！可是靈椅不知道是甚麼東西製造的，十分堅硬，要毀掉它，不是容易的事！」

原振俠道：「那還不容易，用水泥把它包起來，拋到海底去，就誰也找不到它了！」

南越想了一想：「也好。」

原振俠本來以為南越一定不肯答應的，自己不知道還要費多少唇舌，如今南越居然答應了，那使他感到十分高興。

他們沒有再說甚麼，車子一直向前駛著，在接近巨宅的路口停了下來。然後，他們一起在黑暗之中，向那所巨宅走去。

在巨宅門口，南越用鑰匙開了門。他兩個僕人已經睡了，那麼大的一所宅子，四處都是黑沉沉、靜悄悄的，有一種說不出來的詭異之感。

南越帶著原振俠向內走，一直走到了他的書齋之中，他才著亮了燈。

原振俠打量著書齋中的佈置，所有的佈置都是明朝或明朝以前的古物，所以置身其間，使人有極強烈的時光倒流之感。

南越指著一幅掛著的繡幔：「靈椅，就在這幅繡幔的後面。」

原振俠不由自主，心跳加劇。一直到這時為止，他對那張靈椅的來龍去脈，已經再清楚也沒有了，可是，靈椅究竟是甚麼東西，他卻還是說不上來。

當然，如果他肯接受靈椅是天神自天庭上帶下來，賜給人間君主的東西，那就甚麼問題也沒有了。

可是，這種說法，原振俠認為是神話，是傳說，不是事實。

所以，他實在無法確知靈椅究竟是甚麼！

那麼怪異的，在人類歷史之中曾起過神秘作用的東西，就會出現在他的眼前，這多少令得他有點緊張。

他來到了繡幔之前，吸了一口氣，伸手撩起了那幅繡幔來。

繡幔一撩開，他就看到裏面是一個小小的空間。可是他卻只看到，那小空間的地上，有一個小圓孔，並沒有看到甚麼靈椅！

原振俠陡然一怔，而就在那一剎間，他的後腦之上，突然挨了一下重擊！

那一下重擊，令得他眼前一陣發黑，雙手沒有目的地向前抓了一下，恰好抓住了那幅明朝的繡幔。在那不到十分之一秒的時間中，他還能急速地想著——自己要昏過去了，那是由於後腦突然受了襲擊，襲擊自己的，自然是南越！

原振俠甚至還滑稽地想到：南越用來襲擊的，不知是甚麼東西？是唐伯虎用過的銅紙鎮，還是祝枝山用過的那一方端硯？

他當然不會得到答案，事實上，他連轉過頭來看一看的機會都沒有。當他的雙手，才抓住了那幅繡幔之際，身子一晃，便已倒了下去。

當他倒下去之際，連把那幅繡幔扯裂了的聲音都沒有聽到，就昏了過去！

在他的身後，南越的手中，還拿著一隻銅香爐——原振俠料錯了，南越用來重重打了他後腦一下的，不是銅紙鎮，也不是硯台，而是一隻宣化銅香爐，那是世上有名的明朝古董！

原振俠的身手十分靈敏，而且警覺也一直很高，要在背後偷襲他，不是那麼容易的事情，可是南越的偷襲，實在太出於意料之外了！

不論原振俠怎麼想，都想不到南越會卑鄙到在背後偷襲，而且一下子就打中了他後腦的要害——他全然不曾提防！

再加上，當南越動手的時候，他正撩開了繡幔，一心想要看看那張靈椅，而又甚麼也未曾看到，正在極度愕然之際，自然更不提防！

當原振俠倒地之後，南越的手中，還拿著那隻宣化香爐。他的臉色蒼白，身子也在不住發著抖，這樣子對付另一個人，南越還是有生以來的第一次，他真不知道，自己是如何有勇氣做到這一點的！

他喘著氣，跨過了原振俠倒在地上的身子，匆匆忙忙，拋開了手中的香爐，踏過了本來是他最心愛的那幅繡幔，跨進了那個空間。在這裏，有一點是必須注意的——原振俠沒有看到那張靈椅，在原振俠眼中看出來，甚麼都沒有。但是，當繡幔一撩開之際，南越就看到那張靈椅在。

南越不但看到那張靈椅在，而且還清清楚楚，聽到靈椅在講話：「快把他打昏過去，不然，就會被他弄到海底去了！」

南越雖然有背信的想法，可是把原振俠打昏過去，在聽到那句話之前，他連想都未曾想到過。但在一聽到了那句話之後，他一下子就拿起了香爐，重重敲在原振俠的後腦之上！

當他跨進了那個空間之後，他雙手抓住了那張椅子，將之舉了起來——椅子不是很重，南越足可以把它舉起來。然後，他轉身，又跨過了倒在地上的原振俠，一直舉著那椅子，出了書齋。

原振俠的健康狀況十分好，雖然重擊令得他昏了過去，但是在二十分鐘之後，他就開始醒了過來。

當重擊突然而來之際，他連疼痛的感覺也沒有。直到這時，他才感到了後腦被擊處傳來了一陣劇痛，再接著，他就睜開了眼來。

當他睜開眼，伸手按住了後腦被擊處，手心上有碰到濃稠鮮血感覺之際，他已經完全想起了發生了甚麼事。

那令得他不由自主，發出了一下憤怒的聲音，一躍而起，叫道：「南越，你給我滾出來！」

他一面叫，一面把書桌上的東西，全都掃到了地上。

原振俠當然是有理由憤怒的，他把一切經過全都告訴了南越，南越卻用那麼卑鄙的手段來對付他！

但是原振俠立時知道，自己在這時發怒，是沒有用的，因為南越顯然已經不在了！

原振俠喘著氣，先撕破了衣服，把後腦的傷處紮了起來。當他反手在綁紮著布條之際，他一直盯視著那個小空間在看著——沒有椅子，裏面是空的。

這時，裏面當然沒有椅子，因為椅子已經被南越拿走了。可是，當南越還沒有把椅子拿走的時候，為甚麼原振俠也看不到那張椅子呢？為甚麼，黃絹派出來的那麼幹練的特工人員，他們在暗中對這所巨宅的每一處進行搜索，也沒有發現那椅子呢？

靈椅，有著神秘的靈異力量，可以使要對它不利的人看不到它！

當時，原振俠自然不知道，一直要到後來，事態逐步發展，他才明白。

當時，原振俠肯定南越已經離去，他首先想到的是：南越答應把靈椅毀滅是假的，他早有預謀，把自己打昏過去之後，他就帶著那張靈椅躲起來。

那張靈椅，根本不在巨宅之中！

原振俠這時的想法，只想對了一半。

他重重頓了一下腳，他絕對可以肯定，靈椅在南越手中，對南越來說，會構成極度的兇險。但是這時，在極度的憤怒情緒之下，他卻一點不為南越著急，反而有點幸災樂禍，因為南越用這樣卑劣的手段對付了他，應該有點報應！

原振俠自然不希望靈椅落到卡爾斯將軍手中，可是如果他已經盡了力，事情在他的力量不能控制的情形之下，有了意外，他也無法可施。一想到這一點，原振俠不但憤怒，而且懊喪之極！

他並沒有在那巨宅之中停留。摸著黑，他總算離開了那巨宅，又從黑暗的小路上，回到了車子裏。

當他發動車子之際，他心中又在想：自己的遭遇，是一個最好的教訓——別相信任何人！

他駕著車，並沒有回到住所，而是先到了醫院，請他的同事，把他後腦的傷處消毒並重新包紮。

同事取笑他：「爭風吃醋，和人打架了？」

原振俠只是苦笑，連說話的心情都沒有。

離開了醫院之後，原振俠才駕車回家，車子是租來的，明天一早還得去歸還。本來和他是一點關係也沒有的事，忽然之間扯上身來，會弄得他如此煩惱和狼狽，這多半就是「造化弄人」的寫照。

一張會搖動，會講話，有著那麼神秘悠久歷史的椅子……這一切，全令得原振俠有頭昏腦脹之感。他在推門進自己住所之時，神思恍惚，連腳步也有點不穩。

當他進了住所，關上了門之後，不由自主，背靠在門上，喘著氣。就在這時，像是身在夢幻中一樣，他突然聽到了一個極其輕柔動聽的聲音響起來：「怎麼了？覺得不舒服？」

原振俠在聽到了那聲音之後，不由自主，發出了一下呻吟聲來——後腦所受的那下打擊太沉重了，竟令得他聽到了黃絹的聲音！

可是，就在原振俠這樣想的時候，眼前突然一亮！那又令得他震動了一下，他並沒有亮著電燈，如何會突然有光亮出現的？

他瞇著眼，向前看去。黃絹修長的身形，在才一映入他眼簾之際，還是相當模糊的，但是立即變得十分清晰。

一點也不錯，是黃絹，站在他的面前，離得他極近。使他不但可以聞到自她身上散發出的那股清淡的幽香，而且氣息可聞！

原振俠把眼睛睜得老大。意外的事情實在太多了，接連而來，從他和南越的對話，圖書館中看到了記載，後腦挨了重擊，現在又是黃絹的突然出現。一連串的意外，一個接一個衝了過來，這令得原振俠再次發出了一下呻吟聲。

而黃絹也在這時，失聲叫了起來：「你……受了傷！你應該在六小時之前到的，你到哪裏去了？一直在跟人打架？傷得怎麼樣？」

原振俠深深吸了一口氣，雖然，黃絹在責問他，但是他也可以聽出，黃絹在語氣之中對他的那份關懷。那令得他十分激動，他仍然背靠在門上，張開了雙臂，在等著黃絹投進他的懷中。

黃絹只猶豫了極短的時間，就靠向原振俠，原振俠立時抱住了她，輕撫著她的長髮。兩人偎依在一起，一時之間，誰也不想講話。

原振俠雖然沒有出聲，可是心中卻在大叫：拋開權位，不要再去追尋甚麼靈椅，就這樣靠在我身邊，永遠靠著，你會在平靜之中得到快樂！

原振俠沒有把心中的話叫出來的原因，是他知道，叫出來，隨便他叫得多麼撕心裂肺、聲嘶力竭，都是沒有用的！

原振俠急速地吸著氣，就在這時，靠在他身前的黃絹，頭向後略仰，道：「漢烈米博士瘋了！」

原振俠陡然一怔，後腦的傷口又是一陣劇痛。

一時之間，原振俠還不明白「漢烈米博士瘋了」是甚麼意思，黃絹又已道：「他要見你，看來他有很多話要對你說！」

原振俠這時，只感到心頭一陣劇痛，他喃喃地道：「是他要見我，不是你要見我？」

黃絹把他推開了一些，凝視著他，用十分冷淡，但也十分堅決的聲調說：「我們實在已經是兩個不同世界的人，你不必對我……再有任何幻想！」

原振俠的心情更苦澀：「可是，你為甚麼又總是在我面前出現？」

黃絹半側過身去，長長的睫毛急速地顫動著，看起來，她的心境也十分矛盾。原振俠伸手，在柔軟的長髮上輕輕撫摸著。黃絹在開始時，一動也不動，但接著，她就後退了一步，避開了原振俠的手。

她也不再避開原振俠的眼光，看起來，她已經下定了決心，她感到自己不能和原振俠再在感情上糾纏下去。正如她剛才所說的，她和原振俠，實際上是生活在截然不同的兩個世界之中的！

她沉著聲：「漢烈米企圖用強烈的炸藥，把整座陵墓全都炸毀，他整個人都變成了瘋子！」

原振俠雙手捧著頭，呆了一會兒。他也明白了黃絹所說的那一點，那使他的身心都感到一股異樣的疲倦。

雖然他對漢烈米博士很有好感，他還是道：「那似乎和我一點關係也沒有，是不是？」

黃絹有點怒意：「可是，你曾和他如此接近，難道你不想聽聽，還有甚麼意外的發展？」

原振俠做了個無可無不可的手勢，他那種漠不關心的態度，令得黃絹更加生氣，但是她卻還是抑制著怒意：「在你走了之後不久——」

在原振俠走了之後不久，漢烈米顯得十分暴躁不安，他把所有人都趕離陵墓，又吩咐警衛嚴加看守，不准任何人進去。

然後，再要負責警戒的軍官，替他運五百公斤烈性炸藥來。

那軍官一面答應著，一面自然立刻用最快的方法，通知了黃絹。

黃絹在接到了報告之後，真正吃了一驚——五百公斤烈性炸藥，足以毀壞一切了！她不知道漢烈米要做甚麼，下令照漢烈米的吩咐，供應他所需的一切，但是如果漢烈米要引爆那五百公斤烈性炸藥，就絕不能使他達到目的！

這個命令是十分容易實行的，要引爆烈性炸藥，需要相當繁複的手續，一定要通過雷管來引爆。軍官接到了命令之後，就照漢烈米的吩咐，給了他五百公斤烈性炸藥和二十支雷管，只不過所有的雷管，都拆除了其中作為起爆藥的過氧化鉛，使得所有的雷管，根本失去了引爆的作用。

漢烈米在得到了供應之後，他的行動就一直有人在暗中監視，而且立即報告給黃絹知道。

他把五百公斤炸藥，分成了二十份，分佈在陵墓的各處，在炸藥上插上雷管，再把引爆線聯結在一起。

他的這種行動，任何人都知道他的目的是甚麼了——他要把整座陵墓炸毀！而他把炸藥佈置得那麼均勻，五百公斤烈性炸藥在同時引爆，那不但可以把整個陵墓炸毀，也足以把陵墓上的那個大廣場上的石板，全都炸得飛向半空而碎裂，使這裏的一切，在一剎那之間化為烏有！

當黃絹接到這樣的報告之際，她實在無法相信——漢烈米是這樣狂熱的一個考古學家，對任何古物的破壞，對他來說，都是不能容忍的惡行！

可是如今，他卻要親手徹底毀滅人類在考古學上最大的發現。

黃絹是兼程趕去的，當她趕到時，迎接她的軍官道：「一切裝置都弄妥了，可是看博士的樣子，似乎不能決定在甚麼時候下手。」

黃絹悶哼一聲：「他不是不讓人接近麼，你又怎麼知道他在幹甚麼？」

那軍官道：「在送炸藥和裝備進去的時候，我命人暗中佈置了多枚電視攝像管在裏面，所以可以看到他在做甚麼事！」

黃絹跟著軍官，進入了一輛卡車的車廂。那車廂中有著相當完善的各種電子設備，有四幅螢光屏，可以從四個不同的角度，看到那陵堂中的情形。

四幅螢光屏上，都有著漢烈米，漢烈米蹲在引爆裝置之前，右手按在一個按鈕上。螢光屏上看起來，漢烈米在發著抖，雙眼直勾勾地向前看著，盯著那塊大石。在大石四周，至少有一百公斤的炸藥在。

黃絹一看到這種情形，就不由自主叫了起來：「天，他瘋了！要是真的炸了起來，他自己會變得甚麼也不剩下！」

軍官道：「不但是他，連我們這裏，也會波及！」

黃絹深深地吸了一口氣，說：「他一定是瘋了！我不信他真的會——」

就在這時，她就看到漢烈米陡然站了起來，用力按下了引爆的按鈕。雖然黃絹明知道爆炸不會發生，但是在那一剎間，她還是不由自主震動了一下。

爆炸當然沒有發生，漢烈米整個人，如同泥塑木雕一樣，站立著不動。

接著，他衝向一堆炸藥，把雷管拔了出來，看了一下，重重摔了開去，轉身向外便奔。

在電視螢光屏上，看到他奔上了石級，他一定是發覺受了騙，正在向外衝來。黃絹連忙跳下了卡車，卡車停的地點，離那個廣場不是很遠。

黃絹才一下車，就看到漢烈米已經衝了出來，揮著手，發出極度憤怒的吼叫聲：「滾出來，躲起來的人全給我滾出來！」

黃絹立時大踏步向前走去，冷冷地道：「沒有人要躲起來，博士，你為甚麼要把這裏的一切全都毀去？」

漢烈米一看到黃絹，就向她直衝了過來，樣子完全是在瘋狂的狀態之中。黃絹毫不退縮迎上去，幾個軍官急忙跟在黃絹的身後，已經把佩槍拔在手中。

黃絹和漢烈米在廣場的邊緣上相遇，漢烈米一伸手，極度失態地抓向黃絹胸前的衣服。黃絹翻手一拍，將他的手拍了開去。

漢烈米大聲責問：「是你！是你破壞了我的行動！」

黃絹的聲音更冷峻：「是我阻止了你的破壞行動！」

剎那之間，漢烈米的神情更是激動之極，他聲嘶力竭地叫了起來：「你阻止不了，阻止不了！我一定要令這裏的一切，全都毀滅——」

當他叫到這裏時，他雙手揚起，向著黃絹直撲了過來。

黃絹向後一退，但沒有退開，漢烈米的雙手，已然緊緊掐住了黃絹的脖子。

一切來得那麼突然，黃絹連掙扎的機會都沒有。

來。

漢烈米扭曲了的臉離得黃絹那麼近，她感到呼吸緊迫，張大了口想叫，又叫不出來。

就在這時候，槍聲響起！

槍聲一共響了三下，黃絹只感到灼熱的鮮血迸濺開來，灑得她一頭一臉。

同時，也聽到了漢烈米撕心裂肺的呼叫聲。

黃絹甚至連視線也被血濺得模糊了。

一個世界著名的學者，竟然會在這樣的情形下行兇，這真是太出人意表了！

當她感到漢烈米的手已經鬆開了她的頸子之際，她又後退了幾步，抹去臉上的血。她看到漢烈米就在她的身前，他一共中了三槍，兩槍中在他雙臂上，一槍中在他的肩頭，中槍處，鮮血在不斷地湧出來。

可是他還是活著，還舉起了中了槍的手臂來，伸手指著黃絹，發出一種十分可怕的聲音，叫著：「對了，你就是這個樣子，滿頭滿臉都是血，就是這樣子！」

接著，他急速地喘起氣來，但仍然在叫著：「你自己喜歡這樣，你那個卡爾斯喜歡這樣，不能讓別人也這樣！」

黃絹又罵又怒：「你是一個瘋子！」

漢烈米在嘶叫：「我不是瘋子，你才是，卡爾斯才是！你們才是瘋子！」

幾個軍官已經把漢烈米抓了起來，黃絹喘著氣：「把他送到醫院去！」

漢烈米在劇烈掙扎，但還是被人推上了車子，疾駛了開去。

黃絹轉身走向一輛車子，她陡然在車子的倒後鏡中，看到了自己一臉的血污，樣子十分可怕！

那當然不是她的血，可是一臉的血污，看起來真是怵目驚心。她也想起了漢烈米的那兩句話，她不明白那是甚麼意思。

一小時之後，黃絹已經完全恢復了常態，她進了病房，去看漢烈米。

漢烈米睜著雙眼，直直地望著天花板，從頭到尾，他只說了一句話：「叫原振俠來見我！」

黃絹在聽了幾十遍之後，沒有說甚麼，就離開了病房。她知道，除非自己親自去走一遭，否則，原振俠是不會來的。

原振俠的身子在不由自主發著顫。漢烈米博士為甚麼要將沙爾貢二世的陵墓徹底毀去，真正的原因他不知道，可是他卻有一種強烈的感覺，感到那和自己要把那張靈椅毀去的目的是一樣的！

這種超乎人類想像和知識範疇之外的事物，會帶來甚麼結果，全然沒有人知道。最好的處理方法，是根本不讓它們再存在下去！

他勉力鎮定心神：「為了漢烈米要見我，你才來的？」

黃絹掠了掠長髮，想了一下才道：「不是，我覺得漢烈米已經洞悉了陵墓中的秘密，可是他絕不會對我講，他要見你，一定會對你講！」她頓了一頓：「我要你把他的所知，轉述給我！」

原振俠不由自主，閉上了眼睛一會兒——沙爾貢二世陵墓的秘密，說穿了，就是如何使帝王君主的權力，可以得到隨心所欲擴張的秘密。

原振俠更可以肯定，漢烈米要毀掉一切，目的是不希望這個秘密洩露出去。

他陡然之間，感到了一陣衝動，疾聲問：「漢烈米在中槍之後，指著你說的那兩句話，是甚麼意思，你懂不懂？」

黃絹現出十分厭惡的神情來，直截地道：「不懂！」

原振俠冷笑了一下：「我倒可以略作解釋，你追求權力，一直追求下去，到最後，難免頭破血流，那是你的事！可是就在你追求權力的過程之中，有多少人先要流血？」

黃絹冷冷地道：「這種話，一點也不新鮮，對我，也起不了任何作用。」

原振俠凝視著她，還想說些甚麼，她已搶先道：「漢烈米一定要向你傾訴他心中的秘密，你去不去？」

原振俠道：「我去！」

他答覆得那麼爽快，倒大大出乎黃絹的意料之外。

原振俠立時又道：「我去，不是為了聽他向我訴說秘密，而是去聽聽一位好朋友的願望。要是他有甚麼願望不能達到的話，我可以盡力幫助他去達成！」

黃絹的神情十分難看。原振俠這樣講，兩人之間的敵對地位，已經再明顯也沒有了！可是她立即想到，只要原振俠肯去就好了。就算原振俠不肯向她轉述漢烈米的秘密，她也有的是法子，可以在他們交談之際偷聽得到。

所以，她一揮手：「走吧！」

原振俠走過去，打開了門，他也心急想見到漢烈米。門一打開，外面有四、五個彪形大漢在，這種場面，原振俠早已習慣了。

黃絹跟著走了出來，一個大漢連忙趨向前，向黃絹低聲說了幾句。

黃絹現出極高興的神情來，轉頭道：「他們已找到了那個古董商人，和那張椅子！」

原振俠震動了一下，他在心中暗罵：南越這個混蛋，他以為自己的警告是虛言恫嚇，竟然出手襲擊自己，現在，他可以說是自食其果了！

而那張椅子，終於落到了黃絹的手中！

黃絹說「找到了」，自然是輕描淡寫，南越一定已經落在他們手裏了。

原振俠吸了一口氣：「恭喜你！」

黃絹又用阿拉伯語，下了一連串命令，原振俠不是很聽得懂，只知道黃絹要她手下把南越帶走。

# 第十部：黃絹一副洋洋自得的神情

利用外交特權，黃絹要胡作非為起來，帶走一個人，那簡直是一件小事了。

當原振俠登上專機之際，他卻沒有看到南越，可能南越是在後面的機艙中。因為他看到，在起飛之後，過了很久，黃絹才從後艙走過來，神情十分冷峻。

黃絹一來，就道：「那賣古董的，甚麼都對我說了，那張椅子現在屬於我了！」

原振俠閉上眼睛，一聲不出。他看不見黃絹的神情，但是黃絹像箭一樣的冷笑聲，卻不斷傳進他的耳中。

黃絹一面冷笑，一面道：「你要把靈椅毀去？原來你也知道了那麼多，可是一點也不告訴我！」

原振俠只是緩緩地吸氣，在他聽來，黃絹的聲音越來越是狂妄。

雖然她的聲音還是那麼清脆動聽，但一時之間，原振俠有一個錯覺，竟然分不出黃絹的聲音和卡爾斯將軍有甚麼不同來。

黃絹在說著：「這張靈椅，一定有特殊的能力，你早已知道這一點的。它能令權力永固，能令權力擴張，能令理想實現，能令——」

原振俠聽到這裏，實在忍不住了，接了上去：「能令人變成瘋子，能令瘋子更加瘋狂！」

黃絹又發出了一下冷笑：「你等著瞧吧，卡爾斯將軍的理想，可以藉著神異的力量而實現！」

原振俠陡然睜開眼來，黃絹是一副洋洋自得的神情。

可是在感覺上，原振俠卻感到，從來也未曾面對過一個令他有如此強烈憎惡感的女性過！

這是黃絹嗎？是他所愛的，那麼美麗動人的黃絹嗎？他一再問自己，可是這個如此簡單的問題，卻得不到答案。

當然在他面前的是黃絹，可是又不是！

黃絹也瞪視著原振俠，她在繼續著：「這是無可抗拒的！人類的歷史，因此會改變，也可以說，人類的歷史就是照這個規律發展下去。卡爾斯將軍和我，會成為全人類的統治者，全世界的人都等著我們把他們從罪惡之中解救出來，現在，這一點可以達到了！」

原振俠儘量抑制著一種極度要作嘔的感覺，冷冷地道：「將軍，作為一個醫生，我可以絕對肯定，你的精神狀態，是一個十足的瘋子！」

黃絹哈哈大笑了起來：「瘋子？歷史上所有想征服全人類的偉人，全是瘋子嗎？」

原振俠的回答，來得又快又肯定：「是！全是可憐可悲的瘋子！」

黃絹止住了笑，沉著臉望向原振俠。

原振俠又冷笑道：「遠到亞歷山大大帝，近到響應馬克思號召的，瘋子絕不會成功的！」

黃絹伸出手來，直指著原振俠：「我會，我和卡爾斯會！歷史是人創造的，我就是創造歷史的人！」

原振俠終於忍不住了，一張口，劇烈地嘔吐了起來，一直吐到吐出的全是清水為止。

黃絹在原振俠開始嘔吐時就已經離開，進入了後艙。

在整個飛行途程中，原振俠沒有再見過她。

飛機一著陸，原振俠就由兩個軍官陪著，到了醫院，見到了漢烈米。

漢烈米的情形十分差——雖然他中了三槍，但傷勢不能算是太嚴重，可是他的精神極差，原振俠見了他，幾乎認不出他來。

除了他深陷下去的雙眼，仍然帶著那股固執的神采之外，整個人都脫了形！

他一看到了原振俠，就緊緊握住了原振俠的手，顫聲道：「原，那張椅子……那張椅子……」

原振俠的心中極難過，他道：「那張椅子，已經落在黃將軍手中了！」

漢烈米陡然震動了一下，整個人幾乎從病床上彈跳了起來。接著，他的聲音更加發顫：「那……千萬不能……原，千萬不能讓他們……把那張椅子，放在那塊大石上！」

原振俠苦笑，抬頭看了那個面目冷森的護士一眼。他自然明白，在這裏的每一句話，都立刻會傳進黃絹的耳中。

原振俠沉聲道：「別再說了，這裏沒有秘密！」

可是漢烈米的情形，作為一個醫生，原振俠看得出，他已經處於一種昏迷的狂囈之中。他不斷重複那句話之後，又道：「更不能叫卡爾斯和黃絹坐上去！」

原振俠搖著頭：「太遲了，我沒有力量可以制止他們。你為甚麼要毀滅整個陵墓？你一定曾感到甚麼，是不是？你感到了一些甚麼？」

漢烈米的神態，像是平靜了一些。隔了好一會兒，他才道：「原……那真是來自天庭的，原來屬於天神的東西。」

原振俠吸了一口氣：「你別發囈語了！」

漢烈米嘆了一聲：「原，天庭和天神，只不過是一個名詞！」

他雙眼向上翻，又困難地揚起一隻手來，指向上：「你明白了？」

原振俠有點明白，可是他還是緩緩搖著頭：「請你作進一步說明。」

漢烈米又沉默了片刻：「你記得我在擊碎那個石台之後的情形？」

原振俠道：「是，我肯定你那時，看到了甚麼。」

漢烈米搖著頭：「不，我其實甚麼也沒有看到，只不過在那一剎間，我感到……感到……唉，我應該怎麼說才好？你有沒有經歷過，在一剎那之間，忽然知道了許多許多事，就像這些事，原來就是你腦中的記憶一樣？」

原振俠想了一想：「我可以理解這種情形……在人類如今的醫學來說，還無法解釋這種情形。再精細的解剖學，也無法找到人的思想究竟在何處，只不過可以知道思想是由哪些細胞活動而產生。所以，像你經歷的這種情形，還是只能靠想像來解釋。」

漢烈米遲疑著，現出十分迷惘的神情來：

「我一直在疑惑，那是不是我的幻覺，可是當時的感覺，又是如此強烈和深刻，所以我才決定了要去做……要把一切全毀滅。一直到現在，我還不能肯定自己的決定是不是對，你有甚麼想像的解釋？」

原振俠沉默了片刻，因為那畢竟是相當難以解釋的事。

漢烈米又急促地道：「如果我當時的感覺，全是實在的，那麼我失敗了一次，還要做第二次，一直到成功為止！」

他急速地喘起氣來，喘了一會兒，才又道：「真……可怕……我拚了命，也要去做！」

原振俠深深吸了一口氣，暫時按捺住了好奇心，不去問他當時感覺到了甚麼。

原振俠道：「我的解釋是，如果有一種強勢的思想電波，侵入了人的腦部，就可以使人在極短的時間內，知道很多事了！」

漢烈米迷惘地道：「我不是很明白。」

原振俠做著手勢：「人知道事情，是通過了不斷對外界的接觸而累積起來的。通過閱讀和聽聞等等的途徑，在腦部積聚成記憶，然後，再根據記憶，加上自己的理解，就有創新的意念出來。這情形，就和我們如今把資料輸入電腦，使電腦有記憶一樣。但是人腦的組織比電腦複雜了不知道多少，電腦只能接受輸入的資料，不會有創新的意念。」

原振俠頓了一頓：「你那種感覺，就好像把許多資料，一下子就輸進了電腦之中一樣。人和人之間，是無法用這種方法來交換知識的。」

漢烈米點了點頭，仍保持著沉默。

原振俠又道：「這種直接由思想和思想之間的交通，是不受時間限制的。我們現在，通過語言文字，使一個人接受基本微積分教育，可能需時一年或更久，但通過思想直接交流的方法，可能只要百分之一秒！」

漢烈米長長地吁了一口氣，問：「當時，我在擊碎了那塊大石的一角之際，我……我怔呆了多久？」

原振俠回想著當時的情形：「不能肯定，當時，我想起了石台上所刻的警告，以為大禍將臨，所以嚇呆了。那段時間，不會很長……不會超過三分鐘！」

漢烈米苦笑了一下：「那麼久！那真是可以使我感到很多事了！」

原振俠緩緩地，終於把他早已想問的那個問題問了出來：「在那一剎間，你究竟感覺到了甚麼？」

漢烈米閉上眼睛一會兒，才又睜開眼來：

「我一擊碎了石台的一角，就感到了一股極度的震撼，彷彿在那一剎間，遭到了電擊一樣，全身起了一種異樣的感覺。眼前也甚麼都看不見了，不，不是甚麼都看不見，而是無論我怎麼努力看出去，我所看到的只是一片深藍，一片無窮無盡的深藍。接著，我就聽到了一下暴喝聲！

「那種暴喝聲簡直如同迅雷一樣，令得我心神皆為之震動。那聲音在喝著：『你太大膽了，竟然敢破壞來自天庭的神蹟！』

「那時，我神智還十分清醒。雖然我知道有甚麼極其奇異的事發生了，可是我發誓，我的神智還是清醒的，我記得我自己立時大聲回答：『甚麼天庭來的神蹟，你在胡說八道甚麼？』原，你當時有沒有聽到我在說話？」

原振俠搖了搖頭：「沒有，沒有聽到……可能那只是你在想。對方『聽』到了你的聲音？」

漢烈米十分認真地點了點頭。

原振俠道：「那證明你和對方，是用思想交流的方式在溝通。」

漢烈米靜了片刻：

「大約是我一叫喊，立即就得到了對方的回響，聲音仍是那樣令人心神俱震：『你要是再胡作非為，巨大的災禍就會降臨在你的身上！快去找我的另一部分來！』

「我實在不知道那聲音這樣說是甚麼意思，就反問：『甚麼叫你的另一部分？甚麼部分？你是甚麼人？你……你是甚麼？你就是那塊大石，你究竟是甚麼……我要把你剖開來！』」

漢烈米講到這裏，不由自主喘息起來，可是他又做了一個手勢，不讓原振俠發問。接著，他又道：「那聲音更響亮，簡直令得我昏眩，它道：『你不能知道我是甚麼，我是來自天庭的，你們對天庭知道多少？我怎麼向你解釋？我可以令你們中有權勢的人隨心所欲，我是天神派來的，天神通過我，來統治你們。我的另一部分和我結合，就有無比的力量，就有你們人類不可抗拒的力量，就可以使人類聽命於一個人，而這個人聽命於天神！』」

漢烈米講到這裏，又急速喘起氣來。

原振俠只感到了一股寒意，他道：「另一部分……那另一部分，就是那張椅子！」

漢烈米睜大了眼，望著原振俠。

原振俠又道：「在以前，中國的帝王君主，自稱天子，說是受命於天，天是通過了他來統治人類。」

漢烈米發起顫來：「這……只不過是一種假託。難道真的……有一種力量，使得一個人可以統治人類？」

原振俠思緒十分紊亂，他道：「可是人類的歷史上，不是有著數不完的千千萬萬人，受一個人統治的例子嗎？這個人，何以能成為至高無上，權力集中的君主？實實在在，君主和普通人一樣，只不過都是一個人！」

漢烈米也喃喃道：「權力的寶座，一個人在權力的寶座上，就能夠為所欲為，驅使億萬人去服從他！」

原振俠用力揮了一下手：「權力的寶座……這是文學上的修辭，實際上，就是那張椅子，那張……來自天庭的椅子！」

漢烈米現出十分怪異的神情來道：「那……也只不過是一種象徵吧？人類歷史上有許多君主，未必每一個都坐過這張椅子的！」

原振俠苦笑：「可是，歷史上所有的君主之中，有多少個是稱心遂意的？別以為做了君主，就一定十分快樂，權力擴張的野心是無限的，我相信所有君主的痛苦，和普通人是一樣的，不能滿足！」

漢烈米嘆了一聲：「那石台……和椅子的結合，就可以使一個君主，得到滿足？」

原振俠繼續苦笑：「我不知道，我未曾有過那種感覺，你應該比我清楚！」

漢烈米掙扎著想起來，但是又頹然倒下去：「是，那聲音告訴我，椅子放在石台上，坐了上去，就會由天庭給予無比的力量，使他成為人間權力最高的一個人，一個由天庭派來的統治人類的使者！」

原振俠想了片刻道：「這，可以闡釋為那座石台、那張椅子，是一種組合，這種組合，是可以和太空之中某種力量發生聯繫的。」

漢烈米點頭，道：「我也是那樣想，所謂『天庭』，當然是指某一處所在而言，而『天神』，就是居住在這個所在的一種生命。這種生命有超級的力量，只要通過一個人，就可以統治全人類！」

原振俠雙手托著頭，呆了片刻，忽然笑了起來。

漢烈米瞪著他，顯然是不明白在這樣的情形之下，還有甚麼好笑的。

可是原振俠卻笑了又笑，直到漢烈米忍不住喝止他，他才道：

「真的好笑，我忽然想到，那個人，當他成為人間至高無上的統治者之際，他一定自以為是世界上最了不起的一個人了，是至高無上的君主，統治著全人類。

「可是實際上，他卻只不過是一個工具，某種力量只不過是通過他來統治人類而已。他是工具，是奴隸，比被他統治的人還不如。被他統治的人，還能反抗，而他卻連反抗的念頭都不會有，沾沾自喜，心甘情願，一直做著奴隸，這不是很好笑麼？」

漢烈米聽了，先是怔了一怔，但是接著，他也忍不住哈哈大笑了起來。

就在他們的笑聲中，病房的門，「砰」地一聲，重重打了開來。

隨著門的打開，黃絹像是一陣風一樣，捲了進來。

漢烈米和原振俠兩人都怔了一怔，黃絹滿面怒容，指著他們：「一點也不好笑，你的話，一點也不好笑！至高無上的君主——」

原振俠立時道：「只不過是某種不可測力量的工具！」

黃絹厲聲道：「可是，他還是全人類的統治者！」

原振俠反應更快：「不，是來自太空的某種力量在統治人類，不是他，他是一個傀儡！」

黃絹用力揮了一下手：「卡爾斯將軍將成為人類有史以來最偉大的君主！」

原振俠聳了聳肩：「外來的力量，總要選擇一個傀儡的。是卡爾斯也好，是你也好，張三李四、阿狗阿貓，並無分別。」

黃絹怒道：「胡說！只有原來已經是有權位的人，坐上了那張椅子，權力才能隨心所欲擴大。普通人就算坐上了那椅子，也一樣沒有用！」

原振俠聽了，又由衷地笑了起來，一面笑，一面道：

「當然，那種力量很懂得如何去選擇它們的工具。已經有了一定權力的人，權力追求的無窮慾望，早已使得他們的心靈受到了腐蝕，在權力追求的過程中，早已喪失了人性，甚麼樣滅絕人性的事全可以做得出來。普通人，還真沒有那麼容易就成為權力的俘虜！」

原振俠越說越是激昂，漢烈米的雙手移動雖然有困難，可是他還是用力在鼓著掌。

黃絹的臉色鐵青，原振俠凝視著她，嘆息地道：「看看你自己，自從捲進了權力的漩渦之中，變成了甚麼樣子！」

黃絹冷笑一聲：「我好得很，不用你來關心！」

她講了那句話之後，頓了一頓，又道：「很多謝你們兩人的討論，使我對靈椅有了進一步的認識。很對，我同意你們的假設，那石台和那椅子是一個組合，是不知在甚麼年代，由外太空某處，被送到地球上來的，是一種有給予權力力量的裝置。」

漢烈米喃喃地道：「或許，有可能正是有了這個裝置，人類才知道權力這回事——部落社會因之形成，本來是平等的人之中，分出了統治者和被統治者。從此之後，人類自由自在的生活便結束了！」

原振俠並不看黃絹，像是在自顧自地說著：「可是人類的本性是追求自由自在的，歷史上無數次的反抗，證明了這一點。」

黃絹用力揮著手：「整個裝置被分散了那麼多年，直到現在才重組在一起。我還可以告訴你們，椅子一直在南越的那所巨宅之中，可是它有著神奇的力量，能夠使得對它不利的人，根本不知道它的存在！」

原振俠淡然道：「聽來雖然神奇，但是它既然有和人思想直接交流的能力，要利用它的某種放射力量，影響一下人的視覺神經，使人視而不見，也就不算是甚麼怪異的事情了。」

他停了一下，又道：「卡爾斯將軍已經啟程了？甚麼時候會坐到那張椅子上去？」

黃絹看了看手錶：「快了，大約一小時之後。」

漢烈米的聲音之中，充滿了絕望，他幾乎是在嘶叫著：「阻止……阻止……他！」

原振俠長長嘆了一聲，事到如今，他有甚麼能力阻止？那一套裝置——石台和一張椅子，照他的設想，是外太空某種力量通過它來控制人類的裝置。

這種裝置，對某些地球人來說，是夢寐以求的，那張椅子，就是至高無上的權力寶座！

可是，也正如漢烈米剛才所說，人類社會的結構，起了變化，從原始社會變成了部落社會，人與人之間的關係，形成了統治與被統治的關係，是不是就是由於這套來自外太空，是某一種外星人想藉此控制人類的裝置的影響呢？

而時至今日，這套裝置的主人，可以說是極成功的。就算現在，這套裝置被毀去，權力的慾望，也已經根深柢固地存在於人類的思想之中了！

卡爾斯將軍就是一個例子——對卡爾斯將軍來說，有這套裝置，和沒有這套裝置，有甚麼分別？他還不是一樣，要運用一切一切瘋狂的手段，去擴充他的權力慾？當權力慾已成了人類思想的一部分時，沙爾貢二世也好，巴查則特大君也好，寧王朱宸濠也好，卡爾斯將軍也好，他們就一定會不顧一切，去追求權力的擴張，每一個都認為自己有資格統治全人類！

想到這裏，原振俠不由自主，深深嘆了一聲，搖了搖頭：「遲了！」

漢烈米更焦切：「遲了？那是甚麼意思？」

原振俠把剛才所想的，講了出來，又道：「太遲了，如果是這套裝置才到地球來的時候，就把它毀掉，那還來得及。如今已過了幾千年，有它和沒有它，實在是一樣的。那套裝置所能給予人類的力量，早已成為某些人的天性之一了！」

他講到這裏，向黃絹望了過去：「我的分析，或許很令你失望，但那是實在的情形！」

黃絹「哼」地一聲：「那張椅子會搖動，會使人感到它在說話，有著極其靈異的功能！」

原振俠點頭：「自然，它的製造者，在科學上，一定比我們進步了不知道多少，人類再過幾萬年，也可能比不上它們。不過，我相信它能影響人類的，不過是在人類的思想之中，注入狂熱的權力追求慾。你和卡爾斯，早就有了這種慾望，還有甚麼用？」

黃絹怒道：「歷史上有不少君主，靠著它而烜赫一時！」

原振俠道：「當然，那時，人類的思想簡單。當大多數人思想簡單的時候，少數有強烈權力慾的人，自然容易得逞。但現在，世界上每一個角落，都有像卡爾斯和你這樣的人，互相牽制爭奪，主觀慾望再強，也沒有太大作用了！」

黃絹連聲冷笑：「走著瞧吧！」她一個轉身，向外走去，重重關上了門。

漢烈米又焦急又惘然地問：「怎麼辦？」

原振俠吸了一口氣：「我相信我的判斷不錯，那套裝置曾對古人起作用，當它已成功地灌輸了權力慾給人類之後，現在根本已不起作用了！我們可以……」

他講到這裏，停了一停，然後，重複了黃絹剛才的一句話：「走著瞧吧！」

一個月之後，世界上最轟動的消息是卡爾斯將軍發動了他對鄰國的戰爭，可是卻失敗了。

卡爾斯將軍也企圖召開一個多國的會議，討論合併為一個大國，要成為世界上第三個超級大國，而由他來統治。

可是這個會議計畫一提出來，就未被人接受——那些小國的統治者，正如原振俠的分析，也早就知道了權力是怎麼一回事，擴張唯恐不及，怎肯放棄？

卡爾斯大怒之下，又對那些小國發動攻擊，組織顛覆。

可是卡爾斯的行動，一一失敗，反倒使他更加孤立了。

從這種情形來看，原振俠的分析是對的。那套來自外太空的裝置，能給予人類的，是權力的野心和慾望。

在人類已普遍有了這種野心慾望之際，裝置的作用已經等於零。

可是，如果人類的野心、慾望、侵佔、掠奪，要一個人去統治億萬人，這種思想，如果是由這套裝置帶來的話，那麼，外星某種高級生物的目的，已經達到了！看看有記錄的人類史，為了權力的爭奪，演出了多少慘劇？

一直到今天，幾乎所有人類大規模悲劇的根源，還是由此而形成的！

三個月後，原振俠又收到了一盒錄影帶，放出來一看，畫面上是黃絹。

黃絹一直沒有出聲，只是沉思，甚至不怎麼變換姿勢。

原振俠耐心地看著，一直到十分鐘之後，黃絹才講了一句話：「你說對了！」

漢烈米傷癒了之後，沒有再繼續沙爾貢二世陵墓的考古工作，只發表了一篇文章，約略地提了一下古代君主追求權力的夢，使他們採取了奇異的葬禮形式。

南越不久以後，也回到了他的那所舊宅，依然做他的「古董物品買賣」的生意。

他好幾次想和原振俠接觸，可是原振俠十分鄙薄他的為人，每一次都嚴詞拒絕，不和他來往。

〈完〉

倪匡珍藏限量紀念版 35

# 原振俠傳奇之寶狐

作者：倪匡
發行人：陳曉林
出版所：風雲時代出版股份有限公司
地址：10576台北市民生東路五段178號7樓之3
電話：(02) 2756-0949
傳真：(02) 2765-3799
執行主編：朱墨菲
美術設計：許惠芳
業務總監：張瑋鳳
出版日期：2024年1月倪匡珍藏限量紀念版一刷
版權授權：倪匡
ISBN ：978-626-7369-21-0
風雲書網：http://www.eastbooks.com.tw
官方部落格：http://eastbooks.pixnet.net/blog
Facebook：http://www.facebook.com/h7560949
E-mail：h7560949@ms15.hinet.net
劃撥帳號：12043291
戶名：風雲時代出版股份有限公司

風雲發行所：33373桃園市龜山區公西村2鄰復興街304巷96號
電話：(03) 318-1378
傳真：(03) 318-1378
法律顧問：永然法律事務所 李永然律師
北辰著作權事務所 蕭雄淋律師

行政院新聞局局版台業字第3595號 營利事業統一編號22759935


**定價：340元** 

國家圖書館出版品預行編目資料

原振俠傳奇之寶狐 ／ 倪匡著. -- 三版. --
臺北市：風雲時代出版股份有限公司，2023.11
面；公分 倪匡珍藏限量紀念版

ISBN 978-626-7369-21-0（平裝）

857.83 112015927